沉月之鑰

水泉——著
竹官——繪

愛藏版・第一部・卷六

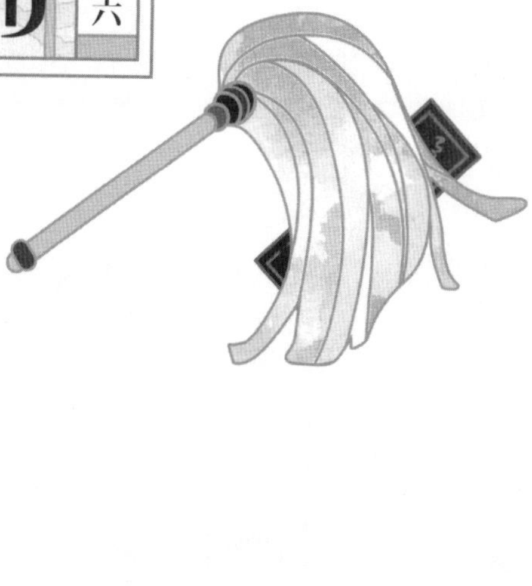

Content

〈擁願〉

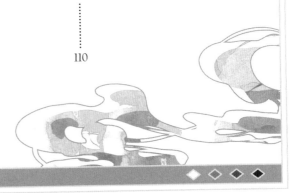

〈畫夢 上部〉

擁願

范統的事前記述

我在西方城的日子，真不知該說是清閒還是緊湊，吃得好住得好，卻多了很多食衣住行以外的煩惱，但……儘管發生了許許多多的大事，卻又好像都與我無關，照理說我應該無事一身輕才對，可是好像沒這麼簡單？

雖說月退對決鬥的勝利大概十拿九穩了，不過凡事還是謹慎一點比較好，所以約定的決鬥日到來之前，月退他每天主要進行的事情，就是跟人對練。

而對練的對象，自然是他那幾個魔法劍衛——璧柔除外。女王畢竟也是用劍的，希克艾斯又是一把具有魔法的劍，所以找同樣用劍的魔法劍衛當練習對象比較合適，哈哈哈，總之不要找我就好，找我絕對不是明智之舉，在這件事上我很高興他們一直忽略我，跟月退對練，怎一個慘字了得！我又不是嫌命長，找死也不是這樣的吧？

然後又好像因為住手先生的實力差了一個檔次的關係，月退主要對練的對象就只剩下矮子跟大叔。我看矮子應該樂得很，難得有這種機會成天跟夢寐以求的高手打架，要是可以，他也許很想叫大叔把機會都讓出來，以便他一個人包場吧？

也幸虧他們的對練程度只侷限在切磋，沒到真打的地步，所以月退還是有所節制，即使看大叔不順眼，也沒把他打廢打殘……反倒是跟矮子對練的時候，兩個人都常常被對方激起戰意，不知不覺出手就重起來，這種情況下，大家只好請不怕死的艾拉桑先生在旁觀看，只要其中一個人身上開始出現傷口，這位爸爸便會開始哭喊兄弟鬩牆、手足相殘之類的話語，讓他們完全失去繼續打的興致，根據實驗結果，是真的挺有效的，只是矮子打得很不滿足，火氣也就越來越大，不曉得會不會哪天突然爆發，實在令人擔憂啊。

至於我夢中的暉侍，看起來依舊十分消沉，整個就待在河的對岸不肯過來了，我在這裡大呼小叫半天，他也只有偶爾皮笑肉不笑地朝我揮揮手……

我才不會因為他不過來就自己過河去找他呢！也不想想我是為了幫誰去救他弟弟，被噗哈哈哈逼著做比月退他們更危險的對練特訓……不！我真的要去救那爾西嗎？這到底是為什麼啊！我是欠暉侍什麼啊！他又沒給我錢也沒給我好臉色看，我什麼時候變成爛好人的，我不要！

差點就忘了最重要的事情，我最近越來越健忘了，找女友這等人生大事，怎麼可以說忘就忘呢？就算我已經找得很灰心、整個心灰意冷，我還是不能就此放棄！這樣好不好，只要當我十年女朋友就可以了！只要十年！中間要結婚也可以，反正最遲過了十年我就會放妳自由，而且搞不好過幾天我就意外身亡了，不會浪費妳太多青春的，我真的非常有誠意！

就當可憐可憐我，在月退去跟矽櫻女王決鬥前讓我找到一個可愛的女友吧——同情牌到底有沒有用過？我都已經搞不清楚我使過多少種徵求女友的手段了，到底、為什麼、嗚嗚……

我實在找不出挽救我空虛身心的辦法，噗哈哈哈對我時而陷入單身憂鬱的情況感到十分不屑，按照他的說法，反正多練練符咒、沒事就睡覺，腦袋自然就可以一片空白人事不知了……

但是這樣是對的嗎？

這樣是可以接受的嗎？

人家說沒有女友的人就好像少了靈魂的另一半，生命是不完整的，我又不像硃砂那樣可以自己變來變去——噢，其實我不怎麼羨慕，我也不想那樣，總而言之我想表達的就是——我覺得我一直在離題，但離題之後又會持續扣題，我——

我還是……思考一下到底該如何潛入神王殿救出那爾西比較實際……哈哈哈哈，世界需要我的感覺真新鮮，哈哈哈哈哈……

章之一 迎戰

『忽然有點想回去找米重，一定有地下賭盤吧？傾盡家產賭月退輸的話，說不定還挺沒搞頭的？』——范統

『先不提你那不吉的反話，你到現在是累積過什麼家產了？』——珠砂

『范統的話，大概也只能把他的武器拿來當賭注了……』——璧柔

『你們一直打本拂塵的主意做什麼！再這樣本拂塵要生氣了！』——噗哈哈哈

「嘖，練習用的劍就是不耐操。」

剛經過一輪對練的伊耶，以帶著煩躁的語氣，將打鬥中壞去的劍甩到地上。

在他與月退兩個人不知節制的出力打鬥下，練習用劍的耗損率十分驚人，大概已經到達一場可以壞兩把以上的境界了，普通品質的劍要承受住他們兩個輸出的力量，畢竟還是太過勉強，像這樣一直損毀，也是沒辦法的事。

月退不用天羅炎的原因，是怕殺傷力太大，脫離了切磋的範圍，造成無法收拾的後果，伊耶拿練習用劍的原因，則是因為他自從原本拿的劍毀掉後，一直都還沒找到比較合意的武器。

想要找到滿意的武器，可能得花費一點時間跟功夫，當前伊耶還走不開，事情只好先擱

著，平時佩帶的備用武器也不適合拿來對練中消耗，所以就變成這個樣子了。

范統閒來無事便被拖來旁觀，不過，今天艾拉桑不在旁邊，他總覺得這種狀況下來旁觀，實在有點不安。

萬一他們克制不住，我、我不就是砲灰的命了？不會這麼巧吧？我只是難得來一次就剛好沒有爸爸這個開關，只是剛好沒有爸爸這個開關就讓我慘遭不測……應該不會這麼巧吧！最近運氣已經好多了，我要相信自己！

「伊耶哥哥不是也會用鞭子，也許可以拿出來試試看？」

月退對挑戰各種兵器都有點興趣，在他說了這麼一句後，范統頓時又想嘆氣了。

你這聲伊耶哥哥還真是越叫越順口了啊？我還是怎麼聽都覺得很不習慣，你就不能只叫他的名字嗎？我覺得你就算只叫哥哥，也比這樣叫強啊。

「你……」

一瞬間從伊耶身上爆出來的殺氣，讓范統覺得，現在要是在切磋中，他一定會失手誤殺月退。

「至少私底下讓我這樣喊嘛……」

見他生氣，月退嘴裡嘀咕了一句，伊耶則憤怒地指向范統。

「這裡還有別的人！」

……是怎樣？好啦，我是多餘的，行啦？矮子你也太直接、針對得太明顯了吧？也就是說，只有你們兩個的時候，你真的容許他那樣叫你？我到底該說你好偉大還是好奇怪？要是有個男孩子喊我范統哥哥……用想的都覺得寒毛豎了起來啊，這應該是女孩子撒嬌才在用的稱呼吧？

「范統不是外人啦……」

不，月退，算我求你，這種時候什麼都好，就是別說那句話，別說那句話啊啊啊啊！我可以不要介入你們扭曲的兄弟關係嗎！讓我當個外人！

「他不過是你在溺水時抓到的一根稻草，到底有什麼好念念不忘的？」

喂，喂——可以不要說得這麼過分嗎？就算我的確是個無足輕重的人物，被你當面這樣說還是讓人很受傷啊！你現在是在教你家皇帝過河拆橋、兔死狗烹？他會念念不忘好歹是有人情味的表現吧，怎麼大家都加入硃砂聯盟一起討厭我了嗎！

伊耶以不悅的語氣說出來的話語，月退當然是不認同的，他皺了皺眉頭，因為這句話而不高興了起來。

「我覺得范統是很好的朋友，這只是我們的價值觀不同吧。」

「皇帝不需要只會成為累贅的朋友！」

好刺耳啊，超刺耳的，為了不要成為累贅我也是很努力的好不好，我現在已經不是渣了，搞不好我還打得贏住手先生呢！我覺得這是很有可能的事！回去再問問看噗哈哈哈可不可能好了。

「父親聽到會傷心的……」

慢、慢著，你就這樣公然指稱你爸爸是累贅？

「那是你老爹，標準不一樣！」

「但范統對我來說就跟家人很像啊。」

不！千萬別說像哥哥一樣！不要叫我范統哥哥！我不要！

「那你已經有家人了，還硬要喊什麼哥哥！」

「家人當然是越多越好啊，我喜歡身邊有很多人的感覺，我只是……覺得誰也不想失去，沒有因為有了誰就不需要誰的道理，如果都不去把握每一個人際關係，這樣不是很寂寞嗎……」

看他露出這種帶點憂傷的表情，伊耶的臉孔為之抽搐了一下。

「這種覺得喊人哥哥才能把人留下的錯誤價值觀到底是哪來的……」

「唔？」

「就算不藉由親屬關係來束縛，我也會陪在你身邊，所以你把那個稱呼收起來！聽到了沒！」

「……我考慮看看。」

月退皺眉掙扎了一陣子，才勉為其難地擠出這個答案，感覺就是很不樂意改口的樣子，讓人實在不知道該說他什麼才好。

「誰讓你考慮了！這是命令！」

喂，矮子，對自家皇帝說出這種話真的是沒有問題的嗎？

「我說了半天，你也沒有考慮接納范統啊……」

你要你哥接納我做什麼？接納我成為你家的一分子？我可以謝絕你的好意就算了嗎？

「你要是老實用名字喊我，我就考慮把他當空氣！」

我說你們真是一個比一個沒有誠意啊！當空氣是哪一招！是哪一招你說說看啊你！而且還只是考慮！那原本到底是什麼，垃圾殘渣還是廢氣啊！

范統在心裡抗議得臉孔都快扭曲了，沒想到，月退竟然鬆了一口氣。

「呼，空氣就是不可或缺的存在嘛，聽起來還不錯。」

……你是不是誤會了什麼啊？你完全曲解了矮子的意思吧？我想他絕對不是基於你那個解釋才抬出空氣這個詞來的，明明應該是「一直都在你身邊卻讓你無法察覺視若無睹的存在」才對呀？

反正我在心裡也是矮子矮子地叫，從來沒放尊重過，這麼一想，我似乎很難要求別人尊重我呢……不，我至少表面上還是尊重大家的啊！在心裡偷罵人這種事情每個人都會做的吧！

「……我們繼續原本的話題。現在對練的目的應該是磨練你對劍類武器的應對，鞭子之類的奇形兵器拿出來跟你對練，對你的決鬥沒有幫助，真的想玩以後再說。」

由於決鬥將至，現在的確不是玩耍的好時機，也不是吵架的好時機——伊耶將話題拉回來後，月退看起來似乎覺得有點無趣。

「只要模擬不出希克艾斯的特性，就算跟劍對練，效果應該也不大吧？」

「那你乾脆自己開純粹想像模擬算了，誰模擬得出希克艾斯的特性啊？」

「不是的，我的意思是，不管是哪把劍都不是希克艾斯，所以不用劍也沒有關係啊……」

范統在一旁聽著他們的對話，不由得又打了個呵欠。

就在這樣帶有一點緊張感，卻又不全然緊繃的日常中，約定的日子很快就到了。

在高階隨行人員只能帶一個的規定下，月退的選擇理所當然是伊耶，至於范統這種列為無名小卒的人士，要帶幾個去對方都不會有意見，這一點，硃砂也是相同的狀況，基於關心，硃砂也打算隨隊前往，范統則是多包含了一個幫忙救那爾西的任務。

雖然他們兩個應該都算是東方城的通緝逃犯，不過跟著西方城皇帝的隊伍行動，安全還是有點保障的，不必太擔心入境就被追究罪責抓起來的問題。

「你說愛菲羅爾你已經穿了？在哪裡？」

行前準備最重要的事情之一，就是裝備好自己的武器與護甲。天羅炎掛在月退的腰間，大家都看得到，但愛菲羅爾在哪裡，沒有一個人瞧得明白，硃砂便挑眉做出了質疑。

現在月退身上穿的，確實不是平常穿慣的東方城便衣，為了符合身分，公開決鬥這種場合，當然該穿西方城的衣服，不過所謂的月袍愛菲羅爾，從字面上的意思看來，怎麼樣也不該長這樣，他們的疑惑也只能由月退來解答了。

「我真的穿在身上了，披在外面啊，是透明的。」

月退略顯無辜地解釋，范統則興起了一種同伴般的情感。

噢，原來是跟我差不多，空氣一般的，國王的新衣啊？居然是透明的，那有沒有穿，敵人根本不知道，這算是欺敵戰術嗎？

「真的有？在什麼地方？」

硃砂好像不太相信。眼睛看不見的東西，他一向很難立即接受，因此他伸手到月退身上抓了抓，這才抓到一片透明的布料，摸在手裡真的有東西。

「這就是愛菲羅爾？」

他手才摸了幾下，璧柔的尖叫聲就傳了出來。

『啊——！你摸哪裡啊！性騷擾！』

只不過摸塊布就要背上性騷擾的汙名，硃砂當然是不願意的，抽回手後，他也不忘唸兩句。

「別說從衣服的模樣看不出是哪個部位了，現在連衣服本體都看不到，誰知道摸到的是什麼啊？反正不是都一樣沒料嗎？」

硃砂，我覺得你可以跟那爾西當好朋友。不過，以你現在男性體的身分，帶著這種自豪的優越感說人家沒料，我怎麼看還是覺得有點怪怪的啊。

「月退，這種看不見的衣服要怎麼脫啊？」

我想問的是要怎麼穿。都不知道哪裡有袖子跟領口不是嗎？所以到底貼不貼身？更何況你連看得見的衣服都未必知道怎麼穿呢。

「嗯？讓她自己附著上來，要脫的時候也讓她自己解除衣服型態就好了。」

因為搞不清楚范統要問什麼，月退索性穿跟脫都回答了。

原來如此，多麼智慧型人性化的衣服，穿跟脫都可以叫衣服自己來，主人一根手指也不用動，這樣聽起來，智能性護甲意外地節省了很多功夫呢？我到底該不該想想辦法弄件防具來穿啊？

『噗哈哈哈，我想要防具。』

心動不如立即行動，范統立刻就徵求起他家武器的意見了。

事實上這個問題也不是第一次問，但之前每次都是隨便問問的，噗哈哈哈的回答他也就隨便聽聽，他覺得這次應該認真起來、卯足勁說服他才對。

『呼嚕……想要……呼哈，想要什麼？……想要防具？本拂塵無法變成防具，找我要做什麼？』

『不是找你要防具啦，只是想通知你一下，我找來的話你要跟人家好好相處啊。』

我有種要討小老婆過門所以在徵求大老婆同意的錯覺……真是微妙啊？

『本拂塵不要同事，范統你要是找來，本拂塵就讓他死。』

噗哈哈在很多時候都很直率……今天也不例外。

『喂，你自己又說你不能變成護甲，那你還不給我找護甲，搞了半天你是要我死？』

范統相信，只要開個口，利用要幫忙救那爾西當藉口，要月退從西方城蒐羅一件能看的護甲出來應該不是難事，所以，問題就在噗哈哈這邊了。

『本、本拂塵哪有那麼惡毒，范統你都把我想得好邪惡！』

話都是你在說的啊，我又不是要再找一把武器，只是要找件防具罷了，你那麼反對做什麼？

『不然呢？你也得找個好的理由說服我為什麼不接受防具吧？』

范統等著聽他說出一個好理由來，不過他這樣逼問，頓時讓噗哈哈有點惱羞成怒。

『本拂塵是在為你糟糕的腦袋擔心！都不知好歹！萬一多一個防具又可以看見你腦袋裡的東西，范統你還要不要做人啊！』

『什麼啊，讀人家腦袋這種特技，應該不是每個武器防具都做得到的吧，不然璧柔怎麼會那麼不懂月退的心……』

『像你這種運氣，搞不好就真的遇上會讀腦袋的防具啊！』

我覺得你只是在擔心我們之間有關肉體相通的誤解對話被外人得知而已，說是為我擔心，其實就是你自己臉皮薄吧？

『反正你只要找來，本拂塵就把他打爛，我不跟你這狡猾奸險的傢伙做口舌之爭了，就這樣！』

『喂——』

『本拂塵要睡覺，本拂塵才不理你，哼！』

關於討個防具進門的溝通便又這麼斷了，范統對他無可奈何。

那邊大家對愛菲羅爾的好奇心也差不多都滿足了，所以也該是整裝出發的時候了，只要等最麻煩的那一段過去。

「伊耶，你一定要把恩格萊爾好好地帶回來啊！」

「您不用擔心這個問題，父親大人。」

「而且你一定要跟他一起回來啊！萬一兩個兒子都丟在夜止，爸爸我該怎麼辦！」

「您不用擔心這個問題，父親大人。」

「伊耶，我覺得你好像一直在敷衍我的囑咐，如此重要的事情，為什麼你還這麼不耐煩，我可一點也不想白髮人送黑髮人啊，你們絕對不能讓爸爸體會那樣的痛苦——！」

「你應該是金髮人送金髮人吧！白髮的是我才不是你！說夠了沒啊，死老頭！到底是誰放他進來的！」

噢，矮子，別說這種話，很不吉利啊，不如你白髮人送金髮人，快點把你爸爸送走吧？大家會感激你的，真的。

今天的東方城十分寂靜，神王殿也比往常更加死寂。

他們的女王將在今天與敵國的皇帝進行決鬥，如此嚴肅的事情，彷彿感染了眾人，讓人不敢隨意喧鬧。

決鬥不允許一般民眾就近旁觀，想看的人只能以各種技術輔助，去窺視決鬥的場地，不過這種偷窺般的行為，其實官方也是禁止的，要如何突破層層阻礙了解現場的情況，就看各人的能耐了。

隨著時間一分一秒逼近，西方城的皇帝應該就快到了，矽櫻必須換上武裝前往城門外的決鬥地點，身為她的劍與武器，音侍跟綾侍也得化為原形，和她一起戰鬥，現在他們只等待她的傳喚，好過去她的身邊做準備。

綾侍在看見音侍出現的時候，面上的神情依舊平靜，只淡淡地問了一句。

「解決了嗎？」

「啊，解決了啦。死違侍說什麼都不聽，只好把他打昏丟在房裡了。」

音侍抓了抓頭，大概是受到這件事情的影響，他看起來有幾分煩躁。

因為怕敵人又出什麼詭計，或者待在現場被波及，他們要求違侍留在神王殿，但這樣的好意違侍當然一點也不心領，叫音侍處理的結果，就是這個樣子。

「你還真是一點也不想跟他溝通，就選擇了最簡便的方法啊。」

「溝什麼通啊！要溝通應該是你去吧！你叫我去不就是要我打昏他的意思嗎！」

綾侍不否認這個說法，而他也不想跟音侍吵架，現在不是浪費時間做這種事情的時候。

「櫻要我們過去了，走吧。」

聽他這麼說，音侍頓時有點不甘心地抱怨了起來。

「心靈相通真好，櫻都只能用術法聯絡我……而且她通常也不會聯絡我。」

他的抱怨讓綾侍很想說出「跟你心靈相通應該會被吵死」之類的話反駁，不過講出這種話只會繼續吵架而已，所以他只輕聲唸了一句。

「有的時候心靈相通不代表感情比較好，也不代表她比較喜歡我，你就別抱怨了吧。」

「可是你們不只是這樣吧？而且你們至少也互相了解很深啊？」

音侍針對著綾侍跟矽櫻相處的時間比較多、溝通也比較多的事情生悶氣，走往第六殿的途中，綾侍真的很想叫他閉嘴。

他總是無法讓他明白，了解太多不見得是好事。

即使了解她的痛苦、她所有的感受，卻一點也幫不上忙的感覺……他想，音侍永遠沒有機會能夠了解。

「櫻。」

綾侍敲過門，喊了矽櫻一聲當作打聲招呼，便帶著音侍進去了。

矽櫻就像平時一樣沉默，看見他們進來，也只靜靜地轉過身，他們無法從她黯淡的雙眼中看出任何情緒，卻也感覺到了房中嚴肅的氣氛，因而不自覺地沉默。

「你們認為……我會贏嗎？」

她的臉上沒有畏縮的色彩。之所以問出這個問題，似乎也沒什麼特殊的目的，只是隨口問問罷了。

「啊，決鬥就是要想著自己會贏啊，雖然沒事打打殺殺不好……雖然我還是希望由我們保護妳就好，妳不要自己站到危險的地方……」

音侍唸著唸著，聲音越來越小聲，綾侍則接著開了口。

「無論勝負，我們都會與妳同在，協助妳戰鬥。我們會將性命交付給妳，跟隨妳到任何地方，這是從一開始，我們就給予妳的承諾。」

在聽他說了這樣的話後，矽櫻原本想說的話，也說不出口了。

武器與護甲從來都沒有選擇的權力。

他們所做出的選擇，只有一開始選定主人這件事……在那之後，他們的命運就形同交付給她了——事實上她也不可能不用自己的武器與護甲來進行這場決鬥，所以，她無法詢問他們是否不想參戰。

確實，在接受決鬥的當下，她就是預設要贏的。

提出決鬥的那方，應該也不可能覺得自己會輸。他們彼此都有自己倚仗的力量，最後勝負如何，還是個未知數。

「那麼，就跟隨我的腳步前進吧。」

就算她不知道會將他們帶往何方，但做為被依附信賴的主人，她必須堅定自己的意志。

是時候去迎接遠方來的客人了——她等待這一天，已等待了許久。

范統的事後補述

嗯……整個西方城的隨行隊伍裡，大概除了矮子、硃砂跟我，大家都是抱持著「我們要跟著年輕有為的皇帝去打邪惡的夜止女王」這樣的使命感吧？就這方面來說，我覺得西方城將皇帝的形象塑造得還挺成功的，先前那爾西亂來導致的民眾負面觀感，他們也有辦法在不說明皇帝換了人的情況下，將黑的說成白的，讓大家甘願繼續被騙……

統治者果然就是要跟大家維持距離感，才能被神化、被自動虛擬出高高在上的形象地位吧？只要遠遠看著就會覺得高深莫測，然後就為其想像出一個高大不可侵犯的假象，自顧自地想像完，然後又自顧自地在得知真相的那一刻幻滅，人類就是這麼任性的生物啊……慢著，我到底感嘆這個做什麼？

我想，矮子大概抱持著想打卻不能打，只能旁觀的鬱悶心情，硃砂則是抱持著不想在喜歡的人任何一個重要的階段中缺席的心情，至於我嘛……

我可能是抱持著，雖然很關心月退，但是更關心我該怎麼救那爾西的心情吧！這到底是什麼樣的心情！

總之我跟隨隊伍過去後，要先藏匿自己的身形裝作東方城的新生居民混進城裡……因為身上還有新生居民的印記，只要不遇上認識我的人，這個步驟還不算太難，接著，我得靠近神王殿、潛入神王殿，找出囚禁那爾西的地方，還得在不被任何人發現的情況下把人偷出來——

我到底是……前輩子做了什麼傷天害理的壞事才會……

關著那爾西的地方，一定是有人把守的吧？

所以我勢必遭遇戰鬥，而且對手搞不好還不止一個人、嗯、好、好吧，如果只是普通的神王殿侍衛，我應該不怕啦，但萬一打著打著來了什麼大尾的，我該怎麼辦？我沒有類似的戰鬥經驗啊，更何況還要保護另一個人逃離！

唯一可喜可賀的是，音侍大人跟綾侍大人會跟著女王去決鬥，等於都交給月退對付了，我不必操心，至於珞侍跟違侍大人會不會去旁觀決鬥，我就不太清楚啦，東方城除了幾位侍大人，到底有沒有其他強者啊？如果忽然冒出一個不知名的黑色流蘇強者——不！我還是不要詛咒自己好了！

說起來我還是不知道那爾西現在的狀況好不好救，東方城到底會怎麼對待他呢？要是他連自己走路都辦不到，那我會感到非常困擾的……

喂，暉侍，難得有機會可以揹你弟弟，身體借你，你自己來吧？

我不是開玩笑的！真的可以借你！只要記得還給我就行了，你總不會因為可以跟弟弟接觸，感覺太開心，就不還我了吧？那我是否還得跟噗哈哈哈說好，佔據我身體的惡靈如果不肯走，記得幫忙驅邪一下？

章之二 為了終結夢魘……

『你聽得見，感覺得到的，恩格萊爾。我知道，你已經變成跟我一樣的……』——矽櫻

三百年前的影像，恍恍惚惚地在她的眼前浮現。

在上一次的王血注入儀式中，她也是帶著這樣茫然的心情完成了所有的手續，然後又在驚覺這樣的景況即將延續三百年後，心底湧生出無盡的後悔。

神聖的祭壇上，只有她與敵國文弱的皇帝。那一瞬間，她對那名剛剛才與自己攜手完成儀式的男子產生了殺意——那是混雜著對未來的抗拒、過去的憎恨而出現的意念，她的心思被殺意所支配，而她也確實將自己想做的事情，付諸實行。

儘管迫於規定，她沒有帶著自己的武器跟護甲，而祭壇下圍觀的人員距離也稱不上遠……但，要空手殺掉一個銀線水準的皇帝，對那個時候的她來說，就已不是難事。

當她的右手夾帶著噬魂之力洞穿那名男子的胸膛時，她聽見了混在眾人尖叫中的，少女銀鈴般的笑聲。

然後她醒悟了過來，發現自己犯了一個天大的錯誤，因而呆立在祭壇上，任由落月的人驚恐地將他們僅存一息的皇帝救走，接著在不明白為什麼會這樣的自己人出聲呼喚她時，下

令要他們全部出去。

少女唯有在祭壇內只剩下她時，才會現身。

『既然都動了手，為什麼不做絕呢？』飄浮、旋繞在她身邊的嬌小身影，以輕柔的聲音，問著她這樣的問題。

『……他就算死了，一樣會被妳拉回來的。』

她肯定這個事實。就算是以噬魂之力殺的，身前這名少女說不定還是有本事，將殘存的魂魄，自虛無帶回。

就像是她一樣。

『為什麼會想殺他呢？殘留妳身上的亡者之恨，都過了這麼多年了，還是沒有消化乾淨？』

少女的聲音一直都十分悅耳，只是那種不帶惡意的無垢感，卻也是她感到不舒服的根源。

『那也許是理由之一，但我只是……』

她沒有辦法將真正的理由說出口，然而，少女卻微笑著，說出了她心中所想。

『想要……擺脫我？想要斷絕王血，毀滅水池，讓新生居民失去憑依？因為妳無法知道一切還坐視著，安然過下去？』

聽著少女柔柔地道出她方才的念頭，她只覺得身體發寒，一句話也答不上來。

『如果是這樣，那不是很簡單嗎？妳為什麼不自殺呢？抹殺掉妳自身的靈魂與存在，不就可以達到目的了？』
她的掌心滲出了冷汗，神情痛苦地迴避了這個問題。
想要活下去。
她想要活下去。
畏怯與懼怕是不能屬於女王的情緒，很久很久以前，她的母親是這麼教育她的。
但是只要與少女同在一個空間，她就難以克制地泛起對生存的恐懼。
那個時候的她即便精神遭受折磨，仍無法輕言放棄自己的生命，以維護自尊、打碎少女所架構的世界。
而到了現在，她其實也不確定一切究竟有沒有改變。
一再地希望迎接恆久的安眠，卻又一再地因害怕闔眼而反悔。
明明死亡對她來說並非未知，她卻在那麼多次的反覆中，始終未能鼓起勇氣跨越。
她做不到全然犧牲奉獻，將自己置於眾人之後的無私。
她做不到。

從短暫的走神中清醒的矽櫻，將視線投向了前方。

西方城的隊伍已經抵達，她的對手也已經現身。武裝赴約的少帝恩格萊爾，以布條纏繞了自己的雙眼，如同多年前在西方城外出手的那一次——宛如想隔絕與外界的接觸，封閉自己的心靈與弱點，不透露出任何訊息——這樣的裝束似是與曾隱瞞身分的少年月退做出區隔，而這樣的他，確實也流露出一種不可冒犯的冷肅氣息。

夜空中懸掛的月亮，是東方城外這塊場地的唯一光源。矽櫻感覺著身上護甲的冰涼，手也不自覺地按上了希克艾斯的劍柄。

化為原形、穿戴在她身上的時候，他們是鮮少與她交談的。畢竟自從他們變化為人陪伴在她身邊後，只有慎重的戰鬥需要他們變回原來的樣子，而為了不讓她分心、干擾到戰鬥的進行，他們一向將一切交給她……只是這樣的沉靜，有時也會帶給她一種壓抑的焦躁感。

矽櫻離眾而出，走到中間停步後，月退也做了相同的動作。兩方的隨行人員都待在後面，靜觀著現在於中央空地面對面的兩位陛下。

公開決鬥是有既定程序的，在決鬥開始之前，雙方不進行任何禮貌上的交流，決鬥開始的時機，則以雙方都將手握上武器的那一瞬間為基準。

以他們兩人的水準，最開始的奇襲是不會奏效的，誰先握劍倒也沒有那麼多的計較，勝負不會在這一瞬間決定，戰鬥也不會因為誰損失了最初的幾秒而種下敗因。

「我所施的限制，你們居然能夠解開，看來落月的能耐確實不可小覷。」

他們站的距離並不算近，矽櫻的聲音也不大，不過四周安靜無聲，所以這句話還是清楚地傳到了月退耳中。

因為沒想到矽櫻會在開戰前與自己說話，月退愣了一下，沒有回應這句話語。

「只是，封印沉月，你是不可能辦得到的。」

她這樣斷定的語氣，使月退有點不能明白。

「妳何以這麼肯定……」

「拔劍吧。」

矽櫻像是不想再多說什麼，直接將手握上希克艾斯的劍柄，便將劍體抽出，雪白的劍刃散發著寒氣，彷彿也呼應著主人渴望一戰的心情。

「也許你連在我手下存活都沒有機會，那樣的話，你也就不需要知道為什麼了。」

矽櫻釋放出的敵意與殺氣，讓月退確定她動了殺心。

只要他的力量確實敵不過她，她就會在戰鬥中毫不留情地將他擊殺，不會顧及王血與其他的所有的問題。

所以東方城提出的決鬥勝利要求，可能也不是真心的吧？

月退猜不透矽櫻的想法，推測不出她的目的與心思，而以當前的狀態，矽櫻不管知道什麼，應該都是不會告訴他的。

他所想要的答案，還是只能自己去找尋吧？

做完開戰的心理準備，他於是也將右手，握向了劍。

隨隊來到東方城的范統，一直作賊心虛地躲在人群裡面，相較之下，硃砂完全一副沒做過虧心事的樣子，站得抬頭挺胸，一點也不怕被人發現自己身上的東方城新生居民印記，這讓范統十分佩服。

硃砂還真是天不怕地不怕，都不擔心人家會覺得西方城的隊伍裡站一個東方城的新生居民很奇怪啊？

其實在月退拿回皇位後，他們就可以靠關係辦理手續改用西方城的印記了，不過大家事情忙，在沒有生命危險的情況下，這件事就一直被忽略，剛好這次來東方城用得上偽裝，就更加順理成章地沒換了。

由於必須自己找個好時機混到城裡去，范統一時還沒有動作，只能一面試圖隱藏自己的身形，一面發愁。

珞侍沒有跟著來到現場，或許是值得慶幸的事，熟人在現場，被抓包的機率會提高很多，就是因為珞侍沒來，他才能像現在這樣只縮著身子，不過，他也不能夠一直縮在這裡。

在他恍神的期間，走到中間的月退與矽櫻，就已經正式開始了他們的戰鬥。范統是在伊耶喝令大家退後的時候才發覺的，這也使他驚醒過來，連忙關注現在的戰況。

喔喔喔……月退，你到底有沒有把握啊？蒙住眼睛真的好嗎？好好的眼睛不用，說什麼增加感知度，這樣真的有效？還是你也跟我一樣，其實很怕被人認出來？不過珞侍早就知道了，你在東方城也沒什麼其他朋友，應該沒關係吧？

范統因為緊張的關係，腦袋也整個混亂了起來，一時之間手足無措。

月退在決鬥開始後做的第一件事情，就是與天羅炎器化。要在幾個閃避動作間做完這個手續，並不是很難的事情，矽櫻亦沒有強硬地妨礙他跟武器完成器化，只做了基本的追擊，順帶調整自己的戰鬥步調。

為了讓可靈活活動的空間變大，也為了讓自己閃避選擇更多，他們基本上是浮空戰鬥的。戰鬥的一開始，兩人彼此的動招都還在暖身的階段，以命相搏的決鬥不宜躁進，先試探對手的習慣再決定進擊的方式，是雙方都有的想法，所以目前戰鬥的規模還不算大，只有一些零星的直接交手。

天羅炎是一把術法才能驅動的劍，同理，希克艾斯也是一把搭配魔法才能發揮效力的劍，范統好歹修了一陣子法力，算是半跨進了魔法的門，他多少能感知到魔法波動那類的東西，而矽櫻身上充沛的魔法能量，已經到了讓他頭皮發麻的程度了。

連我都感覺得到，月退的感受應該更強烈？這、這真是好可怕的法力值啊，不過女王跟她的武器應該無法交心，那麼魔法修得再好，也沒有辦法應用到劍上……吧？頂多用以彌補一些不足，還是無法跟月退的器化相提並論，對不對？

范統在十分不安的狀況下自問自答著，在試探的階段，也許對戰的那兩人心中有個底，但旁觀的人是什麼都看不出來的。

旁觀者的實力如果沒比他們高出一大截，自然不可能擁有立即看出勝負的眼力，而要有遠高出這兩個人的實力，根本是痴人說夢，他們所能做的，也就是安靜看下去。

似是因為還沒認真打，矽櫻手中的月牙刃維持著金光，月退手上的四弦劍也只開了三弦，然而大家都知道，噬魂之光代表的不只是會破壞靈魂，其本身也具有毀滅性的攻擊力，真正要定輸贏時是一定會用的，這不會是一場留手還能獲勝的決鬥，也幾乎無法點到為止。

矽櫻就像是不在乎搶攻的先機一樣，浮閃在空中的身軀始終沒有靠近的意思，這樣不輕不重地糾纏了一陣子後，月退總算做出判斷，決定先行出手。

器化的狀態持續消耗他的精力，維持著這樣的效果其實是不宜久戰的，這樣拖磨下去只會對他不利，他很清楚。

從短暫接觸的感覺推估，他的對手沛然的力量讓他為之訝異，也不得不放在心上。對方體內蘊含的氣力遠遠勝過他，如果長時間僵持不下，等到他氣力衰竭，很可能就敵不過力量依然處於巔峰的矽櫻了。

雖然現在以布條覆蓋住眼睛，但結合了武器後，除了多出來的低度視覺，月退的感知度也是相當敏銳的，捕捉到矽櫻的形體與方位只是一瞬間的事情。

然而在他驅動天羅炎掃出三道震波後，矽櫻的選擇是偏近於防禦的迴避，並沒有因他挑起攻勢而跟進，與他維持的距離，也依舊沒有拉近。

她可以十分有耐心地觀察他的每一個動作、測驗他的攻擊力道，因為她有久戰的本錢。而面對一個不想貼身、不想現在就開始認真的對手，月退所能做的事情，除了以強硬的攻擊逼迫她出手應對，便是試圖激怒她、激起她的戰意。

能夠用來獲取壓倒性優勢的殺手鐗，他是不會現在就用的，所以當前他進行的，依然是慣用的攻擊模式。

敵人不主動攻擊，他就該積極取得先機，無論是利用對方的被動還是擴展能讓自己掌控戰局的領域，都是現在的他可以考慮的選擇。

令空間褪去色彩的質變領域，在他的選擇下無聲地自他身上蔓延出來。他要以這象徵死亡的黑白視界籠罩住他的敵人，奪起行動的主控權，添加矽櫻的壓力，並迫使她感覺到危機。

這單色的領域曾是因為對那爾西的憎恨而起，在這場為了向東方人討回人質的戰鬥中用出這項能力，心裡到底是什麼感覺，也許連他自己也懵懵懂懂。

旁人進入他的領域時，會嘗到的是扭曲痛苦的五感知覺與不協調的淒厲尖嘯，由視覺與聽覺對腦部進行的攻擊，幾乎如同揮之不去的夢魘，磨蝕精神與心靈，無邊無際地盤旋。

但他自身融於這樣的褪色環境中時，包圍著他的只有無聲浮動的景物，那些只要他閉上眼睛，就再也看不見。

他們在領域中看見的是他心生的幻象，而他身處其中，卻只感受到一片失聰般的冰寂。什麼都聽得到，卻也什麼都聽不到。

外力介入產生的聲音，會進入他的耳中，他自己製造出來的這些音嘯，卻一點都無法被他的心聽見——即使是不再那麼閉鎖心靈的現在，也一樣不能。

儘管這是領域之主的免疫性，他都明白，不過他也不由得要去想，如果哪一天他再也用不出這個領域，是不是才代表他已經澈底跨越、他的心也已經真正得救呢？

若作為祭品投身沉月祭壇，或許他就能得到應屬於他的安息，心中所有浮躁的因子，也終能全數靜止。

他只希望在這之前，每個他所掛心的人都能過得安好，每件讓他懸心的事情，都能順利地放下。

那麼帶著微笑離去，應該也就不會是太難的願望了吧？

月退在自己造出的黑白領域中，沉靜地想著這樣的事。

旋轉在天羅炎周圍的光弦增為四道，閃爍起銀光。

於是他對著黑暗中的敵人，再一次，揮劍。

當虛空的領域朝自己籠罩而來時，矽櫻並沒有因此而驚慌。

雖然這的確是個棘手的狀況，但對她來說，要在這樣的領域中自保，還不算是難題，假如她連這一點都做不到，那又有何能耐與她的敵人纏鬥下去？

那片奪走顯色的黑白將她包覆進去時，從她身上也浮出接近白色的淡藍光芒，猶如護身的聖潔光輝，即使在月退的領域中，仍沒有被剝奪色彩。

迎面而來的音震，被她抬手之間化解，不過月退這次的攻擊顯然沒有那麼簡單，在她接了第一道後，後面的連環攻擊也緊咬而來，如同料準了她會採取迴避一般，削過來的震波鎖死她所有退路，對方人也急速朝她逼近。

他會採取攻勢要她近身對決，在她的意料之中。冷哼了一聲，矽櫻催動魔法迅速化為冰劍，往四面射出，目的在於引爆對方尚未觸及她身體的道道攻擊。

音波被擊潰後爆出的震盪，使得月退不得不緩下靠近的速度，穿在他身上的愛菲羅爾只有基本的防禦能力，讓護甲增加抵禦壓力的事情還是能免則免，自己朝衝擊波撞上去，無疑是沒有理智的行為。

而處於爆炸餘波中心的矽櫻，在魔法發動的那一刻，身形也忽然從原位閃現消失，月退錯愕的同時，一束純粹力量的銀芒便從他身後劈了過來。

閃過這次突然的攻擊，靠的是平時鍛鍊出來的戰鬥反應直覺，以及對危險的感應神經。他的身體差點就在那一擊中重創，比起沉浸在逃過一劫的驚險感覺中，他更需要知道剛才的狀況是怎麼回事。

矽櫻人在他的領域中，如果施展魔法咒術，他應該不會沒有察覺，況且術法、符咒、魔法跟邪咒都不是毫無準備就能使用的東西，更別說矽櫻身影消失之前才剛使用過冰系的魔法，無論怎麼想，這都是很不合理的狀況。

他知道他一定是漏掉了什麼，漏掉了能使這件事實現的關鍵——只是，戰鬥中不容他停下來思考，他必須面對自己的敵人，慎防自己的破綻，以免同樣的狀況再來一次。

經過剛剛的事情，他知道自己剛才用來鎖定矽櫻的手段是無效的，但他轉過身面向矽櫻，並躲過幾記擾亂用的魔法後，仍決定用一樣的方式進行攻擊。

不是為了命中敵人而做，他是為了弄清楚敵人的手段，用他的感知充當他的眼，去看清矽櫻移動位置的方式。

連環的音刃由光弦激發出去，旋轉著往矽櫻包夾而去，沒有多餘的花招，就只是單純的攻擊，他等著看矽櫻如何迴避，敵人使用的手法是他一定得去了解的。

只是，儘管他用的是相同的攻擊模式，矽櫻也未必得用相同的方法應對，這一次她待在原處不動，竟似要硬接，這使得月退的神情出現了一點動搖。

兩國交換武器後，他們的攻擊應當是對彼此的護甲不利的。

因為護甲防禦的強項與對方武器的屬性不合，所以對方的攻擊造成的損傷會比較大，也比較危險，他會因此而比較容易受傷，那麼，敵人自然狀況雷同……

這是很正常的邏輯推理，也是他們事前所預想的。

事情應該要是這樣才對……

月退握著劍的手收緊了些，發勁之後沒等自己緩過來，便直接再催使術法，補上下一波攻擊，像是想藉由輸出力量來穩下情緒似的，層層相疊的音震，就這麼高速地襲擊過去。

以黑白扭曲的空間為背景，矽櫻抬起了她的左手，凝聚到她指掌間的光芒就像她突破領域限制的護身氣罩一樣，呈現冰冷的藍色，像是她慣用的冰系魔法，卻又有些不同。

由她掌心釋出的能量穩穩地擋下了前方的震波，而繞過了她從後方掃來的音震，則在她背後開展的幻幕下，全數抵銷於無形。

這一幕讓月退終於知道了矽櫻使用的是什麼樣的力量，也了解了剛剛的瞬間移動，她是如何做到的。

那是千幻華。

守護她不被領域侵蝕，讓她能只留殘影、閃現至其他位置，現在在她的背後綻放出幻象，為她阻擋所有攻擊的……全都是千幻華的力量。

籠罩在淡藍光暈中的矽櫻顯露出的冰凜，使人不敢逼視，那件閃耀著珠光的輕甲就如同嵌合在她身上……

從那片螢藍幻幕出現開始就浮印在她臉側的藍色印痕，只說明了一件事。

即是千幻華的器化。

有些護甲的器化，外觀上不會很明顯，千幻華顯然也是這種類型，加上矽櫻長年不動武，他們幾乎沒有情報來源，這個直到此刻才呈現於月退眼前的事實，彷彿也宣告著他將被打入劣勢。

對矽櫻而言，選擇這個時機暴露出她能與護甲器化，無疑是要給敵人造成心理壓力，以揭露自身實力來達成這樣的效果——雖然月退蒙住了眼睛，她無法看見他現在的眼神，但從他身周浮躁起來的氣場判斷，他確實受到了影響。

也許她無法完全掌握武器的力量，發揮不出希克艾斯的所有特性，但是，只要她所做出的攻擊能對敵人造成傷害，而敵人發出的攻勢全都動不了她，也就夠了。

在整個戰況的擴展下，范統瞧得目瞪口呆，幾乎都要忘記自己該去做什麼了。抵擋攻擊的護罩是隨行人員們負責的，所以他不必自己保護自己，對危險的本能反應降低後，太過專心觀戰的結果就是讓時間過得不知不覺。

女、女王好威啊！那是什麼絕對防禦般的特效！月退拿著器化的天羅炎，就算只是隨便一揮，我都覺得我可以被掃一下就魂歸水池啊！為什麼她可以毫髮無傷？這是什麼妖術！喔喔喔月退到底有沒有把握，到底是不是胸有成竹啊！這應該是大家事先沒預想過的狀況吧？如果認真的攻擊也傷不到對方，那就算祭出絕招也未必會奏效啊……？

范統緊盯著空中交戰的那兩個人，覺得自己都快緊張到胃痛了。

因為他看不出月退現在的攻擊出了幾分力，也搞不懂矽櫻身上的狀況是器化的表徵，這種只看得懂一半的感覺造就了他緊繃的情緒，預測不出結果，又擔心結果不如預期。

雖說范統現在實力跟在東方城那時比起來有飛躍性的提升，但要跟正在決鬥的那兩人比，可能還是有很大一段距離，那根本已經是超出金線三紋、純黑色流蘇很遠的階級了，因此，范統在心裡吶喊來吶喊去，發覺這實在沒什麼幫助，便決定轉去觀察伊耶的表情。

矮子跟他們的程度應該比較接近吧，他根本也是個隱身在人群中的矮子大魔王……所以從矮子的態度，多少可以判斷出月退的情況樂不樂觀？

范統是這麼想的，同時也因為想到這個辦法而竊喜。不過看了看伊耶的神情，他覺得這個主意似乎也不怎麼管用。

嗅，矮子，你的臉部表情有點凝重僵硬……不管空中現在出什麼招，你都皺著眉頭，這樣我哪看得出什麼啊？總之，不怎麼樂觀是吧？要是很樂觀的話，你的表情應該也會放鬆一點？

其實我自己也看得出來沒有很樂觀啊……就算看不出來，從氣氛也可以判斷嘛，好吧，我只是想問，要是、要是月退真的輸了，在女王要對他做出致命攻擊的時候，矮子你會不會無視規定硬是介入決鬥救人啊？拜託你救一下吧，反正西方城無恥也不是第一次，都設計過東方城了，決鬥賴皮也稱不上什麼新鮮事，總比人死掉再來復仇好吧？

一面想著，范統也覺得自己這樣的想法很不要臉，至於這麼不要臉的事情別人做不做得出來，就不得而知了。

反正月退也不見得真的會輸嘛？我操心這些只是未雨綢繆，天生想太多的毛病發作了而已啦……嗅！怎麼突然有點頭痛！發生了什麼事嗎？

『范統，你怎麼還待在這裡啊？』

噗哈哈哈的聲音在范統為突來的頭痛疑惑時響了起來。

『呃？』

『本拂塵記得你好像有事情要去做啊，我不是還幫你做了特訓嗎？你腦袋裡那個假黑毛在煩，該辦正事就快點去啦。』

哈？什麼假黑毛？哪來的假……慢著，你該不會是說暉侍吧？你是說因為他在碎碎唸所以我才會頭痛嗎！你、你是說你感應得到我腦中那個惡靈嗎嗎嗎嗎！他果然是實體靈魂對吧！

范統因為噗哈哈哈這句話而一下子慌亂了起來，從其他對象身上驗證自己被鬼寄生，那感覺畢竟還是很驚恐的，即使之前他已經差不多肯定過這件事情也一樣。

『噗哈哈哈，你為什麼會知道他在做什麼啊！』

『嗯？本拂塵是跟你心靈相通的契約武器啊。』

不要用一副理所當然的語氣講出這種「這樣你就該懂了」的話然後又什麼都沒解釋到啦！這麼說來你之前可以從我腦中抽出劍術的記憶也很奇怪，雖然我都沒有認真質疑過你為什麼辦得到……

『范統你不要再浪費時間了啦，總是離題逃避，你到底是為了什麼特訓的啊。』

噗哈哈哈指責他的聲音聽起來又帶著唾棄了，這讓范統介意了一下。

『我又沒有說不去！我沒有要逃避啊！只是……』

說到一半，他一時也說不出個好理由來，只能呆呆地抬頭看向上方。

他唯一的朋友，正在與實力未知的敵人進行生死決鬥。

如果可以，他也很想看到最後，不希望現在就離開，然後一直掛念結果。

他希望能站在這裡，即使無法並肩戰鬥，至少也親眼看著月退戰鬥到最後——無論是浴血的勝利，還是頹然倒下。

然而這是當前的現實所不能允許的。

月退之所以會進行這場決鬥，目的是什麼很清楚，而他將這件事拜託了他。就算不管暉侍的請求，月退的拜託他也不應該無視的，他必須利用這段決鬥的時間去做好事情，即便做不好，起碼也該盡過力。

這個時候范統靈機一動，很想問問看噗哈哈哈看不看得出誰會打贏，但念頭才剛興起，馬上就熄滅了。

也許他是不想聽見月退會輸這種話。要是真的聽到，他只怕也無法下定決心現在就離開這裡，潛入東方城。

要從這裡離開再光明正大地走進東方城，得先隱匿自己的身形才行，想著想著，范統嘆了一口氣，默默地摸出符咒。

現在沒有人注意他，大家關注的都是兩個王的戰鬥，要偷跑正是好時機。

對自己使用符咒後，范統看著符咒生效，判定應該沒有人發覺這裡忽然有個人消失，便悄悄地脫離隊伍，朝城門的方向前進了。

唉，反正我平常就像空氣一樣，大家本來就當我是透明的，要偷偷離隊去做別的事情，根本就沒有難度吧？我就算消失到他們打完，也不會有人發現啊，這麼說來，我到底希望不要有人發現，還是有人注意到我不見了這件事？

范統在走往城門的過程中，仍不忘自嘲。

維持著隱身的狀態進神王殿似乎是個比較好的選擇，雖然他曉得自己的隱身咒效果跟噗哈哈完全不能比，但比起毫無掩飾地闖進去，賭賭看隱形咒可能還好一點。

既然隱身了，那我身上東方城的新生居民印記就沒有意義了嘛，本來是想混入人群中偽裝成普通新生居民用的，但現在路人連我都看不見，更別說是我身上的印記啦……

確認城門口的守衛看不見自己後，范統便坦然自若地踏入了久違的東方城。

當古色古香的東方街道再度映入他眼中，范統也不得不承認，其實他還挺懷念這裡的——儘管住在東方城的時候，他住的是擁擠的宿舍，吃的是難吃的公家糧食，身上還背負一筆不小的負債，但比起西方城，他還是覺得東方城比較有親切感。

西方城好吃好住卻無法當自己的家，我這該叫奴性嗎？只是在東方城的時候，確實比較沒有煩惱嘛……應該說，比較沒有太大的煩惱。那個時候只要煩惱負債跟學業就行了，現在為什麼總是得煩惱死不死、國家情勢之類的問題啊？

范統會在此刻感嘆這類的事情，除了轉移緊張感，一方面也是真的有感而發。

人活得越久，接觸越來越多的事物，生活也越來越不單純之後，就會很懷念過去呢。唉，飛黃騰達，建功立業，應該是很多人都會有的願望吧？

雖然我也還沒達到這些目標啦，但光是身邊的朋友平民變皇帝就讓我覺得壓力大增了，現在的我偶爾也會渴望當初單純平凡的美好啊——

雖然，打從我買下噗哈哈哈，一切大概就已經注定無法單純而平凡了吧……不，打從我莫名其妙沒死卻被沉月吸引來這個世界，一切就已經——

糾結於這些過程，對目前的狀況其實沒有任何幫助，范統很快就醒悟了過來，加快腳步朝神王殿前進。

隱身的其中一個壞處，就是可能被別人撞到。畢竟看不見有人在那裡，就這麼撞下去也是很正常的事情，因此，范統十分慶幸今天路上的行人很少，他走路閃人比較沒什麼難度。

現在不是慢慢懷舊的時候，那爾西人在哪裡，進了神王殿後搞不好還得花一番功夫搜尋，他知道自己應該加快腳步，盡快抵達目的地，如此，才能早點開始尋人。

神王殿主體照理說會有杜絕隱形之類的結界設計，范統站在外面觀察了一陣子，也肯定了這一點。以他現在的能力，足以輕易看出建築物有沒有設結界，由於不想跟人正面衝突，隱形會觸動結界這一點，讓他困擾了起來。

想要度過偵測隱形的結界，一種選擇是不要隱形，另一種就是用更高明的手段，讓結界探查不到自己的隱形。

對范統來說，還是隱形比較有安全感，所以他只猶豫了一下，就決定用後面那種方法。

根據之前的經驗，只要把噗哈哈哈拿在手上，符咒的威力就會倍增嘛，那……我拿著噗哈哈哈再對自己施展隱形咒，說不定效果也會好上許多，讓我的隱形更成功？

基本上，除非自己改良符咒，否則隱形咒都是一樣的，強度的差別在於施咒者對符力的運用，以及那張符咒寫得好不好。先前噗哈哈哈對范統用的隱形咒裡面或許還複合了術法之類的東西，范統模仿不來。

他照著自己的推論，抓起噗哈哈哈再重新對自己用了一次隱形咒。這樣到底有沒有效果，也得實際測試看看才知道。

所謂的實際測試看看——也就是邁開步伐直接走進去撞結界了。這種測試方法還挺刺激心臟的，但范統一時之間也沒有更好的辦法，只能硬著頭皮撞上去，真出了什麼事，再隨機應變。

抱持著立即警備開打的心理準備踏上神王殿的階梯，范統腳不停步地往內前進，真正跨入結界的範圍卻沒有任何事情發生時，他覺得自己劇烈跳動的心彷彿都要爆破了。

喔喔喔真的有效嗎！我、我真的騙過了神王殿的結界，讓結界感覺不到我的存在！搭配了噗哈哈哈來使用的隱形咒簡直就是超級空氣咒嘛！澈底抹殺一個人的存在感，讓一個人澈底空氣化！只要用在別人身上，就可以讓對方也感受一下我一直以來的心情……！

激動地在內心離題完這麼一段之後，范統不由得又罵了自己一句「白痴、有病」，接著才繼續往內深入。

關於那爾西會在神王殿的什麼地方這件事，要用人力搜索，可能有點浪費時間，只有他一個人，想走遍神王殿的每個角落實在太勉強了點，但要用特殊的方法尋找，他又缺乏必需的條件。

很好，我跟那爾西根本形同沒接觸過，我身上也沒有那爾西的東西，難道我應該借重我老爸傳給我的能力，就地占卜一下人在哪裡？這、這樣好像有點讓人心情複雜啊！我為了今天特訓得那麼辛苦，結果要倚重的卻還是我原始的能力？

范統一面想一面臉上抽搐，同時也不太甘願地開始進行尋人的占卜。簡單占卜後，結果顯示要繼續往內走，在很深入的地方，於是，他便打算先走到第五殿再看看，只希望占卜真的準確。

空蕩的殿上沒看見半個人影，不知是否平時就這麼冷清，范統只顧著往後面跑，一心想著好好將事情完成，然而，沒等他跑到第五殿，才剛進入第四殿沒多久，他就撞到一片無形的障壁，那種結結實實撞面的感覺讓他心中大呼不妙，果然，前方的空間也在他中招後撤除了偽裝，在他面前呈現出來的景象，使他愕然屏息。

「珞侍……」

晦暗的殿堂上，一時之間難以細數的符紙靜靜地飄浮、高低不一地懸在這片空間內，宣告著四周的危險性，他昔日的友人則站在整片符咒空間的中後方，因為看見了隱形咒被破除的他而面露驚異。

「范統？你為什麼會在……」

珞侍驚訝地問到一半，隨即像是領悟了什麼，神情也立即轉冷。

「所以，落月果真卑鄙無恥到趁著決鬥派人來神王殿偷取法陣嗎？曾經是東方城新生居民的你，居然也幫著他們做這種不可告人的事？」

啊？什麼？慢、慢著，你為什麼擅自誤會成這樣啊，法陣那種東西我們早就有啦，還是你硬要把那爾西說成西方城的法陣，那我也無話可說啦，只是……

「這其中沒有什麼誤會吧，我是來偷法陣的啊！」

這種時候詛咒別來亂了啦！分別了那麼久，拜託你千萬要記得我講出來的話大部分都是反的，這麼讓人印象深刻的缺點要忘記也很難吧？不要一時怒到失去理智就忽略了這件事啊！

「我不管你混進來這裡是什麼目的，反正不可能是好事吧？」

的確，這樣偷偷摸摸潛入人家家裡，唯一比較無害的理由就是「因為我覺得很想你，想趁機私下來跟你聊天敘舊」……這種謊話我實在說不出來啊，用想的就覺得拿這種話挑撥這個臉皮薄的人，簡直無恥到極點……

「唔，我真的不是來偷法陣的啦，月退要我來救那爾西，你就幫個忙，讓我過去好不好？」

大家好歹朋友一場，我如果好好跟你說，你可不可以睜一隻眼閉一隻眼讓我完成我的任務？

范統正在心裡這麼想著，卻見珞侍的臉色變得更加難看。

啊，糟糕，剛剛那句話……

「他不只要你來偷法陣，還要你把人質殺掉？」

不要再度誤會啦！我只是剛好講了一句正常的話而已，月退他哪可能要我殺掉那爾西啊！你清醒點！不過你以前好像也沒有很了解他，這好像不能怪你，要是你只了解一半，記憶甚至會停留在月退恨不得殺了那爾西那邊……噢噢噢噢不是啦！還有啊，是因為解決掉人質激起了你看不過去的正義感嗎？我怎麼覺得你好像很護著人質的樣子，別因為那爾西長得跟暉侍很像就這樣啊！

「不是啦！我沒有惡意，只是倒楣被逼著來殺人的，我又沒有強烈的動力要瞞著月退救他！」

范統一喊完，就覺得事情只會越來越混亂，這種裡面摻雜著反話的話最難分辨了，就連他自己聽了也頭痛。

給我機會拿紙筆出來澄清吧！給我機會啊！用講的根本不能溝通，你應該也明白這件事，那麼讓我拿個紙筆，寫個緣由，應該不為過吧？

儘管他如此祈求，但顯然他的祈禱沒有任何作用。

「我不需要聽你解釋，范統。」

在流蘇顏色晉級為黑色後，珞侍已經不再使用過去的增幅器具，所以他沒有做出拿武器的動作，但范統卻感覺到戰鬥一觸即發。

你要做什麼啊！難不成你要把身為入侵者的我殺掉嗎？我想過來救人會遭遇的阻礙，就是沒想到擋在前面的會是你呀！

「珞侍，先前我們逃走的時候你不是也沒有幫忙嗎？至少、至少代表你還是在乎……」

「不要再提那件事！」

珞侍打斷了他的話，忽而轉得凌厲的語氣，讓范統為之愕然。

「我們的交情早在你們離開的時候就結束了！我已經違背過母親的期待，背叛過我背負的職責，這一次不會再那樣了！」

當珞侍冷下臉孔，向前踏出步伐，以法力維持、飄浮在周圍的符紙，其中一張也亮起了光痕咒印，如同變戲法一般，焚燒生效。

「我是東方城的侍，驅除落月的探子是我應該做的事，在我的符咒驅動之前投降，否則就別怪我動手了，范統。」

方才生效的咒是光明咒，點亮了光源的第四殿，襯著這些浮空的符紙，格外有種壓迫之感。做出這番宣言的珞侍，只給予范統幾秒的時間決定是否交戰，他不認為范統會是自己的對手，如果對方真的不肯放棄，那麼，他也會克盡自己的義務。

意識到不可能用言語勸說成功後，范統的心裡多少有點難過。

然而就在這裡投降是不可能的事。他的回答是掏出符紙，緊握了自己的拂塵。

范統的事後補述

珞侍——看在暉侍的面子上，別把我滅了啊！這種要考期末考卻又不想進教室的心情是怎麼回事，我一定要跟珞侍打嗎？還真棒啊，剛好都是符咒專精，符咒對符咒，這樣……我到底有沒有勝算？這次要不要問噗哈哈哈看看？如果他跟我說沒勝算，我就直接投降不打啦，至少珞侍不會把我殺掉，我頂多被抓去跟那爾西關在一起吧？

慢著，跟那爾西關在一起，這聽起來好像有點搞頭耶，假裝投降再被關起來，之後再救人脫困……不過，珞侍都誤以為我被派來殺那爾西了，應該也不可能做出將危險人物跟重要人質關在一起這種事？

我真的很想叫暉侍出來面對，根本就是他的事情吧！我居然要為了救他的親弟弟，跟他的義弟打架，這是什麼樣的因果關係！暉侍，珞侍他還是很聽你的話吧？你顯靈一下不行嗎！別縮在殼子裡當烏龜，你給我把他搞定啊！

不管我怎麼喊話，暉侍還是不理我，加上又握著噗哈哈哈，想什麼都被聽光了，還拋過來一句「范統你好沒用，是男人就自己打架」……問題是這明明不是我的架啊！我只是被攪進來的無辜路人而已，請把我當空氣！

單是珞侍亮符咒的招就比我帥了一百倍，台下要是有評審，我一開始分數就是從負分開始算了吧？

灰黑色流蘇耶，我到底應該怎麼辦，而且搞不好人家是謙虛不招搖才沒掛純黑色啊！珞侍你到底為什麼會出現在第四殿外面等我自投羅網，難道那爾西被關在第四殿嗎！還是違侍大人實力太差所以你特地過來保障他的安全啊！

月退不會來救我，阿噗也說好不幫忙……

暉侍！暉侍你在哪裡！別再唱歌划船了，我需要你！就算你只有淺黑色流蘇，但你一定制得住你弟弟啊！你到底聽不聽得到我在喊你！

可惡，暉侍，我討厭你——

✣章之三　斷願

『夢與現實的交錯間，我已說不清那究竟是不是幻覺……』——那爾西

『夢與現實的交錯間，猶如回到了過去……而這次我終能藉由別人的手，觸碰到你。』——暉侍

戰鬥的時候，應該採取主動先發制人——范統一直是這麼認為的，不過，打從一開始就不利的狀況，讓他最先拿出來扔出去的符咒，都是些防守的符。

守、守住一開始凶猛的第一波攻勢，才能有後續啊！珞侍一開始就備好陷阱等人來跳了，這些飄浮空中的符咒沒消耗完之前，我根本只能被壓著打吧？

這陣子對法力與符咒結合的認知，讓范統清楚明白懸浮空中的那些符咒是什麼東西。

事先注入法力、使之處於預備啟動的狀態，放置在自身法力能擴散包覆的範圍內，然後只要心念一動，就能隨意讓任何一張符發揮效力。

所謂的實戰經驗，要拿來應付沒碰過的東西，腦袋還是會一時有點轉不過來的，在看見珞侍手指間夾了即將擲出的符咒，空中又有兩張符紙亮字燃起時，范統的思考幾乎一片空白。

等等啊！我還沒做好心理準備！剛剛燒掉的那兩張是什麼，我只看到頭一個字，閃……

霎時間，於眼前爆開的白光讓他也不需要想下去了，雖然那刺眼的效果被他一開始起手拋

出的防護結界攔截了一半，他依然覺得眼睛疼痛。

閃光咒……珞侍你居然用閃光咒對付我……而且還是兩張疊加的閃光咒，你到底想怎麼樣！可惡，想想魔獸，想想在虛空一區跟二區的戰鬥，不要緊張！只不過是個閃光咒而已！

對於這個練習的時候曾經帶來一堆痛苦與糟糕回憶的符咒，范統一直是有點排斥的，想起暉侍拉人過河的場面，他也不由得惱羞成怒，停滯的頭腦正才恢復運作，試圖找出適合應用的符咒，來應付眼前的所有狀況。

而珞侍在發現最初的幾張符咒都沒產生多少效果後，頓時沉下臉孔，重新評價起范統，同時啟動一下子增為三張，手中夾著的符，也灌注了法力之後，筆直朝范統射了過去。

飄浮空中的預備符咒雖然號稱可以隨時啟動，但受限於一些使用條件，多半都是些環境屬性的符咒，相較之下，珞侍親手擲出的符咒就不一樣了，那是貨真價實的攻擊符，以接近完美的出手時機，脫手後隨即開始幻化出烈焰，搭配著剛才燒掉的那三張環境符咒，使范統覺得腳下沉重，抬手也變得困難，明顯是被施加了削弱、綑綁類的符。幸好那些效果經過他殘存的防護符削減，已經變弱了不少，不然猝不及防中招的他，恐怕已無還手之力。

珞侍擲出的那道符咒開展出焰花般的軌跡，燃放到范統面前時，他只覺得那足以吞噬生靈的烈焰張揚怒放得如同盛開的花朵，撲面的熱氣尚未襲至，就已有灼燒的痛感，慌忙中他也自寫好的符紙中抽取了一張，看清楚上面的符咒名稱，便注入覆蓋著法力的符力，再將之丟出去。

他用以應付這道攻擊的，是簡單的馭水咒。基礎符咒消耗的符力少、法力也少，有噗哈哈哈的加持，又可以發揮出很不錯的攻擊力，所以他寫了不少張帶在身上，想當作主要的攻擊手段。

當符咒幻化出來的水以驚人的氣勢蓋上焰花時，范統其實很擔心火焰會將水幕全數蒸騰，不過事實證明他的擔心是多餘的。

兩方的符咒幾乎是以勢均力敵之態相互抵銷，在此同時，范統也沒有閒著，他還得處理附在身上的那些環境效果，但是，珞侍當然不會給他這種時間。

如果說噗哈哈哈之前的實戰特訓有什麼成效，其中一個必定是訓練出范統摸符咒的速度。要在那一堆寫好的符紙中瞬間挑出自己要用的符，可不是那麼簡單的事，范統自認自己現在摸符咒的速度已經夠快了，然而，似乎還得再更快。

他淨化咒才剛用下去，殿上便又是三張符咒同時焚燒，珞侍的攻擊亦無間斷，這次他伸手夾起了兩張符咒一齊扔出，一道防禦，一道反制，這才稍微喘了口氣。

有完沒完！才剛淨化，馬上又重新對我施咒啦！這樣來來去去我根本解不完啊！喔喔喔不！珞侍你怎麼這樣對待你的朋友，你是真的打算殺了我嗎？這番凌厲的攻勢是怎麼回事，比噗哈哈哈還緊湊危險！

啊，對喔……新生居民死了也會在水池浮上來嘛，符咒跟術法一樣，都是很仁慈的招式，一般攻擊幾乎都不含噬魂之力在內，只要不自主輸出噬魂之力，這些爆來爆去的光其實也都對靈魂無害呀，乾脆地把我殺掉，再去水池那個無法使用法術的地方逮人，我手無寸鐵身無寸縷的就完全不能抵抗了嘛，真是最簡便的方法？

但這不公平啊！珞侍可以毫無顧忌地把我殺掉，我總不能對他比照辦理吧？他可是原生居民耶！一個人一生只能生效一次的王血復活他也已經用掉啦！所以我得顧忌會不會殺死他，他卻可以隨意施展招招致命？原生居民了不起嗎——！

『范統，你很吵，嫌他麻煩的話把他殺掉就好了啊，而且你皮在癢嗎？居然說本拂塵的特訓不夠緊湊危險？』

戰鬥中抓著噗哈哈哈，是必要的事情，那麼心裡想什麼都被聽去，也就是無可奈何、不能避免的事情了。雖然拂塵的狀態下感應沒有人形強，要皮膚直接接觸才會被聽見內心思考，然而范統覺得為了防範這種狀況而戴手套是很蠢的事，結果就是這樣了。

『我哪有這麼說，我是說珞侍的攻勢太緊湊太危險啦！而且朋友哪是可以說殺就殺的，你嫌我吵難道也要把我殺掉嗎！』

范統現在其實有苦難言，棘手的敵人近在眼前，也已經開打了，分神跟噗哈哈哈對話分明是找自己麻煩，因此他口氣不太好。

『什麼啊，有這樣比的嗎？本拂塵怎麼一點也看不出來他對你來說有主人對武器而言那麼重要？』

噗哈哈哈似乎百思不得其解，而他說的話也讓范統一個吃驚，擲出的符咒差點歪掉。

不要害我浪費符咒啊！雖然我法力培養順利，也還沒培養到可以丟符咒丟到爽不必擔心枯竭問題的地步好嗎？

所以你是說……很重要嗎？我對你來說很重要？為什麼要在打架打得正緊張的時候忽然自然地說出這種話啊！你讓一個正在戰鬥的人心情起伏這麼大是可以的嗎！我會害羞啦！

『主人的死活對武器來說本來就是很困擾的事情啊，本拂塵又沒有說什麼奇怪的話，范統你為什麼反應這麼大，你有毛病啊，害我也覺得好像哪裡怪怪的。』

喂！很困擾跟很重要是不太一樣的概念吧！喔嗚嗚好燙！燒到了！燒到了啦！珞侍的符咒怎麼這麼強啊！分心的狀態下實在很難完全擋下來——

『什麼啊，不就是……很困擾又不能殺掉，別人要殺也不能放著不管，所以才顯得很重要嗎？如果不重要的話就可以乾脆不理會了啊，不過本拂塵警告你，不、不要以為本拂塵說了這種話你就可以得意忘形……』

你根本坦然說到一半自己也覺得不自在了起來嘛！所以我會害羞尷尬也是正常的啊！我這輩子很少聽人家說這種話，而且不久之前我才剛接受我對大家來說是自然忽略的空氣這個事實！

——！

『范統，你再不丟符保命就要陣亡了，到時候可別說本拂塵沒提醒你。』

雖然用心靈溝通過一段後，范統發覺直接用想的還比較快，也可以省掉傳輸的氣力，但方便而導致心神放在對話與戰鬥的比例越來越不平均後，他所要面對的，就是恍神造成的生命危機。

這種時候范統不得不承認，過去的苦練真的有效果，反射性一次抽兩種符咒，清楚劃分出相對應的兩種符力、使之生效，雙重的符咒防堵下，這才再度令珞侍的攻擊符咒威力減弱並順勢撲滅，死裡逃生了一回。

『范統你這種程度，還是不要分心跟本拂塵講話吧，本拂塵不想要一個因為聊天而死的愚蠢主人，你沒有必要那麼努力地想成為本拂塵生涯中的汙點。』

誰想要成為汙點啊！是你先跟我講話我才會回答你的吧！不要扭曲事實的原貌！

『還不是因為你太吵，本拂塵才會出聲制止你？戰鬥就專心想出招什麼的啊，哪有人想這麼多雜七雜八的無關事情，小心本拂塵詛咒你打不贏。』

什麼跟什麼——武器詛咒主人打不贏是對的嗎？我要是打輸了可是會死的耶！先有怪女人詛咒我嘴巴講十句有九句是反話，後有無良武器詛咒我打架會輸，我到底該何去何從啊！

『范統你……不要以為本拂塵叫你不要聊天，你就可以隨便想一些很過分的話毀謗本拂塵！那種不堪入耳的話本拂塵聽不下去！我要變成人自己跑走喔！』

你要拋棄戰鬥中的我嗎！而且我現在抓著你，你要是忽然變成人，到底會怎麼樣啊！我可不可以不想知道？

『快點丟符咒專心戰鬥啦！你又要死了！』

咦？我又……

在他又一次大腦反射丟符化解危機後，他總算決定努力專注於面前的對手，不要再因外力而分神。畢竟顧好性命還是很重要的，即使他死了會從水池重生，先前的負債導致重生疼痛的陰影，還是讓他一點也不想重新經歷。

珞侍並不知道他剛剛不專心的狀況，只對范統不知何時增進的實力感到驚訝而皺眉，這似乎更加強了他認真戰鬥的意志，出手也越來越狠戾。

意識到這樣一來一往的攻防對自己並不有利後，范統不得不思考突破現狀的辦法。等待珞侍把空中那些法力符消耗完是消極的下策，那意味著他還得再閃閃躲躲很久……

腦中靈光一現做出判斷後，范統隨即按照自身所想，快速抓了幾張馭火咒便散著朝上方撒擲出去。在使用的符咒都屬同類型的狀況下，他能夠一次使用超過兩張的符咒，反正這種時候有所保留也沒有意義，他可一點也不喜歡被打死之後再來哭喊「要是那招我有用搞不好就贏了」的感覺。

昇華為騰焰的咒，目的在於吞噬那些尚未作用的威脅，珞侍自然也發覺了他的意圖，布陣的時候，雖然有設過保護這些符咒的結界，但那數張馭火咒熊熊燃燒的聲勢，使他覺得結界恐怕不保，眼見預備的法力符即將被攔阻不下的攻擊破壞，他做出的選擇則是——直接將所有的預備符咒啟動。

雖然是環境影響類型的符咒，但一次啟動的效果依然如同爆破，一剎那在這片空間溢滿沖刷的法力洪流，差點就癱瘓了范統的感知，但他就算沒昏過去，接著要面對的，依舊是考驗他能力的麻煩。

如果原本的符咒生效時，因為被他的符咒反制，對他造成的影響還不算大，那麼現在層層疊疊壓垮防護的環境符咒，同時發作也就使他猶如被定身，儘管有一部分已經被擋掉，襲擊過來的還是太多，這種動根手指頭都有點難，眼前還有幻覺的劣勢，似乎已經讓范統的處境糟糕到了極點，幸運的是，看見全部的預備符咒開始自燃時，他就先抓了好幾張符咒在手上，只要他能成功讓其中的淨化咒發動，就可以順利脫困。

不過范統只轉動僵硬的脖子瞥了自己手中抓的符咒一眼，臉就黑了一大半。

一共四張不同的符咒，同時輸入四種符力，根本是不可能的任務吧？萬一不小心沒對好，淨化咒沒發動怎麼辦？我禁不起這樣的風險啊，要是沒發動我就真的死定了，啊啊啊珞侍又攻擊啦——！

迎面一團可怕的烈焰轟來，是生物都會想竭力閃躲，范統也不例外，這股真切想迴避的心情使他索性直接在所有的符咒裡都注入淨化咒的符力，豁出去一般地拋出，使得另外三張符咒離開他的手沒有多遠，就立即爆炸。

無論手抽得再快，連環爆炸的範圍仍然波及到了他，范統覺得神經傳來一陣熱辣辣的疼痛，從右手末梢到半個肩膀都沒有倖免，握著噗哈哈的情況下運行符咒失敗所產生的爆裂，果然非同小可，事已至此，他也只能咬牙忍痛，並為自己施用一張止痛符來麻痺痛覺。

好痛——！所以我就說需要護甲嘛，所以我就說嘛！沒有被珞侍的符咒傷到，卻傷在自己的符咒下，我覺得心情複雜啊！這是在耍蠢嗎？啊，糟糕，珞侍有沒有受傷？

范統身上的炸傷，雖然沒到致命重傷的程度，但也絕非什麼不礙事的皮肉傷，而就算是自己負傷的狀態，他仍然不忘擔憂珞侍的安危，彷彿忘記了對方是要置他於死地的對手。

大概因為有一段距離，又常駐保護符在身上，剛剛的符咒爆炸雖然令人措手不及，珞侍仍無大礙，頂多是閃得有點狼狽罷了。事先準備的法力符都已耗盡，卻沒能拿下范統，他多少有點感到挫折，然而這並不能使他退卻，回歸單純一對一的符咒戰鬥只是將雙方拉到平等的位置而已，不代表他就沒有勝算。

以符力融合法力的精純來說，絕對是珞侍勝出，只是，他的能力固然優秀，卻還沒能習慣後好好發揮，稍微拉低了實戰的效益，也導致他無法在這場戰鬥中輕易壓制對手。

他告訴自己，要代替東方城的女王守護神王殿，讓決鬥中的矽櫻沒有後顧之憂。

他也告訴過自己，既然打破了限制，就該用自己現在的力量為自己的國家做點什麼，做點他能夠辦到，也必須辦到的事。

他不懂這種沒有退路的感覺從何而來。作為東方城的王子，在母親要去決鬥的日子，他理所當然地守在外頭，待得見到了人，再送上預祝勝利歸來的話語——即使他知道，母親的決鬥對象是他曾經交好的朋友，但這是他身為王儲該有的立場。

兩個人之中，只有一個會活下來。

母親的歸來，就代表著月退的死亡。他不曉得這樣預祝勝利的話語是否有虛假的成分，只因他也不清楚排除身分立場之後，他究竟比較希望看到誰活著出現。

將他安排留守，不讓他隨行，是他事先就被告知的。母親看向他的神情依然冷淡，只輕輕交代了一句「看住人質，守好神王殿」便轉頭離去，他們一直是這樣如同隔了一道牆的關係。

或許澈底執行這道命令，也換不到一句讚賞。但他還是覺得自己需要這麼做——需要不被情緒所左右，公私分明、理智地面對這些事情，就像個成熟的大人一樣。

然後否認這樣的執著其實是基於想證明自己的價值、讓自己安心的幼稚衝動。

看見范統的手臂因爆炸而受傷，珞侍覺得心似乎抽動了一下，只是，他不願意就此終止戰局。

除非我倒下。他在心中唸著這樣的話語，機械化地抽出了空白的符紙，畫符的光紋，也隨即在紙上顯現。

『珞侍已經很努力了，不要那麼勉強自己，這樣會過度緊繃的。』

忽然想起這句暉侍對他說過很多次的話，其實並非偶然。

有什麼事情辦不到想要放棄的時候，他總是會拿這句話安慰自己。

就好像一直拿暉侍的話語來找藉口，一直找藉口原諒自己一般，繼續下去是不可以的。

所以，此時此刻還想起這句話，自然也是，不可以的。

原本因為看見珞侍安然無恙而鬆一口氣，差點遺忘自己身在戰鬥中的范統，直到珞侍又操起一張符毫不猶豫地轟過來，才猛然清醒。

唔喔喔喔！防護咒！呼，珞侍你打落水狗啊？我才剛受傷——你至少也遲疑個幾秒吧！雖然我爸爸說面對敵人就要像面對害蟲，給他機會麻煩的只會是自己，但是我們以前至少還是朋友、有過交情不是嗎！不要因為你初次見面用馭火咒殺了我，覺得反正殺都殺過了，多殺一次也沒什麼關係，就越殺越上手啊！

『是這樣嗎？本拂塵好像聽過類似的話語，什麼……打是情，殺是愛？』

噗哈哈哈突然冒出來的話，又讓重新提起緊張神經的范統吞口水時險些嗆到。

不幫忙也別來搗蛋啊！我給你糖，你別來亂了好不好！我需要專心啊！

『什麼東西，本拂塵只是不現在問，等一下搞不好會忘記而已，還有，本拂塵才不要糖，給我洗髮香精。』

你這是勒索嗎！你這樣勒索命在旦夕的主人是對的嗎？你主人身無分文，要買東西還得厚著臉皮去拜託月退賞錢，你知不知道西方城的洗髮精不便宜的！

『叫那個金毛的吐錢出來有這麼難嗎？原來你們交情也不過如此。』

才不是這樣！我——

范統想到一半，連忙竭力制止自己想下去。

上次找月退要錢買東西的細節，他實在不太想在腦袋裡轉過一遍給噗哈哈哈知道，總而言之，現在還是該好好完結這場戰鬥，不宜多想別的事情。

噗哈哈沒有追問下去是不幸中的大幸，不然繼續聊天下去，戰況恐怕會很不樂觀，尤其珞侍在預備符耗盡後，整個人似乎更加凶狠了，他要是不聚精會神些，搞不好一個疏忽就丟了性命。

而比起目標明確的珞侍，范統反而不知道該如何結束這場戰鬥。

對珞侍來說，只要不顧一切地把他殺掉，一切就結束了，他可以去水池逮人，不費吹灰之力就俘虜范統，但范統卻不能學他這麼做。

不能殺掉對手，又無法說服對手，那麼要終止戰鬥，除了逃跑，就是癱瘓對手的行動能力了。

從各方面來說，這也許是比殺掉對手還要難上許多的事情，要是可以隨心所欲地攻擊，他仗著噗哈哈可怕的增幅能力，隨便漫天亂丟攻擊符咒，說不定也可能會贏，若要將目標訂為讓珞侍無法繼續戰鬥，就會多出很多麻煩。

再困難也得努力想想辦法，從開始到現在，用符咒硬接珞侍攻擊的感覺，使范統能切身感受到混合法力的符咒強悍的破壞力，靠武器威能增強的防護咒都很難全數防禦下來了，他簡直難以想像，要是自己沒拿武器，會落敗得多麼快速。

平常一緊張就打結並離題的腦袋，這次難得地靈活運轉了起來，直來直往的攻勢只會演變成纏鬥，他需要出其不意的戰法，可能再用上一些無恥的歪招——這也是迫不得已的事。

嗯，戰鬥了這一段時間，我覺得要是珞侍再更老練一點，更熟習自己的力量的話，我多半不是對手……不過，我會產生這樣的感想，意思是現在的我其實比他強嗎？是這麼推論的嗎？這個結論讓我有點惶恐啊！珞侍腰帶上的灰黑色流蘇可不是掛假的，而我居然能夠勝過他？我知道噗哈哈哈你可能又想反射性回答「還不是本拂塵的功勞」了，但拜託別跟我說話，我求過你好幾次了，不要一犯再犯啊！

這回在噗哈哈哈出聲之前，范統就率先吶喊要他別開口。作戰的方式已經在內心決定了，那麼就不需要繼續拖延下去浪費時間，直接執行便是最好的選擇。

珞侍應用得最順手的，大概是火系的符咒，每每看見焰花從他擲出的符咒綻開，紛飛的焰蝶錯落四散的景象，總是讓他在恍神過後，才意識到面前美景的致命性。

符咒所能攻擊的範圍、方向，以及脫手後有效的時間，都立基於施咒者的控制能力，若是忽略傷勢與被月退託付的任務，范統也許會有閒情逸致欣賞這些如同藝術般的符咒效果。擋下這一記攻擊後，就是他所需要的時機，范統夾手扔出的是幻覺咒，擾亂視聽的幻象只是混淆珞侍的第一步，他緊接著進行的動作，則是看似有勇無謀地，撒出大量的符紙。

當幻覺咒生效的時候，珞侍很自然地想抬手驅散，但他沒料到范統會跟著丟出如此大量的符咒，雖然他的認知中，要一次使這麼多張符咒生效，應該是不可能的事情，但范統先前就有發動複數符咒的紀錄，這使他不得不謹慎應對。

防禦的符咒已經抽在手上，馬上就要使用，可是這時，珞侍卻因看清楚了那疊朝他撲面而來的符咒，而一個停頓。

——空白符紙？只是空白符紙？這是……

在他的腦袋轉不過來的這一瞬間，對手已經閃身而至，這突然拉近至貼身距離的狀況不在珞侍的估計內，范統也沒有任何多餘的動作，一照面，事先準備好的符咒，就朝珞侍的額頭按了下去。

昏迷咒！

符咒壓上珞侍額頭的同時，范統也在心中默念了符咒名稱，使之成功啟動。

珞侍昏倒、接住他的身體，都在這幾秒之間，等到四周一片寂靜，確認一切順利，空氣中也澈底沒了戰鬥的氣息後，范統才深吸一口氣，彷彿還有點不太真實的感覺。

成、成功了？我真的打贏了？這種值得紀念的時刻，是不是應該熱淚盈眶高呼萬歲啊！直到現在我才有一種我真的已經是個高手的感覺，雖然沒有讚美、沒有喝采，也沒有別人看見，實在有點落寞，身邊沒有同伴可以分享這種喜悅，我總不能現在把珞侍叫醒，向他訴說我的心情吧？這樣好像也太白目了點？

『誰說沒有別人啊，本拂塵不是在這裡嗎？范統你這個王八蛋，都無視本拂塵的存在。』

……

對喔，還有噗哈哈哈在……

『你那不滿的語氣是怎麼回事，本拂塵要你解釋清楚。』

因為我每次找你說什麼新進展，你都覺得那是應該的，根本不能期待從你這裡得到稱讚啊！

想起每次被潑冷水的經驗，范統也不由得委屈了起來，那感覺還真的挺悶的，所以他便藉機小小抱怨了一下。

『那種東西又沒有必要性，本拂塵不明白你為什麼這麼想要。』

什麼啊！你說這話還能聽嗎？你自己明明也很喜歡！

『……本、本拂塵的確還挺喜歡的，不過讚美這種東西，本來就要做了可以稱讚的事情才能得到啊！除此之外不都是虛假的讚美嗎！』

噗哈哈哈疑似又惱羞成怒了，對此范統不予置評，比起期待那根本等不到的稱讚，他覺得還是辦正事比較有意義一點。

由於不可能抱著珞侍去找人，范統便將人扶到牆邊，打算就放置在這裡，反正把人放在神王殿應該不會有事，他想，自己不需要太過擔心。

而就在他將人放下，準備繼續尋找那爾西時，噗哈哈哈的聲音再度於他腦中響起。

『范統，你今天……也算做得不錯了啦，雖然要當本拂塵的主人還是差了點，但是本拂塵覺得勉勉強強還可以認可你，以後還是要繼續努力。』

噗哈哈哈的話語雖然比較近似於勉勵，但要聽到他說這種話，也是破天荒了。

不可能啊！這是幻聽吧？是幻聽吧？其實今天是什麼事情都會發生的奇蹟之日嗎？我的心情簡直可以用驚恐來形容！

『范統你欠揍啊！要不是你看起來好像沒得到稱讚很傷心的樣子，本拂塵才不會說這種話安慰你呢！有得聽還嫌！』

喂喂，你也差不多一點，所以你的意思是，剛才那番話只是虛假的稱讚嗎？你的臉皮到底有多薄啊？

『本拂塵才不會說出什麼虛假的話！本拂塵又不像你！』

好啦好啦，我覺得我也越來越了解你了，搞不好我們真的可以修器化了呢？

『哼！當初是范統你一口拒絕的，現在要本拂塵點頭，哪那麼容易！』

這樣沒神經的亂扯告一段落後，范統便繼續往神王殿的後段前進。肩臂的傷做過止血跟止痛，目前是撐得過去的，那麼及早將那爾西找出來，也就能有個交代了。

❀

剛經歷完一場驚險戰鬥的現在，范統覺得自己的心情不可思議地平靜，在這樣的平靜中，似乎又隨著那股越來越接近目的地的預感，而多出了些什麼。

用占卜來定位，準確性有多少，范統不敢保證，不過他一向很相信自己從原來世界帶來的能力，況且，除了占卜，他身上恍若也有一種磁性相吸般的感覺，告訴他沒有找錯方向。

漸漸加快起來的心跳，即使深呼吸也無法穩定下來。他淡然的情緒與暉侍的情緒相疊，交融出來的複雜，他被動地感受著。

這種時候他不由得要覺得暉侍這個不乾脆的傢伙很煩。

對他來說，要去找那爾西、見那爾西，都是無關痛癢的事情，他不會擔憂在東方城當人質的那爾西受到什麼樣的對待，現在人是否完好，然而暉侍的心情硬是覆蓋上來，就會讓他產生自己掛念著什麼重要的人般的錯覺，整個莫名其妙。

在不算快的探測前進，直到要踏入暉侍閣時，范統感到身體一陣僵直，雖然閉上眼睛試圖平緩不適的暈眩，但效果好像有限。

喂，暉侍，你到底想怎麼樣？

他在心裡發問，卻也沒期待得到答案。暉侍一向只會在他的夢中顯形，跟他對話——只要是他清醒的時候，暉侍就會像不存在一樣，完全不會有回應。

可是現在靈魂干涉的狀況都這麼嚴重了，暉侍幾乎是明顯地顯露了自身的思感，想要無視是不可能的事情，遭遇這種情況，范統十分無奈，想了想，便決定放鬆身心，接納此刻的同化。

等到他閉著的眼睛再度張開，已經是澈底相異的感覺。

看得見真實而有色彩的影像，看得見自己解開入口結界、推開暉侍閣的手，也感覺得到腳踏在地板上的輕重。

就如同回家一樣，環顧四周，流連於視覺的一切都令人心生眷戀，再從眷戀到不捨。

他踏著陌生而不太習慣的步伐，走往了內室，而裡面靜靜趴伏在矮桌前的人影，是他所認知的家裡，唯一不可能出現的，他一直很想見的人。

那爾西正處在昏睡的狀態，昏睡前的發作彷彿仍殘留痛覺，讓他眉頭微微皺著。

由於並非很深的沉睡，有人接近時，那爾西還是隱隱約約感覺得到，只是室內寒冷的空氣與不想醒來的昏沉感使他仍舊躺著，唯有在對方伸出手來碰到他時，幾不可見地動了一下。

他的手碰到了他。即使嚴格來說，這其實也並非他的手。

那爾西看起來沒什麼明顯的外傷或問題，這個認知讓他鬆了一口氣，雖然還有其他許許多多的感覺，但這個時候，他所想的也只剩下「這樣就好」。

這樣就夠了。這樣就好。

對他來說，也許一直是這個樣子。

傾身將人抱起的途中，他並不清楚自己是否希望對方張開眼睛。

曾經那麼希望能夠眼神相對，卻也接受了這種事情不會發生的現實。

曾經那麼希望看見他的眼中映出自己，但現在他只要張眼，這魔法般的一瞬，應該就會化為泡影。

由於抱人的動作有點大，那爾西終究還是被吵醒了，迷茫的藍眸看向他的時候有點困惑，像是腦袋只醒了一半，仍不怎麼清醒。

「……你是誰？」

那爾西見過范統，一向也沒什麼認人的障礙，不過在睜開眼睛看到范統的當下，他卻略微困惑地問出了這個問題。

「我是來帶你離開的。」

他露出了淺淺的笑容，迴避了這個問題，輕聲這麼回答。

也許是真的累了，疲倦、想要休息的感覺不停襲來，那爾西覺得眼前的影像在晃動，所以他選擇重新閉上眼，不要再深究下去。

覺得對方可以無條件信任，讓他感到安心的原因，他其實也不知道是什麼。

雖然不知道是什麼，緊繃的神經仍是放鬆了下來，然後便陷入了習慣的黑暗。

他有種這一次不會作惡夢的預感，連他自己也解釋不清。

抱著他的人猶如不想吵醒他似的，動作小心翼翼。

看著那爾西清醒又睡去，他也跟著闔眼。

接著再睜眼時，就不會是他了。或許還想再多看一眼，不過那應是沒有必要的事。

他不能因眷戀而留下。

不能因不捨而停滯。
既然不能，那麼就在這裡放下吧。
這是雙眼閉合之前，他最後的想法。

范統的事後補述

唉。
我想了又想，想了再想，想了半天，結果最想做的事情是嘆氣。
到底是因為我感染了暉侍的無奈，還是我本身就很無奈呢？
如果暉侍無奈的原因是他已經不可能再回到局中，那麼我的無奈就是……明明我一直是個局外人，卻不斷地被攪進局裡吧？
剛剛我也不是被奪走身體啦，只是覺得暉侍好像很想出來的樣子，就稍微借他一下，但發生什麼事情我還是都知道的。
在暉侍看起來好像很想摸那爾西的臉時，我真的覺得極度不能適應啊——不過噗哈哈哈居然先我一步喊出「這個假黑毛真不要臉」，這種情況下我也只能修改修改我的立場，說出「那畢竟是他很久沒見面的弟弟，別這樣」之類的話，沒想到噗哈哈哈居然回答我「弟弟不過就是另一個人生的競爭對手罷了，為什麼會想親近」……

首先，我家的拂塵居然曉得弟弟是什麼東西？他平常看起來很缺乏人際關係、社會組織方面的常識，卻意外地知道哥哥不哥哥，弟弟不弟弟的？所以弟弟是常識中的常識，連武器也知道，是這樣嗎？

再來，我實在不得不說啊──噗哈哈對弟弟這個名詞的認知是出了什麼事？雖然他那個什麼打是情、殺是愛也很有問題，但這次他可沒有說「我聽人家說」耶！

姑且不論弟弟的問題吧，不，其實我接下來要論的也是這個弟弟的問題沒錯。

暉侍他──忽然間就這麼縮回來把身體還我了啊。

這又是什麼狀況啊？暉侍你到底要不負責任到什麼程度！雖然我沒有虛弱到抱不動你弟，但是抱弟弟這種事情應該是你自己要背負的甜蜜負擔吧！我為什麼要幫你幫到這種地步啊！這是接下來出去遇到什麼問題又要我來處理的意思嗎？你會不會太過分了點，人神共憤！

我覺得要抱著那爾西帶他離開這裡，實在讓我如坐針氈！我還是想問一句話，為什麼是我啊！Why！我都已經幫忙闖進來、幫忙搞定珞侍了，這樣還不夠嗎？

雖然有點想繞回去關心珞侍的情況，不過我恐怕沒有這樣的餘裕，因為我手上抱著一個燙手山芋，對暉侍跟月退來說他可能是寶啦，但我又不是他們，對我來說就只是個我不太喜歡的大麻煩啊，就算長得跟月退挺像的，也一樣是大麻煩。噢噢噢我不是暗指月退很麻煩，我沒有，即使這一掛長這張臉的人裡面，暉侍超麻煩，那爾西很麻煩，就連臉沒特別像卻有血緣關係的艾拉桑先生也極為麻煩，那一樣不代表月退是個麻煩！

我知道我這樣極力撇清好像會越描越黑啦……我知道……我都知道啦……然後還有一件事讓我覺得很不開心，那個，為什麼暉侍他借用我的身體，就可以講出正常的話？詛咒果然是跟著靈魂的？還是他只是中了十分之一的機率，畢竟他也只講了一句話，要多講幾句才看得出來？如果詛咒真是印在靈魂上，那可真是個悲劇……

月退那邊現在的戰況如何呢？我好在意。這邊算是解決了吧，我只要繞出神王殿就可以帶著人回到那邊……？

慢著，我這樣帶著敵人俘虜的人質囂張地公然出現在決鬥現場，真的妥當嗎？我不顯眼不會被注意，但那爾西可不是吧？

那我該帶著人在東方城裡逛一下等那邊結束再去會合？可是這裡是敵人的地盤，這樣真的好嗎？抱著一個西方人給人看到，怎麼看都很可疑的樣子！所以我就說是燙手山芋嘛！如果用隱形的符咒把那爾西藏住？到底該怎麼做喔喔喔喔——我還想找個地方治療我自己的傷呀——

章之四

劃破虛空

『不是為了多麼偉大而恢宏的信念，只是為了以自己的雙手把握。』

『無論是終結末日，還是迎接末日，無論我必須以劍斬斷什麼樣的事物。』

『我不知道我所求的真相是否有這樣的價值。』

『在這之前，我也不知道，其實我已對一切都無能為力……』

——月退

決鬥已經持續了一段不短的時間。

旁觀的眾人很難去揣度上空那兩人的心情，只是在這樣的壓迫空間中戰鬥，他們彼此的心理狀態絕對稱不上輕鬆。

有效傷害難以提升的缺點隨著時間過去，似也造成越來越大的問題。在希克艾斯的光輝不斷閃耀的情況下，月退身上出現了越來越多的細小傷痕，儘管因為愛菲羅爾療癒效果的發揮，那些見血的小傷口都在慢慢收斂復原，但新的傷口仍不斷出現，觀戰的西方城隊伍也因而格外不安。

唯一值得慶幸的是，護甲的保護罩隔絕了這些輕傷附帶的噬魂效果，這樣至少能保住靈魂不受其害，也不至於因為小傷堆疊起來的靈滅而無法再戰鬥下去。

砞砂跟伊耶不熟，也幾乎沒跟他說過幾句話，不過現在月退的戰況看起來有點不妙，難以判斷出局勢的狀態下，他便過去搭話了。

「伊耶，月退的狀況怎麼樣？器化還能維持多久？」

由於他跟月退是同伴關係，稱呼伊耶的時候，他自然也不覺得應該加上敬稱，或許他的話語不太有禮貌，但伊耶一向也不喜歡太過彆扭的說話方式，不是那種需要禮儀的正式場合時，直接一點還比較乾脆。

「那種事情要他自己才知道，他如果硬要逞強，我們也看不出來，但既然是決鬥，只怕不逞強也不行吧。」

認人等級很低的伊耶，對砞砂的印象原本是「恩格萊爾的對象」，而觀察月退的人際關係觀察了這麼久後，他對砞砂的印象便默默修正為「恩格萊爾的對象之一」了。

到現在他還是沒機會搞懂砞砂到底是女扮男裝的少女還是有女裝癖的少年，其實兩個答案都是錯誤的，不過那個一般人很難接受的真相，或許他不知道也比較好。

「對手使出來的也是器化嗎？那麼應該也有身體負荷不住造成的時間限制？」

砞砂雖然不太了解器化的原理跟表徵，但矽櫻不合理的防禦力，配合她臉龐上浮出的藍印，要做出推測並不困難。

「護甲的器化不像武器那麼嚴苛，要維持器化比較不吃力，而且對方也有體質上的優勢，恩格萊爾如果想打消耗戰，絕對沒有勝算。」

伊耶一語道破了拖延只會對戰況不利的事實，匯聚盤旋於矽櫻身上的力量，幾乎已經超出了常理的範圍，那是長時間的修練才能累積下來的根基，不是光用天分就能彌補的。

月退再怎麼天才，終究太過年少，只是，矽櫻看起來分明也很年輕，這點就讓人無法理解了。

「所以，月退有勝算嗎？」

所謂的殺手鐧，他們都知道，但實際用起來會怎麼樣，還是難以估算的，硃砂想要直接一點的答案，雖然問伊耶也未必會得到結果，但他還是問了，反正開口問一下也不費什麼力氣。

「他當然有勝算。」

伊耶冷哼了一聲。

「又不是實力相差懸殊，這種彼此力量差距不大的決鬥，輸的那方通常都是誤判形勢笨死的！」

硃砂對伊耶的評論沒有表達任何意見，判斷這個話題可以結束後，他便額外問了另一個問題。

「范統從剛剛就不見了，你知道他去哪了嗎？」

伊耶差點就要脫口說出「范統是誰」，幸好他總算在遲疑了幾秒後，勉強將名字與那個一開口就令人殺氣暴增的人核對了起來。

「人不見了？搞什麼鬼！」

雖說伊耶對范統沒半點好感，然而月退很重視范統，他也是曉得的，萬一人出了什麼事，那可能會很麻煩。

而且……比起人出事受傷，更糟糕的應該是被東方城抓走，又多一個現成人質才對。想到有這樣的可能性，伊耶便不由得感到頭痛。

他畢竟是西方城的隊伍裡除了月退以外職位最高的人，這種時候實在不能自行離隊去找人，所以，眼前就算知道有這樣的狀態，他也是無法立即處理的。

「這件事我知道了，等決鬥有個結果再說。」

因為不能立即處理，那就只能先擱置了——伊耶一面在心中咒罵范統，一面做出這樣的決定，他實在不曉得這種時候范統會去哪裡，待會要找尋恐怕還得費點工夫。

這段多出來的插曲並不干擾決鬥的進行，即便從決鬥開始到現在已經有一段時間，月退與矽櫻之間的戰鬥卻漸趨白熱化，不見氣力枯竭。

原先因沒有預料到的狀況而焦慮起來的月退，現在已經平靜了心情，冷靜下來審視雙方的條件，也判斷出了他能夠採取的戰鬥方針。

矽櫻的防禦不是不可突破的，若天羅炎能夠近身揮下，那種程度的能量衝擊，矽櫻就不可能毫髮無傷。

但他知道這樣的攻擊方式能奏效，矽櫻當然也曉得自己不能被近身，一定得在戰鬥中避免這種狀況發生。

她十分擅長運用千幻華的特性，優美的身姿總是飄忽即逝，無法捉摸，她可以瞬間出現在完全不同的方位，從各個意想不到的角落突襲，月退沒辦法把握住她移動的軌跡，不過，兩人中間有距離其實未必對他不利，有距離作為緩衝，他要動用絕招時，亦會方便許多。

之所以現在還不將殺手鐧使出來，是因為他還在等。他得確認敵人不會再出奇招，得確認自己的招數能一舉重創敵人，所以他必須以現有的力量逼出敵人所有的底牌，除非他在那之前，就已經支撐不下去。

即使現在無法進行近身戰鬥，他也不見得就束手無策。

他從來不會在戰鬥中陷入恐懼的深淵，這是因為他清楚知道，自亂陣腳只會敗亡得更快。

若天羅炎的音震暫時撼動不了對方，他就用別的手段來進攻——天羅炎的器化效果正好能讓他更加便捷地使用術法，因此，他選擇了術法來進行下一波的攻擊。

心之發想，而後幻境成真。

當前的空間原本就已經張著他擴展出去、含著術法的質變領域，他現在則是冒著控制不當就會反噬的風險，硬是在這樣的領域中重複施展術法，強行蓋上去重合。

雖然是成功機率很低，使用起來十分危險的技法，但在完美的純粹想像揉合操作下，卻一絲抵觸也沒有出現。

月退的術法施展得無聲無息，矽櫻想阻止也來不及阻止，術法強化了領域的效能，本來靠著千幻華能擋下的尖嘯，赫然衍生出銳利的風刃，防禦頓時吃力了不少，而空間持續異動的異常狀態，也讓矽櫻驚愕過後，隨即出劍劈向月退。

希克艾斯延長劈斬出的劍刃，快速而凌厲地掃向月退，沒有搭配其他的變化，彷彿只是一次無謀的攻擊，但矽櫻的目的其實也很單純，就只是要打斷月退繼續施加第三層術法重合罷了。

儘管他重合了兩層的術法領域疊得無可挑剔，但疊第三層的難度可說是倍數於前面，敢想做就做，確實也令人覺得大膽。月退在閃避劍鋒的同時，仍凝聚精神繼續他的施法，沒有因為敵人的干擾就放棄行動。

重合法術如果失敗該怎麼辦，他打從一開始就沒想過。不是因為對自己的信心，只是因為，他並不介意玩火自焚。

反噬的能量也許會使得空間炸開，不過觀戰的人員準備的護罩應該足以抵禦，至於處在中心的他自己，假若真炸死了，仍可以從水池爬回來，單純的術法爆炸是不含帶噬魂之力的，這一點他相當確定。

月退很久以前就曉得自己喜歡在戰鬥中不顧自身安危地行險招，那對他來說像是一種挑戰極限、實驗般的樂趣，去猜測模擬對手會有的應對，他會在這樣的氣氛下忘記自己身為皇帝，有保護自己身體的職責，而事後會被斥責什麼的，更是完全被他拋諸腦後了。

戰鬥的本能讓他覺得自己只需要考量獲得勝利的方法，盡己所能地把敵人逼入絕境，不管那是否會造成兩敗俱傷。

險惡環境下敵人的反撲絕對是相對危險的，但他就是想看矽櫻還有什麼能讓他驚訝的東西還沒使出來。

這不是矽櫻全部的實力。他的直覺是這麼告訴他的，應該還不只如此，她絕對還保留著其他東西，看樣子似乎不到最危急的時候，便不想使用。

他不會喜歡那種關鍵時候爆出來的驚喜，他想要的是確實的毀滅敵人，確實——而且萬無一失。

隨著第三層術法重合的進展，不斷從遠端斬擊的光刃也快得驚人，重影般的虛體劍刃周遭的銳利光芒明明是冰冷的，卻像要燃燒起來一般，使他有熱浪撲面的錯覺。要是被掃中一劍，他目前堪稱薄弱的防禦只怕就會被擊破，所以他只能靠敏捷的移動盡可能地避開，降低自己受創的可能性。

將心神一分為二，一方面掌控術法，一方面專注閃躲，可說是遊走於極限的事，不過他相信等到自己布陣完畢，局面就會有變化，不論是否甘願，矽櫻都得另覓方法來扭轉局勢，否則就只能處在被壓制的狀態下，直到輸掉這場決鬥。

而正狠戾追擊月退的矽櫻，面對當前的景況，明知對方是在試探，心裡卻也沒有生出不悅的情緒。

她會想讓戰鬥照自己想要的模式打，對方自然也是一樣的，能否將局面扭轉為對自己有利的狀況，端看各人的能力。

月退的強項是攻擊，所以便會誘導她放棄防禦，以純粹的攻擊和他相戰，隨之起舞。她佩服月退疊合三層術法的膽識，以她的心境水準，月退的術法她是無法驅散的，要以其他正規方法反擊，恐怕也很難突破已經兩層的術法領域，現在，她的選擇並不多。

希克艾斯強化到這個地步，已經是她灌注大量的法力和操控力來維持的了，她的武器性能就只能用到這樣而已，也許連一半都沒達到，但這是不能勉強的事情。

能夠擺脫當前束縛的方法，她是有的，只是，她十分不願意去用。

如果她要使用那個能力，就意味著她得回憶起最不想回憶的東西，重新體會那種她用盡全力排斥的感受……

捨棄最容易的方法是出於她意願的取捨，因此她也得另外想出別的途徑穩固自己的安全，而且她能夠想的時間已經越來越少。

近身的風刃由千幻華築出的護罩所承受，還在能夠自保的範圍內，看來不以激烈的攻擊反抗，大概很難繼續僵持下去。

矽櫻壓縮著自身的法力，使之凝聚成圍繞武器的光球，隨時讓武器吸收，轉化為輸出的能量，在術法完成之前，月退沒有空隙能做別的攻擊，若沒有把握住這個時機追擊創傷他，接下來要再追擊就不容易了。

月退的器化沒有辦法再撐多久的，在剛剛的交手中，矽櫻能從音波的變化中推測他的氣力消耗，而疊這三層術法領域，又會耗掉他大量的精力，她相信他的力量衰退很快就會到來，屆時他也將無法再維持這麼複雜的領域，所有的壓力都會因而瓦解。

當然矽櫻也不會純粹樂觀地等待，月退能如此平穩不躁進，說明了他留有後手，並不擔心力量衰竭後的劣勢，一切多半不會太過單純。

望著面前敵人的身影，矽櫻在內心盤算著。

阻撓施術的辦法，或許還有別種。

要撐起三層術法重合所需花費的氣力，似乎有點超出月退的想像。

而就在他反省這麼做是否太逞強的時候，矽櫻猛然釋放出了巨額的法力，使之在空間內連環爆開，瞬間受到影響而劇烈震盪起來的領域讓他意識到自己得做出緊急處理，於是，為了防止最壞的狀況發生，他散去了原本正在凝聚的第三層術法，連帶使得先做好的第二層崩壞，餘下的反噬衝擊回他自身，他的嘴角頓時溢流出血絲。

若不是他的力量不足以負荷，施法應該不會這麼簡單被干擾破除的，但現在已經沒有懊惱的時間，矽櫻雖然以防禦為重，還是不會放過這麼好的機會，一見干擾奏效，立即欺身而上，算準了他正在消化反噬，劍一下子就迎面劈來。

在緩不過氣的情況下遭遇近身戰鬥，月退反射地先行後退，只是，敵人沒有讓他這麼輕易撤開的意思，往後飄飛的距離不夠大，甩不掉人，馬上又被貼近，這般惡劣的處境下，他只能利用天羅炎的劍體格檔。

雙劍交錯的撞擊力殘留下少許的麻痺感，近身的緊迫壓力也打亂了他的節奏，迫使他做不了緩衝，側過頭閃避時，纏眼的布條被削斷了一截，此時此刻他已難以顧及其他、做什麼周密的考量，他只知道自己要擺脫纏鬥，不能輸掉的念頭佔據了他大部分的思考——

覆蓋月退手臂的金屬紋飾以飛快的速度消退，這是器化的解除，卻是月退自主性地解除。

陷阱？

沒料到月退會在身體負荷不住之前自己消去最大的優勢，矽櫻不由得愣了愣，就在她愕然的這一秒間，月退已緊接著做了後續的處理。

他的左手接過了解除器化的天羅炎，右手則在向外伸展後，剎那爆出刺眼的光芒。

重新浮現於右手的器化之紋自他的掌心竄生出另一把天羅炎，在眾人駭然地注視下，雙劍八弦，就這麼在他手中顯現。

那樣倍數成長的破壞力，任何人都會不由自主地想避其鋒芒，別與之接觸，然而作為月退的決鬥對手，矽櫻是不可能不面對的，趁著現在月退的操控掌握還不穩定，她咬著牙再度對武器輸入能量，白熾的劍光就這麼爍燃著，朝著面前少年的身體疾斬而去。

為了撐起擬態與器化同時施展的能量消耗，月退連黑白視界的領域都已收回，斷裂而鬆脫的布條半失了蒙眼的功用，重新睜開來的眼睛看見的是夜空下的東方城，以及即將掃捲而至的危機。

當他振臂持劍，實劍與虛劍相互融合製造出的音波，一圈一圈地擴散出去，就像是漣漪一般，能量的形態已經化為可見的波紋，儘管是作為攻擊的力量，卻也憑著共鳴阻絕了想靠近他的攻擊。

多年前的那場戰爭，他就是這樣憑著八弦的威力，將東方城的大軍掃蕩殆盡。

這種只能維持短暫時間的招式祭出後，他理所當然地採取主攻，現在就是致勝的關鍵，一切只在於他如何運用這股強大的破壞力。

天羅炎的運轉在交互作用下已經提升到讓底下觀戰隊伍的護罩都即將不保了，氣流質化後的色彩固然美麗得令人眩目，卻是足以毀滅生命的流光，不分對象地進行衝撞。

他要取得勝利。

他要除去對手。

武器叫囂的殺戮彷彿滲入了他的心靈，而他在這樣的狀態下揮出的攻擊，仍經過本能的算計。

由劍尖直盪出的可怕音波，以無可抵擋之勢朝移動到了下方的矽櫻擴張過去——乍看之下似是如此。

空間內死亡弦音的密度壓制著矽櫻以護甲進行的挪移，她尚未決定好下一步如何走，月退的攻擊就以她反應不過來的快速襲至。

然後是一聲不協調的、眾人都未曾預期的脆裂聲。

以月亮碎片命名，作為女王佩劍的希克艾斯，銀白的劍刃正中了這道攻擊。

矽櫻聽見了自己的心臟劇烈顫動。即使一直以來都感應不到，但當她手握的武器被音波強硬震斷，橫中斷在她眼前時，那過於醒目的事實使她的思考呈現空白，這個瞬間她遺忘了戰鬥，猶如看不見敵人，忍住了想要尖叫的衝動，只顧追著斷裂的劍身飛墜，試圖將之奪回。

月退在目標損毀後，十分俐落地追擊而下，就在矽櫻的手抓住斷刃時，他所使的雙劍也毫不留情地砍上她沒有防備的背心。

縱然千幻華張開了護罩，如此近距離的攻擊仍舊強悍地擊破防禦，穿透護甲，撕裂身體，光是這一擊大概就已經決定了決鬥的結果，東方城人員的驚呼聲也傳入了他耳中。

只要再一擊就結束了。再一擊就能將人當場格殺。他只聽得見心中的判斷告訴自己的話語，運用力量把對方鎖死後，揚起劍就要再行攻擊，然而這個時候，重傷的矽櫻身上卻出現變化。

從她體內彈射出的領域，交織著混亂的紅黑色氣絲，那些蔓延出來的絲線如同蛛網似地纏繞她的四肢軀體，她整個人也藉由這個領域化為無縛的狀態，抽離月退的攻擊範圍。

與矽櫻散亂的黑髮一樣烏黑的氣絲夾雜著暗紅，那乾涸血液般的視覺印象帶給人一種不祥之感，變化成這個樣子的她外貌就像是來自深淵的怨靈，令人為之心顫。

在使出這樣的能力後，矽櫻的選擇卻是無視於現場所有的人，無視於她的對手——撤往東方城的方向後，憑空消失。

決鬥忽然以這樣的方式中止，是每個人都不曾料想到的。

東方城的女王自她的戰鬥中逃亡了。

不是戰敗後坦然面對死亡，而是自戰場中逃離了。

事情的發展讓眾人議論紛紛，戰鬥意念冷卻下來的月退，也在回思剛才的一切之後，陷入沉默。

『追上去嗎？』

對天羅炎來說，這是一場尚未結束的戰鬥，而接下來要怎麼處理，端看月退的態度。

『……不，先等等吧。』

他只回答了這句話，便沉默地降下落地。

剛才的他只有思考確切戰勝的途徑，完全沒有去思考其他的東西。

音波對著希克艾斯轟下的時候，愛菲羅爾似乎發出了尖叫聲，只是那個時候的他什麼也聽不見。

看向自己持劍的手，月退一時難以釐清心裡湧現的複雜情緒，而他之所以默然不語，還有另外一個原因。

由於直接接觸到矽櫻最後使用的領域，他清楚感受到了那是什麼東西質變。

雖然這件事讓人難以置信，但這已是擺在他眼前的事實——

矽櫻和他是一樣的。

和他一樣，是新生居民。

范統的事後補述

空虛、寂寞、覺得冷。

我剛剛的心情大概就是這樣，因為歸隊與否的問題想不出解決辦法，我只好帶著那爾西找了個神王殿外面的角落躲著，思考是不是要等一段時間再回去決鬥現場……這一等就等了好久啊。

至少我還可以丟符咒取暖，也不至於讓昏睡中的那爾西冷到感冒，但是蹲牆腳的感覺還是很差，我整個人都放空啦，幸好那爾西都沒醒過來，不然我真不知道能跟他說什麼，好像還沒有人跟他解釋過詛咒的事情吧？要是又講出「月退拜託我來殺你」、「你能不能自己走啊我很想抱你回去」之類的話，我大概會想一頭撞死。

還有，噗哈哈哈真的很奇怪耶，在忙在搏鬥的時候硬要跟我講一堆話，沒事了正在無聊他就要睡覺了，就不能陪我聊天嗎！就不能嗎！

我有種跟那爾西兩個人在冷風中露宿街頭的感覺，坦白說這種感覺並不好，無法享受貼身取暖的樂趣，又焦急著月退那邊的狀況……

等到我認真胡思亂想我要是對那爾西動手動腳，暉侍會不會為了維護他弟而出現的時候，矮子就找來了。

矮子會來找我，我還挺意外的，應該說會有人發現我不見了，簡直就是一件足以列為奇蹟的事情？不可否認的是，當我看到矮子的時候，頓時不知道該放鬆還是緊繃，矮子如果肯幫忙，接下來當然會順利許多，但……矮子如果想趁機把那爾西解決掉，我大概根本救不了他吧？

況且矮子若基於剷除皇帝身邊的麻煩的心態動手，那根本連我也會一起遭殃——啊，他如果要殺那爾西，肯定是要把我滅口的，這種無法第一時間判定是不是自己人的感覺真的很提心吊膽，我不想遭遇不測啊！

為了生命安全著想，我一瞬間很想從身上撕塊布把那爾西的臉遮住，不要讓矮子看出來，但是要這麼做也得有幾秒的緩衝時間，簡單來說就是來不及了，請乖乖等待命運宣判。

矮子一看到我就冷著臉問我為什麼會跑到這裡來，一聽這話我就曉得他不是月退派來的，而沒等我回答，他就看見了那爾西，所以我就等於不必回答了，省略了解釋的口水。

他那從愕然到呆滯，再從呆滯到質疑的臉色真的很好解讀，反正就是「那爾西不是被抓著當人質嗎」、「所以是被救出來了……？」、「進神王殿救人？憑你？」……差不多就是這樣吧？那質疑的眼神充滿藐視，幸好他沒問細節也沒要我提出證據，要是他要求打一場來證明我的實力，我可就吃不完兜著走了。

總而言之矮子可能看穿了我不太想拿本來就不多的體力跟臂力揹著那爾西走，他很乾脆地伸手過來就把人橫抱過去了，我跟在後面是樂得輕鬆啦，雖然把人交到有危險性的矮子手裡，確實讓人有點緊張，不過這樣看著卻覺得矮子好像很可靠的樣子啊，然後我滿腦子只想著為什麼不用揹的……

我問了一下決鬥狀況，矮子只冷淡地跟我說「結束了」，然後也沒給下文。瞧他這麼冷靜應該是月退贏了吧？而且應該沒受什麼傷，不然他大概也沒空來找我？

然後啊，那爾西先前昏睡那麼久都沒醒，現在給伊耶抱就醒了，搞不好是脫離符咒取暖的範圍被冷醒的，他一醒來就神色有異地看了看附近，好像在尋找什麼，看見我時又停頓了一下，卻沒開口……

……暉侍，他該不會是在找你吧？

那副目光停留在我身上卻又像不太想承認什麼的模樣，感覺事有蹊蹺啊！不過，他也沒糾結在這裡多久，因為他很快就跟矮子大眼瞪小眼去了，嗯，這就是我不想面對的尷尬，還好不是我，我相信矮子那麼有氣魄的人，絕對可以處理好這個大麻煩，仔細想想，那爾西你支使大叔抱你回房都支使得那麼自然，換個人抱你可能也不會覺得怎麼樣嘛？

所以你真的不下來自己走嗎？

好吧，也許是沒有體力。身體不舒服不要逞強是對的，既然不是我抱，那我就不管那麼多啦……

章之五 無夢的永眠

『從來只提責任義務，也許是因為不能說出口。』
『從來不說出口，其實不是因為「不可以」。』
『很多事情，永遠不知道也沒有關係。』
『就如同妳對他，我對妳……』
——綾侍

自戰鬥中逃脫消失的矽櫻，在挪移回神王殿時，已經解除了質變與器化，傷處的劇痛侵蝕著靈魂，其實是已經撐不下去了，最後的力氣，只不過拿來遁形回這裡而已。

在她透過命令要求解甲後，千幻華便自動從跪坐的她身上變化出去，重新又變回綾侍，靜靜地扶著地面坐著。

攻擊是穿透護甲衝擊她身體的，一樣被噬魂之光貫穿的綾侍，狀況自然只會比她更糟——只是他身為甲冑，忍受與支撐的能耐較高，所以還能維持人形，事實上他就跟靈魂正在消逝的矽櫻一樣，幾乎已經能預見自己的死亡。

矽櫻清麗的臉上留有淚痕，她現在其實也正哭泣著。斷裂的希克艾斯被她像擁著十分珍貴的寶物一樣懷抱在胸前，也不怕劍刃會割傷她的肌膚。

被音波震斷的劍身黯淡無光，即便滴下王血也未必能使之復原……但即使如此，她也不願將王血用在自己的身上，只因為她一點也不想活在沒有他的世界。

即便他在為她帶來光明時，其實也讓她深深地絕望。

而在思考著這些事情的時候，矽櫻也不由得將視線投向了綾侍，一時之間像是不知道該對他說什麼。

綾侍在接觸到她的眼神時就已經明白了。也許連一眼都不用看，他自然能理解她的想法，也知道她選擇的不會是自己。

「妳救他吧。」

他在輕輕說出這句話時，摸不清自己的心情。

一直以來都知道她會決定怎麼做，一直以來都默默看著。

或許這會是他也由衷希望的結果，只是最後還是有些微的難過。

如果這句話能減輕她的罪惡感，讓她釋懷的話……

矽櫻在聽他這麼說之後，抿了抿唇，便果決地將王血滴下，進行了她最後一次的王血復活儀式。

溫暖的聖光中，希克艾斯的劍刃總算應著他們的期望，修復如初。

見到復活成功進行，矽櫻帶淚的臉上露出了笑容，卻又在轉向綾侍後，斂去了所有喜悅的表情。

陪伴在她身邊最長時間的，是她的護甲。

他負責保護她，為此而重創，但她卻沒有為挽救他的性命而捨棄其他事物。

她不曉得這個當下能對他說什麼話，她也明白，他不會想聽到歉語。

「櫻。」

綾侍對她說話的時候，神情依然與平常一樣，帶著一絲隱約的柔和。

「有什麼要做的事情就去做吧，我留在這裡，不必管我了。」

他已經沒有辦法再陪她去任何地方了。

餘下的時間很寶貴，確實是不該浪費在這裡的。

矽櫻放下了已經恢復原貌的劍，勉強自己站了起來。綾侍對她露出了淡淡的微笑，似是要她別再介意，接著，他便注視著她猶豫再三終於轉身離開的背影，直到她離開大殿。

他從來不曾傷得這麼重。而這樣的傷勢，這裡也已經沒有方法能幫他解決。

被放置在他面前的月牙刃應該尚未結合回器魂清醒，仍然維持著劍的樣子，對他發出的呼喚也沒有回應。

他只希望器魂清醒的速度能夠快一點。

至少……在他還能說話之前……

拖著沉重的傷勢行走於神王殿內時，矽櫻覺得自己身體的感知逐漸消失，卻有許許多多的感覺從心中湧生出來。

她在第四殿找到了珞侍，看著明顯進行過戰鬥的周遭環境，她一時有點慶幸珞侍安然無恙，至於這裡發生過什麼事情，她已經無心再去追究。

她的心沒有對多少人敞開過。烙著背叛傷痛的身心很難去相信身邊的人，而在她還憎恨落月的時候，總是說了解她的痛苦、明白她感受的侍女，卻像她當初一樣，愛上了落月的人。

曾經的依賴轉為憤怒後，她最終還是留下了侍女的孩子。

有著與其父母不甚相似的眉眼，只能無助哭泣的嬰孩……在她決定留下他的時候，就已經為他預設好了要給他的位置。

那時候只是因為她覺得一切早該結束。

王血交織到原生居民的身上，就不會再被控制，而她也能卸下百年的女王之位，擁抱死亡，回歸虛無。

她總是這個樣子，一直希望獲得解脫，卻又一直害怕面對。失去王血並不會死，但失去了利用價值，沉月的憤怒降臨到她身上後，她一點也不敢去想會發生什麼事情。

珞侍是為了讓她能終結自己性命而存在的，所以她從來難以親近他，或是在他難過失望的時候心生憐惜。很多時候她甚至會希望他從她的眼前消失，不要一再提醒她生命在倒數的事實，即便這些都源於她自己的決定。

十幾年就這麼過去了。

她終於還是要面對她的死亡，雖然不是按照她預設的方式……

矽櫻走到珞侍身前，傾身靠近了他。

解開他的衣領，將手指的殘血抹在他的心口，然後再輕輕親吻那個位置。

延續著東方城命脈的王血，很久很久以前，也是由她的母親這樣傳給她的。

她確認了王血從體內分化剝離，完整地過繼到了珞侍身上，於是她看了他最後一眼，便又接著往深處走去。

她希望回到自己的居處，就這麼在那裡閉上眼睛。

回到居處的路上經過了第五殿，每當行經總是被她刻意迴避的暉侍閣，也勾起了她的回憶。

那張常常帶著笑的臉孔，曾經與帶給她傷痛的那個人微微重疊。

距離那時候已經十分遙遠的她，在看見暉侍的時候，心中剩下的已經只有淡化之後，對美好部分的記憶懷念。

不是沒有懷疑過他的來歷，也不是沒想過他與落月的關連。

只是想要相信他而已……

只是這樣而已。

想起當初那個心境比外表成熟很多的少年，她覺得心依然有抽痛的感覺。

但那已經不重要了，她就快要死了。

不管是什麼樣的感覺，很快地，她就再也不會有了。

『音。』

『音侍，快醒醒……』

他是在斷斷續續的呼喊中醒過來的。

剛醒來自然化形的時候，他還大驚小怪地跳起，整個驚慌失措地摸往自己身上。

「啊！腰！我的腰啊！咦？沒有斷？咦咦？」

音侍總覺得意識中斷之前，自己的身體斷為兩半，現在一摸之下，卻好好的沒事，這也使他開始懷疑剛才發生的事情是不是夢。

「你……」

見他一變成人就這種反應，綾侍不免為之氣結，有種說不下去的感覺。

「老頭，你在啊？我不是被腰斬了嗎？有沒有這回事啊？」

發現綾侍在旁邊後，音侍便緊張地問起自己的疑惑，他似乎很想搞清楚這件事。

「有。」

綾侍有氣無力地回答他，音侍一聽，隨即睜大眼睛。

「啊？那我為什麼——難道是櫻？啊啊，等等，櫻呢？決鬥呢？」

「櫻回自己房間去了，你去看看她吧。」

綾侍為了避免音侍又打斷他的話，這次便一口氣把要講的都說完。

「我把你叫起來只是為了這件事而已，也許時間不多了。」

這句話讓音侍錯愕了幾秒，像是腦袋還轉不過來一般，呆在原地。

「決鬥……輸了嗎？」

其實劍都斷了，他自己也能猜想到結果的，只是，他仍有點不願去相信。

「如果你還想見她最後一面，為她送行，就別再問了，快點過去吧。」

要維持隱瞞傷勢的術法跟音侍交談，對現在的綾侍來說是很吃力的事情，盡快將人趕走就可以不必再維持下去，所以，他只這樣告訴他，希望他能快點離開。

音侍知道綾侍跟矽櫻之間關係緊密，既然他這麼說，就是他感應到的，那代表情況真的很不樂觀了，霎時間即將失去主人的冰冷感吞沒了他，在恐懼與慌亂之中，他立即往第六殿奔去，卻也忽略了為什麼綾侍不和他一起行動。

矽櫻的房門是虛掩著的，這種時候音侍當然也顧不得敲門之類的事情，直接就闖了進去，看見伏在床邊的矽櫻時，他的聲音幾乎發不出來。

失去血色的臉龐與虛弱得就像隨時會死去的模樣，和他的記憶裡那些一個又一個認識了卻因死亡而離開他的人十分相似。噬魂之力已經將靈魂破壞得差不多了，不管是什麼樣的奇蹟，也不可能再使她復原或重生。

她總是在人前維持莊嚴的女王姿態，而現在的她卻如喪失光華的容器，軀殼裡的靈魂也即將消散。

在他走過去的時候，矽櫻是沒有反應的。他握起她冰涼的手時，終於從喉嚨間擠出了聲音。

「櫻！」

像是生怕她聽不到似的，音侍下意識放大了音量，原本已經閉上眼睛的矽櫻，這才睜眼看向他。

「……你已經沒事了？太好了……」

看到他出現，矽櫻先注意到的是他的狀況，證實復活正常，也算是安心了。

儘管能夠對話的時間已剩下不多，但他們之間除了這樣普通的問候，彷彿也找不出其他的話能說。

她是跟他在一起最久的主人，雖然大部分的時間他們都待在沒有彼此的地方，隨著時間，他們似是越來越疏離……

「櫻，不要死，妳死了我會難過。」

音侍對著矽櫻說出口的話，帶著幾分不理性。並不是他哀求就能讓矽櫻活下去，矽櫻也對著他嘆了氣。

「……這是沒有辦法的事情。」

其實他知道沒有辦法，卻仍難以接受為什麼事情走到這種地步。

回憶著當初發生的事情，回想起他聽說矽櫻要接受決鬥時的心情，他強作的平靜還是被打破了。

「為什麼？為什麼不能放下……為什麼要讓事情變成這樣，妳還是恨著當初妳愛過的那個人嗎？妳還是惦記著那段情感？」

因為不能了解也阻止不了矽櫻做過的許多決定，他只能將問題歸咎於曾經知道的過往，然後難受地發問。

然後他看見矽櫻的唇彎成了一個像是在笑的弧度，眼眶卻逐漸溼潤。

「我早就已經不愛他了。」

她抽回了被他握住的手，緩緩地抬起，拂向了他的臉。

「早就、已經……」

眼神相對的這一刻，音侍忽然間呆滯了。

即將碰到他的手猶如不再有力氣能支撐地停住，他則因為一種想留住什麼的心情抓住了她的手，不想使之滑落。

在他還想開口說些什麼的同時，他們之間的聯繫無聲斷絕。

契約回收到他的身上，讓他又恢復為無主的自由武器……

而這也代表矽櫻再也聽不到他的聲音。

音侍試著叫喚她，但室內一片寧靜。

「櫻……」

不管是說話還是挪動身體，這裡都只有他製造出來的聲音。

當下徬徨失神的感覺使他失了方寸，想要找誰尋求幫助，但又不曉得自己需要什麼幫助。

想不到該怎麼辦的時候，他一向都會想起綾侍。

他不知道自己是如何離開第六殿回到大殿上的，遠遠地看見綾侍，他就想快步過去，亂成一團的腦袋本能地尋求依靠，就好像再也無法忍受只剩下自己一個人的清寂感覺。

只是當他接近到某個距離，他就察覺了不對勁之處。

然後他想起了矽櫻身上的傷口，想起了綾侍是她的護甲，而受傷的當刻，一定是攻擊穿透了護甲的事實。

瞬間僵硬的步伐顯示著他不敢再過去。

綾侍是不一樣的，無論多少人離他而去，綾侍也會永遠陪在他身邊，因為他跟他一樣是沒有壽命限制的器物，只要沒有特殊狀況，他們理當不死不滅，或許綾侍還會活得更長久些，因為他是很難受傷的護甲，不像他的防禦薄弱得可憐。

身邊的人一個又一個消失，主人也一個換過一個，儘管在發生的時候很難過，但只要想到至少綾侍一直都存在，他就會覺得好過一點。

那像是他最後的底線一樣，有個人會永遠跟他在一起，他永遠不必擔心會失去他，不必為了哪天醒來看不到他而煩惱到睡不著。

如果綾侍也跟矽櫻一樣不會回應他了，該怎麼辦？

他不曾想過這個問題。

當他不得不思考這個問題時，他的思想就彷彿中斷了一樣，停頓之後終止。

許許多多的事情，他都希望永遠不要改變。

一直維持著，一直持續下去，一直一模一樣就好了……

因某人的消失而出現的那個洞，可以拿別的東西填補，但他始終明白那是不同的。

所以，如果綾侍也消失的話，該怎麼辦呢？

為什麼只有他一個人得救呢？

思考這些事情的時候，他也不自覺地走回了綾侍身邊，蹲身將他扶起。

音侍覺得自己喪失了所有的反應力，只能手足無措地，呆呆看著失去意識的綾侍慢慢進入解靈毀滅的狀態。

他想問綾侍怎麼辦，告訴他該做什麼，但偏偏一向都會給他解答的同伴，現在似乎要拋下他了。

宛若失語的音侍與即將消亡的綾侍——月退帶著西方城的人員，與東方城的隊伍一起踏入神王殿時，入目的就是這樣的畫面。

懷抱著綾侍的音侍如同想哭卻哭不出來般，對四周的狀況恍若未聞。珞侍死亡的時候，他還會抱著人求援，現在綾侍即將死去，他卻生不出一點反應來。

雖然是似曾相識的景象，但這樣的情景是他一手造成。月退覺得自己缺乏上前關心的立場，其實這也不是他想看到的狀況。

即使如此，他還是朝他們走了過去。音侍抬起了頭看向他，在分辨出面前的臉孔後，他黯淡的雙眼裡沒有憎恨，只有一絲僅存的、因為看見他而掙扎出來的殘存希望。

「小月……你救救他好不好？」

他知道面前的人應該是自己的敵人，知道這是造就這一切的凶手，但他仍出言懇求了。

這樣的懇求，讓月退為之沉默。

他是西方城的少帝，而他們是敵國的護甲和武器，若以各種利益得失來評判，他沒有理由出手救人。或許以他的立場，他還應該希望他們毀滅，無法讓下一任的東方城領導者繼承才是。

但是音侍喊的人是月退。

要是可以，他也想忘記恩格萊爾這個身分，默默守護認識的人，不要讓他們露出悲傷的表情。

在場的人都等著聽他的決定，有人希望他拒絕，也一定有人希望他答應，而最終的決定權還是在他手上，畢竟，這是他的王血。

望著音侍那漸漸絕望的臉孔，他認為自己不該再考量那麼多。

「好。」

答應救人的同時，他也劃破了指尖，屈膝湊近綾侍。

這麼做或許補救不了多少事物，卻也比什麼都不做來得好一點。

他已經不可能去救過去因為各種原因而死在他手上每一個人，若他連眼前看到的都要拒絕，那也太過無情。

面對後來發生的這些事情，音侍是否會後悔當時放他逃脫回去？

雖然他在腦中想過這個問題，但他已經不敢尋求答案。

范統的事後補述

我們歸隊之後，月退派了幾個魔法師先將那爾西送回西方城，然後我們又等了一小段時間，女王還是沒有消息，經過簡短的協商，大家便決定一起到神王殿看看了——雖然女王也未必會在那裡啦，但……反正就去看看，也不會少一塊肉。

才剛踏進大殿，瞧見音侍大人跟綾侍大人，我就嚇了一大跳。

先前回到隊伍中，硃砂看見我只哼了一聲，總之沒有人告訴我決鬥的詳情，過程怎樣、發生了什麼事情我也不清楚，但這樣看來，應該……很慘烈？

身為護甲的綾侍大人都傷成那樣了，女王本人想必也……

而在音侍大人求月退救綾侍大人，月退卻沒有立即回答的時候，我幾乎從指尖開始發冷。

幸好月退沉默了一陣子後還是答應了，不然……我可能真的會覺得很難過吧。

不是因為我希望綾侍大人得救，也不是因為我跟綾侍大人那根本就不存在的交情，更不是因為我像米重一樣迷戀綾侍大人，我會難過，只是針對月退的行為決定。

政治立場什麼的，理智上可以明白，但情感上就是不能啊。

對我來說，我心裡記得的月退，還是當初那個笑容靦腆，感覺很內向，即使面對難吃的食物、不友善的人群，依然安於現狀，珍視著身邊每一個人的少年。

也不是我不接受殺人不眨眼的少帝的意思啦，只是我比較希望他維持著純真的那部分，不要越來越讓我覺得陌生。

誇口說要接納朋友的全部，卻又私心地希望他盡量只保留某部分的特質，保持我所喜歡的那些……這樣可能有點過分吧？

最近我好像也花了不少時間在懷念以前我們還住在四四四號房的日子。當然，懷念的東西裡不包含硃砂啦。

不過懷念對現況是沒有幫助的。就像……無論音侍大人以前幫過我們多少忙，現在他依然是西方城的敵人，而月退是西方城的皇帝，皇帝要考量的事情，有很多很多。

有的時候我也會想跟他說，你可不可以不要當皇帝了？

如果勢必要封印沉月，那麼完成這個任務後，你可不可以就乾脆把皇帝的位子丟給別人，我們隨便到處去玩，看要去什麼地方我都奉陪啊。

但我想，要是我真的這麼說，月退應該會告訴我他捨不下天羅炎，捨不下好不容易得來的家人，還有一堆的牽掛吧？

總而言之，月退用王血救了綾侍大人後，綾侍大人因為傷重，一時也還無法清醒，音侍大人告訴我們女王已經去世了，東方城亂成一團，我們便做出過一個月再來討論事情的決定，先行返回西方城了。

後來我才聽說原來戰鬥中希克艾斯也曾經斷為兩半，我問月退是怎麼回事，他又敷衍著帶過這個話題，不想正面回答我。

既然會逃避，那就代表不是意外。如果那個時候女王選擇救治靈魂尚未被噬魂之力侵蝕到無法治療的自己，音侍大人搞不好就不存在了……

好啦！我知道決鬥之所以叫決鬥，就是要把對方殺死嘛！可是我們到底為什麼要這樣殺來殺去的啊！璧柔好像很欣慰地覺得音侍大人現在沒事就好，事實上確實也是這樣沒錯，不過如果是我，我真的殺不下去啊！

難道殺不殺得下去，就分出了可以當王者還是只能當普通人？

我相信有很多人殺得下去，只是我辦不到而已，唉，果然還是要時間來習慣嗎？

回到西方城又過了幾天，暉侍才在我夢裡出現。他看起來還是跟平常沒兩樣，於是我就無聊地問了他要是因為國家立場問題，他有沒有可能砍了音侍大人的問題，然後……他回答我的話讓我覺得問他這種問題的我，簡直是個蠢貨。

他居然跟我說「音侍那麼可愛我怎麼捨得砍，與其砍了還不如收了不是比較好嗎」。

我覺得作為一個死鬼，他的回答應該不是認真的，我也不需要跟他認真，但那時候我卻傻傻地接著問他，這樣的話綾侍大人重傷瀕死，他會不會救。

於是他回答我「收兩個不是比收一個更好嗎？同時還賣音侍人情可以讓他死心塌地，簡直一舉兩得」。

我覺得我本來就沒很乾淨的心靈好像被汙染了。

暉侍，你到底是怎麼回事？你是說真的嗎？我很想跟你撇清關係，你可不可以從我腦袋裡移居出去？隨便換到那爾西還是珞侍那裡都好啊！我不想這樣一直跟你在一起！

你該不會要說，就是因為捨不得砍音侍大人，你才會被音侍大人砍死吧？這到底算什麼風流多情種子的死亡理由！

因為話不投機半句多，我當即表示不想再繼續交談下去，然後他馬上就親熱地勾著我的手要拉我過河了。

事到如今，你還玩不膩啊！你到底有多喜歡這個過河遊戲！我幫了你那麼多忙你還要拉我過河，你有沒有良心！你的良心都被狗啃了嗎——

糾纏拉扯掙扎的過程，讓我連睡覺也很累。其實我所有的煩惱，都源自於交友問題吧，珞侍那邊我也不敢想像啊。

如果你的朋友害你國破家亡，你還有辦法繼續跟他交朋友嗎？

雖然好像沒到國破這麼嚴重，但家亡確實有，要去沉月祭壇的事情到底會怎麼處理呢？

章之六 打你一巴掌，跟你說對不起，再邀你一起合作

『誰會接受？』——綾侍

『只有音侍吧。』——違侍

『大概只有音侍吧。』——珞侍

『至少還有音侍，真是太好了呢。』——暉侍

『你這隻鬼是在不甘寂寞湊什麼熱鬧啊？沒有人規定東方城五侍一定要一起出場吧？』——范統

說好的一個月時間，大致上就是東方城處理國內的事情，西方城研擬如何跟東方城商談接下來的合作，這段時間西方城自然也有持續打聽東方城的現況，以便了解他們後續的處理。

矽櫻身亡的狀況下，勢必要有繼位的繼承人，這方面似乎已經決定是珞侍。畢竟珞侍一直是以王子的身分存在的，接下王位可說是順理成章，儘管東方城內有一些對王子年紀與實力的質疑，但這種威望不足的問題應該不至於影響繼位人選。

其中對珞侍最有利的條件，就是他繼承了王血。

女王的死最讓所有人擔憂的，就是王血會不會就此斷絕。決鬥造成的死亡，聽起來十分快速，恐怕未必有時間做王血轉繼的動作，得知珞侍確實從矽櫻那裡獲得了王血傳承，人民的心

多少也安定了點，況且這也代表他是矽櫻所認可的下一任王。

由於另外三位侍大人都支持珞侍繼位，事情多半已經底定，不過繼位儀式那些大事，還得等當前所有麻煩都處理完畢才能舉行，因此，目前珞侍依然還是侍的身分，之後會不會改名，就看他的決定了。

當初決鬥的條件，月退只要求東方城歸還人質，跟沉月相關的事項都沒列在其中，雖說他們已經有了完整的沉月法陣，但沉月的情報與其他問題，仍需要跟東方城進行討論。

說到人質，其實狀況也很微妙，決鬥那天一切太混亂，他們帶人離開也走得很倉促，施在那爾西身上增加痛苦的惡咒根本還沒解除，要再向東方城提出負責的要求又怕他們趁著解咒另施什麼手段，最後是月退跟范統各就術法與符咒的部分研究出解咒辦法的，這也讓范統持續哀嘆不曉得到底欠了人家什麼，才會這樣一直為別人的弟弟賣命。

這次商討的地點訂在東方城，沒規定隨行人員上限，所以基本上愛帶幾個就帶幾個，但雅梅碟跟奧吉薩，月退好像還是不太想帶的樣子，反正沒什麼一定得帶去的理由，他要不要將人算進隨行名單中，也隨他高興。

「那爾西，你身體有好一點了嗎？」

月退每次來探望那爾西，開場白幾乎都是這句話，范統都快聽膩了。

唉，不過，比起我快聽膩，那爾西才是快看膩我的臉了吧？月退每次來探望他都要抓我一起，這到底是為什麼？

「……」

那爾西看看月退，再看看范統，目光似乎有點渙散，沒回答這個問題。

喂。你剛剛看我的時候眼角抽了一下吧？我都看到了喔！這句話怎麼這麼像路邊小混混找碴的台詞啊，唔唔……

「我們過兩天要去夜止一趟，先告訴你一聲……」

月退似乎已經養成沒有回應一樣可以講下去的習慣了，剛開始說看著那爾西的臉覺得不習慣，不曉得該怎麼說話的情況，顯然已經不復存在。

你到底是來報備什麼的啊？你的主旨到底是「所以我沒來探望你就是我去夜止了」還是「我會把奧吉薩跟雅梅碟留給你有什麼事情就差遣他們不必擔心」？

「那個……我一直沒有問……在夜止的那段時間，你過得怎麼樣？」

月退講著講著，忽然小心翼翼地問出這個問題。

你怎麼忽然跳到這種話題！你追究這個要做什麼！如果他被虐待了，你這次去就要順便討個公道幫他復仇嗎？不要這樣，女王都已經死了啊，不要這樣──那爾西你也住口！萬一暉侍聽到又有什麼反應我怎麼辦！你負責嗎！

「還能怎麼樣？」

那爾西處於一種「到底要我說過得很好還是死不了人」的無言中，每次跟月退對話，好像都會這樣。

依我看你們根本波長不合啊，道不同不相為謀，趕快劃清界線發展各自的關係吧？

「就是，他們有沒有對你怎麼樣啊？雖然沒什麼外傷，不過我還是不太能確定……」

你這句是被硃砂提點的嗎？想當初從神王殿地牢救你出來後，他也是這樣問你，所以你現在問的意思跟他一樣糟糕嗎？還是你只是想問下咒之類的詳情？

還有，你又為什麼會知道沒有外傷啊？是有醫官跟你報告嗎？算了，我還是不要挑剔這種小細節好了……

「被讀了記憶，施了你們之前解開的那個咒，除此之外沒什麼了，吃住都不錯。」

那爾西淡淡地這麼回答，好像不想多提，然後像是想到了什麼，他又說了下去。

「我被抓住的時候，你應該讓鬼牌劍衛把我殺掉的，放任大家圍攻也好，就這樣被讀走了法陣，我很抱歉……」

「哪有可能那麼做！是我們沒顧及好狀況，我——」

月退急切地說到一半，因為想像了那爾西說的情境，不由得低頭陷入極端的煩惱之中。

「要是伊耶哥哥把那爾西殺了，我們還有可能好好相處嗎……？」

范統坐在一旁，持續無話可說。

你不要忽然進入自己的小世界，就這麼碎碎唸起來啦！那種事情還沒有發生——呃，我是說，沒有發生。未來應該也不會發生吧，只要你別太過火的話。

總之那爾西沒有被怎麼樣。該說東方城的人懂得顧全大局，還是太善良呢？然後那個讀取記憶，莫非是遭了綾侍大人的魔爪？真高興我那時候逃掉了啊……

「……我會好好活下去，如果你希望的話。」

那爾西決定以這句話結束這個話題，當作剛才的話他沒說過。

「噢，對了，那爾西，這是今天的……」

「——想探望就直接過來，不要再送東西給我了！你也稍微學一下看人臉色，還有，明明帶來的人也不說半句話，你到底為什麼每次都要帶他來！」

嗯……那爾西你忍到現在終於爆發啦？虧你忍了這麼久，沒忍到內傷嗎？感謝你幫我問了我想問的問題，月退，你就不能自己一個人來嗎？

「我……恢復能看見別人的臉色，也才一年……探病送東西不是禮數嗎？你真的不收？」

月退在被那爾西吼過之後，說驚慌不太像驚慌，說鎮定也不太像鎮定，倒是持續沒神經。

你們根本無法溝通吧，這已經不只是年紀所造成的代溝了。明明也才差兩三歲，還從小一起長大，到底是什麼東西造成你們之間的隔閡？

「范統，你為什麼都不說話？」

眼見那爾西的臉色越來越難看，月退這次終於曉得分辨氣氛，但卻將矛頭轉到范統身上了。

我——？有沒有搞錯，我只是被你拉來壯膽用的吧？什麼時候變成我還得說話了？我這張嘴根本不適合跟不熟的人講話吧！那爾西你也很奇怪啦，大家都把我當空氣，你就不能也把我當空氣嗎？我是空氣我是空氣——看不到我你看不到我——

范統雖然在心裡喊得很激烈，表面仍然維持冷靜的樣子，既然月退都這麼問了，他也只能勉為其難地開個口。

「我只是怕我一說話就讓他開心。」

——！這是什麼白目的自大發言！我是要說我怕我一說話就讓他生氣！不過以結果來說，搞不好是完全說中了沒錯？

在不知道是反話的情況下，那爾西倒也不會像伊耶那樣立即暴怒或是顯露殺氣，這不曉得該不該歸功於教養良好。

只是，沒暴怒沒顯露殺氣，不代表他沒不高興，從他唇角揚起的那抹冷笑帶著貴族般的優雅，卻掩蓋不掉其中不屑的情緒。

「恩格萊爾，你的朋友倒是異常有自信？」

……我忽然覺得矮子妥協將我當空氣還是不錯的，那爾西這是什麼看細菌的眼神啊？暉侍把我當消遣用的玩具，那爾西把我當細菌，你們兄弟兩個是怎麼搞的，這樣下去我會因為對這張臉產生心理上的排斥而影響到我對月退的觀感啊！

「不是的，范統他只是嘴巴有點問題，他要講的話其實不是這一句。」

這種狀況下，月退當然得幫范統解釋解釋，范統則樂得旁觀。

你現在有沒有後悔之前都沒跟他解釋詛咒的問題或者後悔叫我開口了？嗯，現在解釋不知道還來不來得及？

「嘴巴有點問題？」

那爾西看起來就是一臉不接受這種荒唐說法的樣子。

我真的、真的覺得你可以跟硃砂交朋友。可能不只是你吧，還有一堆人都可以，不過你再這樣，小心我偷暉侍的記憶，把你哥寫給你的情書騰出來張貼給大家知道喔，沒有人會相信那是普通家書的。

「就是……他會身不由己地講出不合本意的話。因為被女人詛咒的關係，他講的話十句有九句是反話。」

聽了月退的解釋，范統覺得應該沒什麼要補充的，只是仍想小小挑剔一下。

那個時候說什麼還不太熟解釋這個不好意思，現在難道就很熟了嗎——你覺得拉我來這裡當背景多拉幾次我們就會熟了？這到底是什麼邏輯——

「被女人詛咒？真看不出來。」

那爾西繼續說著帶有鄙視語氣的話。

我覺得你不開口就算了，一開口就十分針對我耶，我有做過什麼讓你憎惡的事情嗎？老子辛辛苦苦去救你，也沒要你報答，結果你就這樣以怨報德？還有，你是不是誤會什麼了？我被女人詛咒絕對不是你想的那種原因，說起來還真是個很可悲的原因啊……

「范統不是因為你想的那種原因被女人詛咒的，如果是調戲女人之類的原因應該只有你適用吧……」

月退這句澄清帶著一點意欲不明的抱怨，那爾西因而不解地皺起眉頭。

「為什麼？」

瞧他真的不明白的樣子，月退頓時一陣無言。

「你以為你調戲璧柔的事情我不知道嗎……不要對別人的護甲出手，不管你再有興趣也一樣啦。」

嗯？月退，你這是在維護你的所有權？講得還真明白啊，哈哈哈。

「誰對她有興趣了！」

聽完月退的告誡，那爾西的表情立即變得很難看，幾乎想都不想就激烈地否認了。

沒有興趣還調戲人家？容我說一句話，你跟暉侍果然是兄弟。

「沒有興趣？那你為什麼……」

「我只是沒心情應付她所以隨便打發而已！還有，你選未婚妻的眼光到底是怎麼回事！你要讓那種女人當皇后？你取名的品味也很奇怪，用月當開頭該不會是想到月璧柔這名字吧？」

隨、隨便打發啊？故意用很差的態度把人氣走嗎？至於後面那幾個問題，你就別跟一個眼睛看不見的人要求眼光跟品味這種東西了啦，臨時要編出假名也不容易的。

「咦，你怎麼可以扯開話題？沒有要結婚啊，誰會娶自己的護甲啊？名字是代稱落月，你想太多了……」

結婚這點你好像之前就澄清過。我也一直很想問，那……武器呢？你跟天羅炎好成那樣，有沒有把她列在考慮對象中呀？

「這麼說來，那爾西你理想中的對象是什麼樣子？」

月退，你話題也跳太快了吧？你是音侍大人嗎？

「剛剛那個話題已經結束了嗎？什麼時候變成討論這個的？」

我跟你有相同的疑惑，那爾西。不過，你可以不要結婚嗎？你要是結婚，我搞不好又得借身體給暉侍，讓他參加你的婚禮，我覺得這還挺困擾的。

「剛剛那個話題還有需要繼續嗎？你比較喜歡剛剛那個話題……？」

「我都不喜歡！」

「為什麼？很難回答嗎？」

大概是基於「找個人做實驗」這種理由，月退轉向了范統。

「范統，你理想中的對象是什麼樣子啊？」

被問到這種問題，范統一時之間實在有點滄桑。

「我現在已經覺得只要是男的都好了……」

……

反話一說出口，范統登時不想再去看那爾西的臉色，不過，不看臉，聲音還是聽得到的。

「恩格萊爾，這個人到底是怎麼回事？」
那爾西的聲音聽起來相當緊繃。
「嗯？就說是反話了……」
月退則是早就習以為常。
「就算是只要女的都好也有很大的問題啊！」
「其實我也這麼覺得。」
喂！你們兩個！喂！長得帥了不起嗎？長得帥什麼都不用做就可以吸引一堆女人讓你們挑很了不起嗎！你們這兩個不知民間疾苦的，根本不能理解自從嘴巴被詛咒以後不管怎麼樣都交不到女朋友的心情！不要以為我不敢對你們下咒啊，就算月退你是我朋友也一樣！
「所以，不只是未婚妻，你連擇友的標準都……」
「范統除了這點都很好的。」
等等，這又是什麼意思？所以你問之前就對我會回答什麼心裡有底了嗎？我想交女友真的有表現得這麼明顯？雖然我沒有刻意隱藏，但是在心中想想的徵求女友台詞應該也只有我，頂多再多一個噗哈哈哈知道而已啊！
「那爾西，換你回答了。」
「我並沒有答應要接著回答吧？」
被他沒好氣地說了這麼一句後，月退便露出了退縮的神情。

「今天的那爾西好像不太友善……」

他一直都這樣吧，不是嗎？他根本只有對你友善而已，只有對你才是不正常的態度啊，別身在福中不知福。

「我覺得身體不太舒服，我想休息了。」

那爾西每次想送客都是用這一招，而且連裝都不裝一下，聲音沒刻意虛弱，也沒做出痛苦的模樣，一看就讓人覺得身體不舒服只是藉口。

碰巧這個時候，伊耶也找上門來了，他進房間都是不敲門的，但大家都聽到了腳步聲，自然也不會沒察覺有人進來。

「恩格萊爾，開會的時間到了！你還要在這裡待多久？」

因為月退來探望那爾西的頻率還不算多，只是比之前頻繁些而已，伊耶才能像這樣勉強維持在好好說話的範圍。要是每天都來，他多半就拿「浪費時間不務正業」的罵詞轟過去了。

「他剛好要走了。」

那爾西擅自幫月退做出了決定，回答得十分順口。

「咦？可是那爾西你身體不舒服，我就這樣走掉會不放心啊！」

也只有你會相信他身體不舒服吧，我看矮子也不會信。

「你可以叫范統留下來替你看著他，不必自己留下來顧！」

伊耶此話一出，月退便點了點頭。

「聽起來好像可行呢。那麼，范統……」

不要委託我這麼無聊的任務！我要拒絕了喔——我真的會拒絕喔！我這次會聰明地搖頭，不會用說的！所以你不要以為有利用反話當作我同意的機會！

「我忽然又覺得神清氣爽沒有哪裡不舒服了。」

而在月退講出拜託的話語之前，那爾西就冷淡地推翻了自己剛才的話。

因為不想跟我獨處所以就說話不算話到這種地步嗎……？這樣真的是沒有問題的？

「聽到沒有，他身體沒問題了，我們可以走了吧？」

伊耶好像只要能把人帶走，其他事情就不管了一樣，完全沒有興趣質疑那爾西一下子不舒服一下子沒事是怎麼回事。

「可是剛剛明明還不舒服的，這樣讓人很不安啊，范統，幫我留下來注意看看好不好？」

你還是說出口啦！你到底有沒有注意到那爾西看我的厭惡眼神？他馬上就會像對璧柔那樣把我趕出去了吧——不，還是不要像對璧柔那樣比較——

「難得有這點用處，你就留下來吧。」

伊耶根本沒給范統表達意見的機會，看了他一眼，就這樣拍板定案了。

你們是都很擅長幫人做決定是嗎？我什麼時候說我要代替月退留下來啦？

「他如果要留下，不如去幫我叫奧吉薩來。」

那爾西總算明白地表示意願了，但他的意見立即被伊耶駁回。

「奧吉薩也要開會！你不要整天讓兩個魔法劍衛伺候你，皇帝都沒這麼大架子！」

這樣分析起來，那爾西還真是浪費資源。大叔跟住手先生跟前跟後的，皇帝又會來消磨時間，西方城未來堪憂啊，雖然這也不是輪得到我關心的事。

「他們可以自己選擇不要來，我一個人待在這裡沒什麼不方便的地方。」

那爾西顯然覺得這種事情不應該怪他，事實上這麼說也有點道理，跟前跟後還怎麼趕也趕不走，那實在是他們自己的問題。

「對了。」

伊耶像是忽然想起還有一件事一般，十分順手地把原本夾在腋下的公文袋丟向床上的那爾西，位置很準確地落在他面前。

「反正你閒著沒事，拿去整理。」

「……什麼東西？」

那爾西會反應不過來也是正常的，現場大概只有伊耶知道這是什麼狀況。

「一堆需要善後處理的麻煩事。自己捅出來的自己負責，其他的算是利息。」

喔……這樣聽起來，應該是政務？叫養身體的人處理那種看了腦袋會爆掉的東西嗎？處理這個血壓會不會飆高不是重點，重點是你不怕他又亂搞一通，把妻子捅得更大？他可是個可以叫你們去東方城領地殺雞拔毛的暴君耶。

「你就這麼放心讓我處理？」

收到這種意外的任務，那爾西沒有直接拒絕，而是挑眉質疑起伊耶的判斷力。

「不然難道要給他處理嗎！」

伊耶毫不客氣地指向號稱只擅長打架殺人的現任西方城少帝恩格萊爾，也就是月退。

噢。

如果是暗殺之類的，或許可以給月退處理吧？不過皇帝負責暗殺，西方城用暗殺來鞏固政權，這像話嗎？傳出去根本不能聽啊。瞧月退整個想迴避職責，總是設法從會議裡逃掉的樣子，這只怕不是沒天分，而是沒興趣？

可是你們西方城難道沒別的大臣了……？啊，長老們都被殺掉了，還沒空徵選新的官員……啊。

「……我會試試看……」

范統思索的同時，那爾西也沉默了幾秒，然後手按向自己的額頭，看似頭真的痛了起來。

畢竟他被養在宮裡，似乎沒什麼正當名目，若是什麼都不做，只養尊處優地白吃白喝，他自己也無法忍受。

「那爾西願意幫忙真是太好了，我看到那些東西就覺得頭痛呢。」

被指為沒有能力處理政務，月退不但不生氣，還因為那爾西同意協助而甚感欣慰，皇帝不求上進成這個樣子，作為臣子的人只怕很困擾。

「為什麼我以前在當替身，現在還是在當替身……」

你這句自言自語聽起來很無奈呀。就算是替身，也是個皇帝，以前只是亮相用的吧，現在要變成很實用的皇帝了，感覺有進步嘛！如果讓你參與政務不就是把權力交給你了嗎！這搞不好是很多人夢寐以求的事情——當然，不包含我。

「我想留下來看看那爾西怎麼處理這些文件，可以嗎？」

「不可以！就跟你說要開會了！你想缺席幾次？你知不知道因為缺乏你的決定，很多事情吵來吵去都沒辦法有結果！」

「那我直接決定就好了，又為什麼要開會……」

「因為你必須聽取大家的意見再總結出你比較能接受的方向啊！討論不就是為了聽聽看別人有沒有更好的點子嗎！」

「所以我必須去聽你們吵架。」

「不是吵架，是開會討論！」

月退啊，你還是上進一點吧，不要當個不成才的皇帝，作為你的朋友，看你這個樣子，我覺得十分憂心。

「那爾西，那我先走了，要好好養身體喔。」

盼來盼去，大家終於盼到了他這句話，感覺彷彿經過了漫長的心理革命，儘管沒做什麼，卻覺得好像很累了。

「嗯。」

那爾西平淡地點頭，雖然點頭的同時還在拆封公文，看起來就是沒有說服力。

我也要走了啦……我可以走了吧？可以吧？不行嗎？

「范統，那就麻煩你了。」

麻煩我什麼？我早說過了我沒有答應！月退！喂，你們不要走啊，不要關門！

由於離開的時機沒抓好，便面臨了這樣被迫留下的窘境，范統維持著注視關起的門的狀態，覺得背後那爾西看過來的目光有種嚴重的帶刺感。

「你可以離開了，留在這裡沒有意義吧？」

那爾西的逐客令下得非常快速，感覺他應該很希望范統識相一點，快點離開。

不用你說我也會自己走啦，啊，不過暉侍的遺願……說來說去，那聲對不起好像還沒完成？難得有獨處，似乎機會難得？但暉侍又指定要用說的，這好像很難耶……

「我是要走了沒錯，不過在離開之前，我可以命令你一件事嗎？」

噢不，又來了，我是說我想拜託你一件事，不是命令啦！

「憑什麼？」

憑我身上寄生著你哥……不是啦。我為什麼要順著你的話在腦中做出回答啊？你居然沒直接說不可以，而是問我憑什麼，這也很微妙啦，難道你真的想聽我能掰出什麼樣的理由？

為了在不得已的情況下方便溝通，領悟到求人不如求己的道理後，范統現在都會隨身攜帶紙筆，西方城的法力筆很方便，只要注入一點法力就可以當墨水寫，對范統來說這確實是個很棒的發明。

把剛剛的話解釋在紙上，再寫上「你可不可以什麼都不要做，聽我講對不起直到我講出正確的就好」後，范統便將紙張遞給了那爾西。

由於這個要求實在太詭異，那爾西充滿疑惑地看完後，對他投以十分異樣的眼神，彷彿覺得自己遇到了變態。

「想做那種噁心的事情就去路邊隨便找個人做。誰會答應你啊？」

慢著！什麼噁心的事情！只是聽我廢話幾句，距離這麼遠口水又噴不到你，噁心的點在哪裡啊？我知道你好像常常遇到怪人，但我不是啦！

范統在紙上寫下「我也沒有辦法，一定要你聽才可以」然後又遞給那爾西，那爾西這次連把紙接過來都不太樂意，勉強收下看完後，他的表情顯示他後悔自己做了接紙這個動作。

「請你立刻離開我的房間！不然我就動手轟你出去！」

呃？你又自己想到哪裡去了？不是這樣的，是你哥的關係——

那爾西不等范統拿筆再寫什麼，手上就聚集魔法作勢要轟，這種狀況下，范統下意識就抽了張定身符丟過去，丟完才發覺有點不妙。

糟糕，看他鐵青的臉色，現在我再說這只是自然反射，叫他不要介意，他會接受嗎？

不然，趁這個機會把對不起說完，然後從此再也不要見到他？

范統還在考慮這個方案是否可行的時候，他腰間的噗哈哈似乎看鬧劇看不下去，便帶著睏倦的表情變成人形了。

「范統你在搞什麼鬼，那個假黑毛要你做什麼你就做什麼，他是你的誰啊？」

噗哈哈哈一面唸范統，一面揚手幫那爾西解定身咒，解完還不忘繼續抱怨。

「本拂塵教你符咒不是讓你拿來欺負弱小的，還不反省！」

你前面說我為什麼要那麼聽暉侍的話時，我還覺得好像沒錯我人不該這麼好，但後面這……誰欺負弱小啦？還有，你就這樣把那爾西說成弱小，是不是有點傷害他的自尊心？

「本拂塵不是特別要幫你解圍的，不必太感謝本拂塵。范統走啦，不要再繼續打混了，你最近都沒練符咒。」

噗哈哈哈向根本已經不想說話的那爾西交代了一句後，便抓著范統離開現場了。

練符咒？什麼！我還要練符咒嗎！我的艱難任務已經解完了，不需要衝鋒陷陣了，不練也沒關係啊！我對我現在的實力已經滿足了，別再叫我特訓啦！

因為噗哈哈哈抓著他的手，他想的這句話自然也被聽去了，此等不上進的思維馬上遭噗哈哈哈狠瞪。

「范統你這種程度就自滿了嗎！你要本拂塵唾棄你多少次！」

你愛唾棄就唾棄啊，反正再怎麼唾棄我還不是你主人嗎？我死豬不怕開水燙。

范統現在心裡想的話就是想給噗哈哈哈聽的，噗哈哈哈聽完，便默默變出了一張符咒。

以他的能耐，真要使符是不需要實體符咒的，變出來應該是威嚇的意味居多。

你要做什麼啊？管教不成，就要攻擊主人？我沒養過你這樣的武器喔。

「哼，范統你可以在心裡繼續耍嘴皮子，本拂塵給你打一個哈欠的時間道歉，你要是再不跟本拂塵去訓練，本拂塵就會給你一個畢生難忘的經驗。」

什麼畢生難忘的經驗？你先說說你手上拿的那張是什麼符？

范統對噗哈哈哈會拿出什麼手段感到好奇，噗哈哈哈也很乾脆地亮了那張符咒給他看，甚至怕他看不懂，自己就開口解釋了。

「給本拂塵看好了，這可是變性符，怕了吧？」

……

你、你說什麼？這是什麼邪惡的符咒？你從來都沒教過我！其實這是你捏造的吧！這種符咒真的可能存在嗎？

「存不存在，范統你親身體驗一下就知道了，怎麼樣，還不道歉嗎？」

「嗚嗚對不起我沒有錯！請一定不要原諒我！」

噗哈哈哈那惡狠狠的姿態讓范統不由得就開口道歉了，在反話的功勞下，講出來的話當然也不太像樣。

「知道錯了就乖乖給本拂塵去練功！本拂塵睡覺時間很寶貴的，為什麼還要花在教訓你上面！」

知道了啦……不過，既然要練功，那個符咒可不可以順便教我啊？

「范統你好的不學，學這種東西做什麼？」

因為我覺得很實用……沒有啦！這只是收集特殊符咒的癖好而已！雖然我覺得拿去對綾侍大人丟丟看可能——不，我就只是單純想多學幾種符咒，就是這樣！

范統內心的想法太過飄移，所以噗哈哈哈也不太相信他的話。

「想多學幾種符咒的話，本拂塵那些叫人起床的符咒通通都可以教你啊。」

誰要學那種沒用的符咒啊——啊，糟了，自打嘴巴……

不小心爆出真心話又被聽到後，范統的臉孔頓時僵直。

噗哈哈哈看起來有點生氣，但還沒到暴怒的程度。

「本拂塵就知道你在說謊！為了不讓你危害世間，這種符咒我才不會教你呢！走，去特訓！」

這種情況下，范統就算不想去，也只能硬著頭皮去了。

該不會接下來還是沒得偷閒，每天都得辛苦練功吧？

如果是這樣，那麼，為了逃避練功，月退你要帶人去東方城議事的時候，可不可以連我也一起帶去啊——

這樣的悲鳴，現在正在開會中的月退自然是聽不見的，不過，也許是心有靈犀，最後范統的願望還真的成真了。

前往東方城討論事情的成員，總共有皇帝本人，魔法劍衛三個，皇帝的朋友兩個，此外還有以劍的形態一起被帶去的天羅炎。奧吉薩被留在西方城處理雜事，那爾西也繼續待在西方城養身體——雖然范統覺得，以聖西羅宮業障那麼重的氣場來說，只怕不是什麼養身體的好選擇，但這種東西口說無憑，要證實又很麻煩，反正他也秉持著良心幫忙做點防護措施了，剩下的便默默吞進肚子裡去，懶得講給別人聽。

跟沉月有關的事，一向都採取密談策略，自然也就不會有什麼豪華隆重的迎賓隊伍，更別說他們進入城內時，滿街都布置著黑色的旗幟與裝飾物，顯然正逢國喪，舉國進行對矽櫻女王的哀悼，這樣的氣氛，幾乎都快讓范統覺得他們是不是不該這時候來，看到這樣的景況，心裡的壓力實在很大。

我覺得媳婦要見公婆都沒這麼緊張啊！雖然提到媳婦這個字眼，好像自己戳自己的痛處，但我覺得拿這個來比喻很貼切我現在的心情！

「伊耶，夜止的皇宮真冷清，是為了密談刻意淨空的嗎？」

雅梅碟對周遭環境發表了簡單的感想，伊耶則回應得很冷淡。

「別吵。反正等一下如果有陷阱，按照會議上說的方案行動就對了。」

你們在聊的是什麼令人驚恐的內容啊？

所以你們也猜測過東方城會不會想報復，同時商討過應對方案了嗎？我該說你們真是思慮周全，還是以小人之心度君子之腹？我覺得我們只要有強得跟鬼神一樣的月退在，他們根本不會進行自殺攻擊啦！東方城現在根本就處於絕對弱勢吧！

「我們需不需要到女王的墓碑前致意啊？」

璧柔問出了這樣一個沒神經的問題，范統還來不及在心裡議論這句話，硃砂就開口譏諷了。

「這是偽善吧？難道還要說什麼『我們也不希望見到這種事情發生，我們甚感遺憾』之類的場面話？覺得決鬥的對手死了很遺憾，豈不是希望我們的皇帝死的意思？」

你這番話真是凶猛極了，那麼我也沒什麼別的要說，似乎不需要補充什麼，啊哈哈。

「我才沒有那個意思！」

璧柔聽完硃砂的話連忙澄清，月退則緩和了一下氣氛。

「別主動提起就是了，我們是為了沉月的情報來的，記住這件事。」

今天在出發之前，月退也為了眼睛到底要不要纏布條糾結了很久，後來似乎想開了就沒纏了，事實上，會談現場應該都是認識的人，纏起來遮臉也沒什麼意義。

雖然這個話題就這麼結束了，但范統還是有在意的地方。

那個啊，這裡有別人啊。帶路的那個侍衛是新生居民呀——就算你們用西方城的語言交談，他也聽得懂，這樣真的妥當嗎？

所幸沒走多久，就到了會議廳，范統便不必再擔心大家會說什麼不得體的話被聽見了。

門被拉開的時候，范統還是不由得緊繃了神經，廳堂內坐著等待的人不多，也都是他們事先知道的人——珞侍、音侍、綾侍跟違侍。看見他們進來，起身迎接的人只有音侍，其他人都沉著臉沒什麼笑容，擺明了就是不怎麼歡迎今天的客人。

「啊，你們來了啊，隨便坐隨便坐——」

音侍那明朗的笑容，看起來就跟過去沒兩樣，雖然這樣友善的態度讓人覺得鬆了一口氣，但在鬆一口氣的同時，也有點不知道該說什麼好。

好吧，我又一次體認到音侍大人的不平凡之處，雖然我覺得這句話好像不是稱讚。人當然都希望自己不要被記恨，但是音侍大人您這副彷彿什麼事情都沒發生過的模樣，也太——這根本不是平常人辦得到的啊！您有沒有注意到您的三個同伴都對您投以哀莫大於心死的眼光！難道成熟的大人就是該公私分明，女王因決鬥受的傷而死不能怪誰，所以不應該放在心裡，這樣？說是這麼說，可是應該還是會有疙瘩吧！

或者您只是表面上看起來不計前嫌，事實上心裡依然記恨？不過以您的平常表現，可能也不會有這麼複雜的心思吧，嗯，我再看看其他人……珞侍看起來挺憂鬱的，綾侍大人似乎恢復得不錯，不像那爾西體虛，都過這麼久了還要養身體，至於違侍大人，我跟違侍大人沒幾面之緣，他大概原本就總是一臉嚴肅吧？至少沒咬牙切齒，今天或許能好好談事情……？

而在音侍招呼他們坐下後，現場又出了點小狀況。

「椅子不夠呢。」

硃砂指出了這個事實。椅子比在場人數還少了一張。

「啊，真的嗎？」

音侍毫無惡意地說了這麼一句，好像沒反應過來應該處理。

「一定是少算了范統的吧，那請范統站著就好了啊？」

雅梅碟帶著笑容裝傻似地說出這樣的話，就好像他沒特別針對誰一樣。

你──！住手先生你就是這樣才會被月退嫌棄啦！你是暗指我最有可能被忽略嗎？問題是，名單上最後才加進來的人是你才對啊！就算要失誤漏算也應該是漏算你的椅子！居然叫我用站的，檢討一下自己的言行好不好！真要省椅子，也該叫璧柔變回法袍穿到月退身上才對！

「你在說什麼，還沒睡醒嗎？難道在夜止討張椅子有這麼難？」

伊耶斜眼看了雅梅碟後，隨即不悅地抱怨。不管他對范統有沒有不滿，現在范統跟著一起來，也算是西方城的人，連張椅子都沒得坐，就是不給西方城面子。

「從頭到尾，放著不處理、討不到椅子不都是你們在自彈自唱而已嗎？我不記得我們有表達過任何意見。」

綾侍露出了美麗卻危險的微笑，顯然因為眼前的狀況而有點惱火。

咦咦？怎麼了？為什麼一開始就充滿火藥味？不過就是一張椅子，有這麼嚴重嗎？我自己去隔壁房間拿也可以啊！

「啊，老頭你又哪根筋不對，不然小柔可以坐我大腿上……」

「門口的侍衛，沒看到少了張椅子嗎？還不立刻去拿？」

音侍的糟糕話語雖然被綾侍截斷，但其實也已經講出大半句了，實在讓人不知道該說什麼。

「您的解決方法也太爛了點，音侍大人。如果不是大家都知道你們感情好，您的舉動可以被視為公然言語性騷擾外國女性官員了吧？不要這樣不管是什麼場合都當成自己家啦……」

椅子的問題解決後，眾人總算就座，可以開始討論了，不過說要開始，東方城那不怎麼想理人的態度，還是讓大家不知道應該從何切入話題。

「落月的人好多喔，我們這邊為什麼人這麼少……」

敵眾我寡的感覺讓音侍有點哀怨，這句話其實已經有點危險，偏偏璧柔又直接反應地接了口。

「嗯？是啊，東方城為什麼都沒有其他官員了，好像也沒聽說什麼有名的強者，總不至於人才凋零吧？」

她話一說完，違侍就微帶怒氣地說話了。

「神王殿裡沒有太多人，只是矽櫻陛下想要清淨，不喜歡人多嘴雜而已，不要胡亂猜測！」

呃，我覺得比起來，說人少就能隱瞞祕密還比較適當，聽說女王是新生居民的樣子……從暉侍的記憶裡也翻出了這一點可以證實啊。

「東方城不是沒有強者，只是多年前那場戰爭被少帝一照面就挑掉了好幾個而已。」

珞侍總算開口說了第一句話，不過這話聽起來充滿不高興的味道，被他指名的月退在發現自己被瞪之後，呆滯了幾秒，然後下意識地道歉。

「……對不起。」

在他道歉之後，珞侍的神情頓時變得很微妙，室內的氣氛也古怪了起來。

因為沒預料到會收到這麼率直的道歉，所以接不下去嗎？還有，月退你怎麼了，身為皇帝、身為西方城的代表，應該是不可以道歉的吧！你是忽然沒反應過來嗎！你看看，矮子的臉都青啦！

「你不是說過你不會道歉的嗎？」

如果剛剛只是意有所指，現在珞侍就是直接對月退說話了，這樣的狀況讓范統覺得更加緊張。

你們要講私人悄悄話找別的時間地點再講！你們現在是西方城少帝跟東方城即將即位的王儲啊，不要在公開場合忘記這件事情，只當自己是月退跟珞侍好不好！我們旁觀很困擾也很尷尬的——

「我……」

雖然珞侍沒說得很明白，月退卻瞬間領悟了他想的是哪件事情。

那是他們最後的私下交談，在神王殿的地牢裡。
「我會道歉，不是因為做錯了什麼，只是因為我的行為傷害了朋友，讓朋友難過了。」
他說完這句話，珞侍就沉默了。其他人也覺得難以插話，這種時候最好還是扯開話題。
「趕快進入正題吧？」
伊耶瞥了雅梅碟一眼，意思是要他負責開頭，於是雅梅碟便簡單地講了一下來意。
「我們想到沉月祭壇一探究竟，希望能取得貴國的情報支援與幫助，畢竟有關沉月的事情我們並不清楚，而你們似乎對沉月比較了解。」
關於他們的來意，其實來之前就已經告知過了，現在只不過是重新再說一次，並正式詢問意見而已，矽櫻已死的現在，要不要提供協助，就看珞侍的意思。
「沉月的事情，你們知道多少？」
儘管珞侍表面上看起來一副沉不住氣的樣子，卻不怎麼好套話。既然他問了這個問題，月退就按照過去吸收來的知識回答了。
「大概就是……沉月是一件寶鏡形態的法器，用以維繫水池運作，吸引其他世界抱有遺憾的亡魂，以及沉月當初是兩國一起發現的，就這些吧。」
就……就這些嗎？這些我也知道啊！我不用翻暉侍百科全書都知道！這根本是基本中的基本，課本上就有寫，人人都曉得的知識吧！
「只有這樣？」

珞侍顯然也對月退的回答不怎麼滿意。

「……當初各分了一半的法陣？」

月退，你簡直像是口試中抓不到重點，擔心被主考官打不及格分數的學生啊。

「違侍。」

珞侍沒轍了，乾脆直接叫違侍解說比較快。

「根據文獻記載，沉月當初是怎麼來的，已經不可考了，法器本身是由東方城女王命名的，之後便正式作為寶鏡的名稱。」

那段命名的緣由，大家也幾乎都知道。

「我願如那西沉的月亮，投墜至你身邊」——那位東方城女王所說過的這句話，彷彿代表著永遠無法得到回應的情意，也不知道對她來說，取了沉月這個名字，究竟是為那段感情畫下句點，還是單純想當作紀念。

東方城一直以來對於這段女王愛上敵國皇帝的歷史都十分不想提及，就像引以為恥一般，尤其在兩國交情惡化後，這種傾向更為嚴重。

「而兩國分別持有一半的沉月法陣，其實是裡界的匠師研究後提供的，並不是沉月本身附帶的東西。」

咦？這個說法倒是第一次聽到，裡界又是什麼玩意兒？

范統簡單粗略地查了一下暉侍的記憶，他也曉得，大家在議事的時候，不太可能抽空專門為他這個不懂專有名詞的外行人解說，畢竟他只是陪著來的跟班。

由於只是簡單搜索，大概只得到「另一塊區域的名稱」、「各式高級器具的出產地」這樣的關鍵字，不過，不想深入了解的話，這樣也大概知道意思了。

所以，音侍大人、綾侍大人跟璧柔、天羅炎，都是從裡界來的？他們是在那裡被製造出來的嗎？

對喔，還有噗哈哈哈，不曉得噗哈哈哈是不是也來自裡界？所以噗哈哈哈跟音侍大人他們是同鄉嗎？

『噗哈哈哈，我有事情想問你……』

『呼嚕——呼嚕——』

『別睡了，理我一下啦，喂——』

『呼嚕——呼嚕——』

大概是睡得太沉了，范統接連著說了幾句話，都只得到打呼聲當回應。

既然這樣，他也只能將注意力重新放回大家的討論上，現在的討論似乎已經進入了主題。

「總而言之，我們只能提供解開祭壇外層結界的協助，如果要去一探究竟的話，你們自己去吧。順帶告訴你們，沉月的內層結界可以排除所有高階的武器護甲，所以去到那裡是不能帶任何高階裝備的，想帶著高階武器或護甲接近沉月得取得特殊許可，現在是拿不到的，內層結界我們也沒有本事解開，真要說的話，奉勸你們還是打消念頭比較好。」

這段話是綾侍做出的結論，也就是說，即使他們願意一起去，音侍跟綾侍也進不了內層結界，天羅炎跟璧柔亦是同樣的狀況。

欸？話題進展這麼快？我不過分心喊噗哈哈哈幾聲，你們就已經聊完了嗎？其實本來就沒幾句能講吧？所以……音侍大人之前可以進祭壇追殺暉侍，就是拿過那個什麼特殊許可囉？現在為什麼拿不到啊？

「為什麼要我們打消念頭呢？」

月退理所當然會問這個問題，綾侍的答覆也很直接。

「因為封印沉月這種事情，你們不可能辦得到。」

綾侍大人您為什麼可以這樣一口咬定！法陣難道是假的嗎？不是只要執行法陣就可以封印沉月了嗎？法陣上是這樣寫的啊！

「為什麼……」

「我不會告訴你們更多。就各方面來說，你們本來就是敵人，我們不跟你們計較太多，只是因為櫻原本就尋求解脫罷了，如果聽了勸告還執意要去的話，就自己去感受吧。」

尋求解脫是嗎……這樣的說法，還真讓人心生惆悵。是不是當新生居民當久了，就會希望一切有結束的一天？每天閉上眼睛，都勢必會再睜開，永遠會看見下一個落日的感覺……久而久之，也許真的挺恐怖的？

「……我明白了。那麼還是請你們協助解開外層結界，我們擇日過去一趟。」

月退知道與矽櫻心靈相通、乃至器化的綾侍，應該曉得很多深入的情報，他會這麼說，代表前往沉月祭壇封印沉月，一定有很大的危險性與不確定性，但封印沉月是他早就決定好的，在不願意逼迫綾侍說清楚的狀況下，便只能這麼做結。

「等等，我也要去。」

珞侍忽然在這個時候插的話，顯然是他另外三個同伴沒有預期的。

「你應該以自己的安全為重，珞侍！誰知道他們會不會藉機危害你？你可是東方城未來的王，不需要跟他們一起行動！」

這句話是違侍說的，看來他已經將西方城的人視為毒蛇猛獸。

「你沒有必要跟去，我們應該做的是旁觀，不是隨之起舞。」

綾侍皺著眉頭這麼勸說，他自然很反對珞侍跟西方城的人一起去沉月祭壇。

「啊，我也想一起去啊，小珞侍都可以去，好好喔。」

音侍的發言完全是不甘寂寞的狀況外。基本上沒什麼人想理他，跟他認真只會讓自己生氣而已。

伊耶臉上抽動了一下，似乎有點想翻臉，卻又礙於種種現實因素而只能忍耐。

「真夠失禮的……」

坦白說，我覺得西方城的人平常也一樣失禮，要拿相同的標準來要求自己跟對方啊，他們也只是情急之下心直口快了點嘛，啊，不包含音侍大人。

「沉月的事情也跟我們息息相關，完全放手讓他們處理未免太奇怪了吧，我們都沒有人在現場，無法得知確切發生了什麼事，這樣不妥。」

珞侍不是憑著一股衝動就說出自己想去的，他講的理由固然有道理，綾侍還是沒辦法就這麼同意。

「若只是要人查看，你可以派其他人去，不需要自己親身涉險。」

看綾侍這樣阻止珞侍，也可以知道這一趟去不會多平靜，畢竟珞侍是自己人，一定要顧的，敵國的人想去冒險，他就沒興趣多費唇舌勸導了。

「我希望我能在現場了解所有過程，而非事後才聽人轉述，也不能隨時做什麼反應。」

瞧他不打算更改決定的樣子，綾侍頭都痛了。既然珞侍不妥協，那麼也只能他們妥協，除非他們打算聯手把他關在神王殿，硬是不放他去。

「罷了……你應該不會受到什麼影響，總之靜靜待著，顧好自己的安全吧，我們會留在內層結界的外面等你出來的。」

這聽起來是往樂觀的方面想而做出的結論。如果是這種情況，那麼一起前往沉月祭壇的人倒也不少，只是大部分會留在外面等待而已。

「那麼就將日子定出來，排定到預定行程內吧。」

因為勸說無效，違侍的神色顯得有點挫敗，接下來敲定日期、確認小細節的程序都不需要多久，算是難得和平地完成了這次的商談。

唉，雖然中間有點小火花，但整體來說氣氛還算平穩啦，跟前幾次比較的話……講話溝通還是好好講比較好嘛，講到一半就翻臉或者講到一半就打起來，都對心臟不好的！

我忽然發現一件事！前兩次，也就是吵起來跟打起來的那兩次，共通點就是有那爾西在場！而這次那爾西沒來就和平順利了！也就是說，其實只要他在，就算他什麼也不做，一樣可以破壞一切嗎？

「我們會在祭壇外層結界等待，約在那裡見面吧。」

拿出地圖後，綾侍的手指在上面指了一個確切位置，雙方的人都沒有意見，事情便這麼決定了。

前往祭壇的日期就在三天後，畢竟也沒什麼需要準備的事情，多出這三天時間，只是緩衝一下以免太急迫，當然，要封印沉月的事情，他們並不打算告知一般民眾。

如果新生居民得知自己的壽命再怎麼樣都不會超過十年，集體暴動之下的後果不是他們所能承擔的，後續如何告知、是否告知，還得再多想些辦法才行。

「東方城沒有再反對封印沉月耶，為什麼呢？之前態度明明那麼堅持的……」

回西方城的途中，璧柔問了這個問題，彷彿百思不得其解。

「領導人換了，方針自然會不一樣吧？」

雅梅碟很自然地如此認為，范統也跟著思考了起來。

噢，之前音侍大人對王血注入儀式之所以那麼堅持，是因為女王是新生居民，沒有水池就活不下去吧？現在主人已死，珞侍是原生居民，不會直接被影響，他們就看開無所謂了……？

「珞侍支持封印沉月嗎？」

月退這麼問的時候，帶了點不確定。從今天的對話中，他沒辦法推測珞侍本身對封印沉月抱持著怎樣的想法。

「他們只是認為我們不可能成功，才放任我們去做吧。」

伊耶講完自己的意見又哼了一聲，似乎對東方城所謂的配合不太買帳。

矮子你這話有點一針見血耶！其實他們只是想看我們的好戲？答應協助解開外層結界，也算給了我們面子，之後我們鎩羽而歸是我們的問題，不關他們的事……這樣想起來還真陰險？

「但是，為什麼他們那麼肯定這件事不會成功？」

硃砂對於想不透的事情總是會在意很久，現在這裡也沒有人可以給他答案。

❀

沉月祭壇上方的天空，從黎明至黃昏，絢麗的色彩都會一直變換。這是這個區域的特性，尤其這一帶受到不穩定能量氣流的影響，天空色彩流動更為明顯。

到了約好的時間，兩方來的人跟開會時一樣，大概是帶著「就算不能進去，至少也在外面等消息」的心情。東方城的人來得比較早，外層結界已經被他們先行解開了，於是，等西方城的人抵達，他們便一起朝內層結界步行過去。

內層結界其實也需要做解除的手續，只是解了以後，武器跟護甲還是不能入內——綾侍是這麼對他們說的，現場也實驗了一下，天羅炎在確認自己不管怎麼劈砍都突破不了面前的無形之壁後，才接受了不能跟著月退一起進去的事實。

高階武器跟護甲還是不能入內這一點，他們倒是不會懷疑東方城有動手腳。在珞侍要一起進入的情況下，如果情況允許，音侍跟綾侍應該會跟的，儘管他們還沒進行過認主契約，珞侍還不是他們的主人，但維護珞侍的安全，他們不可能不去做，畢竟他們不只是忠於自己主人的武器跟護甲，他們同時也在乎自己以人形認識的少數幾個人。

為了避免在裡面有什麼突發狀況，無法顧及所有的人，「累贅」還是別帶進去比較好——雖然很現實，但直接一點的講法就是這樣。

硃砂在這種時候通常一點也不逞強，他對待在外面等待沒有任何異議，違侍也覺得自己留在外頭比較好，剩下來比較有「到底要不要進去」這種疑問的，就只有范統跟雅梅碟了。

本著趨吉避凶的心理，范統很掙扎是否徵求進入。他如果說不去，應該不會有人勉強他，也不會有人質疑，不過這種一般人沒機會一見的地方，又讓他有點想開開眼界。

搞不好綾侍大人只是嚇唬我們的，裡面根本就很安全嘛……就當作名勝古蹟觀光，用輕鬆的心情進去就好了啊？而且，暉侍交代了三個遺願，我如果跟進去，至少也算做到了照顧珞侍跟封印沉月？是這樣吧？其實不是我對暉侍的要求百依百順，我只是希望他能早日成佛而已，一直跟他糾纏下去絕非好事啊。

可、可是，萬一真有什麼狀況，我到底有沒有能耐保護自己？這是不造成麻煩的基本條件啊，雖然我好像變強了，但那是在拿著噗哈哈的情況下——武器不能帶進去，我不就毀了嗎！

「范統，你要進去嗎？」

月退在等他表態，不過已經等很久了，一直看他的表情變化也不是辦法，只好自己發問。

「有沒有搞錯，你居然問他要不要去？」

伊耶立刻反彈，雅梅碟則安撫了他一下。

「其實應該還好吧？他是新生居民，就算中了什麼陷阱死亡，也可以死回夜止的水池，夜止總不至於小氣到連個人也不讓我們打撈，那麼就形同不必顧慮他的安全問題了嘛，還真是令人羨慕啊。」

住手先生，雖然你講的話好像沒什麼不對，但我覺得這不是在幫我講話的態度啊，你話語之中濃濃的惡意我可是都感覺到了喔！你是在攻擊我才對吧？

「話不是這麼說的吧，這樣硃砂不是也可以進去？」

月退愣了愣，而他一說完，硃砂就搖了搖頭。

「不能確定的風險太多，你如果要帶累贅，一個就夠了。」

他這話是表示自己依然維持不進去的決定，不過也形同跟著刺范統一刀。

什麼意思，這是要把累贅的位置讓給我囉？我應該要覺得好開心嗎！豈有此理！

「那我就在外面等待吧，畢竟我不好意思造成大家的麻煩。」

雅梅碟用一種帶著歉意的表情說著，彷彿很想進去又不得不放棄的樣子。

這次是暗指我厚臉皮造成大家的麻煩嗎！……到底是我心胸太狹窄，隨便揣摩別人的意思，還是住手先生真的一直針對我？你們為什麼都不認為我可能意外地有用？我腦中可是有暉侍的記憶耶！

「認識你十幾年，怎麼到現在還是這個樣子……」

伊耶斜眼看向雅梅碟，好像對他有點無話可說。

喂喂，矮子都認可了，那就代表他真的是在損我了吧！你們都沒有人要說句公道話嗎？只因為他沒明白惡意地針對，用這種裝傻的方式，你們就不糾正他嗎！

「所以……范統，你要進去嗎？」

月退無奈地又問了一次。

「快點決定！」

珞侍不耐煩地催促著。

「……好啦，我不去啦。」

我是說我要去！真是的，該不會又有人要故意裝作不知道我會說反話了吧？

「那你們多多小心，早點出來喔。」

璧柔就像在叮囑要進鬼屋的家人一般，完全沒有緊張感。大概是考量到繼續廢話只會拖時間，其他人都沒再多說什麼。

結果要進去的人總共也只有四個而已，出乎意料地少。在通過內層結界時，范統的心跳因為緊張而加快了一下，不過什麼事情都沒有發生，平靜得就像結界不存在一樣，讓他也不曉得該平常心面對，還是繼續保持警戒心。

走往中心祭壇入口的路上，他們彼此之間沒有任何交談。這樣的氣氛出現在他們之間，格外有種緊繃的感覺。

當初我們三個也半夜跑來沉月祭壇過啊，那一次被阻在外面進不來，珞侍還很難過的樣子……我們現在到底還算不算朋友？雖然已經發生了那麼多事情，現場還多了一個矮子，但這也不防礙交談啊？雖然現在要辦正事，好像也不適合聊天啦……

范統心情複雜地跟著另外三人一起前進，雖然他也很想開個「等一下會遇到什麼狀況呢？你們有沒有想過？」之類的話題，然而，他怎麼想都覺得開話題這種事不該由嘴巴有問題的他來做，這種錯誤已經犯過很多次了，他想，還是該學乖一點盡量避免才是。

於是他們便在一片安靜中，接近了眼前包覆著祭壇主體的白色護罩。

猶如白繭般半圓形的巨大護罩，是隔絕裡外空間的保護膜，也是祭壇的第三層結界。要通過這壯觀的護罩，其實不需要什麼特殊的技巧，法陣上提供的咒法就足以將護罩開啟，他們在施行咒法的時候，亦沒有遇到困難。

潔白無縫的護罩在珞侍施完術法後，便自然地張出供人進入的裂縫，他們前腳踏進去，後腳才剛收起，裂縫就又自動閉合，裡面也就恢復了密閉空間的狀態，一如他們尚未進來時。

祭壇中心放置著撐高架起的小型水池，四周以塔形的階梯連接往上的道路，池面大概就如井口一般，甚至比普通井口還要小一些，就之前研究過的資訊來看，那就是王血注入儀式所要使用的設施。

作為背景色調的白色結界，使得祭壇的清冷更添了幾分，祭壇設置連通沉月通道的傳送點則在另一邊。進到陌生環境的恍神沒有持續多久，范統就恢復原本的心境了，這個時候，怔怔開口的人是月退。

「在哪裡？」

嗯？什麼東西？什麼東西在哪裡？

「你要找什麼？」

先對他的問題提問的人是伊耶，而在他問完後，月退又搖搖頭表示沒事。

「我們上去進行封印吧，封印儀式沒有人做過，但也許跟王血注入儀式一樣，都在那上面實行。」

月退的意見他們也贊同，畢竟這裡看起來最有可能的地方，就是那個小型的水池，判定周圍沒什麼危險機關後，他們便一同走了上去。

在他們靠近、近距離看見水池時，他們很快就發現這個小水池與東西方的復生水池不太相同。匯聚其上的靈氣，充沛得像要滿溢出來似的，讓人有種沾一點水也可以得到些什麼的錯覺，而這樣的情況，原因大概就是靜靜沉在底下的那面寶鏡。

由於幻世的事物感覺比較偏近古代，范統一直以為這面名為沉月的寶鏡，應該是銅鏡一類的存在，沒想到這樣隔水看來，鏡面一點也不模糊，映出來的影像很清晰，不過，仍是東方鏡的模樣沒錯。

嗯……說起來，雖然東方城宿舍的鏡子品質比較爛一點，但矮子家的鏡子還是照得很清楚的，所以幻世物質上的科技水準還是沒有我想像中那麼落後嘛……不過沉月不是存在幾百甚至上千年了嗎！那個年代做出來的鏡子就已經這個樣子了？或者是什麼領先群倫的工藝中途失傳之類的？

范統一面想，一面也覺得認真研究起這種東西的自已真無聊。東方城的玄殿就有沉月的大型塑像了，被分配去打掃過玄殿的他，自然也大致上知道沉月的模樣。

「本體在這裡的話，對著鏡子本身使用封印法陣，應該就沒問題了？」

月退想向身邊的人尋求附和，但珞侍連看都不肯看過來，他只好將視線挪往范統跟伊耶。

「理論上是這樣沒錯。」

伊耶這麼回答，范統也點了點頭。

若沉月被封印，水池就會失去讓新生居民永續重生的功效。這一點他們都很清楚，珞侍又不表態反對，那麼，便該順著進行了。

封印的咒語只需要一個人施行，由月退來施咒沒什麼問題，然而他唸咒並將手探往水面的同時，范統卻抓住了他的手腕，神情顯得有點僵硬。

「你剛剛唸的不完全是法陣上的封印咒，那是什麼？」

這句話沒有被顛倒成反話，但這已經不是現在的重點。

法陣上某些咒語屬於獨立的體系，施用的時候必須唸出來，也因為這樣，范統才會察覺不對之處。

「什麼情況？」

伊耶不懂現在發生了什麼事，珞侍也處在狀況外。

「我不明白你在說什麼，這確實是封印沉月的咒語。」

月退的語氣聽起來有點怪罪他打斷施法，不過這掩蓋不住因為說的不是實話而冒出來的心虛感。

「那段咒語才不是這樣的！我多少也沒研究過好不好！」

要說研究過，其實是暉侍常常在夢裡唸那段封印咒騷擾他，他已經被煩到會背的程度了，現在月退所唸的東西，可不只是一兩個字的出入而已，他不會聽不出來，也認為自己不可能弄錯。

月退在告訴他決定封印沉月的時候，所有的表現都可以讓人看出他是真心的。

會在這種時候更動咒語，他怎麼想都覺得不會有好事。

「我唸的咒語有封印的效果，只是更加完善而已，范統，你不必這麼緊張。」

月退貌似已經消除了剛剛的少許慌亂，現在他說話的樣子又平靜而不帶破綻了，因此范統也難以再看出他的想法。

就月退的立場而言，他原是想瞞著眾人施行封印並獻上自己作為祭品的咒語，以延續水池的效力，至於四個人進去卻只有三個人出來這件事，讓他們當作封印中發生的意外就好，除了不可能瞞住的天羅炎，他是不想讓任何人曉得的，所以即使范統察覺不對之處，他也不打算做任何解釋。

「真是這樣？」

伊耶對這樣的狀況也產生了懷疑，於是直接做出要求。

「那麼你把法陣拿出來佐證，我們現場研究，如果研究不出來，再退回外層結界詢問其他人的意見也沒有關係——並不是我不信任你，只是，這是很重要的事情，我們還是應該謹慎一點。」

「我也認為這樣比較好。」

珞侍贊同了伊耶的話，畢竟這不只是西方城的事情，而這件事的確該顧好所有環節。

月退感到有點為難。如果他堅持己見，就代表他禁不起檢驗，這其中勢必有問題，但若真的讓他們詳細研究了，他所要用的方法便會攤在眾人面前讓大家知道。

「好吧。」

他口頭上先答應了下來，並思索著走回去的這段時間內有沒有什麼解決辦法，然而，他們才剛做出先行離開的決定，便出現了新的狀況。

原先一直相當安靜的祭壇，忽然出現了不屬於他們任何一人的聲音。

鈴鐺晃動的聲音，在這樣寂靜的環境中十分明顯。那清脆的聲音就像是風吹搖鈴，而在他們順著聲音向前方上空看去後，才發現鈴鐺是突然出現的少女身影繫帶上的裝飾。

少女是何時出現、如何出現的，他們並不清楚，但依照來之前就有過的推想，這名陌生少女的身分其實也不難猜測。

能夠在他們都沒發覺的情況下忽然出現，宛如她原先就已經身在此處……

「都已經進來了，怎麼能在主人尚未迎接之前就離開呢？」

少女甜美的聲音搭上她嬌美的外表，理應令人賞心悅目，然而看著她的臉孔，想到她呼之欲出的身分，所有人便很難維持平常心面對。

「你一定是聽見了我的呼喚，才會來到這裡……」

從她雙眼所注視的位置可以得知，她說話的對象，是月退。

「喜歡你現在的身體嗎？恩格萊爾。」

在她的注視之下，月退覺得自己幾乎無法動彈。

少女的名字是沉月。

即是那個據說已經入了魔，發了瘋的寶鏡沉月。

范統的事後補述

沉、沉月果然是會變成人的嗎！我們是也猜過這種可能性啦，畢竟力量那麼強大的法器，聽起來就跟我們身邊這些會變成人的武器護甲差不多嘛，不過猜過是一回事，實際證實又是另一回事了，她也知道我們是來封印她的吧？這下子不就……！

所以綾侍大人隱瞞著不告訴我們的事情，其實就是這件事嗎？有可能這麼簡單？

應該沒這麼好猜吧，但這樣不就更讓人不安了嗎？

說起來武器防具變化成人後都長得不錯嘛，唔，綾侍大人算是特例，長得雖然很不錯，但看看臉再看看性別，就覺得很悲劇了，這麼說來沉月也不能只看臉？搞不好其實是男的！

繼續做這種推測好像不太妙，我一點也不希望我的烏鴉嘴成真。如果沉月現身代表我們要被凌遲，那被一個美貌少女凌遲，也好過被一個男身女相的傢伙凌遲好，雖然最好是根本沒有凌遲這回事啦，但……我能這樣祈禱嗎？她都已經說不放我們走了耶？這不就是關門放狗的宣言？

我們都還沒研究出月退更改咒語的目的是什麼啊！我術法不通，這個要問暉侍百科恐怕也不好問，其、其實我現在很緊張，我實在不想迷迷糊糊就這麼撞上大魔王然後隊伍人員全滅，可是——

天羅炎變成的人據說有金線三紋的實力，音侍大人變成人也是純黑色流蘇的實力，那麼變成人的沉月……是不是不要再想下去比較好，壓力也比較不會那麼大？

她可以如此有恃無恐地出現，恐怕也代表我們的情況真的很不樂觀吧？

正當我苦思如何不成為隊伍中的累贅時，又發生了一件很不幸的事。

我的肚子居然在如此要緊的關頭餓了起來。

唉，我真的不多求什麼了，至少在這種時候稍微爭氣點好嗎？親愛的肚子？

✣ 章之七

世界之擇

『不是世界選擇了你，是我——選擇了你。』——沉月

少女居高臨下地俯視著他們，好整以暇的態度來自於她的自信。她顯然對掌握眼前的局面相當有把握，畢竟，這裡原本就是她的領域。

「你們應該有很多問題想要問我才對，快開口問啊？我總是自己待在這裡無聊，其實我並不排斥跟人說話的，你們想得到什麼答案，我都可以告訴你們喔？」

沉月面上浮現出一種帶點天真的期待神情，就好像只要能跟人說話，她就覺得很開心似的，然而她所帶給他們的危險感並沒有消退，他們仍能感受到威脅，也依然警戒。

說要問問題，一時之間也很難理出問題的先後次序，於是，伊耶先開了口。

「沉月吸引生魂的問題是怎麼發生的？既然妳是有意識的神器，這是否是妳刻意做的？」

這是他們決定封印沉月的主要原因，先前得到的說法與猜測，大概都跟「沉月出了問題無法修復」脫不了關係。

他們還是需要一個正確的解答，儘管得到正解未必會有幫助。

「這種事情，還有可能是無心的嗎？」

像是覺得這個說法很好笑一般，沉月笑出了聲音。

「如果只是少數幾個還有可能，但可沒有那麼少喔？你們不也是因為這樣才會發現不對勁的嗎？我幫助你們證實了調查結果，開不開心？」

她會這樣大方地承認、肆無忌憚地引入生魂，絲毫不擔心被察覺後的事情，說明了她根本不怕旁人發現，甚至還覺得讓別人注意到這件事，是很有趣的狀況。

「為什麼要做這種事？強制終止別人的生命，硬是將他們帶到這個世界，這對妳來說有什麼好處？明明是這麼過分的事情！」

聽完沉月的回答，珞侍就帶著激動地開口了。沉月在東方城人民的心目中，一直是只可高仰的偉大存在，他們在城中建築玄殿膜拜，設置了莊嚴重大的節日——曾經他也這樣崇敬過這件改變了幻世的法器，但在越來越逼近真相的現在，他已經無法形容他們所尊敬的沉月，到底是什麼樣的東西。

范統自然也無法理解沉月的想法，而在珞侍先出言質問的情況下，他則有點心情複雜。

我覺得你真是個善良又正直的孩子啊，居然比我這個受害者還憤怒……我也想知道我為什麼會被這樣開玩笑似地帶到這個世界啊，受害者到底有多少人？看到犯人如此囂張得意地宣揚自己的罪行，感覺真的很差耶。

「他們來到這裡不是一樣活著嗎？活著享受我賜與的，近乎永恆的生命，宛如永遠與我同在，永遠是屬於我的棋子，這樣有什麼不好？」

少女的笑容隨著她說出來的話語，逐漸呈現出病態的扭曲，包藏在美麗外表下的惡意，也露骨地顯露了出來。

「一個新生居民遠大於原生居民的世界，對我來說就是最理想的世界。這將會是『我的』世界，即使法陣將我鎖在這裡，我依然能掌控一切——當初你們自私地利用我的力量架構出這個體系時，有沒有想過會有這一天呢？無主的神器憑什麼永無止盡地為這一切付出？若是讓你們臣服於我，接受我的主宰，那還勉強可以考慮！」

那樣夾帶憎恨與厭惡的話語，透出了她憤恨的心思。彷彿有什麼過去覺得懵懵懂懂亦未深思的事情在此刻明瞭了，范統組合著記憶裡聽過的話語，有的源自暉侍，有的源自他自己，而他一時也分不清。

『戰爭只是去蕪存菁的手段，新生居民的數量增加得太快了，這是合理大量耗損的方法，不可能停止。』

『沉月吸引生魂的事情，東方城很久以前就知道了……』

發動戰爭，削減新生居民數量的原因，原來不只是因為資源不足。

新生居民會成為直接威脅原生居民的存在。這個世界的住民，會被新生居民逐漸取代。

被沉月所招來的新生居民。

東方城在需求新生居民擴充國力的同時，也畏懼著帶來這些新生居民的幕後黑手。

然而不管戰爭讓多少新生居民靈滅，沉月還是會一再地吸引魂魄進來，為了快速填補損失的空洞，就連生魂也不放過。

他們沒有決心打掉構築現今一切的基礎，所以也沒有辦法制止她。

「……我的重生，並非偶然，是嗎？」

在其他人還沒反駁沉月的話語之前，月退怔怔地問了這個問題。

從來沒聽說過原生居民死亡後，會成為新生居民。

至今已經證實同屬這種狀況的，只有一個人，即是矽櫻。

他們身上幾乎沒有共通點，如果除去身為王、擁有王血這點的話。

這是否就是他們被選上的理由？

沉月不願意見到王血斷絕，辛苦築起的新生居民世界崩毀，抑或是……

「那是當然的呀，棋子也有輕重之分，帶著王血的王含恨死去，對我來說根本就是不可多得的良機，當兩國的王都被我轉化成新生居民，屬於我的王國不就名副其實了嗎？」

她似乎覺得這是令人無比開心的事情，但這裡沒有任何人能分享到她的喜悅。

「你……」

珞侍咬著牙，因憤怒而說不出一句完整的話來，伊耶的反應則更加直接，他拔出為了應急而帶的普通劍後，索性就抄起劍鞘將之連同灌注的氣勁一起朝上方砸過去。

劍鞘穿過了沉月的身體，就如同穿過虛擬的影像一般。少女對這無禮的行為顯然不怎麼在意，她的笑容依然愉悅，彷彿旁人因她而產生的情緒也能帶給她快樂。

「你們所看見的這個我，只是鏡子投影出來的虛體罷了，不過就算直接攻擊實體也沒有用吧？憑你們自身的力量，怎麼可能傷得了我分毫？」

她在那樣開心的笑聲中發動了術法，由她所發動，只在這個領域生效的壓制結界，第一時間就完美地制住了所有人的身體，負荷不住的重壓也讓他們不受控制地跪下。

單是這個結界，就徹底展現出不同水準的力量在「質」上的絕對差異。

沉月沒有辦法離開這個地方。以這樣的能力和性情，她若能離開，早就不會待在這裡了，也就是說，只要他們不在她的地盤，任憑她實力再強悍，也無法直接作用到他們身上。

也許她可以隨心所欲停止水池的效用，或者誇張到不管隔多遠都能立即摧毀她想摧毀的那個新生居民，但對原本就是為封印沉月而來的他們來說，死亡並不能構成威脅。

然而，儘管心中明瞭這一點，他們現在沒有辦法從這裡逃脫，也是事實。

「因為狀況不如預期，認為我危險，所以便想要封印我了嗎？說起來還不是都一樣自私，只是看誰比較自私、誰有能力完成自己的任性而已嘛？想這樣說封印就封印，你們以為是這麼簡單的事情？」

他們不知道她想要做什麼，因此也只能等待。

「你們根本不可能干涉我想做的任何事情。新生居民依然會持續不斷地增加，就記住你們此刻的懊惱，用往後長久的時間來品嘗吧！」

壓制他們的術法氣壓，像是想讓他們感覺到屈辱一樣，硬是重壓下去要他們低頭。

增幅的壓力造成了腦部的空白，幾乎使人暈厥，卻又巧妙地控制在無法昏過去的界線，其目的自然就是要人清楚地感受痛苦。

而范統的感受，卻是跟其他人不一樣的。

術法結界剛開始罩上來時，他確實感到了跟其他人一樣的壓力，但沒有多久，那種不舒服的擠壓感就漸漸緩和，然後煙消雲散了。

他發現只有自己有這種狀況，月退、珞侍跟伊耶看起來依然在極力忍受，他也不明白為什麼會這樣。

沉月的注意力沒有放在他身上，他因為最初氣壓壓下時的難受而將手撐在水池邊，此刻順著看下去，他的視線恰好正對著裡面。

光亮的古鏡，依然躺在池底。

如果上面那個人形只是虛影，那麼這個會是本體嗎？

他不太敢肯定，卻又直覺地認為這個猜測是正確的。

現在他行動自如，他是可以動作的，但他卻不曉得自己該怎麼做。

他彷彿透過鏡面看到幻影，聽見暉侍在他身邊耳語。

也許這其實不是幻覺。

『唸出那段咒語，封印她吧，即使沒有術法的基礎，你也辦得到的。』

『為一切畫下一個慈悲的句點，完成這件事，范統……』

他感覺到暉侍的催促，儘管是催促，聲音裡卻不帶一絲焦急。

終結這一切，畫下句點。機會是稍縱即逝的，他現在明明沒有時間可以猶豫這些，但他又不得不猶豫。

封印沉月，究竟該算是誰的希願呢？

那像是一種背負於生命的使命，明明不希望看到封印之後的結果，卻又得為了一些一般人負擔不起的宏大理由去做。

明明不喜歡、不想，也認為自己沒有資格去決定別人的命運……

一定有很多新生居民，無論如何都想活下去的。

就像他其實也很想活下去一樣。

將沉月封印的後果顯而易見，那麼，如果不封印呢？

這個想法誘惑著他。一瞬間他感覺不到周遭的動靜，他的感官知覺裡彷彿只剩下自己與沉在池底的這面鏡子，其餘的一切皆是空白。

沉月應該也是不想被封印的，被強制鎖在這裡千百年，他不知道那是什麼樣的感覺，雖然他也覺得在這種要緊時刻還去想這種事情的自己很奇怪。

簡直就像是被害者開始替殺人犯找理由，試圖要原諒、理解她一樣。其實只要什麼都不想，不就很輕鬆了嗎？不要去想後果，也不要去想其他人，甚至連自己的意願也不要去想，木然地完成任務就好了啊？

范統想說服自己在這種狀況中為現狀做點什麼，不管是什麼都好……如果就這樣什麼都不做，白白放過機會，旁觀朋友的掙扎，他覺得無法原諒自己，只是，果斷地唸出咒語將之封印，也未必是個可以被原諒的決定。

在這樣的矛盾中，他忽然聽見珞侍說話的聲音。

「妳只是在……自欺欺人。」

他忍著身體的不適與痛苦，對著空中的沉月說出這樣的話。

「事實上妳就只能待在這裡，作著自己掌握世界的美夢罷了。妳的聲音傳不出去，也沒有辦法號令新生居民為妳做什麼，即使妳認為自己能操弄眾人的命運，但他們不會知道妳的事情，只要他們願意，一樣可以在這裡安居樂業，好好過活……」

這番不肯示弱的言論立即激怒了對方，猶如被戳到痛處，少女原本聚在月退身上的視線頓時轉移目標，在情緒的驅使下，她很快就有了新的主意。

「我忽然想到了一件事呢，矽櫻死去的現在，我所掌握的棋子就不夠完整了，為了讓一切完美，不就應該在這裡殺掉你，好將你轉化為新生居民嗎？」

她突發奇想的話語，說出的是一個恐怖的點子。儘管她尚未付諸實行，但她看起來一點也不像在開玩笑。

「妳沒有辦法在這裡殺人。」

珞侍的臉色因為抵禦結界而蒼白，然而，他還是以肯定的語氣說出了這句話。

這是不是綾侍告訴他的，他們不清楚。沉月聽了這話則再度笑出聲音。

「也許我無法在這裡親手殺害一個原生居民，但你知道棋子這兩個字代表什麼嗎？」

她說到這裡，就已經讓人產生不祥的預感了，接下去的話則證實了他們的猜想。

「現在的我，就是這個世界的法則！在這個充滿了新生居民的世界，在這個新生居民必須臣服於我的世界──我就是主人！」

沉月的聲音響起的同時，月退也驚愕地發現身體不受自己的控制，豁然站起。他的手如同有自己的意志般地擬出了天羅炎的劍形，轉瞬之間，三道光弦便已經在四人眼前浮現。

她不能自己動手殺人，但她能操縱新生居民成為她的殺人武器，為她去做她自己無法做的事。

「不……」

月退看著自己揚起手中的劍，清楚知道他武器所指的目標是誰──其實無論是誰都一樣，這根本是不可能被他所接受的事情，只是，他搶不回身體的主控權，這意味著他阻止不了自己接下來要做的一切。

要眼睜睜看著珞侍被月退殺死，范統是辦不到的，他知道自己恐怕只有一次動作的機會，他要拿這個機會來做什麼，端看他的選擇。

他跟月退一樣是新生居民。

沉月一樣可以在最短的時間內控制住他，侷限他的行動，他不想唸出那句封印咒語，就算拿到本體作為挾持，沉月也能讓他在下一秒將鏡子丟回池底……

只有原生居民才能不被控制，但是……

在月退揮劍劈下時，范統意識到自己的反應太慢了。因為伊耶勉強從氣壓下掙出力氣來推開珞侍，這一劍才沒有劈實，這樣的僥倖，不會有第二次的。

范統不知道是什麼樣的情緒驅使著自己，讓他做出了探身入池、抓取那面鏡子的決定，如果動作快一點，可能還可以丟給珞侍或伊耶，取得局勢扭轉。

什麼也不做，珞侍會死，唸出咒語，葬送的就是跟他一樣身為新生居民的月退，所以他只能將決定權交給別人。

即使月退早已做好死亡的準備，但他卻一直都沒有。

一直都沒有準備好面對死亡……或是朋友的離逝。

「——！」

他的手指碰到鏡面的那瞬間，沉月就驚覺了他的舉動，在她驚異於居然還有人能動作的時候，范統已經把鏡子拿取起來——

卻也到此為止。

僵直的手指不聽他的使喚，逕自鬆手讓鏡子重新掉了回去。沉月控制住他的身體了，唯一值得慶幸的，也許只有她轉移注意力後沒再讓月退攻擊而已。

「你為什麼能動？在我的結界裡……」

沉月彷彿從這時才開始仔細打量范統，這種審視的眼光讓人很不舒服。范統回答不了這個問題，因為他自己也不知道答案。似是對自己的力量出現漏洞感到不滿，沉月在皺眉之間又另外分神朝他丟了另一層結界，起初感覺到的壓力頓時重回他身上，動彈不得之下，還多出窒息般的擠壓感。

若能這樣死掉，說不定就能遁逃回東方城的水池？

所以其實應該把月退殺掉再自殺，脫離沉月祭壇，這樣被留在這裡的珞侍跟伊耶，因為是原生居民，便不會有被殺的危機？

加諸身上的痛苦，使他腦中亂轉過一堆奇奇怪怪的念頭，不過，這狀態沒有持續幾秒，就被一股強硬的力量鑿開破除。

打破這個局面的，是忽然幻化在他身邊，仍在打呵欠的白髮青年——他早已熟悉，卻不該會在此出現的，他的武器。

「噗哈哈哈！我怎麼會在這裡？我明明沒把你帶回去啊！」

雖是在如此嚴峻的狀況下，范統還是忍不住無視講話會被顛倒地驚呼出聲了。先別說他沒帶著武器出門，就算帶來了，照理說也會被擋在內層結界外，噗哈哈哈會出現是他完全沒預期的，其他人也傻住了。

「嗯？本拂塵自己變小了塞進你衣服跟來的啊，范統你出門不帶本拂塵，難道不怕死嗎？而且故意忘記帶本拂塵出門，一定有什麼虧心事，本拂塵才不會這樣就被你欺瞞過去，哼。」

什麼變小了跟來，你是變成毛筆還是牙籤！為什麼整個都沒感覺！

「可是——結界——你到底——」

范統一時之間真不知道該怎麼詢問他，大概是事情太過離奇，差點讓他的腦袋停止運作吧，事實上，他的三個同伴也都無話可說了，似乎都還在消化現實。

「快說你為什麼鬼鬼祟祟想把本拂塵丟家裡。沒本事自己亂闖又喜歡逞能，三番兩次都要本拂塵出手相救，你怎麼總是會遇到危險？」

「是你想的這樣啦！我只是因為他們說低階武器帶不進來，所以才會把你放家裡啊！」

「范統你又假借詛咒侮辱本拂塵！本拂塵哪是他們說得準的，他們說什麼你就聽什麼嗎！」

噗哈哈哈的現身令他們暫時忘記了原本的危險，而等他們回神過來，重新繃緊神經面對沉月時，卻發現沉月的狀態有點異樣。

少女的神情在噗哈哈哈出現後，就顯露出相當程度的錯愕，等到那樣的呆滯過去，她終於找回自己的聲音與思考，衝著那個突然出現的人影便是一聲充滿怒氣的呼喊。

「——哥哥！」

哥哥。

因為沉月這聲突如其來的呼喚，所有人才剛接上線的思緒，頓時再度中斷。

范統的事後補述

急、急轉直下？

打從沉月出現，我就無比擔憂我們的處境，同時也為自己的免疫狀態感到驚奇，我本來還以為這種時候會忽然天降神啟，宣布我是神所選定的人，命運眷顧的救世主之類的，結果沒想到只是因為，我原本就是帶著犯規外掛進來的？

呃，關於什麼神所選定的人這類的妄想，只是我大腦活動太旺盛而產生的東西，事實上我從來不指望那種可怕的名詞可以代入我的名字，畢竟我只是個普通人，是個沒有辦法為了大義捨棄私情、犧牲小我的普通人啊！神如果有長眼睛就不該選我！如果祂要選我當上天賜與厚愛的寵兒，我倒是很歡迎，我覺得我實在太需要好運氣了，像是走在路上可以踢到錢，從房間出來可以遇上美女搭訕，這些事情我都很喜歡也很想要的！可能的話請賞給我這樣的際遇！

不過說到運氣好，也許上天真的有眷顧我了也不一定？……我到底買到了什麼樣的武器？時間過得越久，發生越多事情，我就越質疑這一點啊！剛剛沉月喊的那聲是真的嗎？不是我幻聽吧？嘴巴被詛咒已經夠可憐了，要是連耳朵都出問題，我往後的人生跟怎麼堅強地活下去？其實我以前就擔心過類似的問題，詛咒如果會擴散，那簡直是無藥可醫的絕症！惡疾！我願意拿接下來十年的桃花運來換取維持現狀，別越來越嚴重，拜託——

等等，十年好像有點多……那個……改成五年好不好？不，三年就好了吧？我們的未來還不曉得會怎樣，假如真的依然封印沉月，剩下十年可活，那三年就形同十分之三的人生了啊！時間是很寶貴的，青春也是很寶貴的，我不要一直只能在腦裡胡言亂語啦！

說起來噗哈哈哈剛出現的時候好像還在打呵欠，說不定之前還在睡覺打呼才這麼慢出來……這種時候你怎麼還睡得著！你差點就要成為無主拂塵了啊！

啊……總之突然這麼大的變故，害我胃有點痛，阿噗，這到底是不是你妹？還是其實是你弟？

若你們真的有親戚關係，那……你到底為什麼會淪落到東方城的武器店，在角落生灰塵？還有，武器之間的親屬認定又是怎麼回事啊！又沒有父母生下來！這到底是如何判定的，如此介意這種問題的我是不是有病——

✣ 章之八　交會夢間

『本拂塵真沒想過難得認個主人還會跑掉。居然有地方是本拂塵不能跟的？』——噗哈哈哈

『我也——反而是暉侍一直跟著，這到底是哪裡來的冤孽！』——范統

『淡定，范統，淡定就對了。人生在世，總是要背負幾個沉重的事物，才能成為真正的男人，等到你成為真正的男人，你也就不會在意自己所背負的事物了。』——暉侍

『雖然不認識你，但就這樣看來，你就算背負過很多事物，最後也只有成為一個舌粲蓮花的男人吧？』——硃砂

身為引起騷動的元凶，噗哈哈哈顯然絲毫沒有自覺，等到他發現大家的目光都集中在自己身上時，才充滿疑惑地看向空中那名少女。

「難道是在叫我？」

喔喔喔！不！這種時候，不管你是不是她哥，都給我承認啊！笨蛋！

「除了你還有誰！」

沉月的情緒裡夾帶的怒氣，似乎上漲了百分之三十，噗哈哈哈則像是感覺不到她的憤怒一樣，繼續疑惑。

「妳是誰啊？」

拜託你別再激怒她了，雖然——我不太有把握啦，搞不好你打得過她所以根本不怕她，但我覺得還是別打起來比較好啊！

范統覺得自己幾乎是掐著心臟在擔心的，不過眼前這個情況，應該沒有旁人介入插話的餘地。

「你忘記你有個妹妹了嗎！所以姊姊跟小弟你也不記得了？」

等等！還有姊姊跟小弟？你們是哪來的武器家族！光哥哥妹妹就這麼可怕了，姊姊跟小弟又是什麼東西！

「本拂塵記不記得自己妹妹，跟妳有什麼關係？」

「我就是你妹妹啊！」

「嗯？本拂塵的確有個妹妹，雖然已經不太記得叫什麼名字，但好像不叫沉月，而且哪有這麼凶啊。」

噗哈哈皺著眉頭回憶，持續地質疑沉月自稱的「妹妹」身分。

所以是真的囉！你有妹妹那就好辦啦，快相認！直接當她是你妹就好了啦！

而少女在聽完他的回答後，身周瞬間爆出的殺氣，讓人毫不懷疑她有直接滅掉哥哥與所有目擊證人的衝動。

「普哈赫赫！你不想活了嗎！」

……啊？

那個……妳叫誰？發音聽起來好像怪怪的？該不會真的是認錯人吧？

范統正被這個名字搞得一頭霧水時，噗哈哈哈卻難得睜大了眼睛，面露驚異。

「妳居然能把本拂塵的名字發音喊得那麼準確，難道妳真的是我妹？」

啥！她說什麼，你又回答什麼啊！給我慢著，你的意思是，她剛剛喊的那個奇怪的發音，才是你的名字嗎？跟噗哈哈哈這四個也差太遠了吧！明明就是完全不一樣的名字啊！到底是怎樣！你當初報你的名字是怎麼報的，而且後來也不糾正，聽我們亂叫都會回應！你對你的名字被改成噗哈哈哈就這麼沒意見嗎！

「不要以為你是我哥，我就不會對你動手！」

沉月整個已經暴怒了，隨著她情緒的變化，祭壇內頓時充斥著讓人無法呼吸的壓力，但不管她釋放出多麼恐怖的氣勢，噗哈哈哈依然不為所動，甚至還又打了個呵欠。

「本拂塵才不怕妳，妳是護甲又不是武器，是我妹又怎樣，妳如果攻擊本拂塵，本拂塵照樣打穿妳。」

他一面說，一面還示威般地手指一畫，輕鬆地就破除了現場的所有壓制結界，如此一來，他們總算恢復行動自如了，但在這兩個超乎常規的兄妹爭吵完畢之前，他們恐怕還是什麼都不能做。

「這到底算什麼情況？」

伊耶似是不知道該如何形容眼前的狀況，也不曉得接下來會怎麼發展，只覺得很疲憊。

「范統，你要不要試著請噗哈哈哈說服沉月配合？如果她願意停止吸引生魂，我們也可以談談其他的條件辦法吧。」

月退也是一臉疲憊的樣子，沉月操控下用出的擬態已經收回去了，他先將珞侍攙扶起來，才冷靜地對范統這麼說。

「咦？我？」

范統指向自己，臉孔有點扭曲。

「對。你是他的主人，你們之間應該可以溝通商量，也只能這樣了。」

珞侍附和了月退的意見，他也認為這是最可行的方法。

現在想插入那對兄妹的對話也不是沒有辦法，只要用精神溝通就可以了，所以，范統只能邊感嘆邊擔下這個任務，動腦思考要如何請噗哈哈哈幫忙。

唉，說起來，月退你就這樣假裝沒聽見他真正的名字了嗎？雖然我也是因為聽不清楚是哪幾個字，只能暫且繼續喊噗哈哈哈沒錯啦……

『噗哈哈哈，那個……我又想請你幫忙了……』

『不要。』

『你至少也聽我說一下吧！』

『本拂塵不作媒，本拂塵沒有要嫁妹妹，范統你煩死了。』

『什……什麼嫁妹妹？你在說什麼？』

『不就是范統你見色起意想要護甲所以想拜託本拂塵拉紅線嗎？本拂塵才不要，你別作夢。』

什麼鬼東西！我現在才知道沉月是護甲好不好！原來鏡子可以當護甲喔？護心鏡也不是長這樣的吧！

『這邏輯是怎麼搞的！你到底怎麼推演出這樣的結論來的啊！』

『范統你如果不是想瞞著本拂塵偷偷去結交護甲，為什麼不帶本拂塵出門，而且還是別人跟你說不能帶的，越想就越可疑。所以不是嗎？那你要拜託本拂塵什麼？』

你為什麼一天到晚疑心我想背著你做什麼壞事？你終於要聽我說了嗎？我好感動啊？

「普哈赫赫，你為什麼不回答！」

噗哈哈哈跟范統心靈交談的時候，自然就擱置原本的談話對象了，少女對久未見面的哥哥這種態度感到非常不滿，這一次她的不滿一樣沒有得到安撫。

「不要吵，本拂塵在跟主人講事情，妳等一下再說。」

喔喔喔！我還真是插隊插得順理成章啊？可是我希望你勸你妹妹跟我們和談，你這樣一直得罪她，等一下還勸得動嗎？

『我們來這裡是想跟她商量事情的啦，你可不可以勸她跟我們好好談談，不要把沒死的人吸引到這個世界來……不，新生居民越來越多也不是辦法啊，能不能乾脆就不要再勾魂進來算啦！相對的，我們也可以研究一下，有沒有什麼辦法讓她可以離開這裡跑來跑去之類的……』

『聽起來是跟本拂塵無關的事情，本拂塵為什麼要求她？』

『沒叫你求啊！只是希望你和平地跟她說說看嘛！如果她一定要這樣的話，我們只好破壞她或者封印她了啊，要是這麼做，水池的復活效果就會消失，我和所有的新生居民就變成最多只能再活十年了！』

『什麼啊……反正又是要本拂塵救你嘛！反正就是一直要本拂塵救你！』

我有什麼辦法呢？不叫你救我的話，難道要我等死嗎？可是我又不想死！你總不會不救吧？雖然我總是這麼厚臉皮，但你再怎麼不甘願還是會理我，所以我才求你啊——

「什麼主人，他不過是個新生居民，你為什麼會認他為主人！」

沉月一副很瞧不起范統的模樣，不過，對她來說，新生居民只怕在她心裡都是奴隸的等級，會這麼嫌棄也是正常的。

「新生居民又怎麼樣，妳也只不過是個妹妹，有什麼了不起。」

噗哈哈哈用了類似的嫌棄口吻這麼回嘴。

你怎麼又用這種會激怒她的語氣說話！這樣到底要怎麼好好談啦！

「你——」

「夠了夠了，妳到底要這樣居高臨下跟本拂塵說話說到什麼時候？家務事我們到旁邊去說，本拂塵快煩死了。」

雖然噗哈哈哈這句話依然滿是不耐，但沉月以彷彿可以在人身上燒出洞來的目光瞪了他幾秒後，還是忍氣吞聲飄下來，跟他到角落說話去了。

「真的溝通得成？」

伊耶挑眉說著，他覺得他們看起來講幾句話就會吵架，這樣要好好溝通實在很難，就好像他自己也很難跟艾拉桑好好溝通一樣。

范統攤攤手表示自己也沒把握，從這裡看過去，他們交談的情況依然不怎麼溫馨美好，沉月大概是生氣而口不擇言，於是噗哈哈哈便用手刀劈她頭頂，等她暴怒理論時，噗哈哈哈又用手指彈她額頭，害她重心不穩差點往後倒……

噗哈哈哈，你根本在欺負你妹啊。還有，她不是投射出來的虛體嗎？為什麼你打得到？

「那麼，靠水池近一點，方便動作也比較保險吧？」

伊耶看看那邊的狀況，聲音平板地做出這樣的提議。

是打算協議破局就直接封印，封印不成就打破嗎？你們西方城的策略還真的一直都是這個樣子……

「當初有買下武器真是太好了……」

珞侍突然有感而發了一句，想當初錢還是他出的。因為這句話，范統跟月退也看向了他。

他們同時想起了那段記憶。那是在彼此還不知道對方背負著什麼，也不知道自己會面臨什麼的背景下，單純相交的過往。

發現自己無意中陷入回憶後，珞侍別開了臉，像是想隔絕掉這種心情與氛圍。

范統沒有說話，月退也沒有。有些東西沒有辦法挽回，至於能不能彌補，只怕也是很難有答案的。

另外那邊，噗哈哈哈在第三次戳沉月的額頭讓她發出不滿的叫聲後，沒多久，他們終於談完，往這裡走過來了。

結……結束了嗎？好好地走過來了，我該期盼有好的結果？

「她答應休戰，本拂塵跟她說好了。」

聽起來是個好消息，但好像太籠統簡略了點。

「所以詳細條件……？」

其實單是一句說好了，也很難讓人放心，不過如果質疑噗哈哈哈的話又會讓他生氣，所以大家都很識時務地沒提出這方面的問題。

「哼，不就是不要再抓活人跟死人來嗎？看在我哥的面子上，答應你們就答應你們。」

沉月說話的時候依然滿臉不悅，頗有心不甘情不願的意味。

妳——？剛剛那種崩壞的囂張感哪裡去了！這不對吧！妳哥是怎麼對妳的，妳居然還聽他的話，妳到底怎麼回事！

「也順便承諾別再亂操控新生居民的身體吧？」

伊耶忍不住說了這麼一句，這顯然是為了月退說的。

「你們以為自己有什麼資格命令我──」

「本拂塵差點就忘了！妳不要胡亂玩弄新生居民的身體！玩到本拂塵主人身上，沒大沒小！」

如果是跟自己無關、不需要在意的事情，噗哈哈哈可能就不管了，但這件事他明顯地很介意，立即就打斷沉月的話對她做出要求。

「誰知道他是你的主人，明明一點說服力也沒有！」

喂喂。我覺得不管是誰都對我很沒禮貌，是我天生散發著可欺的氣質嗎？

「難道知道了妳就不會玩嗎？」

「他要碰我的本體，我當然要制止他，誰有興趣玩他啊！」

「反正以後不可以玩！再玩一次本拂塵就沒妳這妹妹！」

你們在那裡玩玩玩玩煩不煩啊！煩死啦！

「不玩就不玩！你們現在要做什麼自便！不要以為我還會容忍下回！」

少女一直處於氣到失控的邊緣，而既然她同意「修好」吸引魂魄的問題，他們此行的目的，便從封印沉月轉為王血注入儀式了。

事情會出現這樣的變化是他們始料未及的，這麼離奇的轉機簡直可遇不可求，原本預期不是死定了就是無功而返，沒想到最後居然可以打通原本已經不通的那條路，於是，他們便帶著不完全喜悅的複雜心情，在得到沉月許可後，先到外面去接其他人進來。

「你們要進行王血注入儀式？」

綾侍臉上明白寫著「怎麼進去一趟就被洗腦了嗎」，問這個問題時，顯然是覺得自己聽錯了。

「本來不是要封印沉月？」

違侍的腦袋也轉不過來，總而言之，他需要更詳細的解釋。

「咦？我們可以進去嗎？太好了，你們有看到沉月？漂不漂亮？」

音侍的思考迴路始終都是規格外。

「陛下果然可以搞定一切！」

雅梅碟持續他的盲目崇拜，不過這次可不是月退搞定的。

「太好了，那大家都可以活下去了嗎？」

璧柔很單純地為這件事高興。

「我本來還有點擔心進去四個，出來不是四個……」

硃砂唸完這句後，觀察了一陣子的天羅炎也擔憂地開口了。

「恩格萊爾，為什麼有使用過擬態的痕跡？裡面發生了什麼事情？」

等他們斷斷續續將裡面發生的事情講出來，接受完眾人的驚恐與擔憂，再講到噗哈哈哈的部分時，大家的反應都跟他們差不多：無話可說、難以置信。

「范統到底為什麼可以拿到那麼好的武器……？」

有意見就直說。

「啊，五萬串錢果然是買不到的嗎……」

音侍大人，您那個時候開的是三萬吧，還是我記錯了？算了，不重要啦。

「武器護甲可能有兄弟姊妹？音侍要是有兄弟姊妹跟他一個樣子，那國家就要滅亡了！」

違侍大人，我想音侍大人就算有兄弟姊妹，裡面應該也只有他是做壞的吧？壞成這樣可遇不可求啊。

雖說沉月放著不管可能依舊是個隱患，她掌控世界的野心話語都說得那麼明白了，實在難保之後不會再做什麼手腳，不過，相較於封印沉月，葬送新生居民，能解決生魂與人口過剩問題，並注入王血延續水池功效，其實是多數人希望看到的，人都已經在這裡，順便進行一下這道手續也是好的，一夥人便一起進了內層結界，重新進到祭壇內部。

王血注入儀式的手續並不繁複，法陣也有記載，過去舉行時也有留下紀錄，他們都看過。就算真的不清楚，也可以問旁邊的沉月，只是會被奚落一番罷了——所以沒有人想問。

進行這個儀式時，需要動作的只有擁有王血的那兩個人而已。

再次登上階梯，靜立於水池前時，月退已經屏除心中的雜念，專注在池底的鏡子上。

旁觀儀式的眾人沒有發出任何聲音干擾，氣氛肅穆而寧和。他們都在靜待這個儀式的完成，而這並不需要太多時間。

當鮮紅的血液自他掌心的割口湧出，他很難得的，有了一種陌生的感覺。

儘管他是已死之身，這從傷口流下滴落的、存在他體內的王血，卻給他一種帶有生命力的感覺。

那樣的感覺，意外地讓他覺得自己彷彿是活著的。說不上喜歡還是討厭──也許因為明白這只是一時的迷惑，所以這種帶來希望的錯覺才格外令人哀傷，但這些事情，不應該在這個時候去想。

他將流血的手放進了水池內，看著血液被池水稀釋，逐漸暈散開來。珞侍學著他做了一樣的動作，不過，單是這樣將手浸在水裡釋放血液，是無法完成儀式的。

他們必須在池水中以手相握，互相使用王血的力量，在治癒對方的傷口時，也將這股能量滲透進去，由沉月吸收，如此，王血注入儀式才能宣告成功。

這是為了儀式而做的，珞侍不會不配合。然而，看珞侍僵硬勉強的神態，月退多少還是會覺得難過的。

心裡介懷的事情無法放下的感覺，或許他比誰都能體會。

就是因為過去許許多多的事情不可能當作沒發生過，疙瘩不管再怎麼磨都會留下痕跡，沒有辦法勉強，他才會在認知道這件事的情況下，內心的話始終難以化為實際的行動或言語。

但即便是這樣，他還是無法放棄期待。

期盼曾經的友情還能修復，期待昔日一起無拘無束走在東方城街頭的記憶，在未來能夠重現。

他不曉得該如何踏出修復的第一步，什麼也不做的話，永遠只會維持如今的僵局。

月退將水中攤開的手伸向珞侍，就著心中想到的話語，直接便開口說出。

「把手給我，再相信我一次，珞侍……」

事到如今，再談信任，似乎已有點可笑。

打破信任的事情已經做過不止一次，從無心到刻意，即使都有苦衷，怕也是不能懇求體諒的。

從珞侍出現少許變化的神色，月退看不出他的想法。不過，他們的手還是相握了。

至少在伸出手來與他相握時，珞侍沒有出言駁斥，聲明只是為了完成儀式，無論這是否代表什麼，手覆蓋上來時的微溫，仍使他感到開心。

水中握住的手運用治癒力量的光芒，將透出血的傷口撫平了。所有的光華都由池底的鏡子吸收後，供給新生居民復生的水池年限，便這麼往後推移了三百年。

希望帶著微笑，讓這個世界的現狀延續。

希望緣分能夠再續，而藉由多出來的這些時間，消除生命的遺憾，以此世寄望來生。

既然已經確定儀式圓滿，月退跟珞侍便一同走下了階梯，而在他們走向旁觀儀式的那些人時，卻發現他們已開始探討起別的事情。

「啊，綾侍，其實我一直覺得你身為一個男人，居然化身為衣服緊貼著女人的身體，真是個噁心變態的老頭，現在換成小珞侍的話好像好一點，但也只有一點點。」

「如果我這樣是噁心變態的老頭，那你這個化身成劍後讓女人一手掌握的男人又算什麼？你要不要自己說說看？」

「什麼！你怎麼可以這麼說！」

音侍跟綾侍不曉得在吵什麼話題，甚至璧柔也加入其中。

「音侍，那我呢？難道我在你眼中也很變態很噁心嗎？」

璧柔那副眼角含淚的樣子，看起來好像隨時會哭出來，音侍自然急忙彌補自己的話語來安撫她。

「妳當然不是啊！變態噁心的應該是那個讓妳變成衣服附在他身上的男人才對！」

「……」

恰巧走過來聽見這幾句話的兩個人，一時之間啞口無言了一下。

「你們是在討論些什麼啊……」

被指為變態的月退不曉得該對這番話做出什麼樣的評論，雖然跟音侍認真沒有必要，但他也得搞清楚他們現在在做什麼。

「陛下，他們在討論之後的歸屬問題。」

雅梅碟很喜歡回答問題。正確來說，應該也只有很喜歡回答月退跟那爾西的問題而已，至於他是否將這當作是忠誠的表情，就不得而知了。

「什麼歸屬問題？」

珞侍也一頭霧水，不明白這是什麼意思。

「因為我們要在這裡分別，各自回國，這兩個人捨不得彼此，在思考有什麼辦法可以常常見面。」

硃砂指向音侍跟璧柔，很直接地說明了狀況。

「哦？所以呢？」

珞侍挑了挑眉，顯然還沒領悟過來這事情有什麼解決方向。

「可以考慮交換護甲啊，反正武器之前都換過了不是嗎？」

伊耶在一旁說著風涼話，多半是基於東方城的護甲看起來比較優秀才提出這個建議的。

「咦？」

音侍錯愕了一下，天羅炎則接著開口。

「聽起來還不錯，愛菲羅爾可以從此自我眼前消失嗎？」

她說得如此直接，站在最邊邊的范統也實在不知道該說什麼。

就這麼討厭她啊？妳討厭那爾西也不過如此了吧？

「我才不要！為什麼我在忍受一個智障欠揍的男人那麼多年後還要我再去異國適應一個如此恐怖的女人！我身上受傷的地方都還會痛，誰要跟你們交換護甲啊！」

璧柔都還沒表示意見，綾侍就先激烈反對了，看樣子天羅炎帶給他很大的壓力，也許還留下了一點內心陰影。

「不然再把武器換回來？」

有天羅炎在，璧柔的日子也不怎麼好過，於是她做了這樣的提議，范統聽了只想翻白眼。

小姐！這不是一樣嗎！只是綾侍大人不必到西方城罷了，他還是得跟恐怖的天羅炎共事嘛！而且這是什麼先傷己再傷敵的提議，妳忘記月退跟天羅炎都修到擬態去了？交換武器一下子大大損傷己方皇帝的戰力，妳究竟是何居心！

「我不會離開恩格萊爾的，妳慢慢作夢吧。」

天羅炎聽完她的提議，聲音便更加冰冷了，於是，違侍又以迫不及待想把音侍趕走的語氣做出別的建議。

「那就叫音侍到落月去啊！送你們也沒關係！反正珞侍又不用劍！」

嗯？聽起來好像有點道理。說是用送的，但其實音侍大人根本就是東方城的心腹大患，一直都是來添亂的，少了音侍大人搞不好就國泰民安，其實並非賠本生意耶！

「可以嗎？」

璧柔的眼睛閃亮了起來，彷彿就等珞侍答應一樣。

「噢，叫音侍自己決定。」

珞侍表示他沒有意見，綾侍雖然因為這突然的發展呆滯了一下，但也沒說話，不過，剛剛到現在都沒插上話的音侍，卻馬上就拒絕了。

「啊，那怎麼可以！好兄弟要永遠在一起，不能分開，綾侍在哪裡我就要待在哪裡啦，這是不能妥協的！」

瞧他把話說得這麼死，綾侍看向他的眼光頓時像是不曉得該不該讚賞他沒見色忘友般地複雜。由於這個方法又被否決，璧柔整個覺得很鬱悶。

「那我們到底要怎麼樣才能常常見面、常常在一起嘛！」

我想妳的重點應該是常常見面吧。你們在一起約會不是都去抓小花貓嗎？我記得妳抱怨過這件事情啊，常常在一起，然後一直一直一直一直去抓小花貓，這樣好嗎？而且抓來抓去根本都是魔獸啊！

對了，焦巴你可不可以不要在她講這種話的時候在她的頭上飛來飛去？看起來很像頭頂有烏鴉盤旋耶，超級煩躁的。

「這麼想常常在一起的話，妳可以像之前一樣自己到東方城去，反正我也不怎麼需要護甲。」

這個時候，月退總算說上了一句話。

月退……你雖然這麼說，但神情很冷淡耶，你確定你不是在說反話嗎？

「我、我不是……好嘛，那就算了，有機會再去拜訪就好……」

似乎是感覺到月退的不悅，璧柔下意識地退縮，這場交換武器護甲的鬧劇也就不了了之。

事情辦完的現在，照理說該回去了，大家清點人數準備各自打道回府，不過，他們卻發現某對兄妹還在角落談話，注意力一集中過去，自然也順便聽起他們的談話內容。

「哥哥！留下來啦！留在這裡陪我嘛——」

這種焦急又撒嬌的聲音，出自沉月的口中，實在讓人難以跟她一般狀態下的模樣核對起來。

「早說過了不要。本拂塵是有主人的，當然要跟主人一起走，妳不要煩我。」

喔喔，噗哈哈哈，你還是要跟我走的嗎？我以後一定不會再喊你拖把了，事實上我也已經改口很久啦，但是……我到底該不該改喊你的正確名字啊？

「誰規定的！你為什麼要這麼死心眼！」

「不然妳也可以去認個主人，反正不要煩我。」

沉月如果想認主，我猜大家應該會搶破頭吧，就算個性有點扭曲，一點也不可愛，但卻是相當可怕的神器啊。

「你怎麼能就這樣不管妹妹？過了這麼長久的時間，我們好不容易才再度相見的！」

「所謂兄弟姊妹也不過就是同一塊金屬切出來的，本拂塵有了主人就六親不認，管妳是妹妹還是弟弟。」

喔喔？原來兄弟姊妹的原理是這樣！那你們身上是哪一塊金屬一樣啊？沉月是在鏡底或邊框？你在柄那邊嗎？還有，那句妹妹還是弟弟又是怎麼回事，別害我又再度懷疑起沉月的性別好嗎？

「主人主人主人主人！開口閉口都是主人！」

講到這裡，少女顯然抓狂了。

「那我就把你那什麼主人送回去！反正他在原來的世界又沒有死！」

——啊？

范統因為這句話而睜大了眼睛，也許比之前聽見沉月喊噗哈哈哥哥時還驚駭。

我在原來的世界，居然還沒有死？妳不是在開玩笑吧——！

❀

人如果從死人忽然被宣告為活人，回到原來世界的機會還從天而降，會覺得頭昏腦脹一切都是一場夢，也是很正常的。

那天跟著大家離開沉月祭壇後，范統就處於這樣的狀態。

他不曉得在聽到可以復生的消息時，自己的臉上除了驚訝，究竟有沒有渴望。他可說是在毫無準備的情況下就被抓到這個世界來了，原來世界的一切，自然還是有所掛念的，只是，要他說出掛念什麼，他也很難說出個所以然來。

現場一起聽見消息的大家，反應不一。

大多數人都對「新生居民居然還可以復生」感到驚奇，七嘴八舌討論著諸如「我以為生魂被勾來後身體就死了啊」、「都過那麼久了原本的身體還在嗎？時間到底是怎麼算的」、「西方城還不是有女人吐了卡在喉嚨的蘋果出來就復活的傳說嗎」、「那個只是傳說啦！而且傳說也是原本世界的身體吐出來的，來到這裡是要怎麼吐啊」之類的話語，真正對他可以復活這件事比較有反應的，只有月退、珞侍跟噗哈哈哈，只是，他們的反應都很微妙。

噗哈哈哈停頓了好幾秒，接著說如果恢復沒有主人的武器，那麼在哪睡覺都沒關係了，要留下來陪妹妹也無所謂，然後就變回拂塵不再理人。

珞侍在驚訝結束後，說這是難得的機會，應該好好把握，看樣子雖然他覺得這個消息有點突然，還是贊成他回去的。

而月退一句話都沒話都沒說。他就這樣一直維持沉默，不曉得在想什麼。

沉月以一副難得天降幸運的姿態要他趕緊答應，還說什麼跟以前東方城騙人說打贏戰爭就能得到復活機會的那種狀況不一樣，這可是貨真價實的復活，總而言之，她為了驅趕哥哥的主人，非常賣力地鼓吹，大概是知道這事情不能用勉強的，以免噗哈哈哈跟她絕裂，如果是他自己答應的，那噗哈哈哈也沒話說了——

他在原來的世界還沒有死，那確實是該回去的。

不過就這樣直接走進沉月通道，讓沉月協助施法送他回去，那也太突然了些，他總覺得那樣太過倉促，還是該留點緩衝時間，看看有沒有什麼後事需要處理，因此，那天他就先跟大家回了西方城。

沉月說想復活隨時可以回去找她，但一定要把噗哈哈一起帶去。同時她也提醒他，原來世界的身體不曉得還可以撐多久，想處理後事也別太拖拖拉拉，不然就變成原來世界的鄰居要幫他處理後事了……這樣的威脅使他很有時間壓力，然後他也發現，似乎真的沒什麼需要處理的事情。

跟親友好好告別這件事，他所謂的親友根本沒幾個人，珞侍跟月退都說他要走的時候會去送他一程，噗哈哈只悶悶地說緣分淺短，繼續睡個幾百年也沒什麼不自在，反正沒有人阻止他就對了。至於其他人，似乎也算不上親友，硃砂頂多算室友，米重幾乎是損友，於是他不由得開始檢討自己來到幻世後的人際關係，這已經不是第一次檢討這件事，不過檢討到現在都要走了，似乎還是沒什麼進步。

他只有靈魂可以回去，什麼東西都無法帶走，好像來過一趟真的只是作夢，現在又要清醒回現實了一樣，心中那股惆悵的感覺不知如何形容，但也不能這樣一天拖過一天。

決定收拾好心情前往沉月祭壇的那天，他的兩個朋友依約送他到祭壇外面。畢竟他不是什麼大人物，不必勞師動眾一堆沒交情的人來送行，比起那種充滿外人的應酬場面，范統覺得，還是像這樣只有自己的朋友比較自在。

「啊哈哈哈，真沒想到會沒有這一天。」

范統想說點什麼話來打破安靜，但話一出口就又被顛倒了。

「你是打算既然要走了，索性看看能不能說些經典的反話來讓我們留下最後的深刻印象嗎？」

路侍帶著無可奈何的語氣這麼問，范統因而尷尬地抓了抓頭。

不必了。我們剛見面那時候的那堆反話就已經夠經典啦，不是我自誇，我覺得你根本一輩子也忘不了吧？

「說起來真應該叫你把積欠東方城的債款還清再走，這根本是負債潛逃了啊……」

路侍說著說著，又想起了這件事，似乎還認真考慮了起來，這讓范統有點頭皮發麻。

別這樣！我的身體搞不好撐不了多久了啊！你把我抓回去做苦工還完債，那我也來不及回去了！

「范統的負債我可以幫他還啦，我想幾千串錢的帳我還出得起，我會請人送過去的。」

月退雖是接話幫范統解圍，但講出來的話卻使人有點想糾正。

誰欠了幾千串錢啊！沒那麼多啦！你不要亂假設我在你不知道的地方偷偷死了幾十次好不好？你這樣亂開支票，珞侍不收白不收，到時候虧空西方城的國庫可別被誰揪著耳朵罵！雖說幾千串錢應該也還不到虧空國庫的地步……？

「東方城不收落月的貨幣喔，敝國只能婉謝貴國的好意。」

珞侍斜眼瞥向月退，語氣帶點開玩笑的感覺，總之，就是只接受范統本人償還就對了。

「咳、咳！那麼我走了，你們還有沒有什麼話不說的？」

我是在問還有什麼話要說。再不說就沒機會啦，唉……我想迴避這種感傷的氛圍啊，但是就這樣迴避掉、離開，從此再也不能見面，感覺好像逃避著跑掉似的……

「其實就如同珞侍說的，能夠有復活的機會，是一件好事，我們……都很為你感到高興。」

到了要分別的現在，月退才輕輕地說出這句話，直視著他的臉孔，露出笑容。

「能夠認識真是太好了，儘管未來也許沒有機會再見，我仍衷心地如此認為……」

他的笑容像是隱忍著什麼情緒一般，即使他已經決定將一切收付回憶。

范統向他們點了點頭，一時之間覺得腦袋彷彿一片空白。

於是他終於轉過身背對了他們，在他們的目光注視下，進了包覆著沉月祭壇的白繭。

范統的事後補述

人生如夢……在這短短時間內發生的事情，轉折多到讓我不知道該如何自處。

我在走進祭壇，跟噗哈哈哈道別，並將他放在水池旁邊時，還真有種拿自己的武器抵押，來換取重生機會的感覺。當沉月指示我走進連接沉月通道的傳送點，我依然不知道這樣的決定是對是錯。

道別無法持續太久，乾脆走掉不回頭的原因，也許是因為再不走會哭。

長這麼大我沒哭過幾次啦，我也不喜歡在別人面前哭，讓別人看見我流淚。感傷的場面我總是想迴避，大概就是怕自己一時忍不住哭出來，那樣感覺會很尷尬啊，還是、還是笑著道別比較好吧？

儘管我什麼也沒帶來，又什麼也帶不走，但我要離開的時候，還是一直想著我在這裡得到的東西，以及我身邊的人和我自己的變化。

像是有一次問噗哈哈為什麼用「本拂塵」自稱頻率越來越高，他回答我剛開始是因為我總愛喊他拖把，他為了強調品種多多使用，後來就越來越順口。

像是進月退的房間，偶然看見他把萬花筒擺在床上，保存的狀態依然跟新的一樣，看起來很愛惜的樣子。

這類的小事情，不斷在我腦中浮現。

我告訴自己，我應該回到原本的世界。就算那裡沒有我的朋友跟武器，說不定不能用符咒，但那是我的家鄉。

家鄉這個名詞在腦內重複好幾次後，怎麼想都覺得是個薄弱的理由。

無論如何我的身體還是穿過了傳送點……

白茫茫的通道，是我閉上眼睛之前最後的視覺留影。

✣ 終章　星流夜止

『范統，就算你來了又走了，東方城也不會為了紀念你設立范統節。』——珞侍

『西方城也沒打算要設噗哈哈哈節。不過，范統節的話……』——月退

『你給我停止這個念頭！昏君！』——伊耶

某個風和日麗的日子，聖西羅宮的中庭難得聚集了好幾個人，原因是成天恍神的皇帝被鬼牌劍衛拉著比武，旁邊則待著幾個觀眾。

而他們之所以會跑到這裡來比武，主要是因為月退成天死氣沉沉的，彷彿靈魂沒裝在身體裡一樣，伊耶叫他出去外面活動活動，打起精神回魂，月退索性就提出了比武的要求。

人在沒精神的時候做點有興趣的刺激事情應該會有幫助——基於這樣的理由，伊耶同意了，反正切磋武術也是他的興趣，於是，閒著沒事的人跟忙得要死的人都跑出來看熱鬧，畢竟有人要在皇宮打架很難得，艾拉桑又不在，沒人制止的狀況下可能會打得精采一點。

「拿起劍後看起來總算恢復了精神啊……真是的。」

那爾西坐在椅子上，撐著頭看向場中的月退。雖然這裡是中庭，不過只要有人看到他站著，就會去幫他搬椅子，所以他才會有椅子坐……反正有人肯搬，他就坐，堅持站著勞累自己

的雙腿是沒什麼意義的事情。

「雖然看起來似乎如此，但請您不要為了讓陛下提振精神就接受比武的邀請，那種事情讓鬼牌劍衛去做就可以了。」

奧吉薩站在椅子旁邊，平淡地說了一句以那爾西的安全為考量的建議，聽到這種話，那爾西的神情當然好看不到哪裡去。

「我當然不會。你沒有必要一直暗示我胸口的金線三紋是掛好看的，我自己知道。」

「殿下，要喝茶嗎？」

「你退下。」

就算坐了雅梅碟搬來的椅子，也不代表那爾西會給雅梅碟好臉色看。雖然他心中有種「茶都有了，該不會其實還準備了點心」之類的疑惑，不過要證明有沒有這回事只會讓他不舒服而已，所以直接叫他滾比較好。

選在中庭比武其實很讓人不安。如果是小打就算了，大打出手的話，中庭的花草樹木建築物可是會遭殃的，但月退難得有點精神，大家也不想打斷切磋叫他換個地方，反正只是些花草樹木建築物，看淡點就行了。

如果打鬥會掃到花草樹木建築物，自然也會掃到旁觀的人……總之那爾西出來看個戲，椅子是雅梅碟搬的，護罩是奧吉薩做的，聖西羅宮的生態令人難以理解，眾人也都裝作沒看到。

「身體也恢復不少了，我想應該可以再學點什麼增進實力……」

看著交手逐漸激烈起來的兩個人，那爾西嘴裡喃喃自語了這樣的話。技不如人這種事，很多人都會在意的，他也不例外。

「您可以考慮一樣找陛下教您，他十分有空。」

奧吉薩雖是在陳述事實，卻暗指月退都不做事。

「殿下，需要點心嗎？」

「不是叫你退下了嗎？」

被又冒出來的雅梅碟干擾的時候，現場忽然也出了狀況，那爾西先聽到一個很詭異的聲音才聽到其他人的尖叫聲，再看向打鬥進行處時，他也傻了。

「嗯？」

「陛、陛下！」

雅梅碟臉色大變地衝過去，伊耶也從一擊得手的呆愣中回過神來。

「喂！戰鬥中發什麼呆啊！明明閃得開的卻動也不動！你到底是什麼毛病！」

由於一擊斃命，他現在罵什麼月退也聽不見，不幸中的大幸是，月退是新生居民，會從水池浮上來，所以不算真死，只是「鬼牌劍衛比武中失手殺掉皇帝」的畫面，依然讓大家嚇得不輕。

「……聯絡夜止神王殿，請他們幫忙去水池接我們的皇帝吧。」

那爾西對這狀況無言了幾秒後，頭痛地對站在旁邊沒移動過的奧吉薩交代了指示。

「聯絡夜止？」

奧吉薩一瞬間還沒意會過來。

「那個笨蛋一直忘記將身上夜止的新生居民印記改成我們的，所以還是會被送回夜止的水池去。」

「……臣明白了。」

路侍現在覺得非常無奈。

在王血注入儀式後，兩國之間基本上處於默認的友善互助狀態，互通有無用的貿易與聯絡系統漸漸在建立，然後聖西羅宮難得緊急聯絡神王殿，一聯絡就是這麼糟糕的事情。

要祕密去水池接月退，不能讓外人知道，就等於只能在神王殿裡找熟人去，但音侍感覺很不可靠，綾侍跟違侍去接人都有藉機謀殺的可能性，想來想去他只能孤身一人來划船拋網……唯一值得慶幸的，大概只有月退游泳技術不錯，說不定不需要拋網這一點吧。

明明已經登基當王，卻還得自己下海當苦力，傳出去恐怕也沒人會相信。

而從水底重生浮上來的月退，現在正抓著船邊苦笑，會出這種事，他自己也很意外。

「你們國家是怎麼回事，切磋也可以砍死人？要不是你是新生居民，不就舉國大亂了嗎！」

「對不起……給你添麻煩了，是我不好，戰鬥中還恍神，不然應該也不會這樣……」

「是不是因為可以重生，就會失去警戒心啊？一點也不小心注意自己的安危，這樣太糟糕了！」

「對不起，我在反省了……」

面對一個一直道歉的人，珞侍也無法再訓下去，很快就洩了氣。

「算了算了，池水很冷，快上來穿衣服吧。」

就算要教訓人，讓人家一直裸身待在冰冷的水中聽訓也太不人道，月退聽他這麼說，便點點頭準備撐上船，不過就在這個時候，他忽然感覺自己右腳被抓住，無預警地拉得他往下吃了一口水，兩個人都正為突發狀況感到驚愕時，剛才拉他腳的人也浮出水面透氣了。

那張熟悉的臉孔，讓他們兩人都驚呼出聲。

「范統？」

范統顯然也沒想到會這樣巧遇兩名友人，當下只能乾笑著打招呼。

「哈哈哈，珞侍、日進，好久不見啊。」

久沒聽見的反話，也成功地讓他們臉上出現複雜的表情。

「日進是誰啊？范統你的反話好像越來越糟糕了？」

珞侍明知故問，十分挑剔。

「日進什麼，斗金嗎……？」

月退看向了旁邊，對於自己的名字還能產生這樣的變化，實在十分哀傷。

「喔喔，月退你東方城的話語越學越爛了耶！居然還知道月退斗銀！」

他們已經不想去評論范統的反話，現在重要的不是那個問題。

「你怎麼會出現在這裡？你不是回去了嗎？」

面對這個問題，范統只能垂頭尷尬地回應。

「反正就是……又出了點幸運的事，這次大概是真死了吧，還可以回來繼續當原生居民真好啊！幸好當初印記沒有拿掉！不然就不能從水池沉下去了！」

聽到這種答案，珞侍跟月退都沉默了一陣子，接著才各自做出反應。

「范統！你怎麼又死了啊！」

珞侍這句熟悉的話，使得范統也憶起了當初剛被他接引往東方城的事情，那些不知道該苦著臉還是痛哭的回憶畫面，總覺得現在想起來格外懷念。

「雖然說歡迎回來似乎有點奇怪，不過……你還真是讓我不斷發現，人生不管有多少難受的事，還是可以在其中找到快樂的，范統。」

月退微笑著對他這麼說，這次，范統終於沒在他的笑容中看見陰影了。

「我也覺得還能看見你們是很慘的事啊，還有啊，既然要回來當新生居民了，珞侍，你幫我把負債增倍好不好？」

「我們朋友一場，負債增倍這種小事情當然沒問題。」

「啊啊啊！不！不要又故意抓著我的正常話順火推車！你明明知道我不想講的是什麼！」

「順火推車？唔，這個又是……」

「好了啦，你們到底要不要上來，再不上來我要把船划走了，你們就彼此扶持裸泳上岸吧。」

「那只會再活一次而已！這麼短時間沒見面，你也對我壞一點吧！啊，月退，幫忙推我下去，不要自己翻上船就不理我啊！」

儘管西方城的人還在焦急皇帝是否無恙、東方城的人也正在緊張他們的王不知道跑哪去了，但寂靜的夜卻因水池畔難得的吵鬧而染上了幾分不同於平常的氣氛。

這一刻他們真心露出了微笑，在圓月的映照下，因沒有預期的再會而喜悅。

遠在另一端的寂靜祭壇，似也因今晚的事情而出現了一點動靜。

被放置在祭壇內整日沉眠的拂塵，彷彿感應到了什麼，變化為人形後，緩緩張開眼睛。

有點迷糊地揉揉眼睛後，白髮青年帶著不解的神情望向東方，隨即陷入了新的煩惱。

「可惡，不負責任的傢伙總算回來了，但……本拂塵到底該自己去找他算帳，還是等他來接我呢？」

考慮到主人的健忘與見異思遷，他沒有考慮多久，就很乾脆地放棄後面那個選項，哼著歌

瞬間移動走了。

❀

東方城的街頭，幾個孩子聽得時而傻眼、時而捧腹大笑的故事，已經差不多講到了結尾。

「所以，這位新生居民甲攀附權貴一飛登天之後，居然順便解決了世界的問題，把沉月也修好啦——故事說完了，每個人交錢出來吧，原生居民也要乖乖付錢，才是好孩子喔。」

米重將各處聽來的情報七拼八湊之後，搞出了一個與事實不太吻合，卻也命中了某些部分的故事，最近的休閒賺錢就是在街頭講故事給好騙的小孩子聽。

整個故事講完後，也差不多該散場了，孩子們一面乖巧地掏出零用錢交給米重，一面也天真地發問。

「那這個新生居民甲，他最後從路人成為英雄了嗎？」

聽了他們的問題，米重想著這被他拿來當故事主角，現實中卻依然在兩國之間奔波辛苦的新生居民甲，不由得笑了出來。

「不，就算做了英雄做的事，他也依舊是飯桶啊。」

（終）

自述——范統

我爸爸說，人要交代自己的生平時，記得隱惡揚善，就算碰到不得不說的缺失部分，也要用常年訓練出來的花言巧語技能將一切說得合情合理，給世人留下一個美好而高大的印象，畢竟人不能期待別人幫自己說好話，所以難得有機會，總該自己為自己說好話……

不過先別說那個什麼花言巧語的技能我根本沒怎麼遺傳到，我認為如果真要用嘴巴講，以我現在的狀況，要為自己講出好話根本只會弄巧成拙吧？我覺得以我老爸邊教導我邊荼毒我的態勢，我會如此沒有夢想、懷疑人性也是有跡可循的，幸好在他過世時我的嘴巴還沒被詛咒，要是喪禮上追思文全都唸成反話，真不曉得他地下有知會不會再多給我加個不得好死的詛咒。

我從小到大都十分平凡，成長的過程中沒什麼驚心動魄的事情，嗯——這應該是比較之下的感覺啦。跟我莫名其妙被拉去另一個世界後的遭遇比起來，從我出生到二十四歲的人生真的沒什麼，就算校外教學被蛇咬、畢業旅行遺失護照，那也都只是小意思而已，不值一提啊。

可能是因為家傳事業給人一種怪力亂神的感覺，再加上名字很容易成為被取笑的目標，求學的過程中我一直沒什麼朋友。聽說同學們的家長都會叮嚀他們「不要跟范統走得太近，那孩子跟他爸爸都怪怪的」，甚至還有同學會問我得罪我會不會被我釘稻草人……我覺得這真是個沒禮貌的問題。

追根究柢就是我老爸出席家長會時，都懶得跟別人打好關係吧？發發平安符當見面禮也好啊，一見面就跟人家說「本人一眼就看出你身上有不好的東西，你可以付錢請我驅邪，不然三個月必會大病不起」這種話，分明就是想得罪人，誰知道你到底是來騙錢的還是有真功夫啊？而且一開口就是五十萬，怎麼看都很像詐騙嘛！

等到我老爸亡故，換成我老媽出席家長會，情況好像也沒什麼改善。只是講出來的話變成「我兒子可以幫你們看相改運，大家可以多光臨我們家的生意」而已……如果我老爸那副頗有說服力的世外高人模樣都會被人質疑，那我這個不成熟的小毛頭就更加不能信任了吧？會來光顧我家生意的只有班上的女同學，可是她們都是來求紅線進行戀愛占卜的，這可不是我的強項啊！

雖然我們這種感覺很像詐騙集團的人，在這個世界上總是被人投以半信半疑的眼光，但鐵口直斷之類的學術，其實已經有專門的大學特別開系招生，儘管系上的老師功力根本比不上我老爸，我還是去考了那個系，高分錄取為那裡的學生。坦白說進了大學以後覺得環境親切了許多，因為同學都是跟我一樣被認定為怪人的傢伙，只是，進到這種專門收怪人的科系，卻有一種物以類聚一起被投以異樣眼光的悲哀感啊……

基本上我跟我的同學，除了有些不同於常人的能力，也還算是普通人，所以系上自然會有什麼「占卜王子」、「剪紅線女神」之類的——因為長相跟高調的作風就被封以可笑的稱號來崇拜的同學。我固然會羨慕那種成為眾人目光焦點的感覺，但與其早上起床花一兩個小時來打理外表，我認為我還比較想多睡一兩個小時。

我老爸教過我，人有能力也不要太過囂張炫耀，因為人外有人、天外有天，太囂張很容易被人討厭，接著就踢到鐵板，應該選在適當的時機表現自己，這才是博取最佳印象的正確方法。

不過我一直忘記問他，如果一直都沒發現適當的時機，或者判斷不出哪時候才是適當的時機，該怎麼辦？

因為一直忘記問，之後也沒得問了，所以我只好摸摸鼻子低調度日。我們系上女生也不多啦，多半都鑽研於占卜的準確率，看到鬼比看到人還高興……就不提這些了。

畢業以後我繼承家裡的鐵口直斷生意，穩穩當當地開店營生。平穩的生活，直到我無心喊了一位小姐「阿姨」為止。

我覺得那件事讓我得到很大的教訓，例如女人很在意被瞧老、不要輕易得罪女人……當然啦，事實上應該是「不要輕易得罪任何人」才對，我只是想好好生存下去而已，卻一個不小心就遭遇這種報應，我到底為什麼這麼倒楣？

更可怕的是，那位小姐對我做出的詛咒，居然跟著我一起去了異世界。

幸好那時候我媽也已經不在了，我不必煩惱自己睡個覺就被拖去異世界，她之後要怎麼過活的問題，相反的，我在名為幻世的異世界還得擔憂自己的生存危機，這裡比原本的世界危險多了，我才剛過去就一直死！

我在那裡經歷了這輩子都沒想過的慘事跟奇遇，幾乎就要融入了那個社會——說融入其實也不太貼切，應該是……放了感情吧？在那裡我有了重視的人，有了強烈地因什麼而悲傷、因什麼而喜悅的經驗，雖然是在很短的時間內發生的，卻讓人難以忘懷。

然後，原本我也認命地以為自己就要在這個沒冷氣又沒電腦的世界度過餘生了，沒想到我居然還有機會回去。

我本來還想說，因為我死了，那我就是永遠的二十四歲，再也不會變老了啊！好吧，這個其實不是重點啦！總之我什麼都沒想清楚就讓沉月把我送回來了，剛回來的時候，狀況還有點淒慘。

我躺在床上的身體不曉得幾天沒進食喝水，還沒死是還沒死，但也體力透支、無法動彈，我用爬的掙扎著找到了水，在桌上發現不知道有沒有發霉的麵包囫圇吞棗地啃掉後，我總算找到了電話，撥號找醫院開救護車來救我。

久未進食的營養失調，在住院住了幾天後，算是調適過來了，才剛回到原本的世界就破費，不在我的規畫內……其實我也沒規畫過什麼啦，反正那筆住院費讓我十分心痛，要回歸原本自食其力的生活，也有點不習慣……

在東方城的時候，就算什麼也不做，至少也有難吃的公家糧食可以吃啊。倒不是我懷念那難吃的滋味，只是在我原本的世界，什麼都不做就是等著餓死，為了不讓自己餓死，我只能昧著良心繼續開店營業，持續講出反話誤導客人。

我恢復正常生活後沒幾天，就發現一件讓我晴天霹靂的事。

沉月只能把靈魂送回來。

暉侍他跟著我來了啊啊啊啊啊啊！我不要活了啊啊啊啊啊——！

如果可以把那裡的一切都當成一場夢也就算了，為什麼硬要塞給我一個證據，而且還是如此糟糕的證據！

夢裡暉侍跟我說，他雖然覺得有點困擾，但還挺新鮮的，路上的車子很有趣，電腦裡的脫衣麻將跟各種遊戲也都讓人眼睛一亮……

你為什麼會知道！我又沒開電腦來玩！你做了什麼！

我嚴重警告他不要趁我睡覺偷用我的身體，想借身體不是不行，但要經過我的同意，然後我發現暉侍他經過溝通後，其實還挺好用的。

例如想吃飯的時候，可以借他身體叫他去做。他對食譜跟各種鍋具、瓦斯爐什麼的都很有興趣，煮出來的東西也不難吃，玩遊戲過不了關，就再把他叫出來，讓他去挑戰……

我覺得我跟我體內的鬼適應良好，這樣是可以的嗎？變成不必作夢都可以跟他交談了，這樣子好像不太妙吧！

我甚至連不想交際應酬，希望不要說出反話的時候都可以派他去說！雖然很好用，可是接下來我就開始收到情書，這算是什麼糊塗帳！

難道……嘴巴被詛咒之後的我終於也可以交到女朋友了嗎！

可是這樣也是暉侍交到的，不是我交到的啊！這樣會變成約會的時候都只能把身體給暉侍，否則對方就會說我怪怪的，今天為什麼不太一樣之類的……這樣說起來我根本只是把身體借給暉侍，讓他去交女朋友而已嘛！

雖然以暉侍的道行，搞不好平時塑造出來的形象太完美，就算換成我去約會，女方也只會噗哧一笑，說出像「范統你跟我約會就這麼緊張嗎？怪可愛的」之類的話……

但這樣還是一點也不開心啊！暉侍！你天生散發吸引異性的磁場稍微收斂一下！我還想潔身自愛做清白生意！

表面上看起來我們感情變得很好，但事實上……才沒有這回事。暉侍每幫我一次忙，就會跟我提一個要求，有的時候要求搭火車，有的時候要求搭飛機，等到這些事情他都覺得不新鮮後，不曉得會要求什麼？

我以前幫了他那麼多，可都沒有跟他索取報酬耶！他以為他把能力跟記憶都給我就可以抵銷了嗎！

這樣疲憊的生活，後來又發生了一件影響我命運的事情。

有天我走在路上，忽然看見一個很面熟的女人，仔細一回想，我忽然發現，這不就是當初詛咒我的那個阿姨——那位小姐嗎！

就好像我爸爸以前對我說的，我想她就是那種招惹不起的能人異士，但只要我誠心道歉，搞不好還是有機會請她收回詛咒放過我，不然……至少也再告訴我一次，我的詛咒到底要說幾句反話才能破除吧？

我朝她追過去時，忽然想起一個重點。

她不曉得還記不記得我，畢竟我的長相沒帥到讓人只見過一次就會記得的地步，那麼我貿然用這張嘴喊小姐，喊出來到底會變成什麼？

萬一又惹怒她，我豈不是慘上加慘？

所以我只好再欠暉侍人情，請他去搭訕了。

以暉侍的語言技巧，那位小姐總算願意停下腳步冷靜聽他說，但談到一半，她就皺眉質疑我明明被詛咒，為什麼說話還會這麼正常。

這還牽涉到我被寄生的事情，講起來真是太複雜啦——結果就變成暉侍邀她共進下午茶，順便聊聊被詛咒後在幻世的那堆故事……錢！我的錢！暉侍邀女孩子喝茶不可能叫對方付錢的吧！

那個時候我只覺得，看在可能解決詛咒問題的分上，就當作下午茶的錢是手續費吧——結果他們居然還挑了一間超貴的！

他們坐了四個小時，講完了我倒楣的經歷，那位小姐聽得津津有味，然後她講出了很關鍵的……三句話。

『其實那麼久以前的事情，我現在也沒有很介意了，害你出了那麼多倒楣的事，真是不好意思。』

『不過那個詛咒我不會解耶，至於自然解咒需要講幾句話，當時隨便定的，我早就忘記了。』

『這樣好不好，我做點補償給你？』

如果第一句話讓我看見希望的曙光，第二句話就形同把我打入了地獄，第三句話則是讓我驚恐不已。

什麼……什麼補償？我只想解開詛咒！妳不把話講清楚，我覺得很恐怖啊！

但我還來不及阻止暉侍，他就答應了。

暉侍你怎麼可以幫我答應！你怎麼可以！你明明是個外人啊！

那位小姐笑笑地說，讓我去見想見卻見不到的人，也許是個好主意，接著她的手掌放射出白光，我就什麼也不知道了。

下午茶的錢不用付了嗎？

下午茶的錢……好像也不是重點了啊？

還有，我很在意一件事。

到底是我想見卻見不到的人，還是暉侍想見卻見不到的人啊！這差很多耶！雖然都在同一個世界！

當熟悉的肉體重生感覺伴隨著疼痛出現，我發現周身都是水時，這究竟是什麼情況，我算是心中有底了。

啊……所以我又回來了是吧？

為了擺脫缺氧感而努力上浮的我，好像抓到了什麼光滑的東西，然後一浮上水面透氣，第一眼看見的就是兩張熟悉的臉孔。

珞侍為什麼會在這裡划船，月退為什麼會在這裡裸著泡水，我不太懂，不過，看見他們的當下，我好像忘記去在意那個阿姨把我做掉的事情，只真切地感覺到一件事情。

我回來了啊。

雖然還在池底的時候就想過這句話了，但那一瞬間，這樣的感覺更為強烈。

那種哭笑不得的心情至今都不知道該怎麼形容，但我想還是笑多於哭吧？

一樣是由我的朋友帶我回去，一樣與我的朋友相遇。

如果不考慮後來上門丟符咒追殺了我三條街的噗哈哈哈，還真是一個安寧的回歸之夜。

反正沒有人知道我回去以後過了多久，我還是可以繼續號稱自己二十四歲的！

這依然不是重點。我覺得我抓不到重點。

重點也許是……以後到底要住東方城還是西方城的問題吧？

在月退跟珞侍吵到翻臉之前，我的手到底會不會先被從兩邊扯斷？

這種時候我可以放暉侍出來安撫他們嗎？

幸好噗哈哈哈沒要我跟他去住沉月祭壇，這真是可喜可賀？

對我來說，原來的生命終結後，接下來大概又是新的人生開始了吧。

也許無窮無盡死了又會復活的人生，聽起來讓人有點害怕，但在感到疲憊之前，我還是想把握現在，好好地在這裡定居下來，思索自己能做的事。

至於暉侍什麼時候要成佛、我到底娶不娶得到老婆，那些就隨緣了啦，哈哈哈哈——

The End

✣ 自述——矽櫻

很久很久以前的記憶中……
那個時候，東方城與西方城之間的關係，還未如此敵對。
那個時候，我的名字，還不叫做矽櫻。

在注重血緣的東方城王家，決定一切的是血脈而非實力。我是前任女王的獨生女，前任女王年輕猝逝後，身為嫡女的我，自然便繼承了王血的靈魂烙印，在我還是個稚齡孩童時，就已經被冠上了女王的身分。

我的母親未能在我的生命中留下多少記憶就已離我而去，環顧整個東方城，我所擁有的，只有每一代的王傳承下來，如今也陪伴著我的武器和護軀——希克艾斯與千幻華。

我不能明白為什麼同齡的女孩可以有人哄、有人疼，偶爾做一些任性的要求，無憂無慮地度過童年，而我所必須做的卻只有無止盡的學習。以資質來說，我並非什麼能讓眾人滿意的奇才，加上我終日的煩躁不耐，在提升實力階級上面，總是少有進展。

教導我的人礙於我的身分，不敢嚴加管束，他們總是只溫言告訴我應該怎麼做、必須怎麼做，告訴我實力不提升的後果，就是無法保護自己，儘管我們與落月有正常的往來，他們仍舊虎視眈眈，所以我們不可鬆懈……

在廣大而冷清的神王殿中，我所能傾訴心事的對象，就只有希克艾斯跟千幻華而已。

『會有人想殺我嗎？因為我是女王？』

『如果我很弱，就無法保護自己了嗎？』

我總是縮在自己的榻上，對著我的劍與我的護甲，重複問著類似的問題。

『櫻，不要怕，妳強不強沒有關係，有我在，我會保護妳。』

通常回答我的都是希克艾斯。我知道千幻華還是關心我的，只是他不太說話，聽到希克艾斯的聲音，我總是能感到安心。

其實我的名字裡面並沒有櫻這個字，只是因為希克艾斯說，我眉間的櫻痕很漂亮，便決定以後這樣叫我了。

這樣的稱呼，我覺得親切，所以他不喊我的名字，也無所謂。

那個時候，東方城的國力薄弱，儘管表面上與落月對等往來，實際上卻很難維持對等的地位。

在我隨著年歲逐漸長大後，慢慢地也開始接觸國事。我的流蘇只提升到深紅色就停滯不前了，學習無法吸引我的注意力，不管用什麼樣的理由。

一般十八歲的少女，應該做的事情到底是什麼呢？

絕不是穿著一席盛裝，腦袋裡煩惱著外交，在每一次與一些重要人物的會面上，嚴肅著臉孔，說一些自己也不喜歡的話語。

但我不是一般的少女，我是這個國家的女王。

我也體認到，一個沒有實力的王，無法給國民安全感。儘管如此，畢竟危機並未清楚地出現，我總想著，既然我不能成為一個以強悍威震敵人的女王，那麼我所能做的，就是挑選一個好的夫婿，為這個國家生一個優秀的繼承人吧？

然而在那個時候，我遇見了他。

東方城會派使節到落月去，落月也會派使節過來——也許是為了貿易，也許是為了刺探情報，反正表面上就是做一些對雙方有利的事情。使節自然由神王殿招待，也是因為這樣，我才會認識這個人。

他是落月使節團的代表，是落月皇帝的胞弟。英挺的外貌，讓他在人群中格外出眾，我一眼就看到了他，失神了許久，才移開視線。

接下來的一切，在我的記憶裡，說不出究竟是深深烙著，還是水打溼了般模糊。

那是我的第一次愛情。他是改變我人生的關鍵。無論怎麼說也是很重要的……但究竟是因為痛苦而忘卻，還是因為真的不在意了，所以回想起來，就連他的臉孔，也只剩下一層淡淡的影子呢？

在他駐留東方城的短短幾個月內，我們相戀。

我想，從一開始他就從我的眼中看見了我的傾心，而我卻不知道這一切有所預謀。
他回去落月後，我們仍以私信聯絡，儘管我知道，以我們的身分，這段戀情不可能有結果，卻還是不能死心、不想放棄，猶如想在命運中找到一絲縫隙般，死命地掙扎。
東方城的女王，怎麼可能嫁給落月的人呢？
東方城的下一任王位繼承人，怎麼能有落月的血統呢？
我不敢讓任何人知道我們的事情，除了希克艾斯跟千幻華。
因為沒有對象能夠傾訴的話，也太過苦悶。
雖然從他們那裡也得不到多少支持，但他們也不會告訴別人，所以我還是會把我的煩惱跟他們說。
我還記得，在我收到他的信，看到他要求到外面私會的那一夜。
就如同我渴望見到他的心，我認為他也一定如此。
『櫻，妳要去哪裡？』
我要離開神王殿時，希克艾斯急急地對我這麼喊。
他與千幻華都被我擱置在房內，而我沒有回答他的問題。
『櫻！』
『櫻！不要走！』
希克艾斯的聲音在我踏出房門時還一直傳來，只是我沒有回頭。

怎知，這一夜，卻決定了往後的一切。

當我抵達他所約的地點時，他如約在那裡等著我。

『我知道妳一定會來的。』

他當時面上的神情，現在的我，也記不清楚了。

到現在還記得明白的，只有在我發現這裡不只他一個人而後退時，他朝我劈出的劍，以及他不復溫柔、顯得殘忍的聲音。

一切發生得很快很快。

快到我來不及反應。

『妳的愚蠢，讓一切變得輕而易舉啊……』

他的話語不帶憐憫，只有得到了勝利後的喜悅。

我張著眼睛盯著他，甚至無法開口遏止他斬向我心口的攻擊。

『夜止的王血就此斷絕，那麼夜止的新生居民就無法轉生，原生居民也無法復活了，不費一兵一卒的削弱，是最好的方法，這總比戰爭來得好，妳應該也同意吧？』

即將死去的我已經說不出話來。

落月對沉月運作的了解，沒有東方城深。

失去了東方城的王血，水池的力量不能延續，對西方城的新生居民來說也是一樣的……

這個結果會招致毀滅。不能夠這樣子……

儘管我是多麼不願意接受死亡，但我終究還是無法再支撐住沉重的眼皮。

死亡對每個人來說，都是陌生的。我不知道我會就此消散，化為一片虛無，還是成為無處可去的鬼魂，悲怨我短暫的一生？

而我的意識沒有消失。

那時候的感覺是十分紛亂複雜的，直到我發現我又可以「動」，我又看得見東西，甚至清晰感覺到身體周圍的水時，我因下意識的動作而探上水面，驚覺我回到了東方城。

這是東方城的水池。

是新生居民……復生使用的水池。

死亡與背叛殘留的顫抖還沒消退，而當我意識到我成為了新生居民時，恐懼與不適的感覺爬在脊背上戳刺，讓我想尖叫出聲。

可是王血的烙印還是跟著我。

即便我現在已經化為了不死的存在，但我身上畢竟沒有新生居民的印記，沒有人會知道這件事，而我還是原來的那個女王。

從岸邊的架子抽了件袍子包裹住身體後，我在一片混亂的情況下以術法回到神王殿。

沒有人知道，就可以當作什麼都沒發生過嗎？

乍看之下沒有失去什麼，就可以當作什麼都沒發生過嗎？

我奔入我的房間時，淚水已經沾濕了我的臉。

在我出去時被我擺在桌上的希克艾斯，似乎被我的模樣嚇到了。

『櫻，妳怎麼了，剛剛契約為什麼忽然中斷了……』

我滿腹的委屈與怨恨，無處發洩，看見希克艾斯時，想起他是東方城和落月交換過來的武器，我忍不住一手執起他，就將他遠遠摔了出去。

對我來說，所有落月的事物都是可恨的。

只要想到落月，我心中湧起的就是嚴重的負面情緒。

『啊！好痛！』

希克艾斯慘叫了一聲，我則置若罔聞，坐到了床邊。

『好痛喔，好痛……』

他還在叫痛，我卻只靜靜坐著，宛如一具靈魂不在的空殼，唯有流淚不止。

我不知道時間過了多久。不知不覺的，他彷彿就安靜了下來，沒再委屈地叫了，而我根本沒有心思去注意他的狀況，就連我盯著前方的眼睛，其實也沒有在看什麼東西。

直到一個溫暖的手掌靠近我，以手指為我拭淚。

『櫻，不要哭。』

我茫然地移動我的視線，看向了手的主人。

我看到的是一個從沒見過的男子。他有著披散過肩的黑髮，深邃的紅瞳，與極其俊美的臉孔。我應該是不認識這個人的，在我的房間裡，也不該有別的男人隨便出現、靠近我，可是我卻直覺反應地喊出一個名字。

『……希克艾斯？』

他沒有否認，只是略嫌笨拙地擦著我臉上的淚。

『不要哭。不要哭……發生什麼事情了？』

希克艾斯想安慰我，雖然他自己剛剛才被粗暴地對待，但他彷彿已經不在意那件事情，只顧著希望我的淚水停止。

但我卻仍然無法停止哭泣。

『啊，櫻，不要哭……我在妳身邊，我會陪著妳，不要哭……』

在聽到這句話時，我終於忍不住撲入他懷中，放聲痛哭。

這是希克艾斯第一次在我眼前化為人形。

我在他懷中哭到睡著，而隔天醒來時，卻不見他的人影。

『希克艾斯……？』

我不解地環顧四周，沒看到希克艾斯，倒是另一名男子捧著我平日穿的衣服送到我面前，用好聽的聲音開口了。

『櫻，換上衣服吧，要我幫妳嗎？』

當我看見那張比女人還要美麗的臉孔時，我一時有點懷疑他究竟是不是男人，而我也很快就知道了他的身分——他是我的千幻華。

『千幻華，希克艾斯去哪了？』

『不知道。』

即使變成了人的模樣，他還是一樣平靜冷淡。只是，他會變為人形，應該也是因為我需要陪伴。

我讓他為我沐浴更衣，打理妝點好一切，並不因為他現在是男子而感到不自在。他一向是我貼身的護軀，就算我們很少交談，也對彼此很熟悉。

如果不是千幻華安靜地待在這裡，我幾乎會以為昨晚只是一場荒謬的夢境。

而希克艾斯卻如同人間蒸發了一般，完全沒有消息。

不是說要陪伴我嗎？

不是說會待在我身邊嗎？

我對他的話置疑。

事情過了五天後，希克艾斯終於回來了。

我是在回到寢室時看到他的，坐倒在地上的他渾身是傷，在我驚慌地奔向他時，他衝著我一笑。

『櫻……』

『你到什麼地方去了？怎麼會弄成這個樣子？』

我看到他身上的傷口與血跡，有的乾涸，有的仍滴落著鮮血，這讓我無法去思考別的事情，只想著怎麼治好他。

而他好像對自己身上的傷口都沒有感覺，明明那天被摔了一下就一直叫痛。

『櫻，不要難過。不要為那個人哭泣了……』

希克艾斯沒有回答我的問題，只自顧自地說話，他的笑容看起來有幾分疲倦。

『他已經死了。』

在希克艾斯說出這句話的時候，我一下子還無法消化這個訊息。

死了……

死了？

『傷害妳的人，侮辱妳的人……』

希克艾斯紅色的眼睛盯著我，他的眼睛看起來還是那麼澄澈。

『無論是誰，無論身在何處，我都……』

他只說到這裡，就暈厥了過去，我連忙慌張地呼喚千幻華過來，問他要如何救治，在得知王血的治療功能與復生功能都對他有用之後，安頓好了一切，我才鬆下一口氣。

在得知那個人的死訊時，即使我內心驚愕，卻隱隱有一股快意。

就好像情愛已不復存一樣，如同聽聞了仇人的死訊。

我說不出來我的改變。

我只知道，成為新生居民的我，擁有了近乎永恆的時間可以學習一切，我不會再是那個弱小的女王，而我終有一天能對那個國家報復。

我將維持著如今的形貌，看著落月抱持著野心的君王老去更替……

即使我無法親手報復那個男人。

那個男人，在希克艾斯獨身闖入西方城時，就已經死在他手上了。

由於我成為了新生居民的事情不能被發現，所以東方城的女王還是會輪替，在層層部署下，也不過是換個名字，略微改變形貌。

希克艾斯化名為音侍，千幻華則化名為綾侍，成為我的左右手，沒有人知道他們的本來身分。

只是我們的關係似乎逐漸改變、漸行漸遠……無論是因為我的變化，還是他的不變。

我對落月的仇視，與對東方城居民的無情，隨著時間過去，似乎越來越加深。

『櫻，如果不是必要，我不喜歡殺人……』

『妳明明知道我不喜歡，為什麼總要我去做這種事……』

我不知道推開他，拉開我們之間距離的行為，究竟是無心還是有意。

因為我無法遏止我看著他時，內心蔓延出來的意念。

他是我的武器，我的劍……

這一點再怎麼樣也不會改變。

當我第一次甩了他一耳光，勒令他搬到第三殿時，他的目光與神情，我這輩子都不會忘記。

這就是傷害自己所重視的人的感覺。

『音，你成日往外跑，不待在神王殿盡你的本分，難道不覺得太過分嗎？』

有一天，我聽到千幻華這麼問希克艾斯。

『我只是覺得……櫻她好像已經不需要我了。她已經不需要我保護了……』

『你到底知不知道自己是劍不是盔甲？你那薄薄的劍身可以被砍幾下不斷？誰要你保護了？』

我從他落寞的話語中聽到了悵然，但是我依然不能做什麼，只能繼續將他排拒在外。

因為太過接近，就會產生不能產生的期待，而坦白了我的心意只會讓他逃開。之前宴會上喝多了借酒裝瘋，勾著他倒到床上，也不過大著膽子親了他一下而已，他就恐慌驚叫逃跑了，真的告白他會有什麼反應，不言可喻。

我只能遠遠看著他，遠遠看著他。

就這樣就好。

不只因為我是已死之身，也是因為，他是我的劍，不是真正的人。

『櫻，這次妳要用什麼名字呢？』

我盯著鏡中的自己，低低地回答。

『就叫矽櫻好了。』

新生居民並非不滅。

我也曾想過，在我消亡之時，世界又已經是什麼樣的光景？

靈魂從天羅炎劈中的傷口蒸發著，這一次，待在我身邊的，依然是他。

『櫻！』

無論多少年，他依然這樣呼喚我。

所以我忘了我原來的名，那個名字，變得再也不重要。

像是看出了我不可能活下去，希克艾斯扶著我的手微微顫著，聲音也逐漸平靜了下來。

『櫻，不要死，妳死了我會難過。』

『……這是沒有辦法的事情。』

『為什麼？為什麼不能放下……為什麼要讓事情變成這樣，妳還是恨著當初妳愛過的那個人嗎？妳還是惦記著那段情感？』

聽他問了這個問題，我微微一笑，儘管我也知道，這抹笑容，應該十分悲傷。

『我早就已經不愛他了。』

我抬起我的手臂，輕輕的，最初也是最後地，撫上他的臉龐。

『早就、已經……』

視線已然模糊，不知是因為濕潤的水氣，還是不受控制的靈魂消散。

在生命的最後一刻，我仍然努力將他的臉孔印入我的腦海，只願這是殘留我意識的最後畫面。

我不知道他是否明白了什麼，他輕輕握住了我輕撫他臉龐的手。

而這句一輩子都藏在心裡的話，最終，我還是沒能對他說出口。

『如果我不是女王，解除了我們之間的契約的話，你就不會保護我了吧。』

『櫻！妳要解僱我？我做錯了什麼——』

『我只是覺得，你是因為我是女王，才會待在我身邊。』

『唔，就算妳不是女王了，妳還是櫻啊。為什麼好端端的要把我送給別的男人還是女人？不行，我要去找綾侍談談……』

『……笨蛋。』

儘管我們沒有別的可能，我仍在無數的月夜下，遙想著過去，與我無法觸及的你。
直至生命的盡頭。
直至終末。

The End

✣人物介紹（范統版）

范統：

我。隨便你要叫我笨蛋、飯桶、空氣、路人還是什麼拂塵的主人，我都無所謂了，現在我最低的要求是看到我認得臉，就算要指著我的臉啊啊啊啊半天想不出名字來，也都沒有關係！完全沒有關係！那種事情不是我的人生該在意的事情！我的胸襟寬廣即將突破天際！不過可以的話，還是喊我范統吧。感激不盡。

珞侍：

東方城女王……不，對不起，我說錯了，珞侍不要打我，其實你是個好人，我都知道，但臉皮還需要磨練，我覺得啊，敢開人玩笑，自己就要容忍別人開的玩笑，這樣才能互相互相、彼此彼此，嗯，想當初你還掛著鮮紅色流蘇，現在流蘇都變黑色了呢，也因為這樣越來越不可得罪，但可以佔佔便宜。到神王殿蹭飯是個省錢的好方法，去朋友家玩誰也不能說我什麼！

月退：

西方城少帝。其實我不知道……到底我的第一個朋友該算珞侍還是月退，反正都是我的好朋友。不過珞侍還好，月退好像黏人了點，他明明還有那爾西、伊耶、硃砂可以陪他，卻總是覺得沒看到我就少了什麼似的，月退，你又不是破蛋後認媽的小雞！快點獨立！參與政務！當個好皇帝！你這樣你爸爸會傷心的！

硃砂：

以前的室友。我覺得他也差不多該放棄月退了吧，幻世的新生居民千千萬萬，一定還有別的好對象，也一定有可以接受人妖的傢伙啦！月退心裡擺了那麼多人，硃砂如果還不肯放棄，只怕會過得很辛苦，我覺得人生除了求偶還有很多事情可以做的，窮極無聊還可以去資源一區殺雞，有錢賺還可以拔毛做枕頭，多好？

璧柔：

從認識到現在好像都沒什麼長進的女人。我不是指身材。雖然我看得出她想彌補跟主人之間的裂痕，但要是再這麼沒神經下去，裂出來的洞會越來越大啊，別再成天想著去東方城看帥哥了，盡好妳的職責。

米重：

基本上就是個沒道義的情報販子啦。仗著一開始當我的導覽員，就一直想從我這裡挖八卦出來賣，這種人交不到朋友的！有朋友也只會拿出來賣！他唯一得到了不會賣掉的只有綾侍大人的相關物吧！我還是一樣很討厭他啦，可是伸手不打笑臉人……喔喔喔喔……

綾侍：

綾侍大人……從一開始的仙女印象，現在應該修正成士可殺不可辱的那種，鐵錚錚的男子漢？雖然碰到音侍大人就會沒轍，但面對其他人幾乎都不假辭色，不管他是人還是護甲，我都打從心裡敬畏他，然後我還是希望他可以為了兩國之間難得的和平多忍忍，別再公然挑釁西方城的高官，我一點也不想看到戰爭再次爆發——！

音侍：

音侍大人是一把腦袋有洞的武器。就算他人很好，就算受過他的恩惠，我還是不由得想這麼說，我相信所有認識他的人都一樣……好吧，暉侍可能例外。現在看到那張帥到沒天理的臉，我已經不會像剛開始那麼嫉妒了，如果要拿腦袋換臉，我還是寧可要腦袋。

違侍：

違侍大人前後的印象差很多呢，原先以為是個只愛壓榨新生居民的壞官，但意外的也有另外一面，目前看來對珞侍其實挺好的，如果珞侍可以說服他，讓他減少對新生居民的敵意就好了，我想他比音侍大人有用得多，神王殿上下都如此公認。

暉侍：

我身上的寄生蟲。事到如今，我已經不曉得該如何評斷這個珞侍眼中溫柔美好的哥哥了，他——他根本是個妖孽啊！西方城為什麼可以培養出這樣一個妖孽來禍害世人！我到底該不該說幸好死得早？問題他死了以後，反而困擾到我啊！暉侍你不要再借用我的身體故意說反話假裝成我了！我一定要找機會跟你一刀兩斷！

矽櫻：

嗯……這位女王，從以前到現在我都不太了解啦，可以從別人的描述跟暉侍的記憶理窺見一部分，但為了保持尊重，我還是別隨口議論她的事情吧，頂多說一句，暗戀音侍大人是錯的，人生最大的錯誤，切記切記。

恩格萊爾：

月退的本名。現在出席公開場合，他還是用這個名字，似乎想把兩個名字代表的意義切割開來，可是我覺得……有長眼睛的都看得出是同一個人吧？這種堅持意義何在？

那爾西：

西方城的裡皇帝。我覺得我這樣評論沒有任何問題，一堆事情根本月退都丟給他管，魔法劍衛現有的四個，也有兩個跟前跟後護著他，反正跟月退容貌相似，普遍大家的認知就變成「雙子皇帝」了，明明他們不只不是雙子，甚至還不是兄弟啊，這真是個美麗的誤會，此外，他對我的敵意就跟每個西方城的高官一樣，雖然我也沒有意思要親近他啦，唉。

伊耶：

西方城的鬼牌劍衛，因為是月退親生父親的養子，所以跟月退變成兄弟關係。我覺得他的脾氣很暴躁，針對我也針對得十分明顯，自從記住我的名字後，他練兵的罵詞就從「一群廢物」變成「一群飯桶」了……他明明說過有實力的人他就會認可的啊，我看他也慢慢在認可那爾西了，為什麼就這樣對我？因為他覺得我的武器佔據我實力的百分之七十嗎？

雅梅碟：

西方城的紅心劍衛。我個人很討厭這種表裡不一的人啦，心裡討厭我又裝傻，裝傻還裝得很故意，這種態度讓人怒火中燒啊，可是我又不能唆使月退把他免職，做這種事情，以朋友來說太超過啦，只是私人恩怨罷了，反正我還是忍下來當作沒看到吧，低調、低調，平靜過活。

奧吉薩：

西方城的黑桃劍衛。大叔他跟我沒什麼交集，我覺得他很奇怪，他大概也覺得我很奇怪……不，應該、可能根本不把我放在眼裡才對。但因為他保持距離喜怒不形於色，我對他還算沒多少厭惡感啦，除了覺得他有點冷血以外。

天羅炎：

月退的劍。她好像除了主人，不關心任何人，目前我只知道她討厭璧柔跟那爾西，我們沒說過幾句話，我想她大概是跟噗哈哈哈比較類似的武器吧。

焦巴：

我已經搞不清楚這隻鳥是璧柔在養還是硃砂在養了，名義上的主人是璧柔，卻常常在硃砂身邊繞來繞去，就這點判斷，我認為牠有被虐待狂的因子，總之因為還沒被放生，日子似乎過得挺辛苦的，但……我同情歸同情，事實上依舊不關我的事啦。

噗哈哈哈：

我的武器。想當初剛買下來的時候，我還不太喜歡他，沒想到居然如此多功能又強大！不過我沒有勢利眼到發現他的價值才重視他的地步，相處久了本來就會產生感情的，他也一樣對我越來越好，然後啊……我也對我居然開始思考要不要跟他修器化感到驚恐，人是這麼容易改變的嗎？我到底……？

艾拉桑：

月退的親生父親，矮子的養父。這位爸爸帶給人的煩躁度在我認識的人裡面絕對是數一數二的，還好我老爸沒這樣。老爸是不能換人的，月退你多多擔待啊，矮子也是。

沉月：

自從我回來以後，我就再也不敢去沉月祭壇了。會死吧、一定會被滅掉吧，如果真的有這種危機，噗哈哈哈你一定要救我啊……

畫夢

上部

傷痕

他不知道那張笑臉下隱藏著什麼，

但他知道，犯過的錯與罪，是永遠沒有辦法抹滅的事物。

「恩格萊……」

推開書房的門後，本欲喊出來的名字因為看見裡面沒人而中斷──那爾西不知道這是第幾次了，也不知道是從什麼時候開始的，照理說，身為皇帝的月退應該要待在這裡辦公，如果沒待在這裡，就該是因為當天有公開行程──然而這些在大家眼中理所當然的事情，放在月退身上就變成完全不適用。

事實上月退確實也是個常規外的皇帝，異於正常皇帝的成長教育過程、過於強大的武力，以及死過一次的亡者之身，都讓他不可能走上正軌。在大家沒有嚴格要求他做好榜樣的情況下，就會造成他不斷地怠工、曠工，而且每次都是跑去找朋友玩。

所謂的朋友就是他在東方城當新生居民時結識的對象。若是一個普通少年皇帝正常長到這個年紀，或許會被近臣勸諫身分與現實的各種問題，但月退雖然是個少年皇帝，其他條件卻一點也不符合，那些問題對他來說根本不是問題，生父艾拉桑因為寵溺而不加管束，頂著義兄名義的伊耶發火也沒效果，那麼別人來管自然更加不會有用，眾人早就看穿了這點，所以皇帝不見的時候，淡定地繼續做自己的事就好。

對那爾西來說，自從身體狀況有些起色後，他就可以自己出來找月退，不必被動地等待月退去找他，可是找來找去人卻常常不在，儘管只是巧合，依然會給他一種刻意躲他的感覺。

月退不曉得該怎麼跟他相處，他其實也是。月退先前躲了他很久，是因為不知道該怎麼辦，所以逃避，而他沒有逃避的空間，只能觀察月退的態度猜測，又因為沒有溝通而得不到證實。

自然而理所當然地走入對方周圍的空間，彷彿已經是很久以前的事情了。這樣的關係很僵硬，沒有辦法好好處理，所以他也只能放著不管，接受當前的一切。

現在的狀況其實已經比一開始好很多了，月退主動來找他的頻率有增加，也沒再一直拖人陪著來，只是他們相處的過程沒多少進步而已。

性格與成長過程的迥異，使他們缺乏共同的話題。月退跟他分享偷溜出去玩的事情時，他總是不知道該如何附和他的話語。

直接教訓他偷溜出去不好，感覺是在潑他冷水，但要以溫柔的態度回應他所講的事情，他又會覺得自己太過虛偽。

原先一直被關在皇宮裡，失去視覺的月退，對自己在外面的世界接觸到的一切都覺得新奇，而月退覺得新奇的事情，很多都是他沒有興趣的，特別是他的話語裡總是范統范統范統，砆砂砆砂砆砂，充斥著那些他不熟又沒什麼好感的人，這樣聊起來要有交集也很難。

若要他自己找話題，大概也是問些月退的近況，然後就沉默了。月退認識的人裡面，他跟誰都沒交情，自然也無法將話題扯到其他人身上，增加聊天的內容。他們在一起的時候，能做的事情彷彿只有說話，又基於內心的陰影而言不及義……

他覺得這樣的相處，月退自己也沒有很開心。想要多說點什麼或者多找些能做的事情，究竟是不是他一個人的想法，他其實不太確定。

就算直率一點說出內心的想法，月退也未必會確實地給他回應。

但他還能要求什麼呢？

即使是這種不協調的相處，還是好過針鋒相對地直接傷害吧？

所以就算感覺壓抑，也沒有關係的。

相較於那爾西找不到月退的情況，月退則完全不會有找不到人的煩惱。因為那爾西幾乎不會出宮，整天都待在聖西羅宮裡，就算不在書房、不在寢室，也可以在其他角落找到他，這不曉得該算優點還是缺點，但目前為止仍沒有改變的跡象。

「那爾西，我在街上看到很多好吃的東西，下次也買一點回來送你？」

月退在自主決定一些事情要他接受時，會害怕他拒絕，而在詢問他意見時又會小心翼翼地選擇說詞，像是不想打破如今的平和一般，如履薄冰。

「不必了，別浪費錢。」

如果他能高高興興地接受，他們的關係或許會好很多。可是對於自己不需要也不想要的東西，他裝不出收到時的喜悅，也認為收了卻用不著很不正確，所以只能拒絕。

他想，自己終究只是月退放不下的回憶，終究無法和現在的他成為志同道合的朋友。

看見月退臉上一黯，那爾西固然想做點什麼補救，卻想不出來，最後只好硬著頭皮將之前想過的事情問出口。

「每次你來找我都只有聊天，有沒有別的想做的事情？」

月退像是沒想到他會這麼問，所以睜大了眼睛。過了半晌，正當那爾西覺得造成尷尬而想收回這句話時，月退開口了。

「嗯……不然，你唸本書給我聽？就像以前一樣……」

那爾西在聽到這個要求的時候是錯愕的。現在月退的眼睛看得見，當然沒有找人為他讀書的必要，他認為這件事很多此一舉，但月退那句「像以前一樣」卻讓他無法推拒。

他很想說，已經不一樣了，不會跟以前一樣的。也許月退懷念著過去的時光，但那段時光其實不值得懷念。

他不會想回到那個時候，而他相信月退也一樣。儘管那時還沒發生某些事情，不過，他們那時都如同生活在地獄裡。

「那你去挑一本書吧。」

最後他對他這麼說，形同答應了他的要求，月退便興致勃勃地挑書去了，因為以前看不見，書不是那爾西選就是他自己亂抓，現在好不容易可以按照自己的興趣挑本喜歡的，他就挑得格外認真。

因為身體說恢復，實際上也仍須多多休息，所以那爾西便坐在床上進行這件事情了。

在他唸出書上的文字時，月退安靜地坐在床邊聽，不像以前聽到有興趣的地方就會發問，他現在就只是聽著而已，於是時間久了，將注意力集中在書本上的他眼神就渙散了起來，放下書想拿水時，才發現月退已經趴在床邊睡著。

說想聽他唸書，卻又自己睡著，那爾西無奈地嘆氣後，伸手去推人。

「別睡在這裡，恩格萊爾……」

而他的聲音發到一半便被迫止住了，只因為發生了他從來沒想過的狀況。

應該正處在睡眠中的月退，忽然間以迅捷猛烈的動作壓倒了他，正面趴在他身側後，左手仍掐在他的脖子上。

自月退身上飄散出來的黑白之氣，扭曲了他的視覺，也使他感覺十分難受。他試圖喊醒他，化解他此刻的攻擊性，但他才一發出聲音，掐著他脖子的手便施力收緊，幾乎使他無法呼吸。

於是他領悟了一件事。

即便睡夢中的月退為心魔所困，也不是胡亂攻擊身邊的人，而是想攻擊「他」。

他在夢中想殺死他，用跟他殺害他時一樣的方式。

他其實沒有弄錯對象，他想殺的人就是他，所以，他連發出聲音都不能，只因他的聲音會激起月退的反應。

在他失明時聽得最熟悉的聲音。來自於他憎恨著、想報復的對象的聲音。

認清這點後，那爾西沒再做叫醒月退的嘗試，只盡量以輕柔的動作，扳開月退的手指，移出自己的身體後，隨即離開尚未醒來的月退，走出這個房間。

也許他在這個人身上造成的傷口，從來沒有淡去。

月退說想原諒他，無論花多久的時間，但他是不是到死也等不到這一天？

如果新生居民存在的依據是恨與執念，那麼如果月退真的原諒了他，會不會就此消失，不復存在？

活下來要面對的就是這樣的深淵，而他已經沒有選擇的權利。

為了等脖子上被掐的紅印子消退，那爾西裝病了一天。這一天中他睡睡醒醒的，想著他們無法修復的關係，始終難以好好地睡覺。

以後他會知道不要在月退睡著的時候靠近他，不是因為怕死，只是擔心月退若真的殺了他，醒來之後不曉得會有什麼感覺。

說起來還有一件事情也很奇怪。他跟范統不熟，向來也沒給過他好臉色，但只要聽說他生病，范統都會來探望，即使每次都被投以冷眼，下次依然會來，讓他完全理不清頭緒。

「噢，你看起來好像有什麼大礙，應該不是小病吧。」

范統這個人說話很刺耳，雖然久了就習慣了，不過以他的性格，仍會有種不悅的感覺。

之所以不悅，大概是他對他沒有好感的關係，然而為什麼會沒有好感，他也說不上來，只能說他要對人產生好感，一直以來都是很難的事情，所以這還在正常的範圍。

「……所以呢？謝謝你的關心，看見我沒大礙，你可以回去了吧？」

如果那爾西跟月退沒話題，那他跟范統幾乎就是無話可說了，但他下逐客令後，范統不曉得自己在內心掙扎些什麼，掙扎完也沒有立即告辭。

「咳，宮外陽氣很重，我覺得也許可以在你房裡招邪一下？貼個平安符鎮壓一下可能是比較差的選擇，你就拒絕吧。」

「……」

那爾西平常不太跟范統說話，所以對反話的反應沒那麼快，花了點時間腦內翻譯後，他皺起眉頭。

「我不需要。」

「拜託你拒絕好不好！你不拒絕，有個傢伙會一直煩我啊！」

「誰？恩格萊爾？」

會為了他的事情煩范統的，那爾西想來想去也只想得出月退一個，但范統卻懊惱地搖搖頭。

「才不是！如果是他還比較難辦一點，不，其實也沒有多難辦……可惡，又不讓我說！」

范統這種態度讓那爾西一頭霧水，幾經溝通，仍有種雞同鴨講的感覺，最後那爾西被煩得受不了，趕人又趕不走，只好退讓一步同意他的要求。

「你要驅邪就驅邪，做好快點離開，別再囉唆了！」

在過於煩躁的情況下，他連場面話都懶得講了，雖然他平時也沒怎麼在講。於是，范統在帶著一種不甘願的神情做完一些手續後，又把一張符咒壓在花瓶下，就火速告辭了。

如果不想做就不要做，到底是誰逼著你做？

那爾西心裡存著這樣的納悶，不過范統既然不說，他也拿他沒法子，這對他來說不是什麼重要的事情，他沒有興趣這樣沒頭沒腦地猜疑。

只是過了一陣子，范統又回來了。

「不好意思，那個……我好像把我家拖把掉在這裡了……」

那爾西默默看向范統剛剛坐的位置，的確有根拂塵掉在旁邊的地板上。

明明帶在身上，卻可以這樣掉了都不知道，還一無所覺地走掉，他對范統無話可說，但范統卻因為眼睛亂看所以注意到了某些不該注意的東西，還不太識相地發問。

「你脖子上的指印很令人不在意耶，該不會……月退拉著你一起起床吧？」

「……」

那爾西還在腦中翻譯反話，范統就自己接了下去。

「他睡著的時候很安全啊，雖然不關我的事，不過良心不建議，只要他在睡覺就別遠離他啦，他會胡亂攻擊別人，不管是不是敵人都一樣，真的遇到最好慢點把他叫醒，不然情況可能不太妙……」

「我都知道了，我會自己跟他溝通，不勞你費心。」

因為聽不下去的緣故，那爾西沒耐心地打斷了范統的話，心情也持續沉鬱。

對別人來說是胡亂攻擊，可是對他來說不是。

恩格萊爾其實沒有誤傷我，因為他想殺的就是我。這樣的話，他不可能對任何人說出口，甚至對月退本人也不敢說。

他不知道月退是怎麼想的，也不知道月退知道這件事後會怎麼想。想殺死他是他潛意識的反應，那像是刻劃在他靈魂上的恨所構成的本能，而他究竟是自己沒有那個意思，還是一直都有，只是一直壓抑……那爾西不清楚。

但這是他們之間的事情，不需要外人介入。

他說會跟月退溝通，不過事實上他根本沒打算跟他講。就算這樣，這依然與其他人無關。

如同一個深陷的死局一樣，他的雙腳踩踏於流沙上，就算什麼都不做，也會被吞噬。

即便他想做點什麼，四周彷彿也都空蕩蕩的一片，抓不到可以支撐救命的東西。

他覺得好疲憊，卻唯有怪罪自己。

什麼都不做只是說說而已——基本上，只要到月退那裡找人沒找著，看著桌上的公文，那爾西就會忍不住多管閒事坐下來幫他處理。反正他就算不這麼做，只要事情真的忙不過來，自然也會有人想起可以利用的人，然後用「別待在宮裡吃閒飯」之類的藉口要求他處理，總之，只是主動與被動的差別而已，那還不如早點動手，也省得通通擠在一起。

而等到月退回來時，雖然總想著要好好跟他說話，但見到對方沒心眼地跟他說出去玩的事情，他還是會忍不住想冷嘲熱諷。

「就這麼喜歡跟朋友出去玩？我真的不了解你的眼光，以前喜歡一個花痴，現在喜歡一個人妖，你到底哪裡有毛病？」

他幾乎是用吵架的口吻說出這段話，前面那個說的是璧柔，後面那個說的是硃砂。月退則在錯愕之後，急忙搖頭。

「沒有……就只是朋友啊，我哪有喜歡……而且，什麼以前喜歡花痴，那爾西，你是花痴？」

他的思考邏輯不知道是怎麼轉的，在他說出這句話後，錯愕的人變成那爾西，而不等他接著問下去，月退就隨便拋下一句話急急忙忙跑走了。

也不曉得到底是因為失言還是不敢面對。

所以其實是喜歡的嗎？那個時候。

就像他一樣，他們的生活幾乎只有彼此，那樣互相陪伴的歲月裡，留下來的不僅僅是無關緊要的懷念。

在經歷傷害之後，仍然想彌補所有的傷痕，用新的記憶覆蓋上去。

即便一時之間做不到，卻即使傷痕累累也想互相擁抱。

月退會在睡夢中想殺他，而他也時常在睡夢中驚醒，只因又作了親手殺害他的夢。

就算承擔起來這麼痛苦，仍想花上不知需要多久的時間不斷嘗試，將曾有的疙瘩磨至最小……

那爾西想著想著，不由得失神。

他不知道那張笑臉下隱藏著什麼，

但他知道，能夠像現在這樣看見他的笑顏，已經是十分可貴的事情。

The End

從此以後，他們過著幸福快樂的生活？

猶如無拘無束、自由的風，你永遠捉不到他的尾巴，也摸不透他的行蹤——在西方城，這算是用以形容男人漂泊不定的說法，或許還帶點詩意，有些人甚至會覺得這種感覺有點浪漫……

但當這些形容語句用在西方城少帝恩格萊爾身上時，基本上，大概就沒什麼人笑得出來了。

自從范統再度回到幻世，那爾西每天最大的煩惱，就是早上踏進書房沒看到那個應該在裡面的人。

「恩格萊爾……？」

人不在書房裡，桌上堆滿了等待處理的事務，這只是第一步。接下來他一定會看到桌前壓了一張紙條，每次紙條上寫的都是差不多的東西。

『那爾西：

我去東方城找范統玩了，幫我處理一下公文。』

雖然毛筆寫成的紙條沒署名，但根據經驗，那爾西可以直接判斷這是月退寫的。想當初一幫新上任的臣子看見月退拿毛筆寫字時，還呼天搶地震驚於國家的最高領導者居然使用東方城的書寫工具，認為茲事體大，為此上書勸諫了好一陣子，而現在……皇帝只要肯乖乖坐在皇宮裡就不錯了，根本沒有人還會想到毛筆不毛筆的問題。

而且，就算月退使用的不是毛筆，他破爛的西方城文字依然是個比毛筆還要嚴重的缺點。

「怎麼又去找范統啊！」

這種紙條不管看到多少次，那爾西都會憤怒，而且憤怒的情緒會隨著一整天累積下來的事件，以飛快的速度增加。

先前長老團干政嚴重，所有的長老都被他滅掉後，便出現了大量的政務官空缺，臨時選進來的良莠不齊，過一陣子又得換掉一半以上重來。這些事務幾乎都是他經手處理的，月退不了解前因後果的情況下，真要處理也很困難，最後就會演變成放著不管的狀況。

某方面來說，這可以算是那爾西自作自受。反正只要月退不在，接下來就是一整天考驗他修養與脾氣的開始。

政務體制還沒建立完全的情況下，遞上來的公文也常常亂七八糟，有的瑣碎小事根本不是該給皇帝過目的，光要挑出來就得花一段時間。

「連儀式參與人員的編組名單也拿來要皇帝想！下面的人都混什麼吃的！」

在暴怒的情況下，他寫字的力道幾乎快劃破紙張，不過，這還只是代為處理公文的第一重考驗。

他所在的書房並非不會有人打擾，辦公期間還是會有些熟面孔出沒，然後一看到他，就做出讓人很不愉快的反應。

「恩格萊爾，死老頭問你晚上要不要回家吃……嘖！為什麼又是你啊！」

伊耶每次來找人，看到他都一臉不爽的模樣，也不跟他打招呼就直接甩門離開。要是有機會申辯，那爾西也很想反駁一句「你以為我想坐在這裡嗎，恩格萊爾跑了，這裡的事情要是沒有人管怎麼辦」──但偏偏伊耶除了公務沒有多跟他說話的興趣，所以對方沒禮貌地離去，他也只能默默受氣。

「陛下，啊……」

雅梅碟進來時則是看到他就因喊錯對象而慌張跑走，這種態度也很讓人心煩。

「怎麼又是您了？」

奧吉薩來補送其他公文時，不會一看到他就跑掉，不過他以平淡的語氣面無表情說出的這句話，仍會讓那爾西有種被嘲諷的感覺。

這種情況大概在連續又收了幾次「我去找范統吃飯幫我出席儀式」、「我去范統那裡幫我跟大家說一下」之類的紙條後，又轉變成另一種模式。

「喂，等等，要去吃飯前先幫我看一下這個，不然就把章給我，我自己蓋。」

伊耶從以前充滿不耐的態度，變成會在他要去午休時抓住他不讓他走，笑臉迎人地要他在軍事相關預算上放水通過……因為知道伊耶的預算時常亂報，那爾西當然不可能把章交給他，於是常常在午休時間來打擾的伊耶就讓他的休息時間變得更少了，食慾也變差。

雅梅碟開始會送一些點心來慰勞，奧吉薩則是……會意味深長地跟他說，他看起來可以成為一個好皇帝。

然後那個總是跑去東方城的傢伙，他一個月見不到幾次。就算是在躲他，也太誇張了點，以致他某次終於剛好逮到月退留完字條，準備爬窗逃走時，頓時忍不住大喊出對方的名字。

「恩格萊爾！」

他的聲音顯然嚇到了月退，在人還沒逃走之前，那爾西便繼續問了下去。

「你又要去夜止了？又想偷偷跑掉？」

「呃，我……」

「你總是這樣自己從公務中逃跑！根本不想想大家如何看待這件事情！還有我的立場也……」

那爾西覺得作為替身處理這些事情的自己立場很尷尬，只是說到這裡，他卻忽然無法將抱怨坦率地說出口。

然後月退略帶畏縮地看了看他，遲疑地開了口。

「不然……你要不要跟我一起去？」

在他說出這句話時，那爾西覺得他根本沒抓到問題的重點，完全解讀錯了方向。

可是他卻因為月退難得有事情問他要不要一起，而呆呆地愣住了。

「那爾西——咦？奇怪，人呢？」

等到午休時間伊耶又來打擾時，空無一人的書房讓他一時之間有點困惑。

不過，他很快就在書桌前發現一張紙條。

『伊耶哥哥：

我跟那爾西去東方城找范統玩了，幫我應付一下其他人。尤其是那個麻煩的老賊。』

這張紙條讓他本來就不怎麼堅固的理智神經立即斷裂。

「搞什麼啊！以前那個假皇帝把人當白痴耍，結果換了一個還是把人當白痴耍嗎！」

考慮到伊耶的文字閱讀能力，這張紙條其實是月退請那爾西代寫的，理由是那爾西的西方城文字寫得比較流暢。至於那爾西寫下開頭那個稱呼時的糾結，讀紙條的伊耶根本不會曉得——雖然這也不是很重要的事。

鬼牌劍衛的怒吼顯然是傳不到東方城的，但東方城那邊的人，也跟他有差不多的感受。

「我帶那爾西一起來，臨時來不及通知你們……就一起吃飯聊天，可以嗎？」

看著尷尬介紹同行人的月退，與站在一旁悶不吭聲的那爾西，再看看瞪大了眼睛的珞侍，范統心中有種充滿不解的吶喊。

搞什麼啊——你把他帶來做什麼！熟人朋友的聚會突然多出一個冰塊氣氛多僵！更何況他

還是殺過珞侍的殺人兇手啊！月退，你以前瞎了就算了，不要連現在都當睜眼瞎子好嗎——

「那就一起吃飯吧。」

珞侍很快就輕描淡寫地做出了決定。

而這件事導致後來那爾西跟珞侍之間逐漸有了交情，大概也是他們最初無法預料的吧。

把權力交出去，讓替身塑造了無可置疑的權威，形同架空自己的月退，之後其實也得到了一點小小的報應。

「那爾西，那個……我們把西方城的學校打掉，年度預算撥一點重建一個新的好不好？」

對於這個莫名的提議，那爾西只皺眉看了他一眼。

「好好的打掉重建做什麼？沒這個錢，駁回。」

一邊是被臣子定位為「摸魚皇帝」的少帝，一邊是最近得到「只要看到那爾西殿下在書房裡批改公文的身姿就覺得西方城還有救」評價的替身政務官，這種情形下，月退重建別種顏色學校的夢，也只能放水流了。

The End

范統的事前記述

一個人的日子……其實也……還不錯啦——以上，大概是在我歷經「朋友拔河拔斷了得到半個范統也好、巷弄追殺原來武器也能對主人開火」的、各種疲憊不堪的事件，好不容易得以在東方城安定下來後，最直接的感想。月退、珞侍、阿噗，你們有必要這樣表示歡迎嗎？

再度回到幻世，有很多新消息得消化吸收，也有很多問題要處理，首先，其實我很訝異這裡才過了四個月，看來不只幻世跟我原本的世界時間流速不一樣，還時空不對等，直接錯置？

或者是那個送我回來的阿姨法力無邊，不但可以讓我靈魂直達幻世，還可以順便讓我穿越回比較早的時間點？

驚訝這種事情其實沒什麼意義啦，畢竟我也沒有辦法可以求證了，接下來要煩惱的應該是如何重新適應幻世的生活，像是沒有電腦、沒有電視，也沒有冷氣之類的……

坦白說，公家糧食真的很難吃。但我已經讓珞侍幫我找房子了，實在不好意思再請他支援我三餐伙食費，就算他現在是被尊稱為陛下的東方城國主也一樣，而且人總是吃人家給的，會越來越沒有志氣，我當然還是該想辦法自己賺錢，幸好目前來說，不算非常困難。

我也知道如果我去住西方城，一定可以每天吃好的用好的，但……我實在承受不了那種被人當米蟲看的眼光啊，東方城我住得比較習慣，跟我一起回到幻世的暉侍也沒有異議，事情自然就這麼定了。

說到米蟲，那個過去一直被我嫌惡，現在也依然沒好感的米重，倒是在我回來之後給了我不少幫助。例如哪裡可以接到特殊委託的單子，就是他介紹給我的，我也拿不少透露出去無傷大雅的情報跟他換了一些餐費，嗯——老實說，以我知道的內幕多寡來看，我靠賣消息就可以賺很多錢了，偏偏有些事情又不能輕易對外透露。

我只有稍微不小心被米重套了一點點話而已，反正王血注入儀式相關的事情，他早就依照當初官方公告的版本自己亂編去街頭賺說故事費啦，現在添加一點內容也只是讓人不曉得該相信哪個而已，又沒有任何一個人給我封口費，我一時失察被騙出一點點，應該……還在能被原諒的範圍吧？

有很多八卦賣出去可能會很值錢吧，米重現在也開始收集西方城的八卦了，像是那爾西跟月退一起睡會被掐脖子攻擊、音侍大人寧可跟璧柔分開也要跟綾侍大人在一起之類的事情啊——啊，不過前者說出去有點缺德，後者大概會讓米重爆發出綾侍大人後援會「拯救綾侍大人脫離音侍大人魔掌」的激憤熱血，讓人很想退避三舍，所以果然沒辦法說出去呢……

經過大略的了解後，我大概清楚了幾個認識的人現在的狀況。月退在西方城當幾乎不管事的皇帝，政務幾乎都是那爾西跟幾個魔法劍衛幫忙料理的，現在西方城仍在進行彌補官員空缺的事務，等到有餘力的時候差不多就會把璧柔換掉，同時選一下空缺了很久的梅花劍衛。

珞侍登基為王後，照理說就不能叫「侍」了，現在應該是單名「珞」的國主陛下才對，不過他說什麼要秉持著當侍時的心克勤克儉，從小到大都是侍，忽然換掉不習慣，所以就變成國主兼任侍，有點不倫不類的狀況。認識的人大多繼續喊他珞侍，我當然也繼續喊他珞侍，但正式場合可能還是要喊國主陛下吧，真是無可奈何啊。

倒是沒聽說東方城有要選新的侍，可能還在考慮吧，另外我還有點在意硃砂好像不見人影了，所以特地去問了問他的情況，結果得到了令人哭笑不得的答案。

聽說硃砂好像因為終於弄懂新生居民不能生育，沒必要進行追求繁衍之大業，再加上月退當皇帝的表現實在沒責任感到讓人失望的地步，他就大徹大悟離開城市外出歷練去了……

……月退，你那不負責任的表現，應該不是為了逃婚而裝出來的吧？如果是的話，那麼人都走了，你也該振作起來給大家看看了啊？我也對你很絕望，你知不知道？雖然我有試圖理解你的心情，但……還是很絕望啊！

其他人的近況，對我來說比較重要的也只有噗哈哈哈吧。

在我回來之前，他因為沒事可做，索性一直睡在沉月祭壇陪他老妹，現在我回來了，他就丟下他老妹不管……但這樣我恐怕會倒大楣。目前商議結果，他偶爾會回去沉月祭壇睡個幾天，當作給他老妹交代，就跟我偶爾會去西方城住幾天一樣……坦白說他不在的那幾天，我還真沒有安全感。大家如果想暗殺我，挑這幾天來大概很有機會得手吧？

另外就是，自從知道他本名叫普哈赫赫後，我實在不知道該不該修正對他的稱呼，但他自己好像不在意，只有我在意的樣子——總之，為了避免一直不斷喊出錯誤的名字，我想我直接叫他阿噗比較好，就當作是小名吧。

還有一件事我差點忘了，那就是依然應該非常重要的，我的終身大事。我的意思是，生活也安定下來了，現在我有房子有武器，這樣徵婚應該會比較容易了？

我覺得新生居民不能生小孩這件事根本不是重點，硃砂因為這樣就放棄求偶實在太目光淺短，人還是要有個伴侶才對，尤其是還要活這麼久的情況下。總是單身，不只寂寞還會有種精神枯竭空虛不滿足的感覺，這生活怎麼過啊。

但我雖然想徵婚，卻又想低調一點，請珞侍幫我張貼徵婚公告的話，也太囂張了，不只會出名，沒徵到還很丟臉，我到底該怎麼做才好？為什麼幻世都沒有正派經營的婚友社？如果有的話，就算跟月退借錢，我也會擠出會費來的！還沒想出辦法前，我仍然只能隨便徵徵，噢，我說隨便徵徵，但我還是很認真的，請相信我的誠意。

只是……或許也沒那麼急迫啦，現在連飯都有人可以幫我煮了，雖然是用我的身體，總之……徵得到女友很棒，徵不到也不急，我隨緣。

最後再提一件事。回到幻世後也好一陣子了，大家的人際關係都出現了一點變化，我本來也都旁觀而已啦，可是他們聯合在一起後……有些事情還挺令人驚恐的。

像今天，珞侍又要我到神王殿去了，說是大家在等我……該不會……又是，那個吧？

章之一　無處可逃時就在初次見面跟好久不見中選一個吧

『沒有「你什麼都沒看到」這個選項嗎？』——暉侍

『你的弟弟們站在你後面，他們現在很火。』——范統

一起床就收到珞侍委託人轉達的邀約，對范統而言是一件有點驚恐的事情。

基本上，如果沒什麼事情，珞侍不會邀他到神王殿去，朋友聚會通常會直接約在外面，范統想來想去也想不出最近會有什麼需要找他去神王殿的事，除了某個過一陣子就會來一次的活動。

「唔……如果是那件事的話，還真想去啊。」

我是說，還真不想去。唉，想也知道不會有成效的事情，都失敗那麼多次了，就別再整我了吧？

打從范統回到幻世，沒過多久，月退就主動成立了一個「解除詛咒研究會」，打算針對范統嘴巴高機率說出反話的詛咒做研究，最好能順利幫忙解除。

一開始月退的說法是，他認為詛咒的原理跟西方城的邪咒有點像，也許可以當作邪咒來處理，當然他也會廣為參考其他領域的破除邪咒辦法，看能不能融合發明出強力的淨化術。

也只有像他這種天才，才能產生這種異想天開的發明主意，他最先拉到的成員是珞侍，後來又陸續加入了其他有興趣或者半被迫著參加的人，研究會的規模便好像有模有樣了起來。對月退這番心意，原本范統也很感動，並對他們的研究成果抱持期待，畢竟，可以用正常的嘴巴生活，是他夢寐以求的事，然而……當一次一次的成果發表都慘烈收場後，他原本被點燃的希望差不多也要滅光了。

儘管實驗這種東西就是得反覆進行，失敗後研究原因再進行矯正，但作為唯一可供實驗的白老鼠，范統會想逃也是正常的。

過去幾次他們把淨化術用在他身上的時候，出現的反應包含了各種身體不適的症狀，甚至還有在身上留下奇怪的圖案、長出奇怪的東西之類的狀況，這比邪咒還像邪咒的淨化術讓他完全無法理解是怎麼回事，又礙於朋友一片心意，難以面露難色地推辭，以致現在只要猜測成果發表要到了，他就會開始胃痛。

『范統，今天有什麼事嗎？沒有的話，身體借我用嘛，好久沒出來活動了。』

偏偏這種心煩的時刻，暉侍還不知情地來糾纏他借身體，頓時讓他心情更複雜了。

「不借！你借了身體就到處跟人亂說正常話假裝不是我，這樣我很困擾！」

『噢，別說得我好像單純玩得很開心一樣，我又不能讓人家知道飯桶裡面現在裝的不是飯，即使借你的身體，我還是得裝成你，那麼講反話就是不得不做的事啦。』

不管范統指責暉侍什麼事情，他都有辦法找到理由來為自己開脫，范統一陣氣悶地同時，索性賭氣了起來。

「那就借你啊！我現在要去聖西羅宮，多半是他們那個施放詛咒研究會又有舊成果了，這次不曉得會多可怕，你就代替我發賞去吧！」

范統打著暉侍要借身體就得幫他受罪的如意算盤，沒想到暉侍卻一口拒絕。

『神王殿喔，那不行。解除詛咒研究會的成果發表，肯定聚集了很多認識你的人，你知道模仿你的氣質很難嗎？再怎麼樣小地方還是會有破綻，你還是自己去吧。』

「什麼？你居然會放棄不能借用身體的機會？」

這不可能啊！這不是暉侍！天要下紅雨了嗎！

『要跟我認識的人說話，對我來說也有點尷尬，我也是會困擾的，范統。』

「這是難得可以跟你妹妹說話的劣機耶！」

『我只要看得到他們就好，並沒有特別想跟他們說話。此外，既然是要解除你的詛咒，那自然是作用在你的靈魂上才有用吧？你還是乖乖自己承受，失敗了又出現不舒服症狀的話，再找我替你頂一下沒關係，但必須等到離開他們以後。』

……你到底多不想跟他們接觸啊，暉侍？

范統對他澈底無話可說，這時連理當一直在睡覺的噗哈哈都進來插嘴。

『范統，你們在討論什麼東西？先警告你，如果你又要把身體給那個假黑毛用，叫他不准碰本拂塵。』

基本上，暉侍跟范統的心靈交談與噗哈哈跟范統的心靈交談是兩條平行線，暉侍說什麼，噗哈哈是聽不到的，但范統回答的時候直接用嘴巴講，所以噗哈哈才會察覺好像又有什麼討厭的事情要發生而開口。

「啊？就算身體借他，那也還是我的腿啊，你為什麼要這麼大方，都不能碰你的話，萬一掉在天上不就連撿都不能撿？」

『本拂塵寧可自己變成人回家也不要給他亂摸，被冒充主人的傢伙碰，感覺超討厭的。』

而他們兩個跟范統做的精神溝通，雖然彼此聽不見，但會感應到雜訊干擾，所以，即使范統用講的回應，他們仍可以分辨出現在是在回應自己、回應另一個人，還是自言自語。

『范統，你在跟噗哈哈講話啊？總之我先沉進去休息了，有事情再喊我。』

喂！只要要面對親人就逃得比什麼都快嗎！

『反正本拂塵已經說得清清楚楚，范統你到底聽明白了沒有？』

一個跑了又換一個糾纏，我的人生到底……真是……噢。

既然暉侍跟噗哈哈都不再打擾他了，那麼他必須做的事情，就是早點到神王殿去。

說是到神王殿，不過具體來講，范統要去的地方是珞侍閣。珞侍登基為王後，由於沒有新選侍入殿，原本的珞侍閣就空了下來，大家聚會時還挺好用的。

還沒進入聚會的外廳時，范統就已經聽見了交談的聲音。等他拉開門進去，第一個發現他、跟他打招呼的就是月退。

「范統！快過來吧，經過上次的失敗，結合大家的意見，又有新型態的淨化符咒了，我們來實驗看看。」

證實心中猜測無誤後，范統實在笑不出來。

果然又是這折騰人的活兒嗎？所以，一直沒成功就會一直繼續下去囉？你們什麼時候才要放棄？

「我們這次有找人實驗過，證明應該是有效的，你不要還沒嘗試就一副覺得會失敗的模樣啦，范統。」

那位阿姨都可以直接用能力讓我穿越了，仔細想想根本是深不可測的強者，你們就算湊在一起，要解掉這個詛咒也是不太可能的啦……等等，珞侍，你說什麼？找人實驗過？你們找人實驗過？找誰啊！怎麼實驗的啊！

「你們找狗實驗？」

范統在說出這句反話的時候，珞侍頓了頓，一旁的那爾西肩膀抖動了一下，像是差一點不小心做出失態的反應，已經聽過類似反話的月退則和伊耶有志一同地睜大眼睛，然後，音侍開朗地做出糾正。

「啊，不是狗，是九百萬啦。」

拜託，當然不是狗，那只是人的反話而已，有的時候會說成鬼，有的時候會說成神，然後有的時候是狗啊——那個，九百萬是？我記得您都叫住手先生八百萬，典故好像是他看到您都一臉您欠了他八百萬的樣子，現在說九百萬是他臉色越來越臭了嗎？不，我是不是該先質疑另一件事，你們……你們還真的做活人實驗？而且從身邊的人下手？

「不要那種嚇壞的臉色，我們有徵求他的同意。」

珞侍，別再說破我心事都寫在臉上了啦。

「他為什麼會拒絕？」

「你是說他為什麼會同意嗎？嗯……可以為皇帝而死的紅心劍衛總要有派上用場的時候，況且又不會死。」

月退你不要一面低頭一面說出這麼恐怖的話啊！他可是原生居民耶！

「呃……范統，你不要誤會，是那爾西隨口提到要是有人可以配合做實驗會比較方便，雅梅碟才自告奮勇說他願意的，我可沒有直接要求他接受。要不是真的有需要，我才不想拿他做實驗呢。」

大概是看范統的臉色不佳，月退立即出言解釋，但他這種說成「沒事我根本不想見到雅梅碟」的說法，還是令人心情複雜。

「但你們要怎麼實驗？祝福他之後再幫他解掉？如果解不掉呢？」

「我們用在他身上的邪咒，都有相應的解咒方法，但我們的實驗是拿研發出來的淨化術解掉各種不同類型的邪咒，經過實驗，都成功了，所以這次要解掉你身上的詛咒，成功機率應該不低。」

聽完珞侍的解說，范統看看自己的兩個朋友，看看感覺很狀況外的音侍，再看看從他進來開始，就別開臉不想跟他說話的伊耶跟那爾西。

……說得好像很厲害的樣子，可是你們這個解除詛咒研究會的成員，有半數以上都讓人很不安啊啊啊！

當初要找人合作研究的時候，月退第一個想到的就是珞侍，畢竟符咒中可能也有能解除邪咒的法門，多研究總是好的。接著，總愛湊熱鬧的音侍加入了，在不期盼他會有什麼貢獻的情況下，月退又去拉了不太可能拒絕自己的那爾西和禁不起糾纏的伊耶入會，目前為止，成員大概就是這些人，未來會不會增加，還是個未知數。

綾侍聽說是以公務忙碌為由拒絕了，事實上如果要提公務，那爾西絕對比他還忙，欠月退一條命只好什麼都答應的情況讓范統有點同情他，但，也只是有點而已。

我實在很懷疑不要先生跟那爾西會為了幫忙解除我的詛咒而認真努力。以他們對我的嫌棄程度，你們兩個真的確定他們不會在淨化術中加上可能導致失敗的因子嗎？我覺得他們光表情就寫著「我到底為什麼非得來這裡做這種事」了，至於音侍大人，我聽說他每次用邪咒都會發生不好的事情，簡單來說邪咒只要跟他扯上關係就會不妙對吧！你們怎麼能放心跟這樣的同伴一起研究！是朋友就認清誰討厭我啊！

「我們已經準備好了，隨時都可以進行，為了不要浪費時間，你就快點過來吧……不要退後！給我過來！」

……珞侍，不錯啊，你自從登基後越來越有威嚴了，命令句用得真好呢……

研判伸頭一刀，縮頭一刀，退無可退之後，范統只能乖乖走到珞侍面前，略帶不安地發問。

「所以……這次不是你負責施？」

每次研究出新的淨化術後，因為不見得是同個領域的東西，所以負責對他使用的也不見得是同一個人。

剛才好像聽月退說這次是淨化符咒，那麼應該是珞侍負責的對吧？

過去的實驗，原本輪到邪咒跟魔法時也會有伊耶或那爾西來進行施咒的狀況，但邪咒那一次范統痛到在地上打滾，魔法那一次則是不明原因淚流不止了一小時，後來這兩個跟他不熟的人就以「又沒什麼深仇大恨，這樣好像在虐待他一樣」之類的理由推掉了這個任務。反正不管是邪咒還是魔法，都可以算是月退擅長的領域，倒也不會很困擾。

當然，無論如何不能讓音侍來使用，這是大家都有的共識。

「當然是我，符咒都已經準備好了，難不成你想自己來？」

珞侍說著，就將他手上那張暈散著藍光，感覺很厲害的符咒亮到范統面前，一副「你想自己動手也可以」的態度。

嗚喔！這不是張單純的符咒對吧？裡面搞不好還融合了其他很多東西，對吧？讓我這個不明白原理的人隨便用會不會爆炸啊？

「對了，你的武器有很好的增幅效果，這麼說來，讓你使用的話，淨化的威力應該會上升很多倍，這或許是個不錯的主意？」

因為珞侍忽然注意到范統腰間的噗哈哈哈，便靈光一閃有了這樣的點子，范統頓時也不知道該拒絕還是接受，因為聽起來好像有幾分道理。

「問題是，這是你們研發出來的南北，我很清楚該怎麼使用，搞不好會發揮得出效果啊！」

「不然，你把你的拂塵借我用一下好了，聽說握住就有用？」

對於珞侍的提議，范統心中很掙扎，出借噗哈哈哈這種事情，噗哈哈哈本身似乎不太可能同意。

只是握一下的話，他在睡覺也不會發現吧……？

抱持著這種僥倖的心理，范統默默地交出噗哈哈哈，珞侍快速接過後，像是不想再浪費時間一樣，立即揚起符咒。

「范統，準備好了？準備好我就開始了。」

「還沒。」

「這到底是好了還是沒好……」

「還沒啊。」

「算了，我就直接當你好了——來吧！」

也許是這個符咒有其特殊性，需要唸出名稱才能施用，珞侍在以一貫俐落的動作擲出符咒時，范統聽見了他唸咒的聲音。

然後襲上五感的，是視野的一片閃白與身上無預警的劇痛——

「范統！」

這是月退的驚呼聲。

「奇怪，怎麼會這樣？」

珞侍吃驚的聲音，顯示他難以接受自己出手就會一而再再而三殺死范統的事實。

「啊，被小珞侍殺掉了耶。」

音侍忠實地陳述了結果。

「直接死了可以少掉折磨，說不定也比較乾脆。」

那爾西在說這句話的時候不知道有沒有代入他殺了某人時的心情。

「要打撈你們自己去，我不奉陪。」

伊耶對湊熱鬧擠上船之類的事情一點興趣也沒有。

「那我們快點去打撈范統吧！」

「重生也需要一段時間，冷靜一點，恩格萊爾。」

「差不多也到用餐時間了，我們用過餐再一起去吧。」

「啊，我又不吃，那我要去哪裡？話說回來，直接死掉是整個人都淨化掉了嗎？他到底是怎麼回事啊？」

「是啊，到底是怎麼回事呢……」

水池重生需要多久的時間，大家都很清楚，只要抓差不多的時間去划船接人就是了，那之前，一切一點都不急。

伊耶拒絕陪同，音侍又被綾侍抓去收另一個他搞出來的爛攤子，一起來到水池划船的便只剩下月退、珞侍、那爾西跟不太高興的噗哈哈哈。

「你們這些壞金毛實在是太過分了，范統不只在本拂塵沒注意的情況下死掉，凶手還借用本拂塵當幫凶。金毛都是這樣做事的嗎？范統都交壞朋友。」

儘管出發點是好意，但范統死了是不爭的事實，面對他武器的指責，月退無話可說，那爾西嘴裡唸了一句「又不是我殺的」，不屬於金毛組的珞侍則不曉得該如何回應，因為這話好像沒罵到他，然而那張符咒是他扔的。

「而且這船也太寒酸了吧，難道就沒有好一點的船嗎？本拂塵不喜歡跟你們坐得這麼擠。」

即使坐在這船上的三個人有兩個是范統的朋友，噗哈哈哈依舊不假辭色，完全表現出他不喜歡跟外人親近的個性。

對於這個抗議，珞侍公事公辦地回答「東方城水池配備的船裡這已經算大的了」，月退四處張望搜索范統可能出現的水痕，那爾西則再度碎碎念了一句「到底為什麼我也要來……」。

「現在找范統比較要緊吧，你們也幫忙看看？」

月退一心擔憂著范統的泳技，深怕沒注意到、距離太遠，范統就溺死了。聽了這話，珞侍開始觀察水池的狀況，那爾西也勉為其難幫忙看看，然後一眼就發現某處水底下有動靜。

「那邊是不是怪怪的？要划過去嗎？」

「真的呢，我們趕快划過去。」

月退說著就自己抓起槳來努力划動了，因為只有他一個人在划的關係，船前進的速度實在不怎麼理想。

「珞侍、那爾西，你們也幫忙划吧？」

噗哈哈哈一看就知道是不會出手幫划的，所以月退只喊了這兩個人。

「我到底還要划船接范統幾次……」

珞侍無奈地拿起槳開始幫忙，那爾西卻沒做出一樣的動作。

「我不會。」

如果伊耶有跟來，大概會譏諷一句「這是什麼嬌生慣養的回答」。事實上，划船的經驗雖然不是每個人都有的，有心還是可以動手學習——那爾西顯然就是沒這個心。

「那你來做什麼啊？」

同樣是不划船的人，噗哈哈哈卻十分理直氣壯地挑剔那爾西。

「……我也不想來啊。」

那爾西的視線飄往月退，再飄向水面，直到珞侍開口說跟著划不會太難，他才勉強開始動手。

「可是那邊感覺不太對……」

噗哈哈哈皺著眉頭，雖然覺得怪怪的，但也沒反對船往水痕的方向前進。

五感恢復時，包圍身體的水讓他感覺冰涼而刺痛。他不知道那刺痛的感覺是從何而來的，彷彿要磨蝕進靈魂深處一樣，讓他在掙扎中差點吐出體內僅存的空氣，然後才想到該讓身體上浮，挽救一下自己。

『范統？』

他搞不清楚現在為什麼會是自己掌控身體，試圖用心靈呼喚的方式跟范統取得聯繫，體內卻毫無反應。

怎麼回事，難道痛到忍不下去所以縮進深處躲起來了嗎——第一時間，他只能這樣猜測，畢竟現在從內部蔓延出來、擴散往四肢的劇痛，連他都覺得有點無法忍受。

重生出了什麼問題？現在到底是什麼狀況？

他很擔心目前身體的異常，只能先擺動手腳，先往上透氣再說。

有的時候他也很佩服自己，在痛覺如此強烈的情況下，還能驅使身體活動。唯一值得慶幸的是，這個位置沒有距離水面很遠，上面還有個船影，應該可以求救一下。

在他將手探出水面抓住船邊時，其實已經快因疼痛而脫力了，好不容易將臉撐出水面呼吸，就撞見了幾張熟悉的臉孔，那幾張臉上跟他有同樣的疑惑跟震驚。

「咦？」

月退的第一反應，是轉頭看那爾西，確定他人在這裡，珞侍跟那爾西則當場呆住。

在他還在思考是不是該講反話的時候，從珞侍口中吐出的那個名字讓他終於驚覺事情不太對勁。

「暉侍？」

珞侍不該對著他喊出這個名字。

他明明沒有身體，寄居在范統體內。

明明是……

「啊哈、啊哈哈哈，可能是搞錯了什麼地方，我還是再沉下去看看會不會變回來好了……」

在一片錯亂跟痛覺襲擊的情況下，暉侍鬆開手打算沉回去溺死逃避，但他手還沒抽回來，就被那爾西抓住了。

這種時候面對那爾西也不是，甩開也不是，他僵硬之後覺得連頭都開始疼痛了。

「啊！那邊有水花，范統應該在那裡！」

月退在發現接到的這個不是范統後，顯然就完全不關心他了。

水花的位置看起來有點遠，現在船上又有兩個人處於魂不守舍的狀態，還有一個在水裡沒上來，月退正著急，忽然噗哈哈哈輕飄飄地跳了出去，就這麼在水面輕鬆地走了起來，直到走到范統的位置，沒好氣地要他抓住自己的腳撐一下為止。

「在水池還可以用術法……沉月的哥哥果然作弊啊。」

喃喃地感嘆完後，月退這才為了恢復船的正常划動效率，轉頭看向身邊兩個同伴。

「不推下去的話就拉上來，叫他一起划船，我們快點去接范統。」

這兩個同伴現在到底是什麼心情，早就知道暉侍在范統體內的月退無暇顧及——回去再解決就好的事，當然比不上救范統重要。

范統的事後補述

人如果不幸，就要去改運，如果不能改運，那就要認命。

唉，解除詛咒什麼的，是不是根本就不該有所期待啊？月退他們這個解除詛咒研究會搞出來的成品，已經從整人變成奪命了啊！

光線閃出來的那一瞬間，我根本來不及做出任何反應就被秒殺了，到底是那張符咒出了什麼問題，還是噗哈哈哈太威？不，就算阿噗他太威，也該是符咒本身就有問題，才有將問題加倍發揮的效果吧？

這種死得不明不白的感覺實在是太感傷了，珞侍，你說吧，連未遂也算進去的話，你到底殺過我幾次？月退也有過差點殺掉我的紀錄，我到底都交了些什麼樣的朋友？殺了人以後到水池來接我就沒事了嗎？王法何在——

算了，因為死太快，基本上沒什麼痛感，再加上過去的負債已經抵銷，重生時也不會痛，我還是可以勉為其難不跟你們計較的，誰叫我這種個性……

大概是太久沒游泳的關係，一下子置身冰冷的水中，我的腳抽筋了，浮上水面時已經喝了不少水，處於沒什麼能耐自救的狀態，我甚至無法捕捉到船在哪個方向，即使我知道他們應該不至於沒良心到不來接我……所以，阿噗凌空出現在上方，要我抓他的腳時，我居然沒第一時間質疑他開了什麼外掛才能在這裡使用術法。

說起來，武器護甲變身成人的原理到底是……？不屬於術法符咒魔法邪咒嗎？不然照理說，音侍大人跟綾侍大人會無法踏進水池，因為會變回原形啊？

就當作這只是修成人形後的普通轉換過程好了，總之，掛在阿噗腳上像浮屍般讓他拖著往船漂移的我，上了船以後才發現多了一個人。

一個我很熟悉，卻不曉得他為什麼會在這裡的人。

——暉侍，你為什麼會……？你不是應該在我的身體裡嗎？怎麼跑出來的？難道是剛剛的淨化咒？你、你是被驅逐出體的嗎？所以你果然是惡靈？

事到如今糾結你是不是惡靈已經沒什麼意義了，我記得你好像是用邪咒把自己靈魂打散烙到我身上的嘛，所以那個淨化咒還真的強到把這種以生命跟靈魂為代價的邪咒給驅散了？然後你跌出來剛好在水池就得到了身體？這、這樣的發展，我到底該怎麼面對？

而且我一上船就覺得氣氛很微妙。

月退完全不跟你說話，我能理解啦，反正你們不熟，他只顧著問我有沒有怎樣也是正常的。

那爾西不跟你說話，我也……還算可以理解啦。畢竟你們那麼多年沒見面了，也不曉得你是不是真貨，尷尬一下算是正常。

珞侍不跟你說話……嗯……勉強可以理解吧，關於你是西方城間諜的事情，他搞不好心中也產生過一些疙瘩？而且沒有人曉得你為什麼會出現在這裡，一時之間不曉得該跟你說什麼，這，正常嘛……

但是你為什麼也不主動跟他們說話，反而一看到我就像鬆了一口氣找到救星一樣，親熱地坐過來噓寒問暖呢？

到底是誰一直唸見不到弟弟很寂寞的？

到底是誰成天炫耀兩個弟弟都很可愛，為他們而死完全沒有問題的？

怎麼為他們而死沒問題，跟他們相處就有問題了啊！別跟月退一樣好不好，不要逃避了，快點面對！你這樣連我都看不下去啊！

不過先不管這些，有一件事情我很介意。

暉侍，從水池出來的你……頭髮為什麼是黑色？

章之二　限時的奇蹟

『為什麼落月的傢伙都要在我們東方城的水池重生？』——綾侍

『啊，暉侍這樣都可以回來，那……櫻可不可以呢？真的不可能嗎……』——音侍

說好去接范統，回來時卻多了一個人——這事情實在讓人不知該從何說起，自然也是先瞞著眾人將暉侍一起帶回去的，只是他們在神王殿門口就撞見了違侍，這種運氣下，就算想瞞也瞞不下去。

「……」

違侍看見他們一夥人時，先是停格，然後將視線定在暉侍身上，便陷入了石化般的沉默，可能是處於不太確定自己看到了誰、眼鏡是否出了問題、是不是那爾西還有其他兄弟、到底該不該貿然開口的疑惑中，在沒有人向他解釋的情況下，暉侍索性笑著跟他打了招呼。

「嗨，好久不見啊，違侍。」

一旁看著的范統無話可說。

我說暉侍啊，你這樣笑著打招呼是自暴自棄了嗎？還有，不要說 Hi 好嗎？那不是這個世界的語言啊！不要因為跟我回去學了一堆亂七八糟的東西就拿來幻世用，我聽了覺得很違和！

「……暉侍不是原生居民嗎……」

違侍如同不能接受現實一般，喃喃唸出這樣的話語。這感覺是從「暉侍不是死了嗎」、「新生居民才有可能重生」這樣推論下來產生的疑惑，畢竟原生居民轉為新生居民，史上只有兩個例子而已，何況暉侍都已經死那麼久了。

「我當然是原生居民啊，不過我還不知道現在的我是什麼就對了，哈哈哈。」

暉侍故作爽朗的回答，讓范統更加覺得他是在自暴自棄。

「到底……」

現在的你是什麼，不就是新生居民嗎？不然還能有什麼啊？

「違侍，我們會安排好這件事情，你先去做你的事吧。」

珞侍果斷地截斷違侍的話語後，以不容反駁的語氣下達了指示。

現在東方城的王是珞侍，對於他的命令，違侍無法有任何異議，當即臉色難看地遵照命令離開。

既然違侍都已經知道了，那麼通知一下綾侍跟音侍也是應該的。在暉侍困擾地表示想回暉侍閣換個衣服整理心情後，就變成大家待在暉侍閣等他的狀態。

「這到底是怎麼回事？」

暉侍出來之前，珞侍神情著急地抓著范統詢問。范統有暉侍記憶的事情，知道的人只有少數幾個，珞侍跟那爾西都不包含在內，而暉侍留給范統的不只是記憶，還有靈魂，這件事就更少人曉得了，幾乎只有月退跟噗哈哈知情而已。

「這萬言難盡，說來話短啊……」

我是說一言難盡，說來話長。要我用這張嘴解釋，你也太為難我了吧，好歹拿個紙筆來好嗎？

「那個假黑毛死前碰到范統，就把自己的記憶連同打散的靈魂烙到范統身上，現在被你們的淨化咒給分離出來了。」

噗哈哈看這種狀況，乾脆以不耐煩的語氣幫忙做了說明。

噢，阿噗，你真是善解人意！三言兩語就道盡了一切啊！

「從范統的身上分離出來的……」

那爾西你那大受打擊的神情是什麼意思？等一下你哥出來，你要是用這種看到糟糕東西的表情看他，他鐵定會很傷心。

「為什麼之前都不告訴我？」

這個問題你自己去問他好嗎？珞侍。唉，不過看你這麼急，我還是回答一下好了。

「我也很願意啊，是暉侍要我可以告訴你們的。」

我是說，要不是暉侍要我不能說，我早就說啦！每次要我去跟那爾西道歉，又不能說明真正原因，意義到底在哪裡，真不知道他在龜毛些什麼！

「分離了也不錯嘛，雖然會說反話的詛咒還是沒解除，但至少淨化咒有發揮出預期以外的效果，我們的研究還是有用的。」

月退你的笑容真是真心啊……但是，你高興的應該不是暉侍復活了，而是從我身上驅趕走一個壞東西吧？你就是這樣想的吧？

「那個淨化的效果……」

此時，噗哈哈似乎想說些什麼，但是被粗魯的開門聲打斷了。

「暉侍！聽說暉侍回來了，是真的嗎？他在哪裡？」

聽聞消息就飛快趕過來的音侍，看起來十分激動的樣子，剛好換完衣服的暉侍也從裡面走了出來，捕捉到人影的那個瞬間，他立即以想要撲抱過去的姿態朝暉侍衝過去。

「暉侍——」

「啊，音侍——」

暉侍看見音侍的時候，也露出了開心的笑容，像想回應他、和他來一個熱情的擁抱——但卻在抱到的前一刻身子扭轉閃開了。

沒抱到人的音侍先是錯愕，接著便以受傷的神情看向暉侍。

「暉侍，為什麼不跟我擁抱，你果然因為那件事情討厭我了嗎？」

「不，我怎麼可能會討厭你呢？只是我現在身上有點痛，你那身盔甲這樣抱上來，我應該會死吧，真是不好意思。」

暉侍的微笑充滿了歉意，至於他說的身上有點痛，沒人曉得是怎麼回事，音侍也澈底地忽略了這句話。

「就算我聽櫻的命令殺了你，你還是願意當我的小花貓嗎？」

音侍用一副可憐兮兮的態度，說出了非常奇妙的話語。

「那是當然的啊，只要你不嫌棄，我就算死了也一樣是你的小花貓啦。」

儘管是如此不明的話語，暉侍依然回應得十分順暢，好像這只是日常對話一樣。

「噢，暉侍──！我好想你──」

「我也好想你啊，音侍──」

因為這次是近距離的擁抱，沒有加速度衝撞，暉侍就沒再閃開了。

室內大部分的人看著這一幕，完全無話可說，范統也覺得臉上有點抽動的感覺。

喂喂，暉侍，你的兩個弟弟──都在這裡唷？你該不會忘了吧？你就算要逃避他們，也不是把他們當隱形人啊！將你有病的那一面呈現出來給他們知道真的是可以的嗎？尤其是在你一直苦心維持好哥哥形象的珞侍面前啊！

「暉侍，自從你不在以後，神王殿變得好冷清，你為什麼要死？」

哇！音侍大人！您不要白目到這種地步啊！先不提對一個看起來目前活著的傢伙問這種問題很奇怪，他為什麼會死，不就是您殺的嗎！

「因為在這個年紀死去的話，就可以青春永駐容貌維持，生是美青年死也是美青年……不對啊，音侍，你真的是要問這個問題嗎？這問題聽起來很微妙呢……」

你的回答才微妙！你的回答才微妙啊！你是認真的嗎？不是吧？

「啊？什麼聽起來很微妙，我是問你為什麼要欺騙櫻的感情還替西方城做事啊，明知道一被發現就會死，你為什麼還要自己找死？那時候你說的什麼沒有選擇，也太籠統啦，我聽不懂啊，如果喜歡我們為什麼要這麼做，快說清楚講明白嘛。」

您剛才問的問題也省略太多內容了吧，音侍大人。還有，您在這幾個關係人面前問出這麼尖銳的問題，我覺得暉侍背上好像插滿了箭呢……

「呃呵呵，人都死了，就別再跟你的小花貓追究那麼多了吧……」

又人又貓的你很矛盾啊，暉侍。還有，你要這樣繼續跟音侍大人對話下去嗎？你就只想跟他說話嗎？我覺得珞侍跟那爾西的臉色都有點難看耶。

「啊啊，暉侍，既然你回來了，那我們懷念的遊戲是不是也可以繼續——」

不！不要玩那個！您是說暉侍記憶裡的那個對吧？拜託你們不要玩！還有，他叫您不要追究，您就真的不追究了啊？也太好說話啦！

「那個當然沒問題啊，只要你有空，我隨時都可以。」

隨時？你是說現在也可以？

「既然如此那我們到音侍閣去吧，走吧走吧——」

您還真的要立刻把他拉走！您懂不懂得看人臉色！

「音侍。」

如果音侍過於自我中心的言行需要有個人來潑他冷水，那麼現場擔下這個任務的，就是以略帶不悅的聲音開口的珞侍了。

「你如果沒什麼重要的事就自己先回去，不然我叫綾侍來抓你。」

他講完這句話後，現場一片安靜。

我覺得一股寒風吹過。真不錯，越來越有王的氣勢不是說假的，珞侍，如果管得住音侍大人，你就成功了啊！

「咦──小珞侍，我不能把暉侍帶走嗎？」

音侍似乎沒有違侍那麼好搞定，即使珞侍已經表露出不悅，他還是沒立即聽話。

「你不能。」

珞侍的回答也很乾脆，於是招來了音侍的委屈的話語。

「啊，可是──暉侍看起來比較想跟我走的樣子啊，他看起來不想待在這裡。」

嗚喔！就算您看穿了他的心思，也別捅出來嘛！您這話一說，現場多尷尬？這種時候該緩頰一下還是落井下石？

「暉侍！」

基於話題發展下去可能不太妙的心理，范統出聲喊了他，成功吸引了暉侍的注意力。

而既然喊了，總該說點什麼，在實在沒什麼好主意的情況下，范統索性隨便問了一個問題。

「我忽然想知道一件事，珞侍跟那爾西，小時候哪一個長得比較不可愛？」

他此話一出，原本一臉陰鬱正在恍神的那爾西與正跟音侍對話的珞侍，全都以十分介意的眼神瞧向暉侍。

啊，糟糕，結果這其實是落井下石，逼入死地嗎？

「……范統！我突然想到有些事情必須跟你溝通一下！不好意思，我們到旁邊去談，你們別在意、別在意——」

暉侍在那兩道目光的逼視下，整個如坐針氈，當下立即過來手臂一勾圈住范統的頸子，就一副感情好的姿態將范統強拉走了。

「暉侍，夠近了吧，到這裡他們應該聽得到了啦……」

你快冷靜下來恢復平常的你啊，我承認剛剛那個問題有點失誤，雖然難得有這種機會可以讓你失去鎮定也挺有成就感的，但我——我真的不是想幸災樂禍啦……話說回來，這一切對你來說是個災禍嗎？

在范統說完這句話後，暉侍總算停下了他急促的腳步，然後面向牆壁，整個人扶牆垂首蹲了下來，如同已經被剛剛弟弟們的視線表情精神攻擊得潰不成軍了般，完全失去了先前勉力維持的輕鬆假象。

喂……？你不是有事要跟我溝通一下嗎？怎麼也不質問我為什麼問那種問題挑撥離間？

「你怎麼啦？你還壞嗎？」

「沒什麼……大概是身體不適加上精神不濟吧，你就別理我了。」

暉侍一點也沒有想振作起來的樣子，周身籠罩著片片烏雲。

「你說這什麼話啊！只不過是跟以前不認識的鬼見面，有到這種世界毀滅都無所謂的地步嗎？」

「范統，你不懂，不是世界毀滅都無所謂，是世界已經毀滅了。」

世界已經毀滅了？你的世界到底易碎到什麼程度啊？

「到底為什麼毀滅了，你可不可以簡單說給我聽？」

「我只要繼續當個死人，他們也只需要繼續把我當死人就好，為什麼要碰面，為什麼要打破現狀，我的人生難道還能更糟下去嗎……」

「我的確是很懂啊，你不就是離開了嗎？那就好好跟他們一起過下去啊，這不是你未來的希望嗎？」

「你好無情啊，范統。我們不是說好要一起過下去嗎？只不過是分離出來而已，轉眼間你就叫我去跟他們一起過……」

什麼跟什麼啦！誰跟你說好了！說得好像跟他們一起過等於叫你去死一樣，難道你的情感以及過去和樂融融的記憶都是假象嗎！

「那可是你特地留遺言要我疏遠的兩個人耶！打從在船下你就很正常，你為什麼都不跟他們說話？」

「人要衣裝，佛要金裝，他們有穿，我沒穿，會自卑無法直視也是自然的。」

我問的問題跟你的回答根本對不上吧！你以為這樣就可以打混過去？你以前分明是個會對著鏡子自戀自己身體的傢伙吧，有穿沒穿明明不是你會在意的地方！

「所以呢？你真的打算跟他們講話嗎？」

「我的一切都是由謊言與詐欺堆疊出來的，如今很多事情都已經東窗事發，還要我一次面對複數的苦主，這實在是太過殘酷了。」

「所以你是以死了就可以逃避一切的前提來進行你的人生的嗎！你一直以來都是因為反正死了就什麼都不必交代、死了所有的問題你都不必負責，才這麼隨心所欲地過日子嗎！」

「我當然從一開始就知道我會不得善終，但其實我也沒過得很隨心所欲。噢，范統，你的身體是我的避風港，我已經不能沒有你溫柔的包容，我多麼想回到你的身體裡就這麼當作什麼都沒發生過，你是我的救贖與依靠啊——」

不要因為連想死的心都有了就胡亂說一堆莫名噁爛的話！可以把話說得這麼可怕的人也只有你了吧！那麼就用這樣的口才去對你的兩個弟弟天花亂墜一下啊，你以前都可以在珞侍面前扮演好哥哥了，現在為什麼不行！

范統不曉得該說什麼來讓暉侍擺脫自暴自棄的狀態，而在他想到話之前，噗哈哈哈突然不知從哪冒了出來，而且——居然是來找暉侍的。

「喂，假黑毛，這個給你。」

噗哈哈拿出一張寫了字的紙遞給暉侍，在暉侍疑惑地接過紙張後，噗哈哈才面向范統，用他慣例的偉大語氣說話。

「本拂塵要去沉月祭壇住個幾天。記得事情辦完要來接我。」

啊？這種宛如感情失和要回娘家的台詞是？

「要是不來你就死定了！」

然後還要人去接、講講好話才肯跟我回家？怎麼越想越像了……等等，你剛剛說事情辦完？辦什麼啊？

可惜，噗哈哈沒有耐心等范統問出問題，就直接使用術法消失了，這也讓范統不由得埋怨他為何要跑那麼快。

住個幾天有沒有確切一點的數字啊！事情辦完，到底是哪件事情！難道你是要我把暉侍安定好再去找你嗎？但我覺得我什麼都不用做，也會有一堆人搶著收留他吧？而且阿噗你什麼時候對暉侍這麼友善了，我都不知道啊！

想抱怨的對象不在眼前時，自己在心裡糾結只是傷身而已，范統只好將注意力轉回暉侍身上。

「他給你寫了什麼啊？你聽完了？」

暉侍在收起紙張後，臉上的神態跟剛剛已經完全不一樣了，范統訝異於這樣的變化，而暉侍的手也拍上了他的肩。

「范統，你說得沒錯，我不應該逃避，我現在覺得我可以回去面對他們了。」

啊？你說啥？你的心境轉折是如何發展成面對的，給個懶人包好嗎？

「我不得不說這種忽然想開的感覺真是豁然開朗。世界上哪有這麼多需要心煩的事情呢，反正撐過去就解決了，我一定沒問題的。」

「很難過你的人生觀忽然變得這麼悲觀，總之……你可不可以解釋一下？我不懂你啊。」

「不懂也沒關係，走，我們回去吧，哈哈哈哈哈。」

這……到底是恢復正常了還是壞掉了？阿噗，你究竟對他做了什麼？為什麼你寫了張紙給他就可以讓他變成這樣？

由於暉侍已經自己踏著輕盈的步伐沿著原路回去，范統也只能跟在後面行動。回到眾人聚集的廳房時，他發現伊耶出現了，大概是收到大家都在這裡的通知後前來會合，現在月退正在跟他講解事情經過的樣子。

暉侍一出現，便成為眾人的目光焦點，剛才被留下的音侍還沒回去，一看到他就哀怨地發話。

「啊，暉侍，你怎麼一下子就跑掉了啦。所以之後你要回來神王殿嗎？東方城五侍一直缺一個，就變成四侍，很難唸的……」

「不好意思，音侍，因為大概再過個五、六天我就會消失了，所以我可能沒有辦法回來當侍呢，不要太想我。」

「咦？」

所有人聽到這個消息，都相當吃驚。

「范統他家拂塵跟我說明了一下現在的狀況，總而言之……我只是因為淨化咒而分裂出來、暉侍記憶的碎片，並不是完整的靈魂，也無法長久維持目前的形體。他說依照推算，我大概過五天到六天就會自然消散了，所以……你們不必太在意我，希望這幾天大家可以相處愉快。」

如果大家剛剛的吃驚程度是八十分，那麼，等他說完這段話，恐怕就變成一百分了。

儘管暉侍說話的態度比剛才坦然了許多，但他說出來的內容以及依舊下意識迴避那爾西視線的狀況，仍使范統忍不住想在心裡唸他。

你面對的覺悟根本還沒建立好吧！而且你忽然想開的原因，是因為你發現五天就可以解脫，只要熬過這五天就可以像之前那樣裝死了是嗎？我到底該怎麼說你啊！

「記憶……碎片？」

珞侍還在消化這個詞的意思，這時暉侍總算直接對他開口了。

「是的，記憶碎片，一個暫時存在這裡的幻象。不過因為看起來就像是『暉侍』，你們也可以把我當成暉侍，反正記憶是一樣的。」

這樣的說明似乎有點抽象難懂，珞侍則緊接著問了另外一個問題。

「暉侍，你跟范統共存的事情，為什麼不讓他告訴我們？」

「我沒有跟范統共存，我只給了他我的記憶。」

「可是，他說是你的靈魂阻止他說的……」

「我的靈魂？那是他的錯覺。應該是我記憶裡的潛意識阻止他的吧，暉侍的靈魂早就散掉不存在了。」

暉侍這一連串的話語使得范統有點反應不過來，而珞侍顯然不打算停止追問。

「你的記憶為什麼要阻止他告訴我們這件事情？」

「因為，這只是徒增困擾而已。」

暉侍略做停頓後，接著說了下去。

「已經死掉、不能給任何人希望的記憶存在另一個人身上……不只困擾活著的你們，也會給范統添麻煩。無端讓范統多了一個人的記憶已經很對不起他了，無論如何，他還是應該就只是他自己才對。」

他說到這裡，那爾西忽然站了起來。

「我要回去了。」

對他忽然的發言，第一個產生反應的人是伊耶。

「你要回去？公文有這麼趕嗎？」

「留在這裡沒有任何意義，你們不走也沒關係，我要回去了。」

「為什麼沒有意義？那傢伙不是你哥嗎？」

伊耶問完這個問題後，那爾西看了暉侍一眼，回應得相當冷淡。

「我不知道。」

「……那爾西！」

眼見他說完話隨即打算走出廳房，暉侍終於著急地叫住了他。在這聲呼喚下，那爾西停下腳步，等待他說話的神情依舊木然。

「我會去找你的，等東方城的事情處理完，我一定會去找你的，等我幾天好嗎？」

「我等了你十一年，不差這幾天，反正每個人總是要我等他，無所謂。」

那爾西只回了他這麼一句，就自行往外離去。

「范統，他到底是真的無所謂還是其實很在意？」

人一離開，暉侍立即緊張地回頭這樣問范統，頗有病急亂投醫的感覺。

「那是你妹，你都不知道，問我有什麼用啊！我跟他很熟啦！」

要問也問月退吧！你要搞清楚跟那爾西相處最久的人是誰才對呀！怎麼印象中我以前也被月退這樣為難過？

「伊耶哥哥，我們趕快去追那爾西吧，他看起來心情很差。」

范統還沒來得及指點暉侍去問月退，月退就跟著起身，看來也要走了。

「收回你那個稱呼！他有心情很差？他不是平常就這樣嗎？」

要伊耶在那麼多熟人與陌生人面前默認月退那個稱呼，是絕無可能的事，但這件事目前不是重點，所以他只簡單斥罵一句便帶過。

「嗯……我覺得他動手殺我之前那一兩天好像就是這種情緒，反正淨化咒又要重新研究了，這邊看起來也很忙碌，我們就先回去吧。范統，你要不要跟我回聖西羅宮休息幾天？」

「好，我待在這裡不好，你自己留下吧，保重。」

那個，我是說你自己回去吧。拋下這邊焦頭爛額的狀況離開，我晚上會睡不好的，而且先不說我不喜歡聖西羅宮，矮子根本就一點也不歡迎我同行好嗎……

「真的不跟我去嗎？你每次都拒絕……」

雖然范統那段反話說得顛三倒四，很難判讀出原句，但月退還是從他揮手再見的動作了解了他真正的意思，因而有點失望。

不就跟你說我不受歡迎而且我無法丟下暉侍過去——啊，對喔，我根本沒說出口，我只有在心裡想而已……真糟糕，習慣用想的就可以讓阿噗跟暉侍知道以後，有時都會忘記要開口說話。

「我可以不管暉侍就這樣跟你走啦，你快點回去好好當你的女王，別整天想著工作。」

我認真覺得，反話有助於訓練我的臉皮。原先講出一堆糟糕反話的時候，我都會恨不得拔掉自己的舌頭，現在反話講多了，那種羞恥與尷尬的感覺也淡化到幾乎消失的程度，哼哼，如今的我根本不會因為區區幾句糟糕反話而大驚小怪、驚慌失措，我進步神速啊。

「好吧，我回去會繼續研究解除詛咒的方法，范統，不要灰心，一定有辦法的。」

嗯？不……我叫你回去做正事，不是繼續不務正業啊！矮子要對我釋放殺氣了！你到底要讓你身邊的人多討厭我才甘心！不要一直沒意識到這一點啦！只要你一直把我放在心上，一直因為我而不乖乖做你的皇帝，他們視我如眼中釘的情況就不會改變吧？

由於伊耶就在旁邊，范統不可能直接將這些話告訴月退——事實上，就算這裡只有他們兩個人，他還是不會將這些話說出口的。畢竟對他來說，月退為了他好的一番心意，他很難潑他冷水，也就是這種性格才使他無從拒絕一堆亂七八糟的事情，他自己也很頭痛。

西方城的人都離開後，暉侍閣裡就剩下暉侍、范統、珞侍跟音侍，珞侍的臉色仍然不太好看，音侍則一副搞不清楚狀況的樣子，這時候，暉侍總算從那爾西離開的失神中清醒過來，沒頭沒腦地說出一句奇怪的話。

「好了，我們來約時間吧。」

「約時間？」

「是啊，既然我只有五天可以處理後事，總是得平均分配一下的。這樣看來應該每個人可以分到一天的時間，音侍你明天好嗎？珞侍後天？你們覺得如何？」

你這話為什麼那麼像是腳踏多條船約會滿檔的人說出來的啊？有人在知道自己的時間只剩下五天的情況下還能這麼冷靜的嗎？

而且五天後……你到底會怎樣？什麼叫自然消散？阿噗叫我事情辦完再去接他，該不會是叫我幫你送終完再去的意思吧！

「咦，暉侍，今天不行嗎？為什麼還要等到明天？」

音侍似乎十分迫不及待，很積極地想在今天就把約會的額度用掉。

「哈哈，今天都已經下午了，選今天的話你不就只剩下半天了，這樣不是很吃虧嗎？」

「啊，對喔！好吧，明天就明天，我會一大早就來叫你起床的！然後我們可以去老頭那裡玩，一定要一整天都過得充充實實才行！」

暉侍這個說法，音侍很快就接受並且歡天喜地離開了，但珞侍沒有這麼好騙。

「為什麼不能今天？」

他顯然是不接受剛剛那個給音侍的說法，才會問出相同的問題。

唉，暉侍，你的小珞侍長大了不好騙了。我個人認為你是想爭取一天的時間好編織你要給他們的謊言……咳。

「抱歉，珞侍，一切發生得太突然，我想我還是需要一點時間整理一下心情，順便翻一下我的遺物——嗯，我留下來的東西。今天剩下來的時間，就讓我一個人度過吧，好嗎？」

我總覺得你在跟珞侍說話的時候有特地將聲音放柔。果然好哥哥的習慣改不掉嘛。應該說，我現在已經搞不清楚哪一面才是你本性所呈現出來真正的你了，你也太多面了吧？好吧，也許是我的問題，畢竟只有我看過你這些不同的面貌，得到你的記憶真是一種罪過。

「……嗯。」

珞侍這段時間培養出來的氣勢，這一瞬間，好像又在暉侍面前收得乾乾淨淨了。

「既然如此，范統，我們走吧。」

欸？等等，他只是叫你走，沒叫你清場啊！我還有事情要問他，你別拉著我一起走啦！

「暉侍！我不能離開嗎？」

在被珞侍拉著一起出去之前，范統喊了暉侍一聲，急切地問出這句話。

「噢——范統你也想約嗎？那第五天的後半段給你好了。」

看暉侍輕描淡寫地帶過，還把他排進那個令人無言的約會表中，范統不由得皺眉。

「為什麼不是第五天的前半段啊？除了珞侍跟音侍大人，你不就只剩下那爾西要排了嗎？難道他一個人就佔據了兩天？」

「你想多了，我想他根本不會給我一天，所以第五天的後半段可以排你。」

「那你的第四天哪去了啊！」

「剛約完兩天總要休息一下，第五天再去面對他。反正四這個數字也不太吉利，就順便避開吧。」

你是月退嗎——！都一樣把那爾西排在最後一天！都一樣見面的時間能拖就拖毫無誠意！那爾西是會吃人還是咬人？雖然我跟他不熟，我還是覺得很過分啊！

「我一定要等到第五天才能跟你溝通？現在就真的不行嗎？」

以我們過去的相熟度，我一點也不明白為什麼現在不能跟你交談、問我想問的問題啊！你躲的不是他們嗎？我不該包含在內吧？

「我說過，今天剩下來的時間，就讓我一個人度過吧，拜託了。」

當暉侍看向他，以難得帶點憂傷的疲憊神態這麼對他說的時候，范統愣住了。

在繼續要求下去，彷彿是強人所難一般，這種情況下，他只能接受跟著珞侍離開這件事，就這樣讓暉侍閣的門扉阻絕了他所熟悉的那個身影。

范統的事後補述

我有種一頭霧水、腦袋快要爆炸的感覺。

我到底可不可以現在就衝去沉月祭壇，問問阿噗這究竟是怎麼回事？那張紙上寫了什麼我好在意！真的好在意！總不會是阿噗威脅暉侍不振作起來就讓他老妹做掉他吧？畢竟沉月統管新生居民，這個威脅可能挺有用的？

可是我覺得，阿噗不是會管這種事的人，就算暉侍想逃避現實不振作，這也不關他的事吧……反正，為什麼有事情不告訴我呢！我就是那種會想很多、想太多的人啊！

珞侍拉我出去後，就說有事要辦，讓我自己回去。於是我頓時就成了一個閒人，阿噗跑了，暉侍分離出來了，我一下子連個說話的對象都沒有，離開家跟回家的反差也太大，我簡直不能適應啊。

無論怎麼想，我還是覺得這一切很詭異，特別是那個記憶碎片的說法。

所以我真的要等到第五天嗎？而且還是第五天的後半段？

今晚先設法入睡，然後明天再來想想好了……

章之三　就算沒有我，你看起來也過得很好的樣子嘛

『這句話好像在哪裡聽過耶。』——壁柔

『一定是我對妳說過吧，原來妳這麼快就忘了啊……』——月退

打從搬出三人宿舍一人獨居後一向睡得很好的范統，這天晚上難得失眠了。

照理說這應該是相隔許久後，他終於恢復安寧的第一個夜晚——沒有誰的話語會在腦中響起，睡著後也不會被暉侍入侵、夢中閒話家常胡亂糾纏——如此清靜的環境，明明會很好睡才對，他卻翻來覆去直到天亮。

當公雞叫聲混雜在清脆的鳥鳴中響起時，范統睜著帶有血絲的眼睛，深深覺得這是個必須好好處理的狀況。

我以為幻世只有陸雞，沒想到居然還有一般的公雞，是新養的嗎？在我家附近的話，豈不是每天大清早都會被公雞吵醒？我是不是該投訴一下鄰居養寵物妨礙我的居家生活？事關我之後早上睡覺的品質，我……不對啦！重點根本不是公雞吧！重點是暉侍啦！重點應該是那個不在這裡的暉侍才對！

范統懊惱地起身後，胡亂撥了撥自己的頭髮，然後發現自己尚未補充食物的腦袋不太肯運

轉，肚子也咕嚕嚕叫了起來。

……唉，回到幻世後一堆事情忙碌，又嫌提升流蘇的正規途徑麻煩，所以一直沒處理，到現在還是拿草綠色流蘇……我必須找個時間好好正視一下這個問題！我的實力明明可以拿比較高級的流蘇，靠著阿噗作弊的話還可以有黑色流蘇的水準吧！總是領這麼少的月俸，沒接委託就沒錢吃飯，只能吃公家糧食……這不是跟以前一樣嗎！

珞侍登基後為什麼要把提升流蘇的規矩改掉大半啊——要改也等我提升完再改嘛！雖然他改的時候也不曉得我還會回到幻世，但——

在心裡抱怨完後，范統決定先去領包公家糧食來救急，讓腦袋經過食物補充後活絡一點，再來好好思考暉侍的事情。

因為一切實在是太奇怪了，當面問他搞不好又被他花言巧語閃躲過去，我覺得我得想一個更好的方法。

以范統的思考，一時之間要想出一個好方法實在有點困難。他一面面無表情地啃著難吃的公家糧食，一面試圖從自己過去的人生經驗中尋找靈感，然後得到一個絕望的結論。

我發現我想了解什麼在意的事情時，做過最有效的行動好像是隱身偷偷觀察耶……只有這麼不光明正大的方法嗎？所以，我應該偷偷去跟蹤暉侍這幾天的約會，看看他有沒有什麼可疑的行動，然後從他的言行舉止中找出不對勁的地方？

這麼麻煩做什麼啊——！

才剛想出一個方法，范統就忍不住想否決掉了。

先不提麻煩的問題，暉侍他這兩天都在神王殿吧？休息的那天應該也是，然後下一天就跑去聖西羅宮了，要偷偷潛入這些地方跟蹤觀察，沒有阿噗在，我自己怎麼可能辦得到！

……等一下，真的辦不到嗎？突然好想實驗看看……？手上沒有阿噗的我，到底能做到什麼地步呢？可是，我就為了實驗這種事情，決定潛入神王殿跟蹤暉侍嗎？萬一辦不到，被抓到，豈不是很丟臉？

處於有點想做又糾結於許多問題的情況下時，有些人會因而懶惰，澈底打消念頭，有些人則會越想越不甘心，試圖尋求一個突破口。

范統在很多時候都屬於前一種人，但今天的他不知為何就是不想這麼算了，想著想著，他忽然靈光一閃。

啊，對了，上次那張符……

想起之前發生的某件事情後，范統連忙翻箱倒櫃地找起一張符咒。

因為噗哈哈那裡似乎保存了很多失傳的奇怪符咒，只要有機會，范統就會跟他討。如果是短時間內可以學會書寫的，就連寫法一起學下來，而很難學會的，就直接討張範本，有時間再慢慢練。

現在他在找的就是打算「有時間再慢慢練」的出竅符。那時候噗哈哈告訴他，這張符可以讓人精神離體到處亂跑，速度比身體移動快得多，因為離體狀況下沒人看得見，也無法跟人接觸交談，實用性不高，後來就漸漸失傳了……

喔喔！找到啦！仔細想想，這根本是竊聽跟偷窺的利器吧？古代人都這麼善良，不會想到這種用途嗎？只是，沒實驗過也不曉得能不能這樣用，只有一張而已，用掉就得再跟阿噗討了，也不見得討得到呢……

盯著手上的符咒，范統考慮了三分鐘。最後他研判該用的時候就是該用，為了還沒學會怎麼寫這種理由而放棄行動的話，怎麼想都很蠢。

唉，早知道就先挑這張臨摹筆畫了，這種失傳符咒不只是因為那時候的人發明之後找不到適當的用途，也是因為筆畫太繁複，要記下來寫出有效符咒的機率太低的關係吧？

在心中做出這樣的感嘆後，范統隨即注入融合法力的符力，對著自己啟動了這張符咒。

現在融合兩種力量的手續他已經做得很熟練了，只要不使用嘴巴念咒，使符咒正確發揮效力，對他來說是輕而易舉的事。

第一次使用這失傳的出竅符，范統的感覺雖然稱不上糟糕，但也好不到哪裡去。

所謂使用精神來移動，就是以思考移動的意思，因為專注無雜念地想著自己要移動往什麼地方才能準確進行移動，范統大概花了半個小時的時間，才勉強掌握要訣。

他看不到自己的軀體，因為移動的是他的精神意志，他的軀體仍留在他的屋子裡，不會跟著跑出來。

唔，看來使用這個符咒時，身體沒有防備，會有點危險呢。以後真的學會的時候，要用也得找個安全的地方……我家目前應該還算安全吧？反正我不是那種沒事會有人上門尋仇的人，家裡也不至於忽然發生火災或者什麼的，我就這樣去神王殿好了，不曉得暉侍在哪一殿呢？

在他的精神快速移動的情況下，他很快就抵達了目的地。這種浮在半空中，可以感應到四周景物聲音的感覺，讓他覺得十分新鮮，但要是可以，他還是比較想用自己的身體正常地感覺這些東西，至少不會才跑一下就暈暈的有點疲憊。

說起來我最好不要讓人知道有這種符咒，不然稍微有腦袋的人都會開始想到不良用途上吧，嗯，奇怪，音侍閣沒有，難道人還在暉侍閣嗎？

范統一面想著，一面在神王殿內進行搜索。找過音侍閣後，他又去了暉侍閣，但一樣找不到人。

可惡，精神狀態下無法使用符咒啊，不只身邊沒有符咒，就算有我也沒手可拿！這下子我到底該去哪找暉侍？反正移動速度很快，乾脆整個神王殿都跑一跑算了？

做出這樣的決定後，他也很快就付諸實行，搜了一圈倒是真的有收穫，確實找到了人，而且居然是在綾侍閣。

暉侍跟音侍的一日約會，地點居然選在綾侍閣，如此造成別人困擾的行為也只有他們兩個做得出來，范統本來還在感嘆，即使是綾侍閣，也沒有針對已經失傳的符咒做出防備措施，但他一進去，立即就因為令人胃痛的畫面而將這個感嘆澈底忽略。

「海帶啊海帶。」

「海帶啊海帶——」

嚴格來說，范統還沒進去，就已經先因為裡面傳出來的聲音而無言，進去確認畫面與他想像的完全符合後，他頓時有種自己不該來的感覺。

海帶個鬼啊暉侍！你為什麼要教音侍大人這麼讓人崩潰的東西，還讓他跟你一起玩？別把你在我那個世界亂學的東西隨便帶到幻世來啊！就別說你連殭屍拳也教了！

所謂的海帶拳，是一種邊喊著「海帶啊海帶」邊將雙手呈波浪狀擺動來進行的猜拳遊戲，手可以選擇擺動的方向有兩側、前方跟上方，輪流進行中假如跟主攻的那方選擇了一樣的擺動方向就輸了。范統不太喜歡這個遊戲的原因是雙手一面擺動一面喊台詞的畫面太蠢，但身在綾侍閣的這兩個傢伙顯然不這麼認為，還十分樂在其中。

你們那是什麼變種海帶拳？為什麼越猜越快了？你們完全是以黑色流蘇的實力來較量眼力跟動作快速了嗎？「海帶啊海帶」明明就是用點韻律感慢慢唸才有趣的台詞，你們唸得跟機關槍發射一樣，到底把海帶拳當成什麼啦？這是三十二倍速的海帶拳嗎？

相較於扭動得快速又開心的音侍與暉侍，坐在書桌前默默閱覽公文的綾侍，忍耐度似乎已經快到極限了。

「海帶啊海帶。」

「你們快點分出勝負好嗎？」

「海帶啊海——啊！」

在綾侍不悅地插話後，音侍一個不小心就失手了，獲得勝利的暉侍立即洋洋得意地發表了他的獲勝感言。

「贏啦贏啦，感謝綾侍幫忙讓音侍分心啊，不然還真不曉得要猜多久，猜拳可是個不輕鬆的體力活呢，如果猜到幾百局才分出勝負，搞不好猜完我們就會同時喘氣倒在地上了。」

那是什麼愚蠢的畫面！你為什麼要讓你自己陷入那種境地！端端正正地做個正經人不好嗎，都幾歲了還這麼幼稚，行動前都不先考慮後果的啊！

「啊，不要啊，那我就不能演皇上只能演寵妃了……」

音侍臉上呈現出一片愁雲慘霧，看似十分不喜歡這個結果。

皇上跟寵妃……這個關鍵字，果然是你們以前愛玩的糟糕角色扮演嗎？所以……你們用海帶拳來決定誰當皇上？你們——你們可以再更糟糕一點沒關係，我心如死灰。

關於暉侍跟音侍愛玩的角色扮演，范統曾經在翻暉侍記憶的時候看過音侍當皇帝的情況下是什麼情景。

「把小花貓的事情給朕說清楚！」「賤妾惶恐！您指的是什麼？」「你們要玩就滾去自己的房間玩！」……這還真是似曾相識呢，回想起來，根本以前也常常跑到綾侍大人的房間來干擾人家嘛，到底為什麼可以這麼厚臉皮不知羞恥啊，暉侍？你到底要把你在我心中的形象扭曲多少次才夠？

「來吧，愛妃，我們可以開始了，朕現在真是心情愉悅，哈哈哈哈——」

你們是把綾侍大人當成布景了嗎？

「等等啦！我們——我們先來猜那個吧？決定完那個再說吧？」

音侍比了一個不明的手勢，於是暉侍也跟著心領神會地比出相同動作。

「哦，你是說那個啊？好啊，那就來猜吧。」

哪個啦！不要故意在第三者面前打出彼此之間才知道的暗號好不好！你們究竟想失禮到什麼地步？

「海帶——啊海帶。」

「海帶啊海帶——」

不——！立刻又玩起海帶拳來了！我何必特地跑到這裡來承受這種精神攻擊啊？我是不是該走了？什麼端倪都看不出來呀，暉侍他看起來就是一副很愉快無陰影的樣子，他根本過得很爽！我沒事擔心他做什麼，我有病！

「海帶啊海帶——」

「不是都猜完了嗎？你們還猜什麼啊？」

「海帶啊海帶！喔喔！」

「啊！又輸了啦！」

這次大概是因為綾侍冷言插嘴插得太快，他們還沒進行幾局就分出了勝負，一樣是不由自主會注意綾侍的音侍落敗。

「來綾侍閣猜拳還有一個好處，那就是獲勝率會提升呢。」

連勝兩場的暉侍笑得相當燦爛，音侍則持續他的愁眉苦臉。

「可惡，死老頭你不要在旁邊害我分心了啦！」

「不要逼我罵髒話。是誰跑到別人房間來玩海帶的？」

您就這樣簡稱海帶了啊？綾侍大人。也是啦，疲勞轟炸一陣子過後，腦袋裡的關鍵字就會只剩下海帶了吧？

「我們總要挑一個珞侍比較不會去的地方進行嘛……」

暉侍以一臉困擾的神情說出這樣的話，音侍也點頭附和。

「就是啊，給小珞侍看到可怎麼辦呢。」

「這不構成你們這樣干擾別人工作的正當理由吧！而且你什麼時候會顧慮哪件事情發生的話怎麼辦了？你這大白痴！」

綾侍美麗的臉孔幾乎要因為這兩個沒良心的傢伙而扭曲了，但他們依然沒有絲毫反省。

「啊，討厭，為什麼是我輸啊，我不要……」

「願賭服輸啊，愛妃。」

瞧音侍那副悽慘的樣子，綾侍不由得開口詢問了一句。

「你們剛剛猜拳到底賭了什麼？」

我也很想知道。是人都會有好奇心，綾侍大人雖然不是人而是護甲，一樣有好奇心嘛。

「輸的人要偷你的衣服拿去拍賣。」

「不要把別人玩進去！你們現在給我滾！」

啊啊，終於玩笑開得太過分要被轟出去了嗎？事實上我在聽到一臉悲痛的音侍大人說出那個答案時，確實有點後悔自己為什麼要好奇，反正暉侍常常讓我有這種感覺，也不是第一次了，我……唉。

「老頭，你不要這麼絕情嘛！暉侍他只能待五天耶！只有五天耶！而且跟我約的時間只有一天而已！人都死了，你為什麼就不能對他好一點嘛！」

對於綾侍要把他們趕出去的話語，音侍聽了立刻就抗議起來，只是，不管他的聲音如何悲憤，綾侍還是不為所動。

「哼，說得好，人都死了，我為什麼要對他好一點？他過五天就會消失，我現在對他好也收不到任何回饋，所以快點滾出去，聽清楚沒有？」

噢，綾侍大人，您這是真心話還是……？您只是單純想反駁音侍大人的論調嗎？

「綾侍果然討厭我啊，不然，音侍你帶我去看看櫻——女王陛下的陵墓好嗎？」

暉侍你轉得好硬！你轉得好硬啊！你剛剛是想直呼已逝女王的名字嗎！你想做出這麼失禮

的事情？等等，一直以來你都是怎麼稱呼女王的？那不是你義母嗎？

「好啊好啊，那我們就……」

「不准去。」

音侍才剛答應，綾侍就黑著臉阻止了他們。

「啊，為什麼不能去！難道我們要去看櫻，還要經過你的批准嗎！」

「你們去那裡想做什麼？不要去祠堂那裡做一堆對櫻無禮的事，我光用想的就覺得不能接受了。因為我現在沒空跟過去監視，所以，你們不准去。」

將手壓在桌上的繡帕上頭，綾侍的神情和語氣依舊嚴厲。

「我們哪會做什麼啊？老頭你這是偏見！偏見！」

「你們就是會做什麼！你們兩個只要在一起就沒有好事！」

「好吧，如果是組合的問題，那明天我再找珞侍一起去就是了……」

「哼，那麼沒事了，你們滾吧。」

「啊！老頭你怎麼這樣！又不讓我們去，又不讓我們留下來！那我們到底要去哪裡呀？」

這是你們的問題啊，為什麼說得好像人家把你們趕盡殺絕一樣？想約會，不會去虛空一區找小花貓泡茶？

「你們要去哪裡我管不著，反正不要去祠堂，也不要留在這裡！高興的話，你們要去聖西羅宮玩也沒關係，快點從我面前消失！」

「好主意，暉侍，那我們就去聖西羅宮玩吧！」

哪是這樣的啊！音侍大人！

「不，我覺得這不是個好主意，聖西羅宮我打算大後天再去的，我們不能這樣提早進行這個行程，而且萬一被那爾西看到了，我的立場可能會更加艱難……」

暉侍你終於有這種面有難色的時候啦？你也知道不能讓弟弟發現自己如此糟糕嗎？

「不只珞侍不清楚，你的親生弟弟也不曉得你糟糕的真面目嗎？」

綾侍挑了挑眉，對暉侍的發言做出質疑，暉侍則皮笑肉不笑地否認。

「倒也不是這樣，他或許知道一小部分吧，但認知哥哥有點糟糕跟認知哥哥很糟糕是完全不一樣的事情，我並沒有打算跟他分享我糟糕的一切，至少——在過五天就會消失的情況下沒這個打算。」

你那糟到深處無怨尤的一切，拜託還是別跟任何人分享吧，受害者有我一個就夠了，除非你這麼喜歡讓人幻滅。

「不去聖西羅宮就不去吧，走就走！老頭你這現實的傢伙，要是暉侍過了五天沒消失，你就要後悔沒對他好一點了！」

彷彿要走之前不丟句狠話就會顯得氣勢不夠一般，音侍以一副不甘心的神態對綾侍這麼說，但這話一樣沒有收到他想要的效果。

「要是過了五天沒消失，我就該思考如何讓他消失了。要走就快走，到底要我趕幾次？」

哇，綾侍大人，您這宣言還真凶狠，比音侍大人的還狠辣啊！別隨便做出這種犯罪宣言，我都為暉侍捏一把冷汗了……

「暉侍，我們走！」

「所以，音侍，你決定好要去哪了嗎？」

「我們可以去街上拋媚眼給女孩子、去廣場隨便找人決鬥，反正就是不要待在這裡受氣！」

「不，這些事情我們恐怕還是不能做啊，你也曉得，我過五天就會消失了，讓東方城的大家看到『暉侍』，真的好嗎……」

所以，你只能私底下跟過去的熟人約會，關在神王殿或者聖西羅宮裡囉？沒想到你還會顧慮被一般大眾看見之後產生的麻煩啊，我以為你會因為時間不多就率性妄為呢？

「不是五天，是四天，有一天已經過去了。」

綾侍非常冷淡地點醒了暉侍計算天數上的問題。

居然還特地糾正這一點，綾侍大人您到底多迫不及待他消失啊？

「啊，暉侍，反正只有這幾天而已，你就別拘束了，想做什麼就隨心所欲地做啊？」

喔喔喔音侍大人！您不要這樣鼓吹他啦！您要是把他那細到不可思議的克制神經吹斷，他就無法無天了！求求您讓他小小的良心繼續掛在那裡吧，求求您！

「但是我覺得如果我真的這麼做，就算四天後我消失了，綾侍也會繼續詛咒我靈魂不得安寧耶。」

你真的有顧慮過這種事？那你以前跟音侍大人拿侍符玉珮玩得不亦樂乎時，怎麼就沒想過有朝一日死了會有很多人咒你投胎不順？你們這對豬朋狗友到底有沒有真心反省過給人造成了多少麻煩啊——

「真遺憾我是千幻華，不是抓得到靈魂的沉月，否則要治你就方便多了。」

若說以前綾侍還會看在同事關係上維持對暉侍的禮貌距離，那麼，在矽櫻下令格殺暉侍後，他對暉侍的態度就可說是完全不做任何包裝，直接呈現出滿滿的刺了。

「啊——算了啦，暉侍，不然我們回音侍閣去，頂多我多封幾層限制，讓小珞侍無法隨便走進去，這樣就沒問題了吧。」

回音侍閣聽起來還算是個可行的意見，暉侍這次沒有反對，就老實地跟著音侍離開了綾侍閣。

然後，綾侍忽然朝旁邊看了一眼。

「還不走嗎？人都走了還留在這裡做什麼？」

咦？

發現綾侍盯的是自己精神所在的位置後，范統確實嚇了一跳。

「聽見了就快點離開，不要留在這裡打擾我。」

噢……雖然綾侍大人的居處沒有防範出竅符，卻還是感應得到啊？是千幻華天生對符咒敏感還是綾侍大人符咒修得比音侍大人專精呢？暉侍的話，我記得是個符咒白痴的樣子……可是珞侍卻說那爾西符力學得不錯耶，珞侍自己的法力也很不賴，所以，理應兩邊天賦優良的混血兒裡面還是有例外的嘛？

我可以想像我如果問暉侍「你弟弟修法力與符力的融合修得那麼順，你為什麼學不好符咒」，他會怎麼回答我。多半是「范統你倒是說說看，世界上的人幾乎都講話正常，為什麼你卻會講出反話呢，難道身為混血兒就一定有符咒跟魔法的天賦嗎」之類的舉例調侃，而且例子鐵定會舉到我身上……

不、不對！我應該趕快離開綾侍閣才對！要是惹怒了綾侍大人，不曉得會發生什麼事情啊！

緊急撤離的范統在回到神王殿外面的通道後，也猶豫起接下來該怎麼辦了。

我要接著跟蹤去音侍閣嗎？可是……他們回去應該也是繼續那不堪入目的海帶拳還有糟糕的角色扮演啊，我去那裡殘害我的眼睛跟大腦做什麼？沒必要跟吧？完全沒有必要吧？

暉侍今天大概就只是單純想跟音侍大人玩而已吧，看來今天觀察不會有什麼收穫，我還是收手休息，明天再說好了……？

就如同暉侍所說的，糟糕的一切沒必要完全呈現在他人面前，范統覺得就算是已知真相的自己，也不必一而再再而三地重複接觸暉侍的糟糕面，這對心靈層面的健康可能不太好，迴避才是最好的選擇。

做出這樣的決定後，范統在心裡嘆了口氣，隨即讓精神脫離了神王殿。

范統的事後補述

觀察暉侍的行動，今天可說是毫無進展。

當然我也不能期待一開始就會有收穫，期待越高失望越大，這是一定的，期盼小小的努力就可以得到自己想要的答案，確實是很不切實際的行為。

有的時候我也會希望事半功倍啦，我承認我常常會有不切實際的念頭，講這麼多說教般的精神喊話，也只是為了安慰自己、告訴自己今天沒收穫是正常的，不用沮喪，這樣而已……

而我真正的悲劇不是今天白費力氣跟蹤暉侍。我在讓我的精神離開神王殿後，才忽然想起一件事。

這出竅符，我只有一張耶。那我現在回去，明天不就沒得用了嗎？

沒得用的話我要怎麼執行我的跟蹤觀察啊？難道我就只做一天？只做一天就不做了？唯一一張符，居然浪費在沒有收穫的一天？

出竅符的持續時間似乎沒有限制，為了不搞出不曉得該如何回我身體的糗事，當初剛拿到符咒時，我就跟阿噗問清楚了，只要我沒有在心中默念「迷途羔羊要回家」三次，這種精神行動的狀態就不會解除。

符只有一張，所以我真怕我一不小心就嗆了三次……總而言之，因為新生居民餓肚子好像一兩天也不會死，即使真的死了，也可以從水池復生，加上精神狀態感覺不到飢餓，我就默默決定繼續維持這種狀態直到明天了。

做出這個決定的我，真是好傻好天真啊。

我完全忽略了精神狀態不會有身體的感覺，那也就不會想睡，加上無法跟人接觸，等於完全處於被隔離又意識清醒的狀態——差不多過了三小時後，我就開始受不了了，不到處看看別人在做什麼，我實在撐不下去，但即使在路上亂看、房子裡亂看，我依然覺得時間過得太緩慢，真的很無聊啊——

因為這樣，我只好再度繞回神王殿，抱持著既然沒事做，乾脆還是繼續觀察暉侍的情況的心情……然後發現我大錯特錯，居然因為無聊就讓自己陷入更糟糕的情境。

暉侍跟音侍大人的糟糕角色扮演，好像玩不膩似的，都已經過好幾個小時了，居然還在玩。

噢，那實在不是我會想詳述的內容。我覺得你們要演皇帝跟寵妃……沒有必要那麼專業。沒有必要那麼專業。沒有必要那麼專業！真的！

其實說專業，倒也沒有很專業，起碼衣服是共用的所以沒顧慮到合不合身的問題，胭脂什麼的也……

剩下的不太想講了。反正他們玩一陣子要重新決定角色，就繼續使用煩死人的海帶拳，接下來因為暉侍嫌沒有變化，他真的教了音侍大人殭屍拳啊啊啊啊！我這個烏鴉嘴！

我想會造成一天下來腦袋裡迴盪的都是海帶啊海帶皇上啦奴家以及殭屍咚咚什麼的，恐怕有大半是我的問題。我在發現事情不對勁的時候沒有果斷離開，還堅持繼續我錯誤的抉擇，只因為覺得不堅持下去前面的時間就白白投資了——

應該在投資已經虧損的時候就毅然撤資才對啊！這樣至少不會連後面的時間也一起賠進去，我連這點腦袋、這點決斷力都沒有嗎！活該我事後懊悔嘛！

等到他們的糟糕活動終於結束，暉侍滿面笑容地告別了音侍大人，接著走回自己的暉侍閣，我自然也跟上去了，沒想到他一回房間就倒到床上，直接睡到不省人事。

是一天下來消耗太多精力，太累了嗎？

由於是精神狀態，我也無法叫醒他逼問事情，只是，不知道為什麼，我居然突然覺得對他來說，能這樣玩到筋疲力竭、腦袋放空、直接睡著……

似乎……也是一件不錯的事吧？

章之四

謊言下的真心

『也許我那時希望著，在你面前，就做一個我曾經想當的哥哥。』——暉侍

『那曾經，也是我所憧憬著，想成為的人……』——珞侍

在范統歷經無數次意圖反悔回到自己身體又阻止自己的過程後，東方城終於天亮了。

天亮其實也不代表什麼，因為很多人起床的時間都不是天剛亮的時候，范統自己當然也不是，所以他自然無法期盼暉侍會那麼早起來，特別是昨天玩得那麼累的情況下。

唔唔，不過……說起來，幻世都沒有鬧鐘什麼的，頂多只有阿噗教我的那些有鬧鐘功能的符咒，這些暉侍當然不會用，他昨天也沒有吩咐任何人今天何時叫他起床……他該不會要這樣直接睡到中午吧？

但今天不是說好跟珞侍有約嗎？

跟人有約的情況下，睡太晚真的是可以的嗎？

范統不由自主地為暉侍擔心了起來。在有約會的日子睡死、遲遲不出現，那可說是不在乎對方的表現，至少珞侍那個常常想很多的人是有可能這樣想的，要是變成那種局面，想必暉侍也不會開心。

只是，以他目前的狀態，實在不可能叫暉侍起床，就只能在這裡空著急而已——總是為別人的事著急的個性，讓他也不曉得該對自己說什麼。

喔喔，暉侍，難道你昨天跟音侍大人玩了一整天之後，就把今天跟珞侍有約的事情忘了？這不是一個好哥哥該有的行為吧？雖然我沒有哥哥，也沒當過人家哥哥，但我還是覺得事情不應該這樣子啊！

隨著外面照進來的光線變化，范統可以知道時間正一分一秒地過去，越來越接近中午。

搞不好珞侍其實昨晚失眠，也睡到現在都還沒醒呢？或者他們其實已經約好了下午，只是我自己一個人不知道所以瞎操心？暉侍你到底為什麼可以睡得這麼熟！跟死魚一樣連翻身都不會的呀！

在連番的胡思亂想中，外面傳來的腳步聲讓范統緊張了起來，隨後才想到現在別人看不見自己，不必擔心要藏哪的問題。

「暉侍？你在裡面嗎？」

兩聲敲門聲後，傳進來的是珞侍的聲音，不曉得是否等太久所以親自找上門來了。

哇啊！暉侍你還不快起來嗎！約會對象殺過來啦！他不只是你重要的義弟，現在還是東方城國主，讓他不高興你一點好處都不會有的！

完全沒有清醒跡象的暉侍，讓范統即使是精神狀態，依然有胃痛的感覺。這時候，大概是因為沒有人回應，珞侍就直接進入了內室。

剛進來時，珞侍的神色顯得有點驚慌，直到看見睡在床上的暉侍，表情才稍微安定下來，接著他略顯遲疑地靠近暉侍，輕輕推了暉侍幾下。

「……珞侍？」

微微睜開眼睛的暉侍似乎還沒完全清醒，看清楚眼前的人後，隨即露出微笑。

「怎麼這樣一臉凝重的神情呢？發生了什麼不好的事嗎？」

不好的事情不就是你從天亮到現在一直沒去找他嗎？你這個罪魁禍首怎麼能問得如此理所當然啊……

「我擔心找不到你，懷疑一切只是我的一場夢。」

珞侍在說這些話的時候，聲音十分細微。

「或是時間估算錯誤，其實你根本待不到五天，在我不知道的時候就已經消失了……」

他之所以會有如此強烈的不安感，或許是因為暉侍當初就是忽然失蹤，一句話都沒留下，而且再也沒有回來——暉侍在愣住後終於清醒過來意識到自己現在所屬的時空背景，微笑也因而轉為苦笑。

「剛剛還沒睡醒，一時之間還以為我們都還是侍呢。即使你已經長大了不少，我還是沒反應過來，在暉侍閣過夜果然會感覺錯亂啊。」

對於暉侍的這番感嘆，珞侍沒有立即接話。也許是察覺出他話語中的憂傷，也許是自己也陷入了類似的情緒中，好一段時間，他都維持沉默。

「嗯，今天說好了找個地方談談嘛，那麼，我先去整理一下自己，再等我一下好嗎？」

最後是暉侍自己打破了僵硬的氣氛，溫言做出這樣的要求。珞侍對這個要求沒有任何意見，點點頭後，他留下一句「我在外面等你」就先出去了。

下了床的暉侍，一面解衣服一面走往室內的浴間。既然他是要去洗澡，秉持著非禮勿視的原則，范統沒有跟上，只好出去跟珞侍一起等待。

看來今天的約會應該是沉重場面……？我真的要跟嗎？這種會感傷、會夾帶負面情緒的場合，我是不是迴避迴避比較好啊？暉侍好像不太喜歡別人觸碰他的內心深處，那次那爾西被東方城抓走，我看了他記憶裡那爾西相關的某些部分時，他的態度就很不悅呀……

可、可是，沒有真情流露的話哪看得出異狀？像是昨天，觀察他跟音侍大人玩樂的場面，就無法得到有用的情報，所以我果然還是該跟嗎？唔喔——

根據之前看過的暉侍記憶，他早上如果沒事，會悠哉地梳洗一個小時以上，但現在畢竟有人在等他，所以他收斂了點，約莫二十分鐘就出來了，平時真不知道都在拖什麼時間。

我忽然想到，珞侍的擔憂也不是沒有道理耶。暉侍，你那個五天到底準不準確啊？你怎麼能那麼肯定一定會五天才消失，還如此從容地打算第四天休息？萬一你提早消失怎麼辦，那爾西你就不管了嗎？

說起來這個五天消失依然怎麼聽怎麼奇怪啊——所以消失以後你要去哪？真的會消失？你會回我身上嗎？

「我們要去哪呢？」

珞侍看起來沒什麼主意，所以開口詢問暉侍，暉侍則是按照昨天就做出的決定，提議去看矽櫻的陵墓。

因為珞侍沒有反對，兩個人便出發了。范統一樣以精神狀態尾隨跟蹤，並在判斷珞侍應該沒察覺後鬆了一口氣。

神王殿雖然來過很多次，但我還真的沒去過女王的陵墓。應該說平時也沒必要去吧，我根本沒有去獻花的理由……暉侍你提那一包東西是什麼啊？該不會就是要拿去祭拜的祭品吧？你何時準備的？昨天一整天都在玩，早上也沒早起出去買啊！難不成臨時從你房間裡亂抓？這樣有誠意嗎？

雖然正在想些有的沒有，但范統還是有稍微記一下路。陵墓的位置似乎在神王殿的後面，必須越過第六殿再往後走，接著出現的是一座黑色的祠堂，歷代東方城統治者的安息之處是否就在這裡，范統實在沒什麼把握，他猜想裡面放的應該是牌位之類的東西，但這跟陵墓好像沒什麼關係。

「嗯？沒有修陵嗎？」

在領悟到矽櫻只有被列入祠堂中祭祀後，暉侍微感錯愕地看向珞侍，珞侍也簡單地回答了這個問題。

「綾侍說不修陵寢是母親的意思，事實上也不是每一任王過世後都會修陵的，既然母親曾經這樣交代過，我們就依照她的意思辦理了。」

身為與矽櫻心靈相通、修至器化的護甲，由綾侍口中說出的話自然是有可信度的。如今矽櫻已逝，她的所有想法，眾人都只能從綾侍那裡片面地得知，跟綾侍沒什麼交集的范統自然沒機會聽說，現在聽了這個說法，他也不由得感慨。

我記得女王是新生居民嘛，也不曉得當過多久的女王了，好像曾經聽說中間換過名字什麼的……是不是沒有從那個時候活到現在的新生居民啊？大家都被送上戰場滅口、掩蓋事實了，所以沒有人發現女王長相都一樣，音侍大人跟綾侍大人也沒變過？還是女人的化妝術真的那麼神奇，只要用不同的方法化妝，就可以看起來像是另一個人……？

噢，對了，米重好像說過，可以付費更換不同年齡的軀體嘛，年紀不同的話，長相就會有一點點的差異，說是親族也有一點可信度？算了，這也不是重點啦，要是每次換名字重新登基都要在這裡放個牌位，那還真是有點令人糾結的事情，可能會……太多吧？要自己祭拜自己也……

不過，如果真的背負著女王的職責活了那麼久的話，會希望死後不要再繼續被東方城束縛，好像也可以理解呢……

「嗯。沒能再見到陛下一面實在令人遺憾，雖然她或許不會想看到我……事實上，我從沒想過自己還能有機會和過去認識的人見面說話，一切有種措手不及的感覺，完全沒有心理準備呢。」

盯著眼前的祠堂，暉侍的神情很難稱得上輕鬆。那種彷彿深吸一口氣才能繼續說下去的感覺，使得沉重的氣氛瀰漫四周。

他曾經隱約提過，希望矽櫻能夠解脫，又不希望自己親手做這件事的心情。

范統覺得這其實是種帶著殘酷的溫柔，而沉月雖然沒被封印，矽櫻仍是自這個世界消亡了……

「暉侍。」

珞侍出聲喊了他，掛在面上的複雜臉色，顯示著他的猶豫。

他看似想問什麼問題，卻又遲疑著難以出聲。而經過短暫的停頓，他終究還是無法忍住問題的欲望，這才低聲開口。

「你之所以對我親切溫柔，是因為你把我當成遠在落月見不到面的弟弟了嗎？」

范統難以說明這到底是個什麼樣的問題，但在聽完這個問句的瞬間，他實在有種跳出去打斷這種氣氛的衝動，雖然現在的他辦不到。

珞侍——！你為什麼要用這麼尖銳的問題當作你們談話的開頭呢？你為什麼要問這麼自尋煩惱自掘墳墓的問題啊！你會這麼問，就是你心裡已經這麼認定了吧？那麼從他口中求證出你想得沒錯，不就更悲傷了嗎！你是希望藉由這個問題來打破你對他曾經存有的崇拜與依賴，繼而擺脫過去，還是希望他否定這個猜測？

就算你是希望他否定這個猜測好了，你都先入為主這麼想了，他到底要否認得多用力才能說服你？你何必啊——

「你是說那爾西？哪有這回事，為什麼會這樣想呢？」

暉侍一臉錯愕地反問回去後，珞侍依舊維持著不太開心的神情，斷斷續續說明他這麼想的原因。

「因為你原本就有一個弟弟了，你是為了那爾西才到東方城來的，不是嗎？那代表你是很重視他的，相較之下，進入陌生環境認識的、一開始就對你抱持敵意、沒有血緣關係，個性也不可愛的義弟，如果不是剛好讓你聯想到家鄉的弟弟，根本就……」

珞侍的話說到這裡就中斷了。

讓他話語中斷的，是暉侍突如其來的一個擁抱。

「你小時候明明就很可愛啊，是個讓人情不自禁想摸摸你的頭照顧你的孩子呢。雖然你可能不太喜歡被人這麼說，但當初剛進神王殿時，我是真的這麼想的，就連你沒什麼自信說自己不可愛或者逞強的部分，我也都覺得很可愛呢，你不是任何人的替身或替代品，我從來沒有在你身上投射過誰的影子，不要懷疑這一點，好嗎？」

因為沒有預期到會出現這樣的發展，珞侍一方面反應不過來，一方面也因為已經長大卻還像在討人安撫一樣而感到尷尬。沒等他回答，暉侍便又說了下去。

「我在東方城度過的歲月，喜歡你們的所有心情，全都是真實無疑的。珞侍，也許在你得知我是西方城的探子後，過往的印象會產生裂痕，但是對我來說……你是我記憶裡僅存、純粹而無雜質的美好，記憶中有你的部分都是愉快的回憶，我一直都……很珍惜。」

那樣的語氣，在嚴肅中也帶著少許的痛苦，不若他平時表現出來的明朗。

宛如真切地想要傳達心意，卻又碰觸到壓抑著不想言明的部分，在傳達的同時，小心翼翼地拿捏著分寸，試圖不要讓言語造成反彈，又盡可能的想說出自己心中的一切般。

此時此刻，旁觀的范統很想做出像「也只有你這樣的傢伙可以若無其事地做出這種如同告白的肉麻解釋來改變氣氛」、「也只有珞侍可以讓你這樣哄」之類的結論，可是仔細想想，他又覺得無法這樣批判他了。

他一直以來都很難了解暉侍在經歷記憶中那些事情時的想法。真正去揣摩他說的這些話底下的心情後，儘管覺得可能只是自己想太多，他還是因而產生了難過的情緒。

像是真正的家一樣，一直都喜歡著的東方城。

不得不背叛，而後再也回不去的東方城。

不只是代表永遠離開這個地方，也代表著與他所珍視的人永別。不只是代表著與他所珍視的人永別，甚至還包含著信任與情感的破裂。

他在來到這裡的時候，就知道遲早有一天會以難堪的姿態離開。在喜歡上這裡的時候，就知道不可能在這裡留一輩子。而在離開的時候，亦已經知道不會再回來。

范統沒有辦法完全理解這是為了什麼，也就難以代入這樣的心情。但試圖想像揣摩時，他仍會難過，而他不知道這究竟算不算濫情。

暉侍在東方城的一切、未來所有的可能性，都建基於切斷過去、忘了那爾西的前提上。這種誘惑的念頭到底在他心中鼓動過多少次呢？

也許要順利地繼續在東方城當侍並沒有這麼簡單，但沒有那個前提，就連談都不必談。

所以珞侍跟那爾西是完全不一樣的。

一個存在於他眷戀不捨、想把握卻不能把握的未來；一個則來自泛黃的過去，注定終結他的幸福，讓他自甘步入絕境。

「……我以為，你寫信回去說你過得很開心，很喜歡這裡，只是為了讓那爾西不要擔心你而已……」

珞侍悶悶說出的話語，讓暉侍為之莞爾。

「那爾西居然還跟你分享過信的事情？只說過這個嗎？總不會……都說了吧？」

他問問題之前那兩秒的遲疑，使得范統相當無言。

我好像可以看見你背上冒冷汗了，暉侍。早知如此，何必當初？世界是很小的，既然害怕被知道，就不要寫那些不堪入目的信嘛……

「嗯？大概只帶過了提到東方城的部分，我想可能是為了安慰我吧。」

珞侍沒有察覺暉侍的心虛，毫無心機地做出這樣的回答。

「是嗎？那爾西也會安慰人了啊，有進步。無論如何可以確定至少他有收到信，聽起來不錯，哈哈哈哈。」

應該不是不錯，而是糟透了吧？啊，該不會是因為沒收到回信，你覺得都沒有人看，所以有的信就亂寫？或者你亂寫只是想激起那爾西回信的念頭？那麼你後天就可以收到回信了，我等著看熱鬧啊。

「那我們進去祭拜一下，出來再聊？」

「好。」

兩人說著，便進入了祠堂。祭拜的過程中，他們之間幾乎沒有交談，肅穆的氣氛一直維持到他們出來為止。

似是因為這裡安靜，珞侍看起來沒有提議去別處的意思，談話的事也就繼續在這裡進行了。

「你來自落月的事情……」

提起這件事的時候，珞侍沒有使用一些比較敏感或尖銳的字眼。

「在得知這件事的那陣子，我曾經覺得很痛苦。因為我無從分辨過去的一切裡哪些才是『真實』。也因而質疑起自己、懷疑自己的價值，但我沒有因為這樣就討厭你或者怪罪你。」

珞侍的話語沒有讓暉侍露出輕鬆的表情。他反而看起來有點心情複雜，沉默了一下才說話。

「我以為個性耿直，認定中一向沒有灰色地帶的你會不諒解呢。是因為過去對我先入為主的印象太過強烈嗎？但我其實並非那麼好的……值得你原諒的人。」

說完這段話後，暉侍也嘆了口氣。

「女王陛下的處置是對的。讓背叛者永遠從眼前消失，杜絕再被欺騙的可能性，不因為過往的情感而寬容……珞侍，你現在是東方城的王了，你可以選擇原諒一名死者，但最好還是不要對一個活著的背叛者心軟。」

「我知道，只是……」

珞侍的眼中帶著幾分茫然。

「那麼多年來，你不曾做出傷害我的事情，帶給我的一直都是鼓勵與溫暖。我應該如何憎惡這樣的你呢？相較之下，我還比較討厭懷疑這一切的我自己啊。」

一樣將這些話聽得一清二楚的范統，持續滄桑。

暉侍，你的形象塑造得可真好，不過珞侍好像本來就不太記仇吧？那爾西讓他死過一次，他後來也沒計較，原本很在意月退是西方城少帝的事情，後來也同樣不在乎了……珞侍，你真是個好孩子，但繼續這樣下去，應該是不行的？

「呃，現在的我情況也有點尷尬，要算死人，明明活生生地站在這裡，要算活人，偏偏再過幾天就會消失，所以……如果你不介意，就讓我厚著臉皮繼續以義兄的身分自居吧，其實你不怪我，我還是挺高興的。」

天底下這麼厚臉皮的也只有你了啦，我到底該怎麼說你？這是以五天就會消失為前提，要求別人滿足你的遺憾讓你安息的做法嗎？他可是東方城國主，你不要佔他便宜啊！這樣不就等於管理兩個國家的人都是你的弟弟？你簡直擁有整個世界了！

「但是那爾西……」

「噢，義兄弟的關係不需要蔓延到血親身上，你把他當普通朋友就好──你們是普通朋友嗎？希望我沒有誤會？」

根據我的觀察，他們好像真的是普通朋友。事實上我覺得跟蓄意害死過自己的人交朋友真不是普通人辦得到的事，就好像饒過殺死自己的人，還跟他繼續交好，我也覺得非常不可思議，果然當王的人都很奇怪吧，那不是我能理解的世界。

「我們是朋友。那爾西也很想知道你的事情，有話題所以就有來往。」

珞侍很乾脆地承認了他跟那爾西之間的朋友關係，後面那句話則是使暉侍神情微妙了。

「是嗎？那他對我的事情有沒有什麼感想？」

暉侍，你的笑容變勉強了啊。你覺得你真的聽得到好的答案嗎？

「他什麼都沒有說，只是在我沮喪的時候告訴我信裡的事情，說你喜歡的是東方城。」

哈哈哈哈，暉侍，你的義弟覺得你把他當替身，你的親弟則認為你喜歡的根本是義弟這邊，真是太經典了，我可以幸災樂禍一下嗎？還有啊，珞侍，根據暉侍的記憶以及你的說法，你跟暉侍之間的相處應該和樂融融吧，跟那爾西說這些事情，你究竟是不是在炫耀，可不可以說清楚呀？

「……好吧，算了，沒關係，都無所謂……」

你看起來一點也不像無所謂的樣子。

「暉侍，你以前跟那爾西的關係……還好嗎？」

瞧暉侍表現出來的態度怪異，珞侍忍不住問了一句。

「我想大概是他奴役我的關係吧，別介意這個，聊點別的。既然你登基了，那麼，音侍跟綾侍成為你的契約武器跟護甲了嗎？」

等等，什麼奴役？你是隨便說說的還是？不要拋下一個讓人很在意的詞之後又叫人家不要在意啊！

「我不用劍，所以沒跟音侍訂契約，綾侍的話，他要我考慮清楚是否想穿甲冑再決定，畢竟跟他訂契約之後，可能就無法再接觸其他護甲了。」

哦？護甲也有排斥效應啊？說起來，珞侍你要是穿千幻華，看起來會是什麼樣子？總不會跟女王穿起來一樣吧？你又沒有胸，這是要怎麼穿？

「所以你目前沒有武器也沒有護甲？……嗯，目前兩國應該是和平狀態，沒有交戰打算，那大概還好……」

雖然我也是東方城的新生居民啦，但是暉侍，你怎麼就這樣為東方城的王操心起來了？你是西方城的人耶？

「是啊，不過無論如何，我還是希望實力能繼續進步，現在也都持續修行著。」

珞侍一向是個很認真的人，這點在學習上也看得出來。提到這件事，暉侍忽然伸手摸進他那個袋子，拿出了一個大盒子。

「對了，有個東西要交給你，本來是打算等你成年再送你的，只是準備好後，我卻沒能看著你長大。這次難得有機會親手交給你，我想就先送吧，雖然事到如今，好像也不怎麼需要了啦……」

在遞出這個盒子時，暉侍笑得有點尷尬。儘管不曉得是什麼東西，珞侍還是眼神疑惑地接了過去，拆起了簡陋的包裝。

大盒子拆掉後，裡面是個中盒子，中盒子再拆掉後，裡面又是個再小一點的盒子。

「……？」

珞侍疑惑地抬起頭來看向暉侍，暉侍乾笑了一聲。

「因為是個很單薄沒分量的禮物，一拆開就看到的話，好像有點……所以，不知不覺就多包了幾層，可能需要一點耐心，真是不好意思。」

你搞啥啊！過度包裝只是造成收禮人的困擾好嗎！到底希望人家拆多久？你到底包了幾層啊！要找到這麼多大大小小收得進去的盒子也不容易耶，與其花這種功夫，還不如增加禮物的內容吧？

既然暉侍這麼說，珞侍只好繼續拆，拆到第五個盒子時，盒子本體已經小到手掌可以包覆，也讓人越來越不解裡面到底可以放什麼東西。

暉侍，你到底要送什麼給人家啊？成年以後才需要的？該不會是什麼家傳玉珮以後看到喜歡的女生就送給她當訂情信物之類的東西吧？這種事情不需要哥哥操心啦，他母親要是沒給就算了，你可千萬不要這麼雞婆唷？

最後這個小盒子打開後，珞侍的動作微微停頓了一下。

擺在盒子裡的，是一個純黑色流蘇。

「這是……」

「噢，是我自己做的，可能沒有東方城派發的那麼漂亮，加工登錄之後就可以使用。你如果沒有要用也無所謂就是了。」

「為什麼要送我這個呢？」

這是一個理所當然會問的問題，暉侍也就照著當時的心情回答了。

「因為珞侍你一直都很努力，我想，在你成年的時候一定已經達到這個水準了吧。你總是因為實力停滯不前而煩惱，但我覺得那是你勢必會跨越的障礙，之後眾人也會用尊敬的眼神看你，再也不會有人瞧不起你。」

他將流蘇從盒中取出，放到珞侍的手上，接著說下去。

「我期許著你的未來。我期許你就像我所認為的一樣，不是達到我的水準，而是超越我。不是因為你必須辦到，而是因為這本來就是你會做到的……」

在他說完這些話後，珞侍好半晌都沒有說話。

過了好久好久，他才微帶哽咽地問出一個問題。

「你真的……五天就會消失？」

「真的。我只是殘存下來的記憶，對你說的這一切，都是記憶裡真實的情感——噢，我消失以後，找范統也沒有用，因為我是消失，不是回他身上，總之記憶分離出來了，在他那裡的記憶也會消失，我想先跟大家說清楚，以免范統自己解釋不清楚又被誤會。」

跟蹤了這兩天，范統好不容易才又聽到相關的話題，只是暉侍說出來的話語，讓他依然覺得不解。

暉侍，你到底在說什麼？好像極力跟我撇清關係似的，還一直強調自己只是記憶……你到底是什麼意思？

而且，你會消失，不會回我身上？所以你現在真的是到處跟親友告別嗎？

「暉侍……你這次，也要離開嗎？」

珞侍突地抓住了暉侍的衣服，低著頭像是想忍淚，或掩飾面上的表情。

「就算只是記憶也好，就算新的記憶無法疊加上去，只能一直維持現在這樣也好，真的沒有留下來的可能嗎……？」

就如同即使知道這可能是個強人所難的要求，依然想抱著一絲希望詢問一般，珞侍問出了這個問題，但卻無法抬頭確認對方臉上是否出現了為難的神色。

面對這種狀況，暉侍用手指刮了刮臉，顯然有點為難。

「珞侍，你這樣……讓我怎麼安心地走呢？即使世界沒有我，你們還是可以過得很好的，你們已經習慣沒有我的世界了，忽然回來的我，其實是打破這個平衡、造成大家的困擾才對，所以我對這樣的情況也很困窘，內心也害怕面對吧。」

「不。不是這樣的……」

「大概是有種，所有的事情都解決了，一切都很平順美好，我卻突然來添亂的感覺啊。這樣子畢竟還是不太好，雖然能有機會將身後事都辦一辦，是該心懷感激，但我真的不可能以現在的姿態留在這裡。記憶碎片很快就會潰散了，不可能的。」

他陳述這些事情的口吻很平靜，但珞侍的情緒顯然無法如此鎮定。見他聽完話後依然搖頭，暉侍嘆了一口氣。

「現在已經有很多人陪在你身邊。他們會成為你的支柱、成為你有力的幫手，而活在過去的我，需要的，其實只是你偶爾的懷念而已。」

因為無法強求，所以這樣才是對的——暉侍輕聲說著這樣的話語，又安慰了好多句話，就這麼直到珞侍終於點頭為止。

所謂的告別，一向是氣氛讓人很難以面對的場面，范統不是沒體會過。

范統沒有留下來看最後的結果，也沒有等到珞侍再說出別的話。

在覺得自己整理不好思緒的當下，他選擇暫時停止跟蹤觀察的行動，就這麼轉身離去。

范統的事後補述

觀察了今天的部分後，我覺得一切好亂。

我總是分不清楚，暉侍說的話裡面，哪一句是謊言、哪一句是真心話。他總是可以將真心話說得像是玩笑，然後將謊話說得像真的一樣，但也不是直接按照這個規則就可以判斷的，他也會有嚴肅的時候……嚴肅說真心話的時候。

無法判讀的情況，對我來說是很困擾的。明明在一起生活那麼久了，我卻好像依然不怎麼了解他，到底是他藏得太好還是我太不關心他呢？

他說了他會消失。甚至還說我這邊的記憶也會消失。

就像他之前跟大家說過的，不想讓大家知道只是因為不希望給我添麻煩，不希望大家知道了以後徒增困擾……我一直以為只是他逃避現實，結果其實不是這樣嗎？

已經死去的他，是不是其實很想活下去？

看得見熟人，卻苦於沒有身體，不能和他們像以前一樣互動交流，是不是很難過……？

因為不希望那些人知道他在這裡，卻也一樣只看得見我，無法真正接觸到他，所以才想隱瞞自己的存在嗎？

如果只是來找我，想知道暉侍的哪些事情，或者跟他說話敘敘舊，我是——我是不會非常困擾啦，頂多心裡抱怨幾句，基本上是沒太大的關係，而如果要借身體出去玩，不要太頻繁的話，也還可以接受……

可是他顧慮的是別人可能一直將我當成他，就這麼澈底忽略我的問題。即便他以前開過奪走我身體取代我活下去的玩笑，但他心裡想的其實是這樣的事情。

我應該恍然大悟然後稱讚他原來這麼有死人的自覺嗎？

還是該為之驚嘆，說句看不出來你想過這麼多？

不知道為什麼，我不想對他這麼說。雖然他看似考量到我的立場，為我著想，可是我根本無法在這種告別般的感傷氣氛下覺得高興。

相較之下，我還比較想挖苦他把這輩子所有的溫柔都給了珞侍。這好哥哥不管是演出來的還是真心的，我都覺得雞皮疙瘩啊，肉麻的話，不管再怎麼真心都是肉麻好嗎？

我離開神王殿思考了好一段時間，不過其實其中很大的部分我都在放空發呆，無法好好地想事情。

等到我心煩意亂地回去時，已經入夜了。暉侍回到了暉侍閣，似乎正準備要睡，只是倒往床上後，仍睜著眼睛，像是無法入眠似的，也不曉得在想什麼。

今天我離開後，他應該還跟珞侍去了其他地方，度過了一整天吧。這樣的告別也許可以留下最後的美好記憶，他卻寧可不要的樣子。

是因為接觸不到就不會有所渴望，而得到了原以為不會有的時間與機會，短暫高興後又要失去，就會像現在這樣難眠？

我的精神在他身邊逗留了一陣子後，最後決定默唸解除出竅符的話語，回自己的身體。

他說過第四天要休息，一個人沉澱情緒，我覺得我再繼續維持精神狀態過夜的話，一定會無聊到發瘋，至於後天要怎麼跟蹤觀察他去找那爾西的狀況，我可以明天再想，反正明天時間很多。

但回到自己身體裡的我，似乎低估了離體那麼久、丟著身體不管的後果。

兩天沒進食的飢餓感一口氣湧上來也就算了，居然連兩天沒睡的睏倦感都一起洶湧地吞沒我……

不！先讓我吃！先讓我進食啊！肚子都餓成這樣了為什麼還會想睡！應該要睡不著才對吧？這樣睡下去我會營養失調餓死的！我連水都沒喝呀！

抓起儲備的公家糧食急就章亂啃時，我腦袋裡不由得又想起暉侍今天提到的某件事。

什麼叫做跟那爾西之間應該是他奴役你的關係啊，暉侍？

反正等一下就要睡覺了，我可以搜索一下你留在我腦袋裡的記憶，然後趁夜作夢觀看嗎？

✣ 章之五

那天開始的等待

『這裡並不能算是我的家。』

『過去的我，也從不認為自己屬於這裡。』

『但我從沒想過要離開，只是因為，約定好了你會回來。』

『即使十幾年都過去了，即使你對鏡時，或許連我的面孔都已經忘記……』

——那爾西

夢境在一片蒼藍的天空下豁然開朗時，范統知道自己進入了暉侍的記憶，這是他自主搜尋的結果。

記憶的主人不在，現在不會有人指責他隨便亂看，看過之後只要不說，暉侍也不會知道——但他還是因為自己這麼做而產生了少許的罪惡感，畢竟記憶是當事者的隱私，自從知道暉侍的靈魂還在之後，他就很少亂翻暉侍的記憶了，除了看看也無傷大雅或是暉侍本人展示給他看、用來讓他驚嚇的記憶以外，基本上他幾乎不再碰其他部分。

與那爾西有關的記憶，想也知道可能是禁忌。只是，現在跟當初的狀況畢竟是不太一樣的，一方面他也很好奇暉侍分離出去後，那爾西那部分的記憶還會不會上鎖，事實證明，鎖好像拿掉了，不知是因為暉侍不在，還是過去糾葛的情感心結解開了少許。

出現在夢境中的背景是聖西羅宮，這是可以預料的事情。暉侍跟那爾西的相處只有小時候那一小段時間，那時候兩人應該都在皇宮內，頂多是皇宮內的各個不同位置罷了。

以暉侍記憶的視角，是看不見暉侍本身的，不過從這個高度仍可以判斷出是小孩，這樣看來，搜到的記憶應該沒有錯。

以一個小孩子來說，暉侍的步伐平穩得不太正常。他彷彿很清楚自己要走的路線一樣，完全沒有停下來猶豫思考或者觀察探路的狀況發生，因此很快就抵達了目的地。

想起暉侍的精神年齡與實際年齡不符後，范統便釋懷了。只是，走路不會跌跌撞撞、好奇路邊東西的小孩子，還真是不太可愛。

房間的門是開的，所以暉侍就這樣直接走了進去。書桌前坐了一個正在翻書的金髮男孩，想來這就是那爾西了。

因為看過暉侍記憶中珞侍小時候的樣子，對於那爾西小時候的樣子，范統當然也有一定程度的好奇。仔細看向那個金髮男孩後，他不由得在心中感嘆。

喔喔，人家說小時了了大未必佳，但是長大可以俊美成那樣，小時候果然不可能不好看啊！那頭光輝燦爛的金髮、白皙的肌膚跟秀麗的五官，看起來簡直像天使一樣，是個超漂亮的小男孩耶！

不過還是珞侍小時候看起來比較惹人憐愛啦，那爾西這種類型的美貌，遠遠欣賞就好了……

范統才剛下完定論，應該是那爾西的金髮男孩就看了過來，皺起眉頭。

『那爾西，還記得我嗎？我前天來過。』

大概是因為視線接觸的關係，暉侍先開口問了這個問題。無論怎麼說，這聽起來實在不太像哥哥會問的話。

『你是前天來過的那個新僕人，但我又得到一個僕人了，所以你現在是多餘的僕人。』

然後，馬上被否認了哥哥的身分。

為什麼是僕人——！這認知差異到底發生了什麼事情？你怎麼連自己哥哥都不認得啊！如此高高在上的態度！

『……那爾西，我是你哥哥，前天不是跟你溝通好了嗎？』

暉侍的語氣聽起來也頗為無奈，在他這麼表示後，那爾西藍色的眼睛裡依舊充滿不屑。

『你又沒有拿出證據，我才沒有那麼好騙。』

聽他這麼說，暉侍朝那爾西走了過去，以輕柔的動作讓他坐著的身體轉了個方向，兩個人一起面對一旁的穿衣鏡。

『你看看鏡子裡面的我們。長得幾乎一模一樣不是嗎？只有血脈相連的兄弟才會這樣，而且你比我小，所以我是你哥哥，你是我的弟弟。』

因為這個面向鏡子的動作，范統也藉由鏡子看見了暉侍的身影。

比那爾西年長兩歲的他，雖然樣貌稍微大一點，但依舊是個孩子。儘管如此，他對著鏡中那爾西露出的微笑，卻透著早熟的氛圍。

這樣靠在一起照鏡子的兩兄弟，范統覺得幾乎可以拍下來裱框紀念了，可惜這個世界沒有照相機，聽說有什麼魔法拍攝之類的東西，但在別人的記憶裡顯然是不適用的。

嗯……說起來，這個時候應該叫修葉蘭是吧？小時候果然跟那爾西一樣是金髮呢，看見金髮的暉侍還真不習慣……不，這個時候還沒有長歪壞掉吧？感覺根本是另外一個人啊。

所以是什麼時候長歪壞掉的……遇上音侍大人之後？遇上音侍大人之後開關打開了還壞掉關不起來，就變成現在這個樣子了嗎？

『……沒有一模一樣。你看起來比較好看。』

那爾西像是硬要挑剔一樣，否定了暉侍的說法，但他補充的那一句卻不像是完全排斥承認兄弟一說的樣子，暉侍聞言笑了出來。

『那只是因為我有露出笑容，而你板著一張臉而已。笑一個？』

『不要。你來做什麼？親近我有什麼目的？』

……雖然我曉得這應該是從小生存環境的影響啦，但這個弟弟這樣，一點也不可愛吧？暉侍你到底為什麼那麼想護他周全？你是被虐待狂嗎？

『還能有什麼目的？你是我的親人，我自然會想親近你，難道你身上還有什麼能利用的東西嗎？誰想利用你？』

『很多人。反正很多假惺惺的人想跟我套關係，他們都很笨，看起來一點也不真心。』

你才幾歲可以看出他們不真心啊！……但好像有人說小孩子的感覺特別敏銳？好吧，那我先不批評這一點。

『但你覺得我不真心嗎？我發誓我沒有要利用你的意思，你要不要試著相信你的哥哥？』

『就算這樣，你跟僕人又有什麼不同？』

『什麼？』

『僕人也不想利用我，你跟僕人有什麼不同？』

這真是個跳脫常理的問題，一個弟弟到底為什麼會對他哥哥問出這種問題？也難怪暉侍會錯愕，這個年紀的他大概還沒練到那種遇見任何狀況都能面不改色的地步？

『當然不同啊！僕人不願意幫你做的事情，哥哥都願意幫你做。』

我覺得這話聽起來好像怪怪的，暉侍！你這不是把哥哥降等到比僕人還低了嗎！你是奴隸耶！就算說好聽一點，許願池好了，依然很糟糕啊！

『你一定在騙人。你說還會再來，結果今天才來，昨天都沒有來，我等到好晚……』

你根本就很期待他來嘛！居然昨天一直眼巴巴地等！還在抱怨中洩漏心事！沒有人跟你約好是昨天吧？所以你是因為昨天沒等到人在生悶氣嗎？

『我不會騙你的，昨天……昨天本來就沒說要來——』

『那好，以後你每次來找我都要帶好吃的。』

那爾西打斷暉侍的話後，十分理所當然地提出這樣的要求。

『要是沒帶來就不理你。不跟你說話。』

『呃？可是——』

『你不是說僕人不願意幫我做的事情你願意做嗎？他們都不拿好吃的來，很討厭。』

小孩子的欲望真單純，可是……嗯，所謂的奴役就是這麼一回事？這麼說來，暉侍你一定是答應了吧？你居然連這種條件都答應？為什麼你會對那爾西產生奴性？

啊，該死的，暉侍總是說「范統有的時候就跟小孩子一樣」，該不會就是指好吃的東西可以收買我、讓我停止抱怨之類的事情吧！

『所謂好吃的，具體來說到底是什麼食物？』

『糖果餅乾蛋糕都可以，你明明說要帶糖果。』

喔，簡單來說是點心類啊？嘴饞才吃的吧？看不出來那爾西喜歡這種東西，不曉得長大以後有沒有變？

『我是說你叫我哥哥我才要給你糖果吧，你連一聲哥哥都還沒喊……』

你還真堅持這一點，有這麼想要被喊哥哥喔？

『你拿好吃的來，我再考慮。』

快點放棄這個弟弟啊，暉侍！只有外表可愛而已，裡面實在太欠揍了啊！還是你覺得這種類型的很可愛？這樣高姿態很可愛？

雖然我很想當面問你這個問題，可是這樣會被你發現我偷看過記憶，唔……

『那我今天沒帶好吃的來，你也不想理我、不跟我說話了嗎？』

因為他們現在已經沒有面對鏡子了，范統看不到暉侍的表情，但光聽聲音，就可以知道是帶著委屈的態度。

你對你弟，如此低聲下氣啊，暉侍……多想討好他啊你？

『對，誰教你昨天沒……誰教你沒帶糖果來。』

反正你就是在氣他昨天沒來，不用再說了我都知道。

『那我要走囉？』

『……』

那爾西別過了臉，一副「要走就走沒有人要留你」的模樣，但顯而易見是在賭氣。

噢，暉侍，這種時候你要是敢走掉，就等著被他怨恨吧。

什麼？還真的走了？喂喂！你就這樣走了嗎？雖然現在的你還沒有磨成精，但也應該看得出他不是真的想要你走的啊？他會說「僕人看不出來我心情不好，你也看不出來，結果你還是跟僕人一樣」的，你確定這是你要的結果？

有的時候范統會覺得，回憶不包含看見當事者的心情與想法，實在挺不貼心的，雖說回憶本來就不具備那種功能，可是要一直猜暉侍是怎麼想的，仍讓人有點疲憊。

大概是因為暉侍就這麼走掉的關係，下次他帶著糖果來時，那爾西的態度一樣很冷淡。

『約定好的糖果我帶來了，你怎麼還是不叫我哥哥？』

『我連父皇都沒叫過，為什麼要叫你哥哥？』

喔，所以要先叫過父皇，才能叫哥哥嗎？原來你心中有這種長幼有序的觀念……？我只是忍不住想唸一下。

『這又跟上次說的不一樣了啊……』

『不高興就不要來，反正你根本不知道是來做什麼的。』

我也覺得暉侍你不知道是來做什麼的。你什麼都沒做就回去了啊，你就只是想跟他講幾句話、聽他叫你哥哥？

『難道是因為你不喜歡這種糖果嗎……』

『……』

暉侍，看來你小時候還是個笨蛋。還沒到遇見珞侍時那種哄人哄到神乎其技的程度。

『但是至少我有帶來，今天我們一起玩好嗎？』

那爾西依舊皺著一張小臉不置可否。因為他沒有拒絕，暉侍就牽著他的手帶他出去了。

他所做的其實也就是帶著那爾西在聖西羅宮裡到處走走而已，挑的都是些沒什麼人的偏僻路線，也許是不想碰見皇宮裡的人。

『你說你是我哥哥，那你知道我們的母親去哪了嗎？』

對於那爾西提的這個問題，暉侍頓了一下，才平靜地開口。

『不知道呢。也許有什麼不得已的苦衷才消失的。』

『那你知道父皇為什麼不理我們嗎？別人說父皇不要我們了，要選其他的孩子繼承，為什麼？』

大人怎麼總是愛在小孩子面前講這些有的沒的啊，管管自己的嘴巴好不好？

『那爾西。』

暉侍輕輕喊了他的名字。

『那些事情，如果都沒有人告訴你的話，以後有機會我再慢慢跟你說。』

對於他這樣的回答方式，那爾西看似不太滿意。

『你該不會又要說，不喊你哥哥就不告訴我吧？』

『聽起來挺不錯的，但我越是威脅你，你就越不樂意，為了避免兄弟之間關係險惡，我還是等你心甘情願開口再說好了。』

那爾西沒有回話。這之後的每一次見面，暉侍一樣都會帶小點心來，久而久之，那爾西好像也習慣了他的存在，態度亦不像原先那麼冷漠。

『你明天還會不會來？』

『明天……沒什麼把握。』

『那後天呢？』

『後天，也不太確定……』

聽到這樣的回答，那爾西頓時有點失望。

『那，我不能去找你嗎？』

『不能。』

這個問題的答覆倒是很直接，於是那爾西看起來也更不開心了。

『不需要刻意等我，能出現的時候自然就會出現的，約好了時間好像就變成不論死活都得趕來一樣，又怕真的失約讓你失望呢。』

『……會過很久才來嗎？』

『我想應該不會吧。』

暉侍在說完這句話後，手看似想摸向那爾西的頭，但在猶豫之後，仍只拍了拍他的肩膀。

『因為哥哥很聽話，所以他們還是會讓我來見你的。』

這段記憶在暉侍的這句話中煙消雲散，直接跳往下一段。

范統仍然只在意因為身處記憶中而看不見暉侍神情的狀況，雖然真的看見了也只會難受。

暉侍用「希望相處的時候開開心心」、「別去想那些不開心的事情」之類的藉口，敷衍了很多那爾西問的問題，確實他們相處的時候稱得上愉快，即便只是進行一些小孩子才會覺得有樂趣的遊戲，范統也可以感覺到他們在一起的時候很愉快。

這天暉侍走往那爾西房間的腳步有點遲疑。走幾步就停下來、回頭之後又再轉身回去……

這感覺上不太像暉侍以往的走路習慣，不過，他最後仍走到了目的地，喊了房間裡的那爾西。

為什麼要猶豫？難道今天沒弄到餅乾蛋糕嗎？

坐在椅子上的那爾西一看到他眼睛就亮了，暉侍一如以往地先拿出食物「進貢」，將今天準備的小蛋糕跟餐具放到他的面前。

然而，那爾西不曉得在想什麼，不像之前那樣拿起餐具就開始吃，而是思索了片刻，才去找了另一個盤子，拿起餐刀將小蛋糕切成兩半，分到盤子上，推給暉侍。

『這一半給你，我們一起吃。』

大概是因為他從來沒有這麼做過，暉侍微微一愣，好像沒反應過來。

『因為之前拿來的，你都沒有吃。』

那爾西說完，又停下來想了想，似乎在思考如何表達出自己的意思。

『你都通通送給我，沒有自己留一份。我也沒有別的東西可以給你，至少可以一起吃。』

看著這努力想釋出善意的金髮男孩，范統不曉得暉侍心裡是什麼感覺。

『以後……其實你要來也不必一定得帶好吃的，你可以不帶也沒關係了，我們還是可以一起玩，我會理你的，這個也給你。』

不知道是不是擔心暉侍找不到食物就不敢來，那爾西甚至做出了這樣的表示，然後將只有一枝的叉子塞到暉侍手中，像是想讓他先吃。

雖然范統不是暉侍，但看著這一幕，他還是有點感動的。

暉侍，你的心血終於有回報了啊！他接納你了！雖然沒有明說，不過他已經把你當自己人了，你一定覺得很開心吧？

范統是這麼想的，但事實卻不是這個樣子。

他們沒有像童話故事一樣，從此以後過著幸福快樂的日子，因為這段記憶，早已是存在於過去的苦澀無奈。

『我……從明天開始，就沒辦法再像現在這樣時常過來看你了。』

暉侍說出的這句話，轉變了室內原有的氣氛。

於是范統知道了這是哪一個時間點。

他幾乎都忘了暉侍最終會去東方城，他們終究會分離的事實。

『……為什麼？』

那爾西失去了反應的能力，只能呆滯地這麼問。

『我會告訴你為什麼，這就是我今天來的目的。』

暉侍的聲音依舊是冷靜的，究竟是因為他已經事先整理好情緒，還是他無論在什麼狀況下都能這般鎮定，范統不得而知。

『哈哈，因為不能什麼都沒交代就跑掉嘛，這樣會跟你那些當了幾天就跑走的僕人一樣，所以，如果你想聽的話，我會告訴你。你要聽嗎？』

那爾西臉色蒼白地點了點頭，接著一切便又模糊。

『其實你還不認識我的時候，我就看過你好多次了。』

『哥哥實在沒什麼用，在這裡除了帶蛋糕之類的事情，什麼都無法為你做。』

『就算求父皇也不會有用的啦，你再可愛他也不會理你的，況且他都快死了，最好還是別讓他心煩，以免又出什麼亂子。』

『你真的不需要為我做什麼。如果硬要說的話，就好好活下去吧，不用記得我……也沒有關係。』

他說是這麼說，卻在之後又說會常常寫信，然後做出一定回來的承諾。會說不用記得自己也沒有關係，是不是因為相對想把對方忘記呢？

若要說那爾西不太坦率，暉侍自己其實也充滿矛盾——范統在這麼想的時候，夢境也因醒來而終止。

喔喔……睡得腰痠背痛……現在時間是？

一覺醒來，范統的腦袋一片模糊。他首先想到的是確認時間，因而看了看外面的天色。

從光線與天空昏暗的感覺來看，應該天剛亮。

天剛亮？

范統覺得好像有點怪怪的，又說不出是哪裡怪，只能先去洗個臉，讓冷水冷卻自己的腦袋。

我回到身體裡，吃了些東西補充體力後，就差不多半夜了吧？為什麼醒來會是天剛亮……？這種腰痠背痛、睡到都累了的感覺，應該睡了很久才對啊？

想到這裡，范統突然有股不祥的預感。

該不會——！

為了確認自己的猜測是否正確，范統還特地出了一趟門，跟路上發公家糧食的人員確認過時間後，他遭到了很大的打擊。

怎麼會這樣！我居然睡了一個晚上又一天！現在已經是第五天早上了！不僅如此，我還錯過了連續十四天領取公家糧食即可參加抽獎的限時活動，怎麼會這樣，我都已經連領十一天了啊！睡這麼久，我是豬嗎？

不不不，姑且不論那個活動，現在應該在意的不是那種事情——其實我還是很在意，連普獎都有十五串錢——算了，繼續在意那種事也沒有幫助啊，現在要想的是暉侍的事吧！今天我該拿什麼去跟蹤呀？我本來以為我還有一天的時間可以想，沒想到直接就跳到當天了，我該怎麼辦！

難道就不跟蹤啦？就這麼放棄了？還是拿我殘存的記性，試試看能不能把出竅符寫出來？

在范統的煩惱中，時間也一分一秒流逝，事到如今，他只能死馬當活馬醫，看看緊急狀況能否爆發出平時沒有的實力了。

❀

暉侍跟那爾西約見面的信息，是委託珞侍代為發到聖西羅宮的，所以那爾西特地將白天的時間空了下來。

這次月退倒是好心，主動說公文交給他就好，讓他放心去見久沒見面的哥哥，但……以月退目前跟政務脫節的程度，交給他反而更不能放心，因此他最後還是委託奧吉薩幫忙監看一下，以免有問題的公文發出去了，還要追回重改。

見面的地點約在聖西羅宮的天頂花園，他很早就上來等了。由於想著今天的見面，他其實睡不太好，儘管知道暉侍不會這麼早出現，他仍決定提早來吹冷風。

他難以說明自己現在是什麼心情。理應焦躁，卻異常平靜，理應緊張，卻又感覺不到那種情緒。

他們之間親近，卻也陌生。時間的隔閡讓一切都淡化了，但在淡化的同時，卻有什麼不斷地加深，從單純的在意變得像是烙印一樣，碰觸的時候，就會感到精神上的疼痛。

雖然這次暉侍約了個確實的時間，不過，那爾西仍不太相信他真的會出現。

世界上的確有些事情是必然會發生的，但也有些事情沒有一定會怎樣的道理。站在這裡守候的他，不太清楚如果暉侍今天沒出現，自己究竟會失望還是沒有感覺。

他早就已經接受了，哥哥死去、再也見不到面的事實。

如果還能相見，除了在夢中，也只有奇蹟可以解釋。

他不能奢求奇蹟出現，卻發生了奇蹟。於是他也不敢相信這個奇蹟是真的，大概是因為，唯有這樣，才能在失望之後不受傷害。

即使他心中知道，暉侍不管出不出現，他都會難過。

因為他就算來了，仍舊要離開。

聽見腳步聲的時候，那爾西轉過身子，看見了從花園入口處走來的兄長。

與現在的他截然不同的黑髮，像是區別他們的標記一樣，常掛臉上的笑容，也算是他可以辨認出的最大差異。

修葉蘭。

他在心裡呼喚了這個名字，他一直以名字相稱的哥哥。

這一次他沒有像小時候一樣等他自己走過來，而是移動步伐，朝他走了過去。

暉侍行經的階梯是往上的，只是，明明是向上的過程，他還是有種每爬一階就越來越沉重的墜落感。

以前他就不太知道如何跟那爾西相處，總是小心翼翼的。現在他當然更不知道怎麼面對那爾西了，雖說好像豁出去拋開一切就可以輕鬆自在地進行談話，然而他覺得自己可能辦不到。

當然，維持個從容的表面還是需要的，光維持這一點就足以耗費他大部分心神了，想到這裡他也只能苦笑。

一踏進天頂花園，暉侍就看到那爾西了。白天光線下的那爾西很耀眼，感覺也比小時候更不好親近，即使他認為看到真人比看到影像好，但在那爾西朝他走過來時，他仍有股後退的衝動。

說什麼都不能逃跑。他對自己精神喊話，要自己老實面對，別再逃避。

昨天都已經花了一天做心理建設了，今天沒道理不能面對的。

重振精神後，他們之間也拉近到了可以講話的距離，只是，那爾西好像不知道該用什麼話開頭。見他想不出開場白，暉侍索性帶著笑容先說話。

「那爾西，手給我。」

「……？」

這個奇怪的要求讓那爾西充滿疑惑，不過他還是乖乖伸出了手。

「來，見面禮。」

暉侍將幾顆糖果放到那爾西的手上。

「……」

得到糖果使得那爾西好像更加不知道該說什麼了，好半晌，他才擠出一點聲音。

「我已經長大了，不需要糖果。況且我也說過，以後見面不必帶給我……」

「你不要嗎？這是東方城才有的好吃糖果，不熟門路的人還找不到這家店耶。」

「……」

那爾西默默將糖果收進了口袋，也不曉得是想吃還是純粹不想拒收哥哥的禮物。

「既然收了我的糖果，那我們可以好好說話啦，應該從哪個話題開始呢？」

「就算不收你的糖果，我也會跟你說話，你為什麼要說得好像我不會理你一樣？」

「不，那爾西，剛剛那句話的重點是『好好』，不是『說話』。」

暉侍這麼表示後，那爾西冷眼以對。

「你是說只能對你說好話？」

「我是說，你就算要指責我也溫柔一點。」

「我不知道什麼叫溫柔一點的指責，這是無法辦到的要求。」

「像你現在這樣就很咄咄逼人，一點都不溫柔。哥哥的玻璃心實在禁不起這種攻擊，你只要隨便尖銳一下，我的背上就彷彿插滿了箭，好痛啊。」

「……」

短短的交談間，那爾西已經沉默了第三次。

「那爾西，你為什麼一直沉默呢？這麼久沒見面，你就沒有什麼要對哥哥說的話嗎？」

「夜止到底讓你變成了什麼德性？」

「溫柔，那爾西，記得要溫柔。這個問題太尖銳了，哥哥承受不起。」

「你到底希望我溫柔地跟你說什麼話？」

「居然有得商量嗎？那麼，溫柔地喊我哥哥，然後其他什麼的我就不跟你計較了。」

彷彿是想逼那爾西四度沉默一樣，從剛剛到現在，暉侍口中說出來的話沒有半點正經，但這次那爾西很乾脆地忽略了他，直接切入重點。

「你之前一直寄宿在范統身上？」

那爾西在問這個問題的時候，臉色是不太好看的。固然暉侍很想將這話題打混過去，但只怕沒這麼容易。

「我瀕死的時候遇到了范統，就把記憶傳承給他，委託了他一些事情，只有這樣而已。」

「所以之前他會來探病，是因為你的關係？」

「我關心你嘛，他也是不得已的。」

「之前我被軟禁在暉侍閣的時候，去救我的也是你？」

那爾西連續問出的話語，讓暉侍有點招架不住，感覺頭都痛了起來。

「你為什麼每件事情都要問得那麼仔細？那爾西，知道太多並不會比較開心。」

「回答我就是了，不要混過問題！」

「好吧，救你的是他，我只是負責抱你出來而已，出去以後到轉手給伊耶之前又都是他了……」

「別用那種奇怪的詞彙！」

「哥哥的用詞明明精準又貼切。確實是轉手沒錯啊，雖然我只是記憶碎片，但之前跟范統的記憶共通，你後來被伊耶抱走了我還是知道的——」

「不要一再提起那種不重要的事！你腦袋裡到底都裝些什麼啊！」

暉侍成功地讓那爾西的反應從起初的無言沉默變成惱羞成怒。只是，這雖然算比較有動態的反應，仍舊稱不上什麼好反應。

「有一次范統提過一個奇怪的要求，那也跟你有關係嗎？」

「什麼要求？你是說跟你說對不起嗎？那是我託付給他的遺願啊，只可惜到現在都還沒完成，這明明是最簡單的一個……」

「修葉蘭！」

被這樣直呼本名的時候，顯然就是該住口了，儘管問題是那爾西問的，暉侍也只是在回答而已，但他還是老實地停了下來，迎上那爾西氣憤中帶著複雜情緒的目光。

「你為什麼不讓他告訴我？為什麼不在和他借身體的時候跟我說話？對你來說，這是隨便拜託別人、不管有沒有被理解都無所謂的事情嗎！那麼你所做的這個託付又有什麼意義？只要不是你，這一切……到底有什麼意義？」

對於他所提出的質問，這一次，沉默的是暉侍。

他還記得小時候，自己很喜歡看著那爾西。明明是一張跟他一樣的臉，卻會做出和他完全不同的表情，相處的時候他總是盡可能地觀察他的神態變化，畢竟那時候的他知道，這樣的機會已經不多。

但他並不想在那爾西的臉上看到受傷或者難過的神情。

在他告訴他自己要去東方城的時候，他就已經看過一次他的難受，而現在……

「我只是想以最真實的姿態面對你，那爾西。不是頂著別人的面孔、不是必須努力向你說明，讓你相信面前的人是我——在我即將死去的時候，我就已經知道回到你身邊，以現在這副模樣站在你面前跟你說話是不可能的事了，只是我仍然無法放棄，無法就這麼放下……」

說這些話時，他的神情是憂傷的。不曉得濾過了多少矛盾與無可奈何，才構成現在這番告白，而一直以來想說的那句話，就這麼接著說了出口。

「如今我真的以自己的形貌見到你了，這句話就讓我自己對你說吧。對不起。」

道歉的話語說了以後，也沒有因而比較輕鬆。那爾西僵硬了幾秒，還深呼吸了一口氣，才有辦法回應。

「你沒有對不起我什麼。」

與其說這是個陳述句，倒不如說是拒絕接受這個道歉。

只要接受了，一切就會結束。

只要接受了，這個人就會從此消失，因為已經得到了他的諒解。

不知道為什麼，那爾西就是這麼想的，而聽他這麼說，暉侍以低低的聲音接續了自己的話語。

「如果你不願意接受，就靜靜聽我說吧。對不起，我對你說了很多謊，說要回來，其實在說的時候就不覺得能兌現。對不起，我總是拿你當作我的藉口，我之所以軟弱，一直都是我的問題，不是因為你……」

如果剛才那爾西還忍耐著什麼，在暉侍說完這些話後，他似乎就忍不下去了。

「你總是這個樣子！自顧自地出現，自顧自地離開，消失了那麼久以後就這樣死在外地，現在好不容易回來，卻又告訴我很快就會不見！一再重複很有趣嗎？你真的以為，十幾年的等待與空白，我就會澈底忘記然後一點也不在意？」

「你以為我願意嗎？我也是無可奈何啊。」

「你為什麼要無可奈何？」

那爾西問完以後，也不等他回答，就繼續又問了好幾句話。

「你為什麼要我好好活下去？反正都一樣不會回來，你為什麼不投奔夜止，至少能在你喜歡的地方過開心的日子？」

他所問出的問題，不管哪一個都很難回答。暉侍如果現在回答「不就是因為你」，那就形同自打嘴巴，和他前面所說的話互相牴觸。

真的是「因為你」嗎？

他處於一片茫然。

「那爾西……」

「你不回答這些問題嗎？」

「你只是在逼迫我從無解的事情裡硬是找出一個答案。」

「這就是你的回答？」

「不。不是的。」

暉侍沉靜地否認後，短暫地別開了臉。當他重新面向那爾西時，臉上的神情也轉為苦笑。

「我總是搞不清楚你需要的是什麼。應該對你說的不是抱歉，應該對你說的，我始終都放在心裡……我喜歡東方城，喜歡在那裡過的生活，這些你都沒有說錯。」

宛如將話語說出口也需要勇氣一般，他覺得自己彷彿微微顫抖著。

「但我之所以無可奈何，之所以即使自己會死也希望你好好活下去，是因為我愛你啊……」

那是沒有任何理由，自己也不明白為什麼的事情。

不是以義務或責任來說明詮釋的東西，那樣的情感，就如同手扣在一起，就能感應到的血脈相繫。

寧願以所有的痛來記得，也不願意忘記。

最後就連忘記能夠比較幸福的念頭，都成了一種痛。

「……」

那爾西就這麼呆滯地看著他，像是難以做出回應也仍在消化這句話似的，發不出一點聲音。

此刻充斥周圍的氣氛讓人無所適從，也找不到方法扭轉。為了讓對話能夠進行下去，暉侍只能再一次道歉。

「我在信裡說藏在我房裡要給你的禮物……好像因為我死了所以被處理掉了，所以今天也沒拿來送你，真不好意思。」

「……」

「好吧，其實我有問過那些東西到哪裡去了，珞侍好像以為都是要給他的，我總不好再去跟他要回來，所以就……」

「……」

「哈哈哈，該不會你一點也不想要禮物，只是要我的人吧？嗯，我說笑的，反正……」

「你難得說對一句話，修葉蘭。」

「……」

這回換成暉侍無話可說。

「那……哥哥人現在就在這裡，隨你宰割，有什麼不滿就發洩一下吧，你揍我我也不會還手，但是不要殺我，我搞不好會直接人間蒸發。」

「我不知道你在想什麼，你所謂的愛這麼奇特嗎？」

「親愛的那爾西，不要這樣挑哥哥難得慌張心虛的時候緊咬著不放，你臉皮這麼薄，哥哥遲早有機會玩回來。」

「你不是五天就會消失了？」

那爾西挑了挑眉，不悅地指出這一點，於是暉侍只能乾笑幾聲，掩飾自己的失誤。

「說到這件事，你以前不就玩得很開心？你知道你的信我會唸給恩格萊爾聽嗎？你知道有些信糟糕到我必須欺負他看不見、臨場自己隨便編造內容嗎？」

「不，那是……」

暉侍言詞間狼狽地想要閃躲這個話題，不過這時候，那爾西不曉得從哪變出了一疊信紙，宣洩不滿般地抽出一張，連展開的動作都沒有，就直接在他面前背了出來。

「給親愛的那爾西：你的容顏好比東方城初綻的鮮花，我只要看到這些可愛的花朵就想到你——」

「那封是寫錯的！寫錯還寄錯是我不對，你沒回信我也不會知道寄錯了啊！」

「給親愛的那爾西：街上內向含蓄的女孩子就跟你一樣嬌嫩欲滴，因為跟你美麗的身影重疊，我都不知道該怎麼對她們出手……」

「怎麼又抽下一封唸了！這封是——應該說，一般人看到這種信再怎麼樣都會回一下，就算是抱怨怒罵也該回吧！我只是想確認你到底是不是不能回信而已，或者你根本沒看過，你為什麼要通通背下來！」

「我沒有刻意背下來，這根本看過就無法忘記了。像花朵一樣美麗的男人只有夜止的綾侍吧？嬌嫩欲滴的應該是你的小珞侍吧？」

「小珞侍是音侍在叫的，我沒有這樣叫他，至於前一句話，你最好別讓綾侍聽到，他很可怕的。」

暉侍覺得自己都快胃痛了，分離後因為淨化咒作用而產生的劇痛，這兩天好不容易趨緩，現在跟那爾西講著講著又有快要復發的感覺，只能說自作孽不可活。

「……我知道他很可怕。」

那爾西被綾侍抽取記憶的陰影顯然還沒消退，暉侍雖然搞不懂發生過什麼事，但此時似乎也不適合深究。

「所以，你是不能回信，還是不想回信呢？為了讓哥哥安息，給我一個痛快吧。」

「我不想回信。」

那爾西回答得很快速，暉侍的臉孔卻因而抽了一下，因為這是他不太想聽到的答案。

「其實只要經過他們的檢查，確定沒有不合宜的內容，我還是可以寄信的，但除非那些老傢伙要求我給你信息，否則我不會回你任何一封信。」

「你的答案……還真是殘酷啊……說個謊也好，這種時候為什麼要這麼老實呢……」

「你連我為什麼不回信都沒有勇氣問嗎？」

「你就這麼想讓我死得明明白白？那我姑且問一下，你為什麼不回信？」

暉侍死灰般的臉色說明了他心情很差，抱持著反正都到了這種地步，再多來點打擊也沒差的想法，他問出這個問題。

「因為我想讓你死心。」

猶如想起當時的感受，那爾西微低下頭，半垂著眼皮說完了剩下的話。

「就這麼放棄我……或是為了知道原因，回到我面前，親口問我為什麼……」

若說剛剛的回答讓暉侍心如死灰，那麼那爾西現在的補充，就是讓他不知所措。

由於他沒有即時回話，那爾西便又解釋了一句。

「即便真的要寫信，我也不知道想不出內容。因為沒有辦法說謊告訴你我過得很好，還不如就不要有任何音訊，比較好吧。」

控制皇宮與皇帝的長老團，不會他是人質就讓他單純地好好過日子。人質最基本的要求其實也就是不要死掉而已，如果他照實寫信，也只會讓人擔心。

「……嗯，我該說太好了，你果然是我弟弟嗎？我們好像，想的都是差不多的事情呢……」

希望對方活下去，不希望對方擔心自己。

想要忘記對方，也想被忘記，然後再驚覺自己雖然認為「要是能這樣就好了」，卻其實一點也不希望那種狀況真正發生。

「哪裡差不多了？就算明天要自殺，我也不會在今天寫這種失心瘋一樣的信給你，腦袋要壞到什麼地步才寫得出這些東西？你的臉皮究竟厚到什麼地步？」

那爾西甩著手上那些信，收起了原本的感傷，轉為表達不滿的狀況。

「哥哥的臉皮沒有極限，只要被我發現你拿我沒辦法，我就會得寸進尺為所欲為。話說回來，嫌我的信噁心，你還不是收得好好的嗎？原來你對我的愛超過你對那些文字的精神排斥，哈哈哈哈我現在好爽。」

「你為什麼態度可以調整得這麼快？一下子就變成信件上那種無恥的感覺了？」

「你哥哥我是天生的演員，剛剛失態是我一時大意，你就儘管懷念剛剛那個還會慌張的我吧，以後再也沒有了。」

暉侍這番發言，使得那爾西又喪失了言語的能力。總是這樣話講一講就僵掉實在是很無力的事情，雖然該幻滅的早就幻滅過了，但證實自己惦記在心裡的親人是這種樣子，在無法說難聽話的情況下，他只能不予置評。

「那爾西，我們要一起吃個飯嗎？難得有機會聚聚，我們總不是一直站在這裡吹風聊天吧？」

就算可以一直聊天，有講不完的話，久了還是會口乾舌燥的。此外站久了腿也會痠，只有這麼短的聚會時間應該做點別的事——反正該道歉的都道歉了，該問的重點也差不多都問了。

「是該吃個飯……但你想在皇宮用餐嗎？」

沉月之鑰
©水泉
NOT FOR SALE

沉月之鑰
©冰泉
NOT FOR SALE

沉月之鑰
©水泉
NOT FOR SALE

聖西羅宮並不是一個有美好記憶的地方，對那爾西來說如此，對暉侍來說也是如此。

「你的意思是，我們要用餐，只有在皇宮用餐這個選擇？」

暉侍難得將那爾西的話理解得無比精確，見那爾西點了點頭，他頓時有點驚愕。

「不能去外面吃嗎？」

「……」

這個問題最直接最正確的答案是沒錢，但那爾西講不出口。

十幾年不見，好不容易因為發生了奇蹟才得以重聚一天的哥哥回來，他居然連一頓飯都請不起，總覺得再怎麼樣都說不過去，而且還有點無地自容的感覺。

只是，平日吃住都在宮中，沒領薪水的替身工作也就這樣習慣地做到現在，他身上確實擠不出任何一枚西方城的貨幣，請不起就是請不起。

「難道他們不允許你擅自離開皇宮？」

「沒這回事。」

「那麼，皇宮的食物你才吃得慣，外面的食物吃了會腸胃不舒服？」

「沒那麼嬌生慣養。」

「還是你這張臉隨便出去被看到會有麻煩？」

「你不要再問了，反正我沒辦法請你去外面用餐，就這麼簡單。」

那爾西死要面子地不想回答出真正的答案，暉侍百思不得其解。

「該不會是……沒有錢吧？」

「不就叫你不要再問了！」

「剛剛我也要你別問那麼仔細，你還不是一直問。」

「那是因為，那本來就是你該交代的事情，而這只是無關緊要的小事！」

「猜中了無關緊要的小事就惱羞成怒呢，有必要這麼在意嗎？沒錢就沒錢，哥哥的遺產又沒被充公，哥哥可以請你嘛，沒錢我又不會嘲笑你……」

「我只是覺得……算了。」

那爾西放棄再繼續說下去，糾纏於這個話題，對他來說一點好處也沒有。

「那爾西，笑一個嘛。放鬆一下臉部的肌肉，讓我看看你的笑容吧，你都不笑，好像很嚴肅或者不太高興的樣子，一切都過去了，還有什麼事情讓你這麼心煩呢？應該要開心一點啊。」

暉侍試圖以輕鬆的口吻逗他笑，但沒有任何效果。

「我辦不到。」

「怎麼會辦不到，你這輩子總該有笑過吧？」

對暉侍來說，露出笑容是跟呼吸一樣自然的事情，那只不過是調整臉部肌肉就能達成的簡單任務，他不明白那爾西有什麼理由說自己辦不到。

「現在沒有什麼發自內心想露出笑容的事情。」

「我們好不容易相見了，不值得高興？」

「但你很快就要再度消失，不是嗎？說什麼高興、慶祝，到了明天又是一場空，全都像假的一樣……」

暉侍對他感到有點頭痛。這種話講一講，對方就會自己陷入憂鬱的狀態，說不頭痛真的是騙人的。

「就當是滿足我的願望，笑一下啦。」

「已經說辦不到了。」

「那麼，抱一個？留個紀念也好啊，跟哥哥來個熱情擁抱吧，那爾西？」

暉侍故作瀟灑地張開臂膀，一副等著那爾西回應的樣子，其實他猜想這個要求也會被拒絕。

所以，當下一秒那爾西真的靠過來擁抱住他的時候，他一下子嚇到差點停掉的心臟，告訴他什麼叫自作孽不可活。

以那爾西的個性，應該只會唾棄他不正經而已啊。

「是你說要擁抱的，為什麼不回擁？」

「對不起哥哥是開玩笑的沒想到你會當真，你還是放開我吧我錯了我覺得有點害怕……」

「哥哥。」

突然傳進耳裡的，來自那爾西的呼喚，讓他忘記了身體的緊繃。

不是真的放鬆了，只是忘記緊繃這件事而已——這種時候覺得「回來還是有好事情」、「現在是福利大放送嗎」似乎都不太對，因為將臉埋在他肩膀的那爾西微顫著，應是正在難過。

他們鮮少有這麼貼近的接觸，那些狀似相親相愛的行為，即使是小時候也幾乎不曾有過。

或許那爾西沒有直接將內心的希望說出口，但他想表達的意思，其實跟珞侍是一樣的。

為什麼終究還是得消失？

真的不能留下來嗎？

由於無法說出一個不會實現、隔日就會揭破的謊言，所以他不知道該怎麼安慰他，淡化他此刻的悲傷。

會難過的不是只有他們，他自己也會的。只是他一向選擇漠視、忽略自己的感受，只因為這不是最重要的，不是需要優先被放在前面的事物。

這個擁抱究竟持續了多久，暉侍沒有計算。猶如不想再放手般的心情，他不是不能了解。

如果一定得離開，為什麼還要像惡作劇一樣地回來？

他想來想去，最後還是只能歸咎於命運很愛耍他，耍他的同時，自然也順便連累了他身邊的人。

東方城的貨幣現在有管道可以在西方城兌換，因此在由暉侍出錢的情況下，他們還是順利地得到一個包廂，安穩地吃完了飯。

他們之間的交談，大概都是那爾西單方面地問他問題，讓他跟他說說在東方城過的生活，了解那未曾有機會參與的部分。

照理說他也該關心一下那爾西的過去生活，然而，與隱瞞身分前往東方城後被接納的他不同，那爾西在西方城過的日子，根本是不該強迫他回想的事。

假如那爾西真的想將過去的黑暗跟痛苦告訴他，那他自然會聽，主動問出來似乎比較不妥。因此他也只能繞過這些，只問近況，就這麼消磨時間直到黃昏。

暉侍跟那爾西一起回到宮門後，那爾西輕聲跟他道別。而在他笑著問他怎麼都不留戀，居然不多留他一會兒後，那爾西則沉默了半晌，才和他說這樣就夠了，至少在這裡理智分離的話，他不至於會讓他為難。

所以，再留久一點就不保證會不會潰決了嗎？

他想這樣問他，但最後還是帶著理解的笑容，跟他說了再見。

在離開西方城時，暉侍的心緒在雜亂中透著一股平靜。

到底應該立即回去，還是再逗留一陣子散步，他一時之間也難以決定。畢竟還有下一個約會，雖然沒約好準確的時間，仍是得赴約的。

城外的荒野有少許活動中的新生居民，為了避開生人，他特地挑了比較偏僻的路，也因為這樣，當腳步聲伴隨著呼喚自己的聲音從後方出現時，他才會為之一愣。

特別是認出那個聲音，回頭瞧見某個數日不見、理當在東方城等自己的身影時，他終於不由得訝異地喊出對方的名字。

「范統？」

范統的事後補述

打從我一早起來，今天就過得很慌亂——我覺得睡掉那麼久的時間真的是上天故意來添亂的，這根本就打亂了我所有的計畫！

練了一個小時的出竅符，發現始終寫不出一張有效符咒後，我幾乎就要放棄了，只是，就這麼放棄然後等暉侍結束跟那爾西的會面來找我，好像又太被動了點，這讓我不得不翻翻那些跟阿噗討來的符咒，找看看有沒有可以用的東西。

如果事情真的那麼順利，我也不必如此焦頭爛額了。事實證明，就算平時有準備一些符咒，不算臨時抱佛腳，我依然找不到可以替代出竅符的符咒，眼見暉侍應該已經出發去找那爾西，我簡直不知道該怎麼辦才好。

先前已經獲取過一些情報的我會這麼堅持要去觀察，大概是因為……我覺得我很多方面都很笨拙吧。

雖然我得到了暉侍的記憶，也跟暉侍腦內對話過無數次，但大半時候，我都看不見他的臉。

看不見臉是很糟糕的事情，因為看不見臉，我就看不到他的表情，要我分辨出哪句話是謊言、哪句話是開玩笑，然後哪句是真心話，我怕我真的分不出來。

相處得這麼久了，從語氣間總是可以聽出一些端倪，可是萬一他掩飾得非常好呢？

神情終究是可供判斷的另一個線索，但之前我很少看見他的臉，不清楚他表情變化的差異，而我就只有最後這半天可以觀察而已，在那爾西面前他應該會暴露出很多真實吧？

我要去找他問清楚所有的事情，所以這很重要。

我不希望被他敷衍帶過，隨便幾句話語就騙過去，所以這很重要。

我不懂他口中的消失是怎麼回事，所以，這很重要……

對我而言他已經不是無關的外人，即便他可能不想要別人干涉，我還是無法就這樣放著不管。

於是我在一時想不開的情況下嘗試了同時疊加使用三張匿蹤咒的技法，中間當然也爆炸了幾次，幸好後來還是成功了。

沒有武器加持的情況下，其實我很擔心匿蹤的效果這樣還是不夠，雖然月退為了讓我方便出入西方城跟聖西羅宮，給了我能夠順利通關的物品，但……最主要的還是不要被當事者發現啊。

暉侍不會符咒，那爾西雖然有珞侍指導，不過也只是學習符力去融入他的法力而已，況且還在初期階段——我抱持著僥倖的心態，就這麼去了，而等我上到天頂花園時，他們已經講話講一陣子了，我只能默默待在一旁觀察，然後覺得自己好像有點不像話。

窺見別人情感流露的一面，總是會讓我有種做了什麼虧心事的感覺，明明我沒那個意思，可是用「只是因為關心」來解釋的話，我覺得實在很像藉口啊，這樣的話，世界上所有造成人家困擾的跟蹤狂與偷窺狂不就可以名正言順地說自己無罪了？

所以我該用來解釋的話語是……「只是意外」嗎？

雖然這些都是我自己要做的，卻還是會產生一些為什麼要來蹚渾水的想法，特別是他們要去吃飯的時候。

看著別人吃東西，自己卻得餓肚子，就只能這樣看著他們吃……這到底是個什麼樣的懲罰啊？

在離開家的時候，我有考慮過吃的問題，所以先胡亂啃了一些公家糧食才來，但他們從中午吃完，又待到傍晚，我當然還是會餓嘛！我也想帶著乾糧備用，問題是，我是不能被他們察覺的透明人，吃起東西不就有聲音了嗎！那豈不是一下子就破功！

我覺得我的煩惱都是一些很普通但是很破壞氣氛的煩惱。這些煩惱真的很實際，可是我又會覺得煩惱這些事情的我，很讓人無話可說……

等到暉侍跟那爾西終於道別時，我心裡已經累積一大堆問題想問他了。

可能是問題太多，一下子整理不出頭緒，當我看四周剩下他一個人，因而解除匿蹤叫他時，不知是否有點著急到氣急敗壞，我甚至無法去考慮如何解釋我為何會在這裡的問題。

那或許是因為，在我叫住他之前，夕陽餘暉下，他看起來……

真的……就像是快消失了一樣。

章之六　以你的手，圓我願你畫下的夢

『不是所有人都能接受你離開，因為只有我知道，你所剩下的並非只有記憶，無論是幻世還是我的世界，你都不該變成「曾經存在過」。』——范統

『若過去的黑暗終結在死亡的那一刻，那麼在最後一瞬間予我未來的光明，一定就是你了吧……』——修葉蘭

暉侍並不覺得范統是沒事會來西方城周邊遊蕩的人，要說他剛好到附近來，在這裡巧遇了自己，他是不相信這種巧合的。

但特地追究這點似乎沒什麼意思，所以他驚訝過後，隨即維持正常的態度跟他打招呼。

「怎麼啦？我們不是約好今天的後半段嗎？我以為你會待在東方城等我去找你呢，居然自己跑來了，這麼迫不及待？」

「我……」

范統似是因為他太過尋常的態度而噎到了，加上還沒整理好想講的話，發了個聲後便糾結地停住。

還好在尚未想好要講什麼的情況下，詛咒不會強制我講反話，因為根本就沒話可講嘛……

所以我到底要講什麼？要從何問起？

「既然你人都來了，那乾脆就在這裡談吧？你會想跟我約，就是有話想問我，對不對？」

暉侍十分善解人意地用這話開了頭，督促他問問題，但他這樣輕描淡寫地說來，范統反而有點生氣。

「你也知道我沒話問你！那天就不立刻回答我！」

「噢，不就說了要整理情緒嗎？雖然我們關係特殊，但還是要尊重彼此的隱私空間嘛，我知道讓你等這幾天你一定很急，先跟你說聲抱歉，就別生氣了？」

范統覺得對暉侍說的話好像都會被他軟綿綿地打回來，讓人使不上力，特別是觀察了這幾天，加上翻記憶的事，都使范統有種沒尊重對方隱私的心虛感，這下子更加不知從何說起。

「反正你慢點說清楚怎麼回事！」

在這種情況下，范統只好先這麼要求，先聽聽看暉侍會怎麼說，再決定要如何提出問題。

「我就說我是從你那邊分裂出來的記憶碎片，大概過五天就會消失，也就是晚點你可能就看不到我了，不就這麼簡單嗎？」

聽他拿對大家交代的說法來敷衍自己，范統剛剛的心情複雜立即被憤怒壓了下去。

「你騙誰啊！什麼記憶碎片、影子，如果你真的剝離出來，為什麼我腦袋裡屬於你的記憶沒有留下？我現在還是不會劍術、還是看不懂東方城的文字啊！」

我是說記憶都還在我腦裡！那些你才會的東西我也沒有忽然不會了！

「喔，那就是複印出來的吧？這只是個小小的誤會，沒什麼差別啦。」

「什麼大大的誤會啊！根本是小小的謊言吧！誰會不相信記憶能做那麼多事情，記憶是死的，但你分明是活的啊！」

范統無法理解暉侍有什麼必要一直強調自己是記憶，這種說法也許瞞得過其他人，但對成天被暉侍糾纏完成遺願、借用身體的他來說，根本就破綻百出。

「不然你要我對大家說我是靈魂碎片嗎？或乾脆說我是暉侍本人，這樣會比較好嗎？」

暉侍看起來有點疲憊，語帶無奈地鬆口時，別有一種自暴自棄的感覺。

「如果這不是事實，你為什麼不這麼說？」

我是說這才是真相吧，你為什麼要用另一個謊言來蓋過它？

「難道把別人說成記憶的影子，就只為了增加一些麻煩，好圖個清靜？」

「清靜的是你吧，少了一個囉唆的我，我想你這幾天應該睡得很好才對，這只怕是久違的安寧生活呢？范統。」

「我現在的清靜感覺超好的！」

聽他不悅地這麼說，暉侍笑了笑。

「真好呢，共生了那麼久，就算是反話，我也可以清楚地知道你要說什麼。」

范統覺得他一直在說些不著邊際、沒有重點的話，完全沒有回答到他的問題。

我管你懂不懂我要說什麼、懂不懂我現在說的是反話還是正常話！你是在揶揄我套不出你的真心話嗎？牆壁築那麼高要死啊！你就老實一點會怎樣嗎？

「你不要一直面對問題，說謊總要有個理由吧！」

「理由當然存在，但你知道要做什麼？」

「你這話好像『我們又不熟我有什麼義務一定得告訴你』一樣，你不是這樣想的嗎？」

「喂喂，范統，你何苦這樣逼問我？你知不知道你有個壞習慣，別人越不想講的事情你就越要問出來，這樣有的時候不太妥當吧。」

「我沒有這種好習慣！一般來說那些別人很想講的事情我還是會迴避的，接觸別人的祕密或光明面本來就沒什麼壞處，你以為我很想問嗎？還不是因為你很不對勁！」

「真高興我得到如此殊榮，讓你一而再再而三咄咄逼人地追問啊，你這段話反話連發的程度也讓我嘆為觀止，不過不必擔心，我都腦內翻譯完成了，我完全了解你想說什麼。」

「那你就迴避我的問題啊！」

「因為我五天就會消失，在淨靈效果下什麼也不剩，你們再也找不到我。」

暉侍這次倒是很乾脆，言簡意賅地做出了回答。

「淨化咒抹滅邪咒，我是被驅趕出來的惡靈啊。你要我這樣告訴他們嗎？讓他們覺得是自己做出來的符咒銷抹了我的存在，讓珞侍知道他動手擲出的符咒驅逐了我的靈魂？」

他講這些話的態度，就像這些事情都事不關己一樣，欣賞完范統驚愕的表情，還有心情繼續跟他說笑。

「早叫你不要問，就偏愛問。不知道不是比較好嗎？反正你以後都可以像這幾天一樣清靜啦，我也只是消失而已，反正我早就死了，世界上再也沒有哪個地方找得到我的蹤影，這才是正常的狀況吧。」

「……你為什麼還笑得進去啊？你不只不想讓大家知道，也不為自己難過嗎？」

對於范統咬牙切齒問出的話語，暉侍顯然沒有太大的反應。

「這有什麼好難過的，又沒什麼不好。大家總是希望一切能完美圓滿，但我就是其中的那一點缺憾，你們才不會忘記我啊。」

「就只要不忘記就足夠了嗎？」

「不然還能怎麼樣？」

暉侍聳了聳肩，語氣間雖然無可奈何，卻又透著一股消極的絕望。

「死人不該擾亂活人的生活，所以原生居民才不會化為新生居民重生，因為這樣會讓世界失序。既然如此，死了就要認命啊，偷偷寄生在別人身上存在了那麼久，嚴格來說是賺到的，我已經交代清楚了，消失的時候我也不想旁邊有其他人，所以，你就跟他們一樣和我道別吧。」

彷彿想快速結束對話一般，暉侍說著說著就自己下了結論。

然而范統卻抓住了他，說出他沒想過會聽到的話。

「跟我去沉月祭壇找噗哈哈哈，我不相信沒有辦法！我……我可以讓你回我身下，就算恢復成以前的狀況也沒有關係，跟我走！」

他表達出了他的在乎，甚至願意退讓、容忍他這個給他帶來過無數麻煩的「惡靈」繼續和他在一起。

可是暉侍聽了，卻忍不住笑出聲來。

「范統，都這種時候了，你還說這麼糟糕的反話啊，你這樣子，我就算流淚也是笑出來的啊，就算我看起來不難過，你也沒必要讓我笑到哭吧？」

「你哭什麼哭！我不是認真的，誰教你笑了！離消失還有多久？別再開玩笑了！」

范統知道自己為何而生氣，因為暉侍看起來滿不在乎。

不在乎接下來的一切，不在乎自己會怎麼樣，就如同只要求所有人都放下對他的在乎，他就只要求這件事。

「剩下多久的時間並不重要，因為我沒有要跟你去。很高興你願意讓我回你『身下』，但這實在是沒有必要的事情啊，成功率也不高吧？」

「你連試一試都不肯嗎？別顧著忽略那兩個字，現在不是讓你誇獎我語障的時候！」

「別一時衝動因為同情或者憐憫做出錯誤的抉擇，你會後悔的，范統。明明是你的身體，卻住著另外一個人，真的一點也不覺得討厭嗎？從來沒有覺得不方便？從來沒想過為什麼會是你，這麼倒楣的事情怎麼不去發生在別人身上？」

暉侍忽然一連問了范統幾個直刺內心的問題，害他一時答不上來。

「總不會是因為只有這個方法，所以你只能妥協委屈吧？你或許會覺得我為什麼不跟你商量，為什麼不請求你幫忙，但是這麼厚臉皮的事情，我怎麼可能一再地、每次都希望你答應呢？」

從在沉月通道裡請求范統接受他的遺願時，他就已經欠下了永遠還不清的人情。因為沒有辦法還清了，最低限度能做的，就只是再也不要造成對方的困擾而已。

「——你又不是我，你怎麼知道我一定會後悔！」

剛才那幾個問題，范統的確難以回答，然而回答不出來，不代表他會就此放棄。

「的確不可能毫無怨尤啊，那是正常的人才辦得到的事吧！你為什麼要拿一些一定不會發生的事情來講，將那些當作是不能接受的證明呢？就連一般和人相處都會常常有摩擦跟不愉快了，難道因為這樣就切斷跟所有人的往來嗎！」

「對啦對啦，但是困擾的事情不是能免則免嗎？我沒有要求你像個聖人，也沒說你要絲毫不嫌棄我，我才敢住回去，我只是想讓一切在這裡結束而已。該傳達的也傳達了，誤會或心結多少也化解了，我已經善用了這五天，我其實一點也不想留下來啊哈哈哈哈。」

范統感覺到暉侍想掙開他的手，於是他將手抓得更緊。

「他們的心結化解了，他們的人生可以繼續好好地過下去——」

就著如此近的距離，他一口氣說完了剩下的話。

「但是你怎麼辦呢？你心裡考慮的都是別人，你自己怎麼辦呢？就這麼在這裡結束的話，你的人生還是沒有任何改變啊！」

在他幾乎用吼的說完這些話後，他看見暉侍睜大了眼睛。

他想要看穿他真正的心情，賭他其實不想離開。

抓到他短暫出現的破綻，不被他用來掩飾心情的表面說詞所蒙蔽——然後說服他，別再消極地用消失來當作結束。

「……范統，詛咒消失了？」

「消失了。我說為什麼每個人反應都不一樣！總是先問我這個！你剛剛愣那麼短的時間是在驚訝這一點嗎？有那麼難消失就好了啦！」

大概也知道這樣裝傻下去會惹惱范統，暉侍乾笑幾聲後才道歉。

「不好意思，我只是……一時之間，有點不曉得該說什麼，只好轉移一下話題，你不會計較吧？」

「剛剛才說不能厚臉皮，現在就厚著臉皮要我跟你計較了啊！」

「你不懂啦，我大概有百分之三十的機率會用厚顏無恥來掩飾自己的尷尬，你要給我台階下啊，不然我只能繼續裝傻下去了。」

「好，我現在就給你台階上，快點跟我去沉月祭壇找阿噗。」

「我想先說一下，如果去了還是不行，你也不要難過啊。」

「月退都不行，你為什麼行！」

「狀況不一樣吧，況且他有王血，世界不能失去他，他是特別的。」

「你囉唆那麼少、煩惱那麼少做什麼！一定要拿整個世界當籌碼交換才能成為特例嗎？你應該要覺得你能成為例外是很不爽的事情，這才是你不正常的反應吧！」

瞧范統一副很想揍他的樣子，暉侍也說不上來盈滿內心的是何種心情。

停頓了一會兒，他這才對范統露出淡淡的微笑。

「說得也是呢，那就恭敬不如從命了。」

包覆著沉月祭壇的白繭，一般情況下是杜絕外人以及高階武器護甲進入的，不過每次噗哈哈來這裡待幾天後，范統總是要來接他回去，所以范統要出入還是不成問題的。

想到這點，范統就會覺得自己好像什麼地方都能去，身為一個小小的東方城新生居民，這些可遇不可求的特殊待遇讓他不曉得該困擾還是暗爽。不過，今天他除了來接噗哈哈，也要請噗哈哈幫忙暉侍的事情，這點心情上的複雜，就暫時擱置了。

帶著暉侍進入祭壇內部後，范統很快就看見了漂浮在半空中打瞌睡的噗哈哈，以及趴在他腿上撒嬌的沉月。說起來，每次來接噗哈哈，他都覺得這個瞪著自己的少女神器很可怕，但也只能硬著頭皮把自己的武器帶走。

叫醒噗哈哈，吸引他的注意力後，范統尚未開口提出要求，噗哈哈就先睜著惺忪的睡眼做出詢問。

「奇怪，本拂塵不是叫你事情辦完再來嗎？你把這假黑毛拉來做什麼？」
『喔，是這樣的，因為……說來話長，反正，我不希望他就這麼消失，阿噗，你可不可以讓他回我身上啊？』
為了讓溝通順利進行，范統使用心靈交談向噗哈哈提出他的請求。
不過他一說完，祭壇內的氣溫立即降低了十度。
「絕對不可以！范統你有種再說一次！本拂塵絕對不會讓他回來分享我的空間，他憑什麼繼續住在你身體裡？分離了就分離了，范統你有病啊！」
即使噗哈哈處於暴怒的狀態，沉月依然安然趴在他身上，被他嫌煩揮手驅趕後，便飄到他背後改為掛在他後面的狀態，完全無視這兩個不速之客。
『可是，這樣他會消失啊！回我身上有什麼關係嘛！』
「免談！不是武器也不是護甲，跟本拂塵搶什麼主人，范統你每次都要本拂塵幫忙就算了，居然還是為了這種事情，你皮在癢嗎！」
『什麼啊，是武器或護甲就可以搶嗎？你還不是不准……』
「是武器或護甲，本拂塵就可以名正言順地提出決鬥讓他滾，但是一個普通原生居民的靈魂，本拂塵想滅了他也嫌失了身分，范統你根本不懂問題在哪裡！」
范統充滿了無奈。
最近好像很多人說我不懂問題在哪裡，但我心裡也常常覺得別人不懂問題在哪裡。所以，問題到底在哪裡啊？

「范統，他不同意的話就算了……」

站在後面的暉侍插嘴說了一句，范統則對他搖頭。

「你等兩下啦，我再跟他溝通。」

「沒得溝通！就說不行！無論如何都不行！你休想拿東西來討好我，不管用什麼條件交換我都不會同意的！」

『所以阿噗你的意思是辦得到，只是你不想幫忙？』

「本拂塵不想回答這個問題。」

『他會消失耶，就算你恨不得他消失，但是我會難過啊，如果不能讓他回我身上，那還有別的辦法可以讓他留下來嗎？』

范統問這句話的時候，噗哈哈正煩躁地抓住攀在背後的沉月，把她拎到前面來。聽范統這麼問，他臉色難看地沉默了一會兒。

接下來他所做的事情也很簡單。

伸手一揮將暉侍掃進旁邊的沉月通道後，不理會范統的驚呼，噗哈哈無言地看向手上提著、正委屈盯著自己的妹妹。

「把那傢伙搞定。」

基於再找不到可用人才填補官職空虛可能會累死自己，那爾西這幾天投入公務之餘，也不得不撥出時間審閱資料，看看有沒有能安排上任的人。

桌上那一疊資料，他邊翻邊丟，反正用不上的就沒有價值，隨手亂扔也沒什麼關係，自然會有人來收拾。

當他翻到中間看到某張資料時，他的手停了下來，目光也如同凍結在紙上一樣，良久，他才喊了外面的侍從，將這份資料交給他。

「去叫這個人過來。」

等待人出現的時間裡，他揉著自己的額側，不知是否為了平緩情緒。等到那個本以為再也見不到的人影推門而入時，他仍懷疑這一切的真實性。

「你不是說會消失嗎？」

「出了一點小狀況，我也不知道該怎麼跟你們解釋，總而言之……我好像可以留下來不再離開了，這次是真的。」

「回來了不會直接來說一聲嗎？遞什麼求職申請，一定要用這麼彆扭的方式？」

「因為之前會消失的話說得太肯定，我不知道該怎麼出現嘛，至於求職申請……既然都要在這個世界繼續生活下去了，我總是要工作報效國家的吧，賞我個職位，快讓我靠裙帶關係討口飯吃。」

「哪裡來的裙帶，你倒是說說看。」

「你再怎麼樣也有一點人事安排的權力吧，真的當我是騙子，欺騙你的感情，氣到不給我工作，那我就只好去東方城啦……」

那爾西無話可說地看著面前這個笑得一臉歉疚的人，然後默默拿起了擱置案上的筆。

「就給你個工作，順著你的意思吧。」

以平淡的聲音這麼說完後，他在資料上流利地批了指示，並蓋上了屬於皇帝的鋼印。

以和平交流為前題的情況下，東方城與西方城先前就談過互相派駐官員當外交使節了，在尋覓適當人選的過程中，延著延著，好不容易談定了西方城派人過來的日期，珞侍便將上午空下來，為接見外交使節做準備。

由於手邊只有官方資料，珞侍只知道西方城派來的是新選出來的梅花劍衛。雖然事前他們也想收集情報，無奈西方城對這個新任魔法劍衛的資訊保密到了極點，他又不好直接問月退或那爾西，只好等人來了再看著辦。

儘管兩國的統治者有交情，但私交跟公務不能混為一談。對方是正式派駐的使者，就該照規定的禮儀接待——珞侍還在思考模擬等一下言談舉止的分寸時，綾侍就鐵青著臉進來了。

「人已經到了，出去接見吧。」

綾侍言語之間透露著不想多談的疲憊，看他這個樣子，珞侍不由得訝異。

「怎麼了？是個難相處的人嗎？」

「是個這輩子都不想再看到的人。」

「有這麼糟糕嗎？」

大概是這個形容法太過嚴重的緣故，珞侍還沒見到人就有點被嚇到了。

「你自己出去看看就知道了。」

綾侍雖然這麼說，但在珞侍動身要出去的時候，他還是陪著一起重回大殿。

因為綾侍把對方說成那個樣子，步入大殿的時候，珞侍心裡其實稍感忐忑。

遠遠看過去，違侍神色不佳地站在旁邊，那個穿著西方城服飾的人則正背對著他跟音侍交談，看起來有說有笑的，而在音侍注意到他，喊了一聲「小珞侍來了」時，那個人也轉過了身子，讓他看清了臉孔。

他一步一步地向他走來，在他面前停下，向他行禮致意。

珞侍從那雙帶著笑的藍色眼睛裡看見自己的身影，而後不自覺地，眼眶發熱。

「我的名字是修葉蘭，西方城剛就任的梅花劍衛，目前派駐到東方城來進行友善外交活動，請多指教，國主陛下。」

如果王血注入儀式的成功，是屬於這個世界的奇蹟……

那麼只限於他們身上的奇蹟，一定就是此時此刻，宛如夢中才會發生的光景了吧？

范統的事後補述

我就說求阿噗一定有用，雖然阿噗只是支使他老妹做事，但至少——還是有達到目的嘛。

在沉月不太甘願的協助下，暉侍應該算是被砍掉重練成為新生居民了，只是好像因為靈魂曾經受損，其實狀況還是不太穩定，結果頭髮依然是黑色。

我本來也只是覺得頭髮為什麼是黑色，所以疑惑地問問看，沒想到沉月就像被質疑技術有問題一樣生氣了，不只用火冒三丈的語氣跟我解釋了一堆，說這是暉侍自己的問題，還說如果不滿意可以多殺他幾次，搞不好其中一次從水池冒出來就會是金髮……誰要為了髮色做這種奇怪的實驗啊，黑髮就黑髮，也不會怎麼樣，連個問題都不能問，阿噗你妹真的很難相處耶。

根據暉侍的說法，之前五天就會消失的狀態下，一開始全身都痛，後來趨緩但還是有點抽痛，現在變成新生居民後，這些症狀消失了，似乎可以好好過日子，我也為他感到高興。

本著送佛送到西的想法，我先讓他在我家住了一陣子。他好像又要整理心情，真不知道他為什麼可以這麼糾結，大概是因為之前說自己會消失，結果卻留下來了，導致先前講的話又變成說謊，生怕在弟弟們心中自己變成騙子吧？

但既然他都留下了，自然不可能瞞著所有認識的人過活，那是沒有意義的。就算他靠當侍存的積蓄可以活很久，我仍得將他趕出去，要他別一直躲在我家，後來他捎來跟那爾西見了面，要去當梅花劍衛的訊息時，我還跟他說了恭喜，原本以為此後大概久久才會碰頭一次，沒想到他居然為了替找不到外交人選的那爾西分憂解勞，主動請調到東方城來。

街頭巷尾天天碰得到的感覺，真不知道該哀傷還是開心啊……

說到這個，他原本還想告訴大家會變成新生居民回來是我的功勞，不過我一聽說他有這個念頭，立即就阻止了他。

開什麼玩笑！說出去的弊大於利啊！一開始說不定少數幾個人會感激我，但馬上就不是這樣了好嗎？

我相信珞侍跟那爾西很快就會發現他是個超煩的人，而且說什麼外交使節，根本成天和音侍大人到處玩樂，完全是敗壞東方城政務的禍首，絕對是綾侍大人跟違侍大人的眼中釘啊！萬一他們知道暉侍之所以可以繼續活著都是我的「功勞」，我一定會被抓去吊起來打！這跟為善不欲人知一點關係也沒有，我是怕被遷怒啦！

唉，從今以後，就要叫他修葉蘭，不能喊暉侍了呢。

還真的是很高興認識你，請多指教啊……

（待續）

✣養鳥記事

有點長的前因

西方城自從少帝復位後，威脅國家的亂源幾乎都解決了，王血注入儀式也順利舉行了，可謂國運昌隆，風調雨順，可貴的和平下，國內事務亦重新上了軌道，國民稱頌著他們的君主，卻不知一切背後的真相。

所謂的真相應該是少帝恩格萊爾在提供王血維繫水池力量後，便三天兩頭拋棄國家往外跑，國家在其部下與替身的努力下才能平安泰順才對，當然，有沒有人知道這件事也不重要了，反正該知道的人都知道，當事者也沒意見就好。

不過在某個總是偷溜的皇帝行為越來越不像話的情況下，「替身難做」這句話也越來越體現在各種事情上，讓人不知道該怎麼說他。

「為什麼這種社交活動也要我代替他參加？」

從公文堆中被抓來虛空一區的那爾西完全進入不了狀況，整個人處在一定要找個人質問以宣洩心中那股荒謬感的狀態。

「因為恩格萊爾不想參加這莫名其妙又沒有范統的抓小花貓團。」

伊耶以同樣死氣沉沉的眼神看向他，回答了他的問題。這句話的重點也不曉得是「莫名其妙」、「沒有范統」還是「抓小花貓」。

「為什麼要叫我代替他來！這有什麼意義？不想來就拒絕啊！」

那爾西聽完這樣的答案，只是稍微了解月退為什麼不自己來而已，這一點也沒有減少他的崩潰程度。

「還不就是什麼打破和平的假象不好，應該友善鄰邦，好好做外交嗎？你就認了吧。」

伊耶冷哼了一聲，以嘲諷的語氣這麼回應。會直接說出和平的假象這種話，其實也大有問題，但現場反正沒別的人聽到，他說話自然不會有所顧忌。

「為什麼其他人都沒有來？」

「減少人力資源的浪費。已經夠浪費了。」

「桌上那些急件怎麼辦？」

「當然是沒有來的人負責處理了，不過絕對不是恩格萊爾。恩格萊爾就算沒有來，也不會乖乖待在宮裡辦公的。」

自從那爾西成為皇帝的幕後替身後，伊耶跟他的關係顯然隨著時間有了很大幅度的改善，看在眾人眼裡當然有點不可思議，然而他們的私交跟公務完全是劃清界線的，該吵公事的時候還是照吵，讓人不由得疑惑他們現在到底交情算不算好。

「那邊應該有兩個是我們的人對吧？」

那爾西指著另一頭行前準備、有說有笑的東方城隊伍，僵直著臉發問。

「我不擅長記人，但你應該沒算錯。」

伊耶隨意瞥了一眼後，淡淡地說。

「我怎麼覺得他們看起來是一夥的？根本就是夜止的人了？」

看著圍繞著音侍的修葉蘭與璧柔，那爾西充滿了想當作不認識他們的感覺。

「表面的和平。友善邦交。」

伊耶以十分不屑的語氣提醒那爾西重點，這時候，那邊那夥人也湊過來打招呼了，帶頭的是音侍。

「啊！矮子！好久不見！」

「你可以帶著那個無禮的稱呼去地獄了，該死的破劍！」

所謂的和平果然是虛假的，和平的假象才經歷一句交談，就輕易破滅了。

那爾西以心情複雜的眼光瞧往伊耶，雖然他說一套做一套、容易被激怒也不是一天兩天的事情了，但用這麼激烈的方式開始今天的交流，怎麼看都讓人覺得不太妙。

「老頭、暉侍、小柔，矮子一見面就罵我！」

音侍碰了釘子立即轉身向身後的同伴委屈地告狀，他的話也引起了不同的反應。

「你再叫下去，他就會殺你。」

就算一向秉持著對西方城不友好的態度，綾侍仍盡了提醒的義務。

「說了別叫我暉侍，我現在是修葉蘭了……咦？這不是那爾西嗎？」

梅花劍衛修葉蘭困擾的同時，也發現了祖國前來赴約的不是真正的皇帝。

「啊，音侍，他只是手上沒好劍所以看著你眼紅啦，不要在意嘛。」

鑽石劍衛月璧柔根本完全倒戈到了對方陣營，不只不幫自己國家的人說話，甚至也不看對錯發言。

「……現在算什麼狀況？真的沒問題嗎？反正你都一開始就得罪對方了，還做什麼外交，我們直接回去讓那兩個傢伙陪同就好了啊？」

那爾西低聲對伊耶這麼說。雖然修葉蘭本來就是西方城派駐到東方城的外交官員，但見到他只顧著跟東方城的人相處和樂，還是讓那爾西難以給自己哥哥好臉色。

「這種時候回去不是好像怕了他們一樣嗎！就算真打起來也有我在，你不需要擔心！」

那爾西認識的人裡面，也只有伊耶能在低聲回覆時依舊以激烈的口吻說話了，既然他這麼說，那爾西只好悶聲不吭地留著，儘管他真的很想回去。

「咦？小月沒有來？我想要小月跟我一起用瞬間秒殺的攻擊把不要的小花貓殺掉啊，換成小暉侍這樣就不能成事了，怎麼辦——」

音侍在注意到來的人不是月退之後，立即以天崩地裂般的表情吶喊出了讓現場的人為之無言的話語。

「小暉侍？」

伊耶嘴角抽動，不予置評地去看那爾西的臉色。

「音侍，你這樣喊會給我一種是在說我不夠力的錯覺啊。」

修葉蘭似乎沒有為自己弟弟正名的意思，只在意稱呼相似會混淆的問題。

「……」

從那爾西的表情可以他非常不適應這個稱呼，相較之下，實力被看不起的事反而還沒那麼嚴重。

先不提這個，只因為想要抓魔獸就找鄰國皇帝當打手的行為，本身也太過分了點，但「跟音侍認真的人是智障，只會更生氣而已」是兩國之間的共識，剛剛伊耶已經當過一次智障了，那爾西並不想跟進。

「只是抓個魔獸你想勞師動眾到什麼程度？別浪費時間了，快一點。」

能當面斥訓音侍的人，恐怕也只有綾侍而已，音侍頓時不滿地垮下了臉。

「老頭，每次都只有你趕時間，你看暉侍跟小柔都沒有意見。」

他舉的兩個例子都不太正常。璧柔是有帥哥看，已經到了連出遊地點都不在意的地步；修葉蘭則從頭到尾都不是個正常人，完全不能拿來當作範例。

「他們外交得很成功、融入得相當自然的樣子。」

那爾西覺得對面那兩個人根本沒有過來跟他們說話的意思，璧柔這樣是正常狀態，修葉蘭的話，大概是礙於種種原因所以不過來打招呼吧，雖然可以了解，卻仍不太愉快。

「不必管他們，反正待會看什麼殺什麼。」

伊耶講出的話似乎有點不符合抓小花貓團的初衷，擅自變更為打野味狩獵團是很讓人困擾的，就算直接困擾的人只有音侍也一樣。

因為音侍困擾就會煩到大家，最後困擾的依然是所有的人……

「好，抓小花貓團前進！今天的目標是跟焦巴一樣會飛的小花貓！」

「走吧走吧——」

「音侍加油！」

「唉。」

綾侍的無精打采掩埋在另外三人的興高采烈中，那爾西跟伊耶決定還是不要跟他們多說話比較好。

經歷了數個小時的腥風血雨後，音侍生氣了。

「啊，為什麼晃了這麼久，都沒看見有翅膀的小花貓啊！」

可能是因為他們幾個人聚在一起的可怕氛圍讓有腦袋的魔獸都避道而行，敢正面衝撞的都是些不長眼的獸類的關係，花了這幾個小時，不但沒有音侍想要的有翼魔獸，連看得順眼一點的都沒有。

「你還是放棄吧，說不定今天沒那個緣分。」

綾侍看起來就是很想盡快結束這無聊活動的樣子，但就這麼放棄，音侍心有不甘。

「音侍，不然那邊那隻怎麼樣？你看，有翅膀呢。」

修葉蘭笑笑地指了一個方向，大家跟著看過去，看見的是一隻癱軟在地、髒兮兮的鳥，跟好幾隻圍在旁邊觀望、互相牽制，看起來都想把眼前的獵物吃掉的魔獸。

有翅膀的只有那隻因為很髒、分辨不出來原先是什麼毛色的鳥兒，一看之下，音侍頓時面有難色。

「唔……雖然有收穫總比沒有好，可是……」

這語氣聽起來就是不怎麼滿意的樣子，綾侍便追加了一句。

「你最好快點下決定，我看牠似乎快被旁邊那些傢伙吃掉了。」

「可、可是！這隻小花貓也太小了吧！這太小了啊！」

事到如今，本來已經沒有人想糾正他硬把魔獸說成小花貓的行為，沒想到他錯誤的認知除了「花貓」，還有「小」這個字。

「已經比一般的小花貓大了吧……」

那爾西喃喃自語的當然是通俗意義上的小花貓。

「他只想要可以騎的，你不要理他。」

伊耶多多少少也聽過一些音侍的事蹟，當然，他寧可少知道一點。

「搞不好跟焦巴一樣可以變大啊，音侍你要不要抓抓看再說？救牠嘛，不然會被附近那些魔獸咬死的。」

璧柔的同情心非常奇妙，為了救一隻而去殺好幾隻的行為，怎麼樣也很難稱得上善良，此外，焦巴應該是可以變小才對，但也沒人想點出她話語中的問題。

「喔……那好吧，小柔都這麼說了，那就抓抓看好了，綾侍。」

音侍面有難色地下了這樣的決定。

到底是誰想抓的啊？

雖然理智上知道跟音侍計較很蠢，但只要是有正常腦袋的人，都會忍不住有罵人的衝動。

決定目標後，接下來就很單純容易了，這次的目標要死不活的，不怕會跑掉，根本就手到擒來沒有任何難度，只是，到手後，音侍倒抓著鳥爪看著這隻一息尚存的鳥，似乎怎麼看怎麼不滿意。

「唔──嗯──」

瞧他那副正在煩惱的樣子，璧柔立即反應說了一句話。

「音侍，我已經有焦巴了，不必送給我沒關係，別那麼客氣。」

什麼？

沒怎麼參與過這種活動的那爾西跟伊耶，對這句話感到少許疑惑。

「我那裡也已經有一隻了，不必考慮我，感謝你。」

修葉蘭笑著這麼開口後，氣氛就更加讓人不安了。

「你要是想不到人選，乾脆帶回去送給違侍。」
綾侍冷淡地提供他建議。
正當他們好不容易領悟「看不順眼的會拿來送人」時，音侍也已經用豁然開朗的表情朝那爾西看了過去。
「啊，小暉侍第一次來嘛，那今天的戰利品就當作紀念送你好了！要好好養喔。」
那爾西因為這句話而傻住了。
這時候到底應該嚴正要求他修正稱呼、怒吼「什麼第一次啊不要有第二次了」，還是先了解一下這完全沒給人拒絕餘地的語氣是怎麼回事呢？
以前的那爾西大概是一隻鳥飛到他的陽台墜地，他會叫部下掃掉的那種人，但看心情也可能救一下，現在被硬塞一隻半死不活的鳥，他實在不知道該擺出什麼樣的面孔。
友善鄰邦，鞏固外交。
那東方城高官親手送的禮物到底要不要收啊？收了帶回去還得好好照顧以免落人口實？
「喔喔，那爾西要養鳥嗎？想像那個畫面還真溫馨呢，生活中有點調劑也不錯啊，我好像很少送你禮物，這禮物也算我一份吧，回頭申請三百金幣給我就好。」
修葉蘭湊熱鬧般的發言，使得伊耶忍不住說話了。
「既然是禮物，為什麼要錢？而且還報公帳？有沒有搞錯！」
「那好吧，哥哥最近花得有點凶，看在音侍送的禮物的分上，預結下個月的薪水給我吧，我知道你是愛我的，那爾西。」

人可以厚顏無恥到什麼地步這件事，那爾西其實不太想知道。

「姑且不論是不是可以收的禮物，音侍送的禮物又關你什麼事？」

伊耶對於這一串難以理解的事情實在很難完全不過問，修葉蘭面對他的問題，則無辜地聳了聳肩。

「你真的想知道？」

「修葉蘭你給我閉嘴，不要再亂講一些汙染人耳朵的話了！」

就算伊耶想知道，那爾西也不想聽，這時候，音侍又將鳥兒遞了過來。

「拿啦拿啦拿啦，收啦——」

伊耶用帶點同情的眼光看著那爾西，其他人看著那爾西的眼光則帶著一種「你快點收下，今天就可以結束了」的意味。

於是，他只能悲劇性地帶著這隻品種不明的鳥回去，由於檢查來檢查去都沒有外傷，研判是餓昏的，而鳥兒毫無傷害性的模樣，也讓他覺得一點都不像是虛空一區出產的生物。

該不會是剛好在飛越虛空一區的時候餓昏摔下去的吧？

在這樣的懷疑當中，基於聽說音侍送了禮物以後還會繼續關心下落的狀況，那爾西也只能開始適應養另外一隻生物的生活。

雖然如果把人也算進去的話，以前也養過就是了……

養鳥的前七天

剛帶回來的鳥兒是餓昏的，那好像應該先餵食一點東西，可是牠看起來髒得太狼狽了，總覺得還是該洗一洗才對，那爾西抓著鳥爪倒提著牠，坐在書桌前面思考了一陣子，決定用點可以變化出水的魔法試試看。

也許是忽然被冷水沖刷太過刺激，原本跟死鳥差不多的鳥兒忽然像是受到太大的驚嚇一樣奮力掙脫，一面啾啾咕咕地叫，一面如同垂死掙扎似地拍翅亂飛，在書房內跌跌撞撞地撲來撲去，那爾西不知道該怎麼處理這樣的突發狀況，只好避難般地閃遠一點，等到鳥兒喪失力氣，再來收拾殘局。

於是各單位收到發回的公文時，都有種不知道出了什麼事的感覺。

「之前潑到茶水的還可以理解，這次弄髒弄濕的狀況有點奇怪，殿下。」

代表大家的疑惑前來詢問的奧吉薩，在面無表情地問完之後，也看了待在書桌上已經被洗成白色的鳥兒一眼。

「公文這種東西，只有遇到看不懂的字時需要介意，這還需要我說明嗎？」

那爾西以手指叩了一下桌子表示不滿，奧吉薩則無視他陰鬱的臉色，繼續問了下去。

「那麼就當作是臣私人的好奇，您在書房跟新養的寵物進行了一場戰鬥？牠看起來挺乖巧的。」

「我只是要清洗牠的時候忘記抓牠去浴室而已。這樣滿足你的好奇心了嗎？」

那爾西的臉色越來越難看，但奧吉薩仍不懂得看人臉色地繼續說了。

「如果您需要人幫忙制伏一隻鳥的話，大可吩咐一聲。」

「我不需要！問完了就退下，別說那些多餘的話！」

那爾西的人生，在養鳥生涯一開始，就翻過了恥辱的一頁。

❀

要養生物就要給對方吃的東西，這是基本常識。

基本常識這種東西，音侍有沒有，大家很難肯定，但那爾西是個正常人，他當然曉得這一點，接著要煩惱的就是飼料的種類了。

他可以一種一種試，但那樣很浪費，就算他現在有領一點微薄的薪水，也不適合拿來這樣亂花，所以還是找出適合的飼料再買比較好。

不懂又不想問人的時候，查書是個不錯的方法，但餓昏的鳥兒可能等不到他查完書，他只能拿自己的晚餐貢獻給鳥兒，看鳥兒基於求生意志開始進食，這才安心去查閱書籍。

瞧這鳥無害的樣子，那爾西決定先從一般觀賞性寵物鳥類的書籍開始查詢，然而厚厚一本花了一個晚上翻完，還是沒找到模樣相似的種類，於是第二天他只好跟鳥兒相看兩無言。

為了省錢，那爾西沒買籠子，幸好這隻鳥很乖，看起來不太需要關起來，只是，彷彿認定了可以從他身上得到食物一樣，鳥兒一看到他進來，就從一旁的架子上拍拍翅膀飛上書桌，然後一直盯著他瞧。

雖然只是隻鳥，他低頭批改公文時還是會感覺到視線，抬頭看牠，眼神就會對上，鳥兒還會翅膀拍兩下又安靜下來，好像在期待什麼，多來幾次後，他只好拿平日偶爾當零食吃的果乾出來，拿出一片放在鳥兒腳跟前。

見到有食物，鳥兒立即啄食吞嚥，吞完了也沒飛回架子上，而是繼續站在桌前盯著他，只要眼神對上就拍翅，還會「咕咕」、「啾啾」兩聲，讓他覺得不繼續給食物好像不太對，至少養動物的相處要先理解牠什麼表現是想做什麼，現在這個動作大概是討食物的意思，到底是昨晚得到了他的晚餐後依然沒吃飽還是怎樣，他認為可能需要測試一下。

吃了一片之後啾啾，吃了兩片之後啾啾，吃了十片之後還是啾啾。

那爾西就這樣在啾啾、咕咕，以及拍翅膀的啪啪聲中餵完了這袋果乾，然而鳥兒依然以一樣的姿態盯著他，又振翅啾啾了兩聲。

「……」

他開始覺得養這隻鳥可能會很花錢。既然是「東方城高官送的要好好照顧」，那到底能不能拿公帑養？

只要不抬頭看牠，低頭專心改公文，鳥兒就不會拍翅也不會叫，問題是只要想到牠還沒走，仍舊盯著自己想討東西吃，那爾西就難以專心做別的事情，所以他只好把空的袋子放到牠面前，希望牠自己了解食物沒了。

鳥兒的視線轉到空袋子上後，戳了袋子幾下，再看向那爾西，好像了解了什麼一樣，把袋子叼走就躲回書架裡了。

然後一直到晚上，牠都把自己的身體塞在空袋子中沒有出來，看起來彷彿受到了很大的打擊。

那爾西也受到了有點大的打擊，只不過是讓牠知道食物沒了就這麼傷心，但從表面根本看不出來，現在到底該拿食物把鳥兒哄出來還是不管牠，他一下子拿不定主意。

於是他把今天的晚餐又留給鳥兒後，就回房繼續研究鳥的種類了。

這次他拿的是《世界凶猛禽獸大全》。

養鳥後第一個月

那爾西養了一隻白色的鳥，是宮內不少人都知道的事。

聽說原本從虛空一區帶回來的時候，外觀上還很髒亂毛雜，但被他養了一個月後，已經羽毛豐美、通體圓潤，看起來是隻沒脖子的雪白鳥兒了，雖然體型比小貓還大，但又乖又圓也挺可愛的，進書房的人多半會注意到牠，也覺得牠看起來頗為討喜。

沒有人曉得那爾西對於被音侍強塞了一隻寵物有什麼想法，不過既然確實照顧得不錯，那應該不討厭，也有些事蹟可以佐證。

「嗯，你養這鳥養得肥嘟嘟的，看起來肉質應該不錯，烤起來大概很好吃。」

某次伊耶進來的時候，也許是逼近午餐時間的關係，他看著那隻圓滾滾的鳥做出了這樣的發言，那爾西當場臉色僵硬。

下午再進來的人，就發現鳥兒身上被掛了一個簡單的牌子，上面寫著「不准吃」這樣的字，在被奧吉薩質疑是不是在說鳥太胖需要減肥後，牌子上的字又改成了「這不是食物」。

牌子是誰做的顯而易見。而在鳥開始活潑一點會掛著牌子飛去外面討食之後，有一次回來眼睛不知道給誰畫了黑眼圈，牌子的內容立即又修改了。

「不准塗鴉？」

伊耶看了牌子一眼，好像覺得很好笑。

「誰會有興趣在鳥身上畫圖啊？」

「就是有！畫什麼黑眼圈，我花了一個小時才幫牠洗乾淨！到底誰那麼沒禮貌，隨便拿毛筆畫別人養的鳥！」

那爾西像是很在乎鳥兒的雪白乾淨毛色一樣，一提起這件事就生氣。
「這附近會用毛筆的人好像只有一個。」
伊耶涼涼地點出這個事實後，那爾西頓時沉默。
要去找月退算帳應該是不可能的事，所以，也只能希望他會尊重牌子上寫的東西了。

❀

養個寵物，沒有名字還是不方便叫的，那爾西養鳥到現在都還沒給鳥兒取個正式的名字，所以大家進來跟牠打招呼時，就十分隨興。
「絲露蜜娜，今天看起來也很有精神呢。」
這個名字是雅梅碟取的。
「牛奶雪糕，來來來，摸一下。」
這個名字是偶爾回來的修葉蘭取的。
「笨鳥，閃邊，別在桌上擋視線。」
這個名字是伊耶取的……或許也不算是名字。
只有奧吉薩從來不用任何名字來喊這隻鳥，然後，其中月退是最麻煩的一個。
他每一次進來都會給鳥換一個名字，根本是隨心情喜好跟那天想到什麼來喊的，偏偏鳥兒只要視線跟人相對都會慣性啾啾討食物，感覺就好像對名字有回應一樣，對於自己養的鳥被大家這樣亂叫，那爾西其實不太能接受，尤其是月退那些「小白」、「小胖」之類一個比一個沒品味的名字。

「那爾西，你也養牠好一陣子了，應該幫牠取個名字吧？」

在月退提出這個建議的時候，那爾西就覺得有點不妙，這聽起來有言外之意。

「你覺得叫布魯怎麼樣？」

果然是來搶取名權的。

「名字我自己取就好了。」

雖然一時之間說不上來這名字問題在哪裡，那爾西還是這樣答覆他，然後在月退走了以後，用魔法通訊器聯絡修葉蘭。

「布魯是什麼意思？我覺得你一定知道。」

這是修葉蘭復活後，相處了這段時間，那爾西得到的感想。反正不知道的事情問哥哥就對了，不管是什麼問他都會有答案。

但如果不是很急迫想得到答案的事情，他不會想直接跟修葉蘭對話，因為一定會無話可說。

『那爾西你這麼信賴哥哥，真是讓哥哥感動，我覺得聽起來很像英文的藍色吧，哈哈哈。』

「這鳥明明是白色的取什麼藍色啊！」

『說到藍色我就會想到范統，說到范統……牛奶雪糕的食量不是很大嗎？飯桶嘛，沒錯啊。』

「……！」

只是這樣也可以連結到羞愧不想面對的話題，那爾西整個印證了自己的經驗，確實無話可說。

於是理所當然的，布魯這個名字就被封殺了。就算月退看到鳥兒都喊布魯也一樣。

養鳥後……

鳥兒養得圓潤可愛，會注意到的除了人，還有鳥。

自從發現這裡有一隻鳥後，焦巴飛書房就飛得很勤快，總是在牠面前轉來轉去，像在跳求偶舞一般，還特別將自己變成跟鳥兒差不多的大小以博取認同感，恰好進來看到的伊耶不由得出言取笑。

「笨黑鳥跟笨白鳥生出來的鳥，該不會是笨灰鳥吧？」

這只是無心調笑的一句話，但那爾西顯然在意到放在心裡了，之後伊耶有一天又進來時，正好碰到那爾西在餵食鳥兒，一瞥見他出現就露出笑容。

「小耶，吃慢一點，別噎著了。」

鳥兒咕咕作出回應，伊耶的臉色也轉青。

「給我等一下，你叫牠什麼！」

「小耶啊，怎樣？又不是在叫你。」

「什麼時候取名字的！不准取這種名字！換掉！」

「你說換掉就換掉的？跟你又沒有關係。小耶雖然笨笨的，但還是很乖巧，總是讓大家亂叫也不太好，反正早該有個名字了，小耶對這名字也沒有意見啊。」

「啾啾。」

「給我換掉——！」

由於這只是報復性取的臨時名字，那爾西最後總算同意不這樣叫下去。

而鳥兒不小心養成聽見小耶才會回應的習慣，花了很長一段時間才改掉的事，就是另一個故事了。

音侍有言，小花貓是一種會來來去去的生物

鳥兒最後取名叫雪璐，名字總算定案，也算皆大歡喜，不過卻因為伊耶借去給好奇的父親看，不知怎麼雪璐就飛走不見了，聖西羅宮的書房頓時處於一片可怕的低氣壓。

那爾西還是照樣改公文，只是身邊的氣氛沉重到讓人不敢靠近，事先買好堆在書架上的果乾彷彿也給人帶來一股無形的壓力，而且自從鳥兒不見後，他就沒再跟伊耶說過半句話了。

「我再去抓一隻給你不行嗎！不要這樣死氣沉沉的啦！」

這種氣氛持續了半個月後，伊耶就受不了了，不過就算他提出這樣的彌補方案，那爾西也只抬頭看了他一眼，就沉默地繼續工作了，顯然是不接受的樣子。

世界那麼大，要人家拋下職責去找一隻鳥，或許有點強人所難，但看起來鳥沒找回來，那爾西身邊可能就會維持這種氣氛維持到天荒地老，伊耶沒有辦法，只好請東方城那令人不敢恭維的抓小花貓團成員去虛空一區的時候幫忙注意一下，沒想到又過半個月後，還真的找到了。

「那爾西——哥哥帶牛奶雪糕回來啦，想不想我們？」

在修葉蘭帶著那隻肥胖的白鳥進來時，那爾西還真的懷疑自己有沒有看錯。

「……！怎麼找到的！」

雖然一個月沒見，毛又變髒了，但那爾西還是認得出來是同一隻沒錯。

「看起來應該是迷路了吧，在空中狼狽地飛著打轉，一看到認識的人就飛過來啾啾啦，手到擒來。」

自己飛走又自己迷路，這麼愚蠢的失蹤法使得那爾西無話可說了。

當初《世界凶猛禽獸大全》上明明說這是一種可以訓練來傳遞信件、快要絕種的鳥類，但既然有路痴屬性的話，還是只能當觀賞用鳥了吧……

「啊，暉侍，小暉侍還喜歡上次那隻小花貓嗎？要不要再送他一隻？」

「我看還是不用了，親愛的音侍。我怕他每養一隻就投入感情，到時候死掉了很麻煩，你還是送違侍好了，傷他的心比較無所謂。」

話也不是這麼說的啊，這位哥哥。

The End

✣ 魚雁往返之間

自從那爾西養了隻白鳥後，月退似乎覺得很新鮮，便一直糾纏那爾西出借鳥兒給他寄信。他寄信指定的收件人，自然是遠在東方城的范統，可是，無論怎麼寄，那隻能力很差的白鳥始終沒有一次將信好好地傳到范統手中。

這些事情都是范統輾轉聽來的，包含那爾西強調他沒有偷偷把信處理掉、真的都有讓鳥兒送去，只是不知道為什麼當事者沒收到就不見了之類的說法。其實范統也不覺得那爾西是那種陰險到會截走信的人，畢竟有沒有收到一問即知，動這種很快就會穿幫的手腳，實在沒什麼意義，結論就是一切只能歸罪於那隻鳥太笨。

寄信屢屢失敗的事情顯然讓月退不太開心，於是他不知道用了什麼方法，居然讓焦巴當起信差了。雖然范統不怎麼明白在符咒通訊器與魔法通訊器都能聯繫上的情況下，為什麼要用這麼沒效率又彆扭的方式，但想來月退也只是圖個新鮮，反正陪他玩玩就是了。

基於許許多多的理由，范統現在大半的時間都住在東方城。在珞侍提供協助的情況下，他在東方城有了一個還算不錯的住處，空間不算很大，但比起過去的四四四號房，已經寬敞了很多。

對范統來說，這個小房子比什麼神王殿聖西羅宮或者劍衛府都好住得多。簡單來說他還是比較喜歡獨居，奢華氣派不是他追求的東西，自由自在沒有人管的感覺才是最重要的，儘管噗哈哈哈也待在這裡，不過他大半時間都是拂塵狀態，說是獨居勉強還算符合。

今天焦巴飛來的時間是上午，因為范統還在睡覺，就遭到了翅膀拍打頭部的攻擊，這種被迫在節奏性拍打下清醒的感覺很討厭，然而他也只能一面抱怨一面起床，然後決定下次要把窗子封起來。

「哪有這種強迫人退信的道理！就不能早點收嗎！」

——我是說不要強迫人收信啊！晚一點再看也不會死吧！

既然都醒了，范統只好整理一下自己然後來看信。月退的信上一如以往地沒提什麼重要的事情，就算看信會因為想到他的毛筆字能練到能看的地步都是自己的功勞，因而有點得意，仍彌補不了大清早被一隻鳥吵醒的不悅。

整封信的重點看來看去只有最後一行字：范統，來西方城住吧，距離上次已經一個月了，你什麼時候要過來呢？

由於心情不佳，范統隨便回了一句「可是你那邊的人實在不太友善，我不想過去」就讓焦巴把信咬著送回去了。

嗯，這樣回信應該沒什麼問題，我說的都是實話，大家確實不太友善啊。先別說在那裡遭受的目光跟待遇，我回來以後還會收到那爾西寄來的皇宮住宿請款帳單，這是什麼待客之道啊！為了不寄丟還特地委託西方城的郵務代寄，也不用用他養的那隻鳥，簡直欺負人嘛！

不過自從他養鳥之後我好像也沒再收過帳單了，應該說自從……到底是什麼時候開始的呢？

信已經寄出，范統就接著做自己的事了。平日沒事做又沒人打擾的時候，他大概有一半的時間會奮發圖強做符咒的研習，而當他研習到快中午時，焦巴又飛了回來，那副受驚甚深羽毛凌亂的狼狽模樣讓范統嚇了一跳，快速將新寄來的信打開後，上面只有一個大字。

『誰？』

……我說月退啊，你書法進步了耶。能透過運筆將殺氣完美地融合進去，讓字本身散發出你寫字當下的心境，我該稱讚你還是……只是啊，真那麼在意，你不會直接用符咒通訊器問我嗎？這樣還要加上中間等信的時間，不是很焦躁？

想歸想，其實范統還是冒了冷汗。為了避免皇帝在比劍中意外殺死劍衛的糟糕情況，他還是回了信，告訴月退這個月比較忙，下個月就去住……然後他也再度為自己的妥協而感傷。

送走了驚恐的焦巴後，本以為接下來就沒事了，沒想到今天預期之外的「訪客」居然不只一名。

范統是聽見翅膀拍動的聲音才抬頭的，當他看到一隻白白胖胖的鳥從容悠哉地降下停到桌前時，他的腦袋一下子有點反應不過來。

這不是那爾西的鳥嗎？

那爾西的鳥為什麼會飛來這裡？

在這隻鳥跟他大眼瞪小眼的時間裡，他好不容易才注意到白鳥跟焦巴一樣都咬了信，這讓他的困惑更加嚴重。

難道這鳥寄信終於寄對了一次？月退為什麼不繼續用焦巴？被嚇壞之後終於逃跑了嗎？還是又有什麼帳款要寄來羞辱人啦？那爾西終於訓練成功，讓這隻胖鳥可以正確找到人？

基本上之前雖然收過那爾西讓郵務寄來的帳單，但范統一次也沒認真繳過。他相信寄那種東西來不是真的要錢，只是想表達不歡迎他去住而已，事實上好像也真的是這樣，因為他沒繳錢，那爾西也不曾來信催促。

啊——不管怎樣，鳥都飛來了，信還是看一下吧，不看看總覺得令人很在意。

范統伸手取下信後，隨即展開信紙，入目的是優美漂亮的西方城文字，單看這手寫字功夫，就可以知道與月退無關，而信上的內容也很單純。

『恩格萊爾又跑去夜止了！他上個月已經跑去四次了！我到底該怎麼辦！』

從信件的語氣看來，似乎是在抓狂邊緣的樣子。抓狂邊緣還可以把字寫得這麼端正秀麗，范統不由得產生了一點佩服。

不過……寄給我這個做什麼啊？既然鳥是那爾西的，信可能也是那爾西寫的吧……？這到底？

真的是那爾西寫的嗎？

搞不清楚寄件者是誰就沒頭沒腦地回信，似乎不太妙，但完全不回信又很失禮，況且那隻白胖鳥還站在桌前等他。

如果是這種問題的話，回一下應該沒什麼關係吧……

范統這麼想著，便拿起毛筆蘸墨開始回信。

『順其自然吧，不然就找他的家人規勸他，我想他還是聽得進去的。』

簡單寫完信件後，范統將信摺好，準備遞給鳥兒，但這隻鳥卻不接，只衝著他啾啾叫了一聲。

說起來，范統的印象中，那爾西似乎給他的鳥取了一個不怎麼好記的名字，大家基本上都當牠小名啾啾，因為牠一天到晚見人就啾啾，要人餵東西給牠吃。

喂，難道你還要討到吃的才要工作嗎？

目前家裡沒有什麼吃的，只有之前領回來囤積、沒事也不怕餓死的公家糧食，反正這個也不用錢，范統乾脆就隨手拿來餵看看。

「啾啾。」

「啾啾。啾啾。」

在范統得到「公家糧食也吃得很開心嘛那爾西何必浪費錢買飼料」的感想時，他已經餵完了整整一包，鳥兒似乎看袋子空了，這才主動啄起桌子上的信，拍拍翅膀飛走。

這段意外的插曲過去後，范統便忘得一乾二淨了，加上晚間又被修葉蘭拉去吃飯，什麼信件不信件的，他根本沒放在心上。

只是第二天中午起床時，范統一轉頭就覺得光線照進來的地方，桌上有個東西雪白得很刺眼。他才正想揉眼睛看清楚，那個雪白的物體已經飛過來停在他大腿上，把信件一放朝他啾啾了。

……怎麼又來了啊！

他不知道該不該稱讚這隻鳥很溫馴，沒像焦巴那樣撲過來用翅膀把他打醒，而是乖乖站在那裡曬太陽曬到他醒才有所動作——無論如何，來了一次是意外，來了兩次就是困擾，他在打開信後就皺起了眉頭。

『伊耶只是表面上凶而已，事實上根本也拿恩格萊爾沒辦法啊，至於恩格萊爾他父親，那根本是不會和我說話的對象。

昨天說好要處理的公文又沒處理，現在又丟到我桌上了，到底誰是皇帝啊！他為什麼要這麼讓人生氣，我以前唸給他聽的書，他都聽到哪去了！』

唔，看起來是壓力太大煩躁之下單方面的抱怨？從內容看來，信多半是那爾西寫的沒錯，這點大概可以肯定了。

但為什麼要寄給我啊！到底！為什麼！我可以不要回信對吧？我可以吧——我們又不熟——找不熟的人抱怨不是很奇怪嗎？

范統焦躁地抓著頭髮，決定先把鳥兒趕開，下床梳洗後再說。

我是不是該來測一下回信與否的好壞發展？不熟的人的信很難回耶！而且那爾西、那爾西根本也是對我沒有好感的人之一吧！這樣信不就更難回了嗎！

由於范統常常會在想事情的時候抓著噗哈哈哈，此刻他內心的煩惱自然也吵醒了他的拂塵，讓噗哈哈哈以睏倦的聲音插嘴了一下。

『范統，什麼信，什麼東西啊？你為了什麼吵本拂塵睡覺？』

『那爾西寄的信啦！我真不知道該不該回信，可是他的鳥又待在那裡不走！』

其實范統也懷疑過，是不是拿公家糧食出來把牠餵飽，牠就會乖乖自己回去了，但他總得先決定要不要回信，才能決定是否進行這個實驗。

『你是說那個體虛的金毛喔？他人還不錯啊，你為什麼不回他信？』

當噗哈哈哈這麼說的時候，范統一瞬間還以為自己聽錯了。

什麼叫做人還不錯！是誰說金毛都不是好東西的！不就是你說的嗎？你有沒有看到他對你主人的歧視，你為何會突然幫他說話！

『金毛的普遍都不是什麼好東西，那個對你很好的金毛以前威脅過要折斷本拂塵的事情，本拂塵一輩子都會記得。可是那爾西人挺好的，本拂塵覺得他不是普通的金毛，是個好金毛。』

居然！居然還讚不絕口！他給了你什麼好處讓你如此幫他說好話？甚至連他的名字都記下來了！這完全不像是平常的你啊！

范統的震驚仍在持續增長中，噗哈哈則表示了少許不滿。

『范統你不要因為抓著我就不用心靈溝通，直接用想的好不好？這樣很偷懶。』

『反正你不是都聽得到嗎？那爾西到底哪裡好了，你倒是說說看！』

『說到這個，就要罵你常常帶我出門就把我遺失，一點責任感也沒有。以前范統你會去探他的病啊，還有偶爾去西方城的皇宮玩的時候，他看到我掉在地板上，都會幫我拍掉灰塵清洗乾淨，這麼好的金毛哪裡找，所以我後來搞清楚是誰以後還特地記下來了呢。』

唔喔喔喔……這樣就能收買你了？不過那爾西還真看不出來是那種人，還是他只是得了看到白毛都要洗乾淨的病？就像照顧他那隻鳥一樣？

『范統你不要汙衊人家，好好回人家信啦。』

被噗哈哈這麼一說，范統不得不承認心裡挺悶的。他又考慮了一陣子，這才坐到書桌前準備起筆墨紙硯。

啊，對喔，昨天的信，我沒想太多就直接用東方城的文字回了，沒想到那爾西還看得懂……原來他語言雙修已經到達聽說讀寫都精通的地步？我還以為只能聽跟說呢。

再怎麼說，聽起來那爾西似乎照顧過他的拂塵，范統只好靜下心來認真回信。

『我覺得他不喜歡的東西，如果沒什麼必要的話，他就不會強迫自己接受了吧，他好不容易才從一直忍受、壓抑的個性變成比較會為了自己的快樂著想，你就當作看他開心就好，自己也會比較高興啊。』

其實你乾脆幫他當皇帝算了，西方城上上下下連同他自己都會舉雙手雙腳贊成，讓適合的人坐適合的位子，這樣好像也沒什麼不好的。』

好不容易擠出信件的內容，范統摺一摺，便接著看向那隻啪啪飛到面前的鳥。

「啾啾。」

……又啾啾！又啾啾啊！反正你就是要吃的！送一封信討那麼一大包食物，你不覺得過分嗎！

儘管心裡覺得這隻鳥食量也太大，但公家糧食畢竟不用錢，為了順利送走鳥兒，范統只能重複餵食的動作，直到鳥兒自己叼走信件離開為止。

這次送走白鳥後，連續三天都沒有信來，范統本來以為沒事了，不料，到了第四天，那隻胖鳥又一次出現。

現在是怎麼樣，已經變成有來有往了嗎？

跟一個不熟的人這樣來來往往，范統總覺得有點不習慣，偏偏有信不回會有種事情尚未解決的感覺，反正，信還是先看再說。

『我想了好幾天，還是覺得這樣不行。

他應該要好好當他的皇帝才對，雖然我欠他一條命，理當幫他做那些他不想做的事，但他把我救活，如果是為了讓我從替身變成真的，那也太奇怪了。

我可以幫他處理政務，就當作是他處理的，但他至少不要一天到晚跑去東方城啊！

至少要有皇帝的樣子跟自覺，怎能連公開場合露面的都是我呢！』

范統一直都覺得月退這個皇帝的言行舉止很糟糕，比起「西方城皇帝」，感覺更像是「被抓來當西方城皇帝的東方城新生居民」，所以才會不時想逃脫回東方城來……

而看完這封信，他也覺得那爾西有點可憐。雖說本來就知道他如此操勞了。

你還真是甘心當個影子啊，就這麼無所謂嗎？所以你只是想抱怨他不成器而已？可是這種事情，他自己不覺醒也沒有用啊。

另外就是……我依然一點也不明白這封信為何會寄給我。你是不是寄錯人啦！這隻鳥有前科的！你就這麼放心把自己的內心話信件交給你的笨寵物處理嗎！

范統糾結了一陣子後，認為自己還是稍微耐心一點答覆比較好，之前都回過兩次信了，現在突然點破對方寄錯信的事實，似乎會造成尷尬。

那爾西的信到底本來想寄給誰？我都回過兩次了他還不覺得他寄錯，我的回信有這麼沒個人特色？

由於為了這種原因製造個人特色很無聊，范統最後還是寫了中規中矩的信。

『我是不知道你對他有什麼樣的期待啦，但你的希望未必是他的希望，你要不要找一天跟他好好談談？

不要用嚴厲的態度或者陰沉的語氣，就說你想跟他心平氣和地談點事情，然後了解一下他對皇帝這個職位與未來的看法，這樣子應該比你自己一個人煩惱好吧。

而且他之所以可以持續目前的亂跑，沒有遭遇強烈的制止，不也是因為大家看他在外跑來跑去的時候總是很快樂，坐回皇帝的位子卻一副失去活力的模樣嗎？』

完成這封信後，范統默默發現信有越寫越長的趨勢。

我為什麼要這麼認真啊？隨便回幾句打發他也是可以的呀，先別說他信不是寄給我的，就算真的是寄給我的，我也沒有必要這麼努力地回他吧？

固然覺得自己太過雞婆，但信都已經寫完，重寫反而更蠢，接下來只要把胖鳥餵飽，讓胖鳥送信回去，這次的事情就算結束了。

啊啊啊，我不只認真回他信，還幫他餵鳥！我真是個爛好人，這樣真的是可以的嗎？

「啾啾。啾啾。」

不知是否餵習慣了，鳥兒好像知道他是個會大方給食物的人，這次吃完還蹭了蹭他的手表示親暱，完全沒介意自己吃的是味同嚼蠟的公家糧食。面對這麼好養又好騙的鳥，范統也不知道該說什麼。

事實證明，那爾西的信就是會一直寄來，到底是其中有什麼誤會還是鳥兒為了食物總愛飛到他這裡，范統實在無法得知實情。

『我不要跟他溝通，他很難溝通。

就算我真的想跟他溝通，他也會一直錯開話題然後逃跑啊。

反正我就是不想……我覺得我們彼此很難坦率地溝通一些事情，我覺得……

我也不知道我到底想要恩格萊爾怎麼樣，難道只能讓某人搬來西方城才能留住他嗎？』

范統可以從這封信感覺到那爾西的困惑跟茫然，不過最後一行似乎有點不太友善。

那個某人是指我對吧！反正你就是不想在西方城看到我嘛！為了想留住月退才勉為其難想打我的主意，而且還很不甘願的樣子是嗎？

冷靜，范統，要冷靜。他年紀比你小，你應該要展現成年人的胸襟，成熟地包容他不成熟的言行才對，他又沒有痛罵你，只是表現出不太歡迎你的樣子而已，你應該——

我何必這樣自我喊話啊？有什麼不滿就直接回信給他啊……？

『好吧，難得有這個機會，我可以問問你為什麼好像很討厭那個某人嗎？

西方城的大家好像都多多少少對某人有點意見，有什麼誤會的話，說開來也許可以化解一下？』

信的內容縮短了，不曉得是不是該慶祝的事，只是，那爾西會怎麼回答，實在令人很介意。

喔喔喔喔萬一他真的回了一封數落我的千言書，我應該沒有辦法再心平氣和地回信了吧？

范統有種自己問的問題形同把自己推上絞刑台的感覺，更慘的是，這次那爾西過了七天還沒回信，害他一直將這件事情懸在心上，做其他事也無法專注。

怎麼還不回信？何時才會回信？這問題有這麼困擾嗎？還是那隻啾啾叫的胖鳥總算找到正確的收信人了？

可惡，又無法直接去問那爾西為什麼不回信！我跟他不熟啊！而且他也不曉得這幾次回信的人都是我！

因為內心糾結的關係，范統一時之間有點後悔做出試探的舉動，而非直接告訴對方搞錯對象了。

等信的時間進入第十天時，范統總算盼到了那隻胖胖的鳥兒雪白的身影，大概是已經等到從糾結變成平靜的緣故，他拆信的動作一點也不急躁，只在展開信紙之前深呼吸一口氣。

『我並不是討厭他，只是無法面對他。

大概是感覺很微妙加上恩格萊爾總是……

說起來，之所以會感覺很微妙，不也是因為你嗎？

如果不是你的話，怎麼會有那麼多尷尬的事情？

你難道從來都不覺得你所造成的那一切很尷尬嗎，修葉蘭！』

噢。

范統總算在這封信看到某個關鍵名詞了，如此一來，那爾西的信到底是寄給誰的，也算是水落石出。

什麼啊，原來是寄給暉侍的？寄給暉侍的……為什麼會跑到我這裡來啊？我們都拆開那麼久了……

「范統，今晚——咦？牛奶雪糕？啊，牛奶雪糕真的給你送信？」

就在這個時候，理應收到信的另一個當事者恰好出現了。看著修葉蘭一臉說是意外又不怎麼意外的神情，范統頓時覺得其中似乎有陰謀。

「這隻鳥不是叫這麼難吃的名字吧！你是不是知道些什麼，通通給我聽進去！」

「噢，牛奶雪糕叫什麼名字不重要啦，反正只有那爾西使用那個真正的名字而已，其他人不是叫啾啾就是隨自己的喜好喊啊，你高興的話，也可以給牛奶雪糕取一個名字。」

「名字什麼的不是過去的重點啦！你還沒有解釋！你一副就是知道這隻瘦鳥不會爬過來的樣子啊！」

「是啊，我是為了找我的失物才來的，我好像忘在你這裡很久了，哈哈哈。」

修葉蘭說著，手很靈巧地打開范統桌子的抽屜，從裡面拿出一個香包。

「這是什麼？」

「讓牛奶雪糕辨識氣味用的。你也知道牠呆呆的，想讓牠成功送信就得用一些取巧的辦法，這個香包就是其中之一啦。」

「所以這是你跟那爾西彼此斷交用的吧！明明是姊妹，有必要用寫信這麼彆扭的方式來斷交嗎！而且你根本連找都沒找，感覺一開始就不知道東西在那裡，這不是失物而是你故意放的吧？哪有人會不小心忘在這種地方，怎麼看都不像是故意藏的！」

「哈哈哈哈，我怎麼可能故意讓我弟弟愛的信件寄丟呢，你想太多了，范統。」

「你看起來就不是故意的啊！」

「要是沒有一些意外的契機，你們根本沒機會交流嘛，事實上只要跟你相處過，就會覺得你人挺不錯的，成見多多少少化解一些不是也比較好嗎？」

「所以你還是否認了嘛！什麼成見，分明是你害的，你自己聽聽！」

范統一面說，一面火大地把剛看完的信亮到修葉蘭面前，指著上面的字句要他看清楚。

「喔——剛好，那這封信就我來回吧，來，紙筆借一下。」

對於修葉蘭這個要求，范統不曉得該不該答應。給他紙筆的話，不知道他會回什麼唯恐天下不亂的東西，但信已經給他看了，不讓他回信，他回去也可以自己回。

事情終於要揭穿了嗎？這……這樣真的好嗎？喂！暉侍！你不要對我屋子裡的東西那麼熟，一下子就自己找出筆墨紙硯來使用了啊！我還沒有答應要給你用呢！

想是這麼想，不過范統也只心情複雜地站在一旁，沒有認真阻止。

「好啦，完工了，回傳給那爾西吧。」

「那你要先餵餓那隻鳥……」

「這太麻煩了，直接用魔法傳過去不就好了嗎？」

修葉蘭說著，也不知道用了什麼方法，手中光芒一閃，那張信紙就不見了。

「——」

所以我就說用鳥來送信這種沒效率的方法到底意義何在嘛！虧我還配合你們使用這種方法，結果你居然一下子就自己打破規矩！

「啊，來了來了，還真快呢。」

想來修葉蘭那封信沒有寫多長，也準確地送到了那爾西的手裡，此刻忽然間響起的符咒通訊器，或許一定程度說明了那爾西有多震驚。

「喂？噢，親愛的那爾西，我不就說這是不小心造成的失誤了嗎？冷靜、冷靜，你的氣質啊，你就只為了這種事情才會直接跟我通訊？什麼叫你以為我終於變成認真體貼的哥哥了，我不是一直都很認真體貼嗎？哦？你既然覺得毛筆字變飄逸瀟灑了，怎麼會沒發現信不是我回的呢？對了對了，范統現在就在我旁邊——不！別扣我的薪水啊！哥哥都快窮到沒錢約會了，你怎麼能這麼狠心——」

修葉蘭哀嚎到一半就停了下來，哀傷地看向自己的符咒通訊器，大概是那爾西單方面切斷對話了。

「范統，好哥哥還真難當啊，我下個月的薪水泡湯，只怕得去神王殿混口飯吃，那麼今天也沒辦法跟你一起吃飯了，這感覺還真悲哀呢。」

不，一點也不悲哀，這是你應得的。

「那我就先走一步啦，至少珞侍還會收留我吃飯，再見了，范統。」

你快走啦！你煩死了！

范統跟修葉蘭揮手再見，並關上門後，心想著這莫名的通信關係終於可以結束了，但一回頭，他才發現桌上還有個等待他的傢伙。

「啾啾。」

啾什麼啾，快點回去！

「啾啾？」

胖鳥顯然無法明白他的意思，拍拍翅膀後仍盯著他。

唔，好吧，那拿幾包公家糧食來讓你撐死，你就會乖乖回去了吧？

抱持著這樣的想法，范統立即付諸實行，不料，大胖鳥吃完兩包，還是一點也沒有走的意思，甚至還不明白地看向他咕咕了一聲，然後咬著信紙拖到桌前，站在信紙前等他。

……雖然你很笨，老是送錯信，但還挺盡責的嘛，收了郵資就一定要工作否則會覺得哪裡怪怪的是嗎？

就這樣沒有交代的確不是辦法，發現寄錯人還繼續回信的我好像也算做了不好的事啊，那……還是寫信道歉收尾一下好了……

為了讓鳥兒得到信完成牠的任務，范統最終仍是坐回了書桌前，絞盡腦汁地寫起信來。

✿

「修葉蘭那個混帳東西……」

在發洩完震驚、憤怒與羞恥後，那爾西基本上已經平靜下來，繼續他永無止盡的公文之路了。發生這種尷尬的事情，他總覺得碰到范統在的時候都會想迴避一下，以免碰了面不知道該說什麼。

「你邊審公文邊罵你哥做什麼？」

伊耶是來取急件的，因為稍早的時候那爾西驚嚇到完全忘了這回事，現在只好請他在這裡等等，他現場看看有沒有問題需要討論。

「沒事。恩格萊爾呢？今天又沒進宮，他待在家裡嗎？」

那爾西隨口問了一句帶開話題後，伊耶立即露出了陰鬱的表情。

「別提了，待在家是待在家，但又一直在籌劃什麼時候去找范統，真不知道范統有哪裡好了，西方城就真的這麼難待嗎？」

以往那爾西多半會附和這個觀點，跟著唸幾句，但今天聽伊耶這麼說完，他遲疑了幾秒，才皺起眉頭反駁。

「范統……其實人也還不錯吧，用不著這樣說他，恩格萊爾愛到處亂跑，那是他自己的事情。」

大概是因為他從來沒這樣說過的關係，伊耶不由得為之驚愕。

「你吃錯藥啦？」

「你很失禮，鬼牌劍衛。」

「范統其實人也還不錯的結論，你是從哪得來的？」

「跟你沒有關係，不要多問。」

人與人之間總是要有進一步了解對方的契機，才能真正判定對方是不是個討厭的人，如果這個契機始終沒到來，那也是沒法子的事。畢竟，不是每個人都會有意願去認識一個自己心中已有成見的人，要不是因為這樣陰錯陽差，那爾西也覺得自己只怕永遠都不會跟范統有接觸。

等到處理完公文，伊耶告辭，待在書房裡稍作休息的那爾西，在聽見熟悉的翅膀拍動聲時，也看見了自己那隻最近好像又胖了點的白鳥兒滑翔而入。

想到自己的寵物笨到一直送錯信，但只有飛回來找主人不會飛錯，那爾西就無法認真地處罰牠或者給牠臉色看。

鳥兒停到桌前後，動作熟練地將信放到了那爾西面前，就在那爾西訝異為什麼還會有信的時候，他的白鳥彷彿討賞似的又啾啾了起來。

「你啊……」

那爾西拿出桌下的果乾，笑容無奈餵食的同時，也帶著複雜的心情，打開了那封信。

下次到底還會不會寄錯呢？

The End

✣人際關係與溝通

東方城和西方城之間建立了便利的通訊管道這件事，一開始兩國的國民都仍在習慣。畢竟從敵對狀態、交戰狀態，轉為如今的和平互利狀態，其中的轉折有點大，要顛覆長久以來的認知與對方的國民交流，確實需要心理調適的時間。

一項措施，有人讚許就會有人反對。儘管東方城中不少人對當前和平交流的政策多加讚許，但仍有仇視西方城的人民排斥這種狀況。

對珞侍來說，反對意見固然會讓人皺眉，但與西方城友善來往的決策並不會受到他們影響，純粹只是他要不要做而已。

成為國主、擁有王血的現在，他的決定就是最後結論，其他人只有表達意見或是勸導他的權利。他的意志會成為東方城的發展方向，他的命令會左右東方城居民的命運，每當思索起這些環節，珞侍就會有種進退維谷的感覺。

『珞侍，我們大概中午以前會到，可以嗎？』

聯絡管道建立起來後，珞侍最直接的感受，大概就是月退即使人在西方城，也能透過符咒通訊器直接跟他聯絡這件事了。

「嗯。這次約在珞侍閣吧，約在外面可能有點引人注目。」

溝通完時間地點後，珞侍就繼續發呆了。他現在還在初步接觸政務的階段，有違侍跟綾侍的幫忙，加上東方城不像西方城那樣高層大換血，所以，雖然成為國主，他的繁忙程度依然遠低於那爾西。

說到那爾西，其實也是他最近的苦惱。

關於如何與西方城的人相處這件事，王血注入儀式剛結束時，綾侍其實也給過他建議──

『你是東方城的國主，如果要以統馭國家的方向來思考，勢必就得做出不得已的妥協。』

綾侍那個時候是這麼說的，在他煩惱著是否要繼續和月退維持私交的時候。

『維持私交的好處與壞處你都得評估清楚，但，先不提私下的交往對於蒐集情報、影響對方國政之類的事情有沒有幫助，要是你想跟落月的人和平相處，首先你必須做的，就是原諒過去所有的血仇。包含他們殺過你、他們殺了櫻，以及以往的戰爭中死傷的無數人民──通通都得當作沒發生過或者一筆勾銷般，不在相處中帶著負面情緒提起。』

他不曉得這算不算是個嚴苛的條件，綾侍也沒有問他有沒有自信能辦到。

『……如果我這麼做，大家是否會看不起我呢？』

他無法不在意所有人的眼光。至少，他不希望身邊看著自己長大的人對自己失望。

比如綾侍，或者……

『我們不會看不起你。以現階段的國力的對比來看，如果開戰，對我們沒有好處。無論是長久的和平還是假意休兵培養國內的實力，為了國家而忍讓，確實是可行的決定，或許還該說委屈你了。』

綾侍分析得十分冷靜，也讓他稍微鬆了口氣。然而，綾侍這樣平靜的外表只維持了十分短暫的時間，沒等他再說什麼，綾侍那張美麗的臉孔便突然扭曲，殺氣也從他身上猛烈地爆發出來。

『——不過，以我的立場，當然是直接開戰為佳，反正落月也沒什麼好東西，如果你不想委屈自己，寧為玉碎不為瓦全的話，即使打不過，我們一樣可以直接撕破臉宣戰。要我殉國沒有任何問題，我想違侍也不會有問題，至於音那個大白痴，反正我死了他也不知道該怎麼過活，那麼跟我們一起死自然沒什麼好說的，珞侍，你打算怎麼選擇呢？』

『等、等一等，綾侍，你不要衝動，為了東方城的長治久安，我們還是暫時跟他們好好相處吧！』

那次的交談就這麼結束了，現在回想起來，珞侍還是心有餘悸。

而最近因為范統回到幻世，月退造訪東方城的次數變得頻繁，針對這個現象，綾侍又給了他一次建議。

『那個范統，你最好一直把他留在東方城，別讓他被落月少帝帶去落月。』

『又是利益考量嗎……』

『沒錯。能夠影響沉月，並且嚴重影響對方皇帝的人，你怎麼能不留在自己的陣營？』

綾侍的說法讓珞侍有點不開心。當初跟月退爭范統，只是湊熱鬧爭好玩的，幫范統找房子，也是基於朋友之誼，綾侍卻說得好像該為了范統的利用價值而對他好，對他好也只是為了有機會可以利用他一樣，儘管他可以明白這樣的考量，仍覺得心情不好。

『上次落月少帝也帶了他的替身一起來，是吧？』

『好像什麼事情你都知道一樣，不過月退好像怕我介意，說是臨時起意的，來不及問我，還認真跟我道歉說以後不會再帶來……』

『何必這麼說呢？一起帶來就沒有人處理政務，落月的國政就廢了，不是正好？』

綾侍說著，露出了一抹愉悅的微笑。

『東方城誠摯歡迎兩位陛下大駕光臨，只要你有不洩漏情報給他們的自信，他們不管要來幾次都無妨。』

直到此時，想起綾侍那艷麗的笑容，珞侍仍會不由得抖一下。

後來他的確跟月退說，可以再帶那爾西來沒有關係，但那絕不是因為綾侍所說的那個理由。

……應該不是。

月退第二次帶那爾西來的時候，珞侍為了化解僵硬的氣氛，便主動示好了。

因為聽聞那爾西跟他一樣，是東方城與西方城的混血兒，所以他表示，那爾西如果有興趣，他可以教他法力與符力融合的竅門，畢竟這應用在魔法上也有效果。

在他說完這句話後，那爾西輕輕「嗯」了一聲，接受了他的好意，像是也不知道該如何跟他相處一般。雖然在那爾西被俘擄的那段時間裡，他們多少有過交流，不過談修葉蘭的話題似乎也太過沉重，有個符力法力的話題能交談還是好的，即使綾侍可能會唸他幫助敵人變強，沒事給自己找麻煩。

那爾西看起來也不是勉為其難接受的。他在符咒與符力上有不懂的地方真的會問他，確實是一副有興趣學的樣子，只是，大概是真的很忙的關係，那爾西跟月退一起來的次數並不多，這次大概跟上次相隔四個月了，暉侍都已經以梅花劍衛修葉蘭的身分回到了東方城，心情上還真有種恍若隔世之感。

今天范統比約好的時間還早出現，大概是約在神王殿，沒有湊不湊得出吃飯錢的壓力，所以才沒有缺席吧——跟范統打完招呼後，珞侍盯著他，一面想著綾侍交代過的事情，一面皺眉，直到范統疑惑地摸摸自己的臉並發問為止。

「珞侍，你為什麼一直不看我，我臉上有什麼奇怪的天圓嗎？」

只要記熟范統的奇怪反話詞彙，翻譯起來就會比較快。珞侍前一陣子才學到「天圓」是在說「地方」，因此這句把前面的「不看我」修成「看我」之後，他還算聽得懂，要是再出現更奇怪的新鮮詞彙，搞不好就沒辦法了。

「沒什麼，只是我發呆的視線定點剛好在你臉上而已。」

「你這話也太有禮貌了吧！有事一直盯著我很可怕耶！結果居然不只是在發呆嗎？」

「當然是在發呆啊，不然你自己說說看，我沒事一直盯著你看做什麼？」

對於珞侍反問的這個問題，范統當然是回答不出來的，所以也只能摸摸鼻子算了。

月退跟那爾西沒有多久就一起出現了，大家打過招呼後，隨即坐下來面面相覷。

以聚會來說，他們四個人其實是有點尷尬的組合。特別是有那爾西在的時候，就讓人更加不知道要如何開啟話題。

好像連帶他來的月退都不曉得該對他說什麼一樣。當時第一次四人聚會後，范統也抱怨過月退何必多帶一個人來搞僵氣氛、那爾西又為何不看看情況還跟來，但因為種種原因，月退還是繼續帶那爾西來，珞侍也繼續接受這樣的狀況，那爾西是怎麼想的，他們並不清楚，不過想必范統很無奈。

「人都到齊了，那就開飯吧。」

最後是作為主人的珞侍開口這麼說，才打破僵硬的氣氛，讓他們有事可做。

吃飯的時候就算不講話，至少還可以吃飯——以相處來說，這其實是有點失敗的，如此話不投機，也難怪范統那時候會抱怨為什麼要這麼勉強。

必須思考「飯吃完要怎麼辦」、「等一下能有什麼話題」、「吃飯也這麼安靜真的好嗎，說不定下次對方就不想來了」之類的事情，實在很累。即使很累還是想維持這樣的關係，難道就如綾侍所說，是為了國家嗎？那麼，月退跟那爾西來這裡，是否也是這樣的理由？

珞侍光是想這些事情就很煩惱了，美其名私底下朋友聚會，但……連聊天都不知道該怎麼聊的話，真的稱得上是朋友嗎？

等到菜上完，眾人紛紛拿起餐具開始吃，不過，那爾西那邊狀況有點神祕。

他那隻養了一陣子的鳥，今天第一次帶來。珞侍一直只聞其名，暉侍改名成修葉蘭被派來東方城後，也說過那爾西養了鳥的事情，現在一看，雪白圓潤的樣子的確很可愛，然而，那爾西似乎只顧著餵牠，把他的那份都送進鳥嘴裡了，自己幾乎沒吃到幾口。

不只是這樣，鳥兒看到那爾西碗裡空了以後，便拍拍翅膀跳到范統面前，彷彿認定了這個人一定會給牠食物一樣，蹭了蹭范統的手指，還對著他啾啾。

「呃……」

范統看起來一副就是不曉得該怎麼辦的樣子，那爾西則臉上一僵，連忙以主人的立場制止。

「雪璐，快回來。」

原來叫做雪璐。珞侍新學的西方城語言程度還可以正確捕捉到這個名字的發音，但這其實不是重點。

因為主人叫自己的關係，鳥兒偏頭看向那爾西，似乎不明白現在是什麼狀況，所以又重新轉回范統那邊，啾啾討食。

那爾西的表情看起來像是想越過桌面往鳥兒頭上拍下去的樣子。

「范統，你要不要先餵牠？我等一下再叫人送一次食物來。」

由於那爾西也沒吃到多少，珞侍索性這麼提議。不過那爾西顯然對於這個提議感到不太自在，范統都還沒回應，他就微帶慌張地開口了。

「不必餵牠！是牠吃太多了，我現在就把雪璐帶出去，讓牠在外面待著——」

「如果食物不夠的話，餵兩下也沒有關係啦，平常我都餵牠吃私家糧食，現在有比較難吃的可以給牠，也算難得嘛。」

范統苦笑著說完，便動筷子夾給鳥兒吃了，月退怔了一下，才默默繼續吃自己的，珞侍則在翻譯完反話後，有點不能理解。

范統什麼時候餵過那爾西養的鳥啦？

「……」

那爾西似乎還想講點什麼，但最後還是放棄了。

等到第二批飯菜送來，胖鳥還賴在范統面前不肯走，彷彿仍對他的食物有興趣時，月退悶悶地瞥過去一眼，眼神裡透出的殺氣頓時讓鳥兒嚇得趕緊飛撲回那爾西那邊，躲在他背後不敢再出去。

「吃飯吧。」

「……回去別拔雪璐的毛。」

「好。」

對於月退跟那爾西之間的對話，珞侍也覺得有點不知道該說什麼。

「月退，你拔過那條魚的鱗？」

范統有點意外地發問，他想問的應該是有沒有拔過那隻鳥的毛。

「一兩根而已。」

月退老實地招了，但卻沒說明原因。

「不只是這樣，你還塗鴉……」

那爾西似乎忍很久了，剛好提到這個，便順帶唸了一句。

「你掛牌子以後，我就沒塗了。」

月退一副有在檢討的模樣。

「塗鴉？你不要看這鳥黑黑的就當作黑紙畫啊！好好的紙不用，畫牠身下做什麼？」

范統對這種欺負動物的行為有點看不過去，所以開口打抱不平。

「畫黑眼圈其實也很可愛……」

「一點也不可愛！」

「畫什麼白眼圈啊又不是熊狗！」

「熊狗是什麼生物啊？」

於是，珞侍忽然覺得他們三個聊得很開心，好像沒有自己插話的空間。

綾侍說過情報搜集很重要，他只不過是錯失了那隻鳥的情報，就被排擠在難得熱鬧的聊天之外，而且他也不曉得該怎麼辦。

等到飯終於吃完，又開始需要找話題時，那爾西這才主動跟珞侍說話。

「珞侍，關於符力的修行，又有新的疑問，可以請你解惑嗎？」

通常那爾西跟他說話都是關於符咒的事情，談論中偶爾會帶到修葉蘭，只是，只要他們講話，月退就會緊張。

「咦？你們要討論符咒嗎？」

「是啊，怎麼了？」

「不如我們一起討論解除詛咒的事情？雖然伊耶哥哥沒有來，但范統剛好也在，說不定也是個討論的好機會？」

他總是不放心他跟那爾西單獨說話。好像認為他還是會介意當初被謀殺的事情一樣，這使得珞侍頭有點痛。

「月退。」

「嗯？」

「跟我到隔壁去一下，我有話跟你說。」

「咦？可是……」

月退回頭看了看范統跟那爾西，這次改成擔心這邊了。

他們兩個的神情看起來寫滿了「你們兩個要把我們丟在這裡嗎只有我們嗎沒有話聊會很尷尬你們真的要這樣嗎」，但珞侍並沒有理會他們的驚恐。

「你們先在這裡聊聊天吧，我跟他去旁邊講一下話。」

「有、有什麼話要到旁邊去聽的啊！」

「就是有。」

「那你們說一說慢點回來啊……」

因為再怎麼樣，說出「我不知道怎麼跟對面這個人相處你們不要走」也太過直接了，於是范統跟那爾西只能目送他們去隔壁房間，然後尷尬地坐在原地不動。

這種時候，就算是鳥來啾一聲也好啊。

無奈的是，雪璐現在躲在那爾西背後，正處於專注理毛的狀態，這裡也沒有食物可以吸引牠。

「昨……昨天天氣真差。」

范統一向討厭僵硬的氣氛，而現在的狀況，即使他嘴巴再不討喜，也只能嘗試開口了。

「……」

那爾西先是無奈，然後嘆氣。

「寫信的時候……不是都不會詞窮也挺有條理的嗎？」

「那是因為你沒有問問題啊！回答問題比較困難，當面講話想話題比較簡單嘛！而且寫信沒有足夠的時間可以思考，這怎麼會不一樣！」
范統焦躁地抗議完後，那爾西沉默了一會兒，才低聲附和。
「確實是……當面講話比較困難。」
這話說得像是他自己也不擅長講話一樣，不過，即使鳥兒也在這裡，距離不過一個桌面的情況下還送信溝通仍嫌太誇張。
珞侍跟月退回來之前，他們也只能這樣，姑且不擅長地聊聊了。

「珞侍，你要跟我說什麼？」
被珞侍帶到隔壁房間的月退，一進去就問了這個問題。
「你……」
珞侍雖然已經知道自己要跟他溝通什麼了，但如何開頭，他一時還真有點遲疑。
「你好像總是不放心我跟那爾西單獨交談，為什麼？」
無論如何，他總是得先確認清楚原因，以免事情其實跟他想的不一樣。
「因為，畢竟以前……你們還是發生過不愉快的事情……」
月退似乎對他如此直接地提問感到吃驚，猶豫過後，才吞吞吐吐地這麼說。
「你是說他被我們俘虜過的事情嗎？你擔心他心裡有陰影？但那時候我也沒對他做什麼……」

路侍決定先提另一個可能性，用以觀察月退的反應，而月退果然立即搖了頭。

「不是的，是因為他曾經……你曾經因為他的命令而死過。」

「但是你救活了我，這樣不就抵銷了嗎？」

路侍自己覺得這還算是個可以接受的思考方向，但從月退呆住的樣子看來，他顯然不這麼想。

「不，怎麼會是這樣抵銷的呢？因為被殺的人是你，沒有人能代替你決定是否要原諒，就算我救過你，也不能以此來要求你原諒他、就這麼當作沒發生過……」

月退這番話越說越小聲，甚至就這麼停了下來，彷彿深陷某種情緒中，恍然失神。

「既然沒有人能代替我決定，那麼我現在告訴你，我已經不介意了。我現在活得好好的，而且我都跟你說帶他來沒關係了，別再這麼緊張好不好？」

路侍之所以叫月退到隔壁房間私下講話，就是為了跟他說這些。

而月退聽清楚了他的話，卻依舊茫然。

「你真的……已經不在意了？你並不是我，他對過去的你來說並不重要，為什麼能夠這樣就不在意了呢？」

「為什麼這麼問？難道你不相信我的話——」

「因為我會在意。」

月退以帶著僵硬的語氣打斷了路侍的話，然後臉色難看地說下去。

「即使決定要原諒他了、無論如何都要說服自己不去在意，卻還是一直無法辦到。如果你能夠不在意，為何我會常常需要壓抑那些怎麼樣也忘不了的事情帶來的黑暗，明明想要好好相處、增加在一起的時間，卻發現遠離有他在的地方到足以讓自己忽略他的時候，才能得到短暫的平靜？為什麼呢？」

在月退說出這番話語之前，珞侍幾乎忘了那爾西也曾殺死月退。

聽完他內心的想法後，珞侍覺得，也許真正不該跟那爾西獨處、不該和那爾西單獨說話的，是月退才對。

「……我不知道。我無法回答你的問題。但是，我是真心覺得不在意的，也許因為死亡過程快速，又不是他直接動手，才有這樣的差別吧……這麼說來，你常常跑來東方城，也是為了遠離他嗎？」

「不只是遠離他，或許也是遠離那個環境。」

月退說話的聲音再度變低，這一瞬間，珞侍其實有點後悔問了這個問題。

「即便過去的幻象只有聽覺，聖西羅宮還是一樣讓我窒息……」

由於就算知道不應該，還是想下意識逃避痛苦，尋找能引開注意力的快樂與溫暖一樣——很多人都是這樣的，珞侍心想著。原來他也是這樣的。

「珞侍，我想我明白你的想法了，你們要研討符咒的話，那我先離開吧，幫我跟范統說一聲下次再來找他。」

原本珞侍覺得事情應該談完了，差不多該出去，可能要問一下月退是否要待在這裡轉換一下情緒，沒想到他自己先這樣表示，那自然就不必再問。

「只需要跟范統說嗎？不必跟那爾西交代什麼嗎？」

儘管這個時候提及那爾西好像有點敏感，但珞侍覺得還是該做確認。

「他了解的。」

月退只淡淡地留下這句話，道別後，便自行離開了。

與月退和那爾西的相處，珞侍覺得自己學到最正確的事情，就是有國家相關的事情要談時，必須找那爾西而非月退。無論是互相有利的交流提議、私底下想討些方便，都是找那爾西比較有用。

儘管月退再怎麼樣仍是西方城真正的皇帝，但即使是一些關乎兩國的重要事情，他仍舊不太有自己的意見，彷彿決定不干涉政務一般，都交給那爾西判斷。

甚至，月退口頭上答應的事情，依然有被那爾西或其他人反對，因而只好跟他道歉辦不到的可能——對於西方城複雜的情勢以及他們兩個之間複雜的關係，珞侍一方面為之苦惱著，一方面也覺得自己該置身事外。

偶爾一次的聚會，看似只能聊些不著邊際的話題。連同范統在內，事實上他們各自過的生活是毫不相關的，比起一開始困擾是否該繼續維持私交，現在的珞侍反而因為如此薄弱的連繫而心煩。

他們沒有任何強烈的牽繫。沒有一定會一直在一起的理由……

「不要總是想討好每個人，與人相處的時候固然要包容一些地方，但因此而縛手縛腳的就本末倒置了。你如果太在意每個人，希望不要得罪他們，在乎他們會不會因為每一件小事情而討厭你，你就會因此而過得很痛苦。」

「可是完全不在乎跟完全在乎都不對啊，要抓中間的分寸，實在太困難了點……」

「如果你的目的只是交朋友的話，表現出你真實的性情就好了，不喜歡真正的你的人就讓他走吧，只有你希望跟他相處的這種朋友，強留也不會有好結果的。」

「目前還沒有這種狀況啦，只是，我很珍惜他們，不知道要怎麼做才能不要漸行漸遠。」

「不想漸行漸遠，這種事情也是兩方都有心才可能的喔。你可以想辦法把他們拉進你的生命，拉到你生活中常常能接觸的地方，但具體來說怎麼做，你還是得自己想，加油啊。」

與修葉蘭談過一些煩惱後，珞侍覺得好像理出了一點頭緒，回房苦思一陣子後，終於想出了可行方案。

他想要留住這個朋友圈，仍該從最近的地方下手。

既然有了點子，他頓時也坐不住了。直接拜訪范統住處的他剛好趕在范統出門吃晚餐之前堵到人，一見到范統，他隨即以正經的神色提出要求。

「范統，來神王殿工作吧。」

「……啊？你聽什麼？」

范統還處在消化訊息的階段時，珞侍便又接連著拋出了更多需要時間反應處理的資訊。

「新生居民沒有成為侍的前例，但是當個代理侍大人應該沒問題，如果你同意的話，就當作代理暉侍的職位，侍符玉珮也先用暉侍的，你覺得怎麼樣？」

「等等！你說太慢了吧！為、為什麼會這麼突然想找我啊？」

「……音侍成天糾纏綾侍抓小花貓，嚴重影響國政，你要是不想學習處理東方城的事情，只要負責陪他去抓小花貓就好了。」

被范統問到理由的時候，因為不好意思說出心裡真正的想法，珞侍只好臨時找了個藉口。

「抓大花狗什麼的，不是有修葉蘭陪了嗎？」

不想漸行漸遠，這種事情也是兩方都有心才可能的喔——修葉蘭的話語彷彿在耳邊響起，珞侍不由得因為范統有點想推托、不接受的態度而有點氣餒。

可是不見得是這樣吧？也許是因為太突然，他只是想弄清楚而已。珞侍這麼想著，決定拿出釣餌。

「雖然不是正式的侍，但代理侍依然有等同於侍的職權與薪俸，流蘇也可以直接提升成你現在的水準，你到底要不要做？」

「我不做！請讓我不做！再、再等兩下，讓我考慮兩下啦，這算是很不重大的事情吧？你有跟其他人討論過嗎？如果你是開玩笑的，那我還是……煩惱一兩天再答覆你吧？雖然寒酸的未來薪資好誘人啊——」

范統因為利誘而差點一下子就答應賣身，對於他說要考慮考慮的說法，珞侍也點點頭接受了。

「好，那就給你幾天考慮，記得要告訴我你的答案。」

「我知道啦，不會通知你的，感覺還真複雜啊……」

提完任職邀約、離開范統家時，珞侍覺得心情好像明朗了些。

希望與身邊的人關係更緊密，也許可以不必像綾侍所說，只基於有利用價值的需求。

只要他清楚此刻想要把握住一切、想將朋友拉攏進自己的世界是因為自己的真心，而不是其他考量，這樣就可以了。

是因為他不希望漸行漸遠。

是因為，他也希望或許同樣這麼希望的人，知道他如此希冀著。

The End

絕望止境

坐在書桌前的少年，在盯著眼前文件的時候，嘗試著讓自己專注於字句上表述的一切。

五感接收到的所有東西正在扭曲，帶來了暈眩與反胃的感覺，就像是他質變的能力建構出來的領域作用在自己身上一般，閉上眼睛，感覺也只會更強烈。

他知道有個方法可以杜絕這種狀況，就是像以前一樣，將自己的心靈隔絕開來，不要去「感覺」。

不要感覺自己待在這個地方，不要感覺這裡的聲音與空氣——不要讓回憶浮現，那麼，聖西羅宮就不會是一個無法被他適應接受的所在，他就可以好好做這些皇帝該做的正事，不帶任何情感地進行判斷。

可是真的這麼做的話，應該是不好的吧？

他的朋友說過，他隔絕自己的心時，讓人看了很難過。所以果然還是應該開開心心的，看起來高興一點，這樣才能使人放心嗎？

思考這些事情的時候，扭曲的感覺依然作用著。

牆壁的花紋浮動著，頭漸漸痛了起來。他的呼吸並不急促，只是逐漸有種沒有辦法換氣的感覺。

他沒有辦法正常地繼續下去。

當他從位子上站起的時候，心裡能夠想到的，只有如何離開這裡。

現在已經不是被囚禁在這個地方的狀態了。現在已經不是過去的狀況了。我可以離開這裡吧？我可以依照自己的心意，有想離開就離開的自由嗎？──少年自問著──可是離開這裡，能去哪裡呢？

因為不能不交代行蹤，因為還是怕別人擔心，他默默留下的字條還是寫著「出去玩了」之類的話語，然後才一步也不想停留地走掉，就如同逃脫長年困縛內心的牢籠一般。

『西方城的皇帝，一天到晚跑到別的國家去，像什麼話！』

『我只是去找朋友……』

『你到底懂不懂得一點人情世故！你的朋友一定也會覺得你很麻煩，因為他們根本不知道該怎麼拒絕你吧！好好待在宮裡當你的皇帝，有這麼難嗎！』

有這麼難嗎？

少年回答不出來。至於懂不懂得人情世故，他相處的人一直都是他們，沒什麼變化，但是回憶起來，大家似乎都覺得他很多想法很奇怪，活在聖西羅宮的那十幾年，他也只隱隱約約地認為，肯讓他活著就是對他不錯了，像是有人想傷害自己的時候應該反抗，如果沒有人告訴他，或許他也不會曉得吧。

如果會造成麻煩，為什麼沒有人願意告訴他呢？

他們不說，是因為那些都是理所當然應該知道的事情，所以他們也認為他本來就曉得嗎？

因為不能去東方城去得太頻繁，像這樣自己一個人跑出來，又不想消失太久的情況下，他通常只能在外面亂繞。

脫離西方城主體的區域後，常常要走很長一段路才會有些聚落。虛空一區跟虛空二區都有可能遇到認識的人，不能去，除此之外他就亂走了，時常自己也不曉得走到了哪裡。

離開皇宮就不會不舒服了，但心裡還是空空蕩蕩的。

如果死而復生是值得感激的重新開始，那麼重回西方城的他，不就是重蹈覆轍嗎？

『月退，你可不可以借我錢，我只要賣個洗髮香精的錢就不夠了，之前答應噗哈哈哈的……』

『借錢啊？』

『對啊，我一定不會還的！還清之前我會失蹤的！我拿我的人格保證——只是，可能要等我不能賺錢之後……』

『還清之前你都不會消失嗎？』

『不是啊。』

『那，范統，你跟我多借一點好不好？我可以借你很多很多錢，你可以永遠留在我身邊嗎？』

『等等！我只是要借個大錢啊！為什麼忽然就變成這種疑似賣身的提議！我有事借那麼少錢做什麼，你這想法也太奇怪了吧！』

少年不清楚自己需要的是什麼樣的安全感。他在漫無目的的移動中，讓過往曾經發生的事情一遍又一遍地轉過自己腦海，然後覺得很想見范統一面。

但是就為了自己想見面的念頭，造成對方困擾也沒關係嗎？

范統不想待在西方城。而他是無論如何都該待在西方城的少帝。

如果他就跟范統一樣，只是個普通的東方城新生居民，或許就不會有其他問題，但這樣的如果是不存在的。

要不是他是身上帶有王血的西方城少帝，他們也不會在東方城相見。

明明在心裡告訴自己不要造成朋友困擾，他卻仍在上一個恍神結束後，發現自己站在范統家門口，還已經敲完了門。

打開門來看見他的范統，要說吃驚，其實也沒很吃驚，或許是已經習慣了他的突然來訪，所以只按照過去的模式邀請他進屋坐坐。

「你怎麼又跑來啦？這樣皇宮外的人不會生氣吧？」

他沒有仔細聽范統說了什麼，但是依照慣例推想，大概是在問他為什麼會出現在這裡、西方城的人會不會生氣。

「我也不知道為什麼……」

他回答得一片茫然。

「再怎麼說，假的皇帝依然是你嘛，這樣那爾西也很辛苦吧，我是不知道你會不會處理政務啦，但至少待在皇宮裡，他們比較會有怨言？」

范統一面倒茶給他，一面以委婉的語氣這樣勸他。

少年想著，當初聖西羅宮裡那個皇帝抓他進去，要他當皇帝時，從來也沒問過他的意願。

他生來不是皇室直系的血脈，被囚入皇宮後，過的是當個吃公家糧食、被東方城原生居民排擠的白色流蘇新生居民都還比較開心的日子，那些——他都已經接受了。

而後來……

「而且，皇帝的位子也是你自己決定奪回來的啊，嗯，我還是希望你開心就好啦，沒有責備你的意思，不要想太少。」

范統苦笑著接續說出的話語，他聽完以後，神志彷彿飄到了當初仍在東方城宿舍居住的時候，再飄到研究沉月法陣尋找方法時，然後朦朧浮現的，是念誦以自身換取水池功能延續的咒文，沉月祭壇內，范統抓住他阻止他唸下去的那一瞬間。

『世界需要你。』

從他有記憶開始，許許多多的人都對他這麼說。也許是需要他的血液，需要他忽略己身來做出奉獻。

讓他成為王血的容器，讓他成為新生居民回到幻世，說不定就只是為了成就獻祭的這一刻。

『但你就是我的世界。』

少年想起了奪回王位的初衷，不是為了那個被眾人需要的西方城少帝，只是希望一直照亮自己的光明，不會因為自己渴望重新開始的自私，而就這麼泯滅。

他沒有辦法再回到平凡的夢境裡。

就如同回不到與他走在東方城的街道散步時，希望永遠停住的，那個過去。

The End

自述——伊耶

我出生的時候，幻世就已經是個新生居民遠多於原生居民的世界了。比起可以一直復活重生的新生居民，原生居民無論是哪一方面的存活率都低得像必須好好保護的生物一樣。

由於生育不易，難產機率也高，加上某些區域的危險性與敵國偶然發起的戰爭，原生居民的小孩中孤兒的比率不低，我就是其中之一。

相較於一些偏遠地區零星村落裡的原生居民，住在西方城裡的我算是比較幸運的。對於失去父母的孤兒，西方城自有一套體制，安排教養與生活之類的事情。

每個月可以領到的少量補助金，如何花用都取決於自己。一開始會有人善意地給予金額分配使用的建議，但長到十二歲以後，大致上就讓我們自己管理了，簡單來說，西方城給予孤兒的救濟不是無限的，一個月會給的錢就是那麼多，自己沒有節制花完了，就算餓到快死也不會有人理你。

孤兒的住所是西方城提供的，大致上是個狹小的容身之處，左鄰右舍也都是原生居民孤兒，大家過著差不多的生活，每天一起上下學。

學校並不是免費的。在進入適讀年齡後，補助金就會多出一筆學費項目來，但在十二歲後一樣不會有人強制你去繳學費，也就是說，想把學費存下來做別的用途，不去上學，是可行的。公家學校的學費是一筆不小的錢，想拿去做拜師學藝開店創業之類的用途，都是自己的選擇，很多人會因為現實的誘惑而心動，搞到最後一事無成又上不了學，那種人是我不屑來往的，既然在這個世界上已經只能依靠自己了，精神層面還那麼軟弱、容易被誘惑，那麼，被淘汰也是理所當然。

去學校學習，自然而然就會認識各式各樣的人，我跟雅梅碟就是在課堂上認識的，由於選修的項目重疊了很多，一天在學校裡處於同一個空間的時間也很多。

跟我這個領補助金的孤兒不同，雅梅碟出身良好，來自歷史悠久的世家，不過他的家世如何、人品如何，跟我都沒什麼關係，之所以會熟起來，只是因為上課分組常常分在同一組，又常常意見不合吵架罷了，不然以我不認人臉的習慣，也不會輕易擴充這條讓人厭煩的人際關係，導致日後時常氣悶。

上學雖然要繳學費，但也有獎學金的制度。只要學習成果卓越，品行上又沒什麼問題，除了看名次發放獎學金，還有學雜費全免的優待。畢竟西方城想拉攏的是值得培育的人才，對原生居民的基本照顧，只是盡基礎義務罷了，他們還是要等到你嶄露出你的價值後，才要投資在你身上。

所以增進自己的實力，爭取更多的資源，就是讓自己適應生存下來的最佳手段。那個時候的我沒有什麼目標，只想著盡量發揮自己的才能，將能夠吸收的東西都納入自己的身體與腦袋，犧牲所有的玩樂與浪費時間的休閒，把時間拿來做最有效的利用。

有人說好好經營人際關係也是一項重要的投資，然而那種付出不等於回饋、束縛又需要適時虛假的事物，我根本不可能去做。想好好經營人際關係，就得先改變我的個性，而我完全沒有這樣的意願。

對我來說，我只要成為一個不需要特別討好他人、不必看人臉色也能好好生存下來的人就夠了。最基本的當然就是一直維持我的獎學金學生身分，不讓任何人擠下去，多出來的錢也可以拿去運用在武器或其他有用的事物上，存起來沒有意義。

大概是我不看人臉色說話，也常常不給人好臉色看的關係，許多人都對我抱持厭惡，甚至是敵意。基本上只要不直接到我眼前叫囂，也礙不到我，我就無所謂——但很多年以後，雅梅碟居然告訴我，他之所以一直在我身邊繞來繞去，是因為覺得我明明是個人才，卻不停地得罪人，看了讓人很不放心，只好多盯著我以免發生什麼不可挽回的事來……

聽到這種話我真不知道該跟他說什麼。我是不是人才，明明就不關他的事，我得不得罪人，也不需要他管，他到底沒事對陌生人這麼熱心做什麼？吃飽了沒事做嗎？

當時還在學校進修的我沒有後台也沒有背景，加上又沒加入什麼小團體成群結隊地行動，總是會有些不自量力的人向我挑釁，只是對罵倒是還好，對方先出手攻擊的話，我也有理由還擊，但我的脾氣一向很差，有一次被激到忘了校規問題教訓了對方，報應立刻就來了。

主動動手打傷同學這樣的過失，讓學校先取消了我的獎學金作為懲戒，再犯的話，學雜費免除的優待也會被收回去，對沒有存款習慣的我來說，即將面臨就是沒錢吃飯的下場，在獎學金發放之前發生這種事情實在很倒楣，而我還沒去想如何解決這個問題時，就已經有個傢伙先來示好了。

「伊耶，獎學金取消的話，你是不是很困擾啊？我記得你好像說過，等拿到獎學金，接下來的飯錢就有著落了，現在這樣的話，豈不是……」

「不過是沒錢吃飯了，總會有辦法的，你不需要說得一副很嚴重的樣子。」

「要不要我請家裡的人多送一份午餐來啊？晚餐也可以去我家吃，這樣至少可以解決當前的問題？」

在雅梅碟提出這個建議時，我覺得有點難以拉下面子接受。雖然很想問他沒事對人好是不是有什麼企圖，不過，若真的有企圖還比較好，我最怕的就是還不清的人情債，無法利益交換後兩不相欠。

「直接佔人便宜這種事情，我……」

「成長期不好好補充營養的話，會長不高啊！」

雅梅碟那時候說出的這句話徹底打中了我的死穴，讓我都忘了凶他。

接受好意是一時的事，身高卻是一輩子的事，長得比同年齡的人矮本來就讓我很介意了，但也都抱持著以後一定會長高的想法忽略這件事，然而要是真的都不會再長了的話……

「我們吃完晚餐還可以研究一下當天上課的內容——」

『……那就這樣，謝了。』

這大概是我第一次接納並體會人際關係帶來的好處，雖然問題得以快速解決的感覺還不錯，但這種不得不跟人拉近關係、不得不因為欠了人情而在其他地方容忍對方的感覺，我依然不太喜歡。

糟糕的是，明明再三叮囑自己不能再被抓到問題，卻在短短幾天內，又發生了讓我無法忍受的事情。

武器這種東西，西方城是不會配給的，想要武器就得自己存錢買，品質稍好一點的劍大概就能去掉我一年的學費，而某些課程的老師上課會要求解除武裝，在我上完課出來發現我的劍被人折為兩半後，所謂的理智就蕩然無存了。

只要從之前固定來挑釁的幾個人裡尋找線索，很快就能知道犯案的是誰，更別說對方被我逮到後便露出醜惡的嘴臉，毫無懺悔之意。

在動手的時候與事後，我都沒有後悔。

儘管猜測得到這麼做可能會有的處分，但我只堅持一件事。

我會讓嚴重得罪我的人後悔，讓他付出代價，而這麼做是我絕對不會後悔的選擇。

如同我所預料的，學校撤銷了過去給我的優待，雖然是對方先毀了我的劍，不過我廢了他一隻手，那手只怕得找皇帝用王血治療才救得回來，這種情況下，學校不可能不對我做出懲處。

補助金提供的學費，都是在年初一次給的，為了買劍我已經花掉了，學校的學費按月收，先前是不跟我收，現在要收，我也繳不出來。

只要繳不出下個月的學費，就不能來上學——雅梅碟當然聽說了這件事情，也十分擔心。

『伊耶，還是我先借你，以後你再還我就好？』

『免了。我不能再跟你伸手，頂多休學一個月、讀一個月，利用休學的時間去打工賺學費，以我的身手也不怕找不到委託。』

『但是，要賺那麼多錢，就得做一些比較危險的委託吧？這樣真的好嗎？』

『別囉唆，這是我自己的事情！』

那個時候的我十五歲，實力雖然超出同齡的同學，卻也還沒到可以在各個區域橫著走的境界，有些委託不是我接得起的，金錢與性命權衡下何者為重，我自然明白。

儘管雅梅碟認為這只是基於交情的幫助，但對我來說卻像是施捨，即使說以後再還，那種感覺依然不會改變。

當初我沒想到我們後來會發展到隨便跟對方討東西也覺得理所當然的交情，不過這一點都不重要。

事情其實沒有我想像的那麼單純，我必須面對的，除了學校一開始的處分，還有來自對方家族的施壓報復。那算是個有點勢力的家族，不可能讓我好過，關於這些事，依然是雅梅碟來警告我的。

『這狀況不是你自己能應付的啊，現在情況已經有點複雜了，你不要再逞強，讓別人幫幫你吧！』

我可以明白逞強只是跟自己過不去，教訓一個垃圾就要賠上自己，感覺也太不划算，更何況我還沒有直接取了對方的性命，要我就這樣接受被對方家族以勢力打壓暗算的未來，我一點也不樂意。

然而，既然已經不只是籌下個月學費的問題，那雅梅碟能怎麼幫忙解決，我也不太了解，只能開口詢問他有什麼管道。

『嗯……你有沒有考慮，當別人的養子啊？』

『養子？』

在雅梅碟這麼跟我說的時候，我只覺得自己是不是聽錯了什麼。

原生居民生育不易，所以，有些人也會考慮認養孤兒，住在我們那一區的孤兒，不乏被人認養就搬走的，儘管之後與領養人的相處會如何是無法預料的事，但能有大人的經濟能力作為後盾，同時感覺有個地方可以回去，對許多孤兒來說，仍是不可多得的好事。

不過對我而言不是這樣的。我喜歡一個人的感覺，也喜歡自由自在不受任何形式與實質的拘束，我從來不渴望家庭的關心溫暖之類的事物，那只會讓我感到麻煩而已。

『對啊，我們家以前的鄰居，最近總說一個人寂寞，看起來悶悶不樂的，我跟他提了一下領養兒子的事情，他好像很有興趣的樣子，所以……你要不要考慮看看？我可以幫你談。』

『他為什麼會想認養我？為什麼是我？』

我覺得想要人陪伴的話，我絕對不是個良好的對象。似乎因為我有點抗拒，雅梅碟便接著補充，努力想說服我。

『因為我剛好跟他提到你啊！原本他有個兒子，現在好像兒子沒了，雖然我們都不太清楚是怎麼回事，但他是個好人，如果你肯認他當父親，學費跟惡意打壓的事就不必煩惱了。伊耶你別說得好像自己條件很差，別人應該看不上的樣子，事實上光是你在學業上的傑出表現就不是別人比得上的，撇開凶暴的個性不說，外表也還挺……』

我沒給他說完話的機會，就直接用怒吼打斷了他，而當人養子這件事，我想了兩三個晚上，才終於說服自己答應。

我在答應的時候完全不曉得那個要當我父親的傢伙是個什麼樣的人，或許是因為沒有期待，便不感興趣。雖然曾經有個兒子現在下落不明這點讓人有些在意，但我只想維持基本的禮貌相處，不想多做了解。

透過雅梅碟交涉，事情進展得很順利，而正式的認養需要辦一點手續，跑幾個地方，同時也得通知校方這件事，為了處理相關事宜，我跟我未來的父親約了見面，前往約定地點時，我一面為了睡眠不足焦躁，一面也胡思亂想著新生居民只要展現相關天賦才能就能免費入學真不公平，大概是因為他們死了還能重生，投資報酬率比較高，才能有這樣的優待。

一般來說，我是不太認人臉的，讓無關緊要的臉孔在我的腦袋裡佔一個位置，怎麼想都是很浪費記憶力的事情。而且記住人臉的意義，也只是在「正面看得到臉」的情況下認得出對方罷了，比起來還不如去記對方的步伐、呼吸節奏或者出招習慣之類的東西。

我不喜歡交際應酬擴展人際關係，因此我想記住的只有打過架、有記住價值的對象，那種想跟他打打看但是還沒打過的，目前也無從記起。

這是我理想中的狀況，可惜現實總有些必須例外的狀況，那個要當我養父的人，再怎麼樣我也該記一記他的模樣。畢竟不可能跟父親交手，父親不是拿來練招用的，這種道理我曉得，而既然是父親，連他的長相都不記可能有點過分，看在不得不記住的「家人」名額應該不多的分上，我就勉強接受了。

第一眼見到那個到現在都還煩得要死的養父時，我只覺得他比我想像的年輕，畢竟那時我還不曉得他失去的親生兒子才四、五歲，原以為對方應該是中年人的我頓時有點困擾，但還是規矩地稱呼了對方，禮貌性地打了招呼。

從一開始的交談中，我得知了養父的名字跟年紀，以及他話多到煩死人的特點。

短短的二十分鐘內，他東拉西扯問來問去的話就已經超出我平均一天聽進耳朵的廢話額度，光是雅梅碟那種程度我就已經嫌煩了，沒想到世界上還有比他煩好幾倍的人，就算我拿初次見面難免緊張好奇來替對方找藉口，提升的容忍範圍也很快就被擊破。

當他又一次說出如果我微笑一下一定很可愛之類的話語時，我終於失去理智爆發了。

『死娘娘腔！你為什麼跟個老媽子一樣囉唆！我最痛恨別人說我矮或評論我的長相，誰可愛了啊！』

我相信我的怒吼不只凶惡還充滿殺氣，我意識到自己吼了些什麼後，便覺得慘了，事情可能會因為這樣而毀掉，只是，我本來就不可能隱瞞自己的本性偽裝成他想要的那種乖巧可愛兒子，與其領養後發現不符合期待感覺被騙，還不如現在就讓他認清我的性格，一拍兩散。

然而狀況跟我猜想的不同。對方沒有因為被侮辱而憤怒翻臉、拂袖而去——他僅僅錯愕了幾秒，就露出了跟剛剛一樣的笑容，彷彿對我的無禮言語一點都不介意。

『伊耶有成長中的煩惱嗎？不要擔心，爸爸會跟你一起努力的，你才十五歲，還會長的，好好補充營養一定可以長得跟爸爸一樣高，這樣心胸也會開闊，脾氣也會變好。』

我不知道該做出什麼樣的反應，因為我從來沒碰過這種人。於是，在驚疑不定的情況下，我就這麼被牽著鼻子走，成為了他的養子，還答應他搬到城外的住所一起住……

什麼一定可以長得跟他一樣高，根本是毫無實據的空口說白話，確實我很希望他砍點高度給我，但那是不可能的事，而住到城外的豪宅，雖說氣派又空間寬闊，每天上學卻得走很遠才抵達得了西方城，花上好幾倍的時間，加上他只要見到我一定會進行的叮嚀與關懷，一段時間下來，被迫適應這樣的生活，脾氣變得越來越暴躁的我，實在很想說一切都令人絕望。

抱怨過上學路途遙遠想搬出去後，我養父他就急著弄豪華馬車接送我上下學，害我不得不勤奮於傳送魔法自立自強，以拒絕這種招搖的行徑，但逃得了馬車，逃不了午餐，每天中午都會有家裡的僕人送來滿桌的飯菜，還等在一旁伺候，就算大家隱約知道我成了有錢人的養子，我自己也知道這件事，可是，要我立即適應，實在很困難。

我這養父除了人非常囉唆以外，就跟雅梅碟說的一樣，人很好、很善良，一定是因為這樣，他才會閒著沒事收養我，而在我成為他的養子後，的確沒有哪個家族勢力來找我麻煩了，這讓我百思不得其解。

『雅梅碟，我父親他……有什麼能耐嗎？他不就是個有錢的沒落貴族？我看他沒經商也沒從政，為什麼以前那些傢伙的背後勢力都不來騷擾我了？』

就我對養父的認知，他不是高官，沒培養什麼個人勢力，看起來也很老實，不像能運籌帷幄暗算別人的那種人，感覺只靠著繼承來的家業過活，又沒什麼驚世駭俗的武藝……這樣的人要如何庇護我，我一點都不明白，只好詢問雅梅碟。

說起來，我也是認了養父以後，常常有機會聽他們兩個聊天，才開始認識雅梅碟狂熱的某一面……那時我根本不曉得他們在某些話題上竟然會如此聊得來，完全無法插話的我總是倍感打擊。

『噢，伯父他確實沒什麼私人勢力，可是他很喜歡跟人喝茶聊天，那些家大業大的貴婦人都很愛約他，基本上，他只要對她們哭訴自己的煩惱，立即會有人搶著幫他解決，所以說，你現在可是被很多貴婦人關照愛護著呢，伊耶。』

這種沒骨氣的解決方法讓我啞口無言。以他的容貌外型，會受女人歡迎，我可以理解，但找女人哭訴分明是丟臉到難以啟齒的事，他卻做得出來，顯然我們的價值觀根本是兩條平行線。

本著「應該多少聽一下長輩的話」與「受人恩惠就該回饋，不管對方是怎麼解決事情的」這類的精神，我在我養父的希望下，也被迫修了一些我沒有興趣的才藝課程。我不知道他對自己兒子有什麼多才多藝的期望，什麼樂器演奏社交舞蹈，明明一輩子都用不著，導致我在既充實又浪費時間的狀況下迎接了畢業，由於考慮到我想進修的東西自己摸索就可以了，那些額外的才藝課程我也不想繼續學，所以我很乾脆地離開了學校，開始思考就業的問題。

我的養父非常大方地表示，我可以待在家裡當少爺，反正錢不怕花完。在我鄭重拒絕後，他又開始鼓吹我盡忠報國，報效國家，並進行了長達一個小時的說教洗腦，我覺得就算我本來沒那麼排斥，被煩了一個小時後，排斥感也會上升很多，而真問他報效國家應該去考什麼職位，他又說不出個所以然來。

什麼國泰民安從軍不用擔心、魔法劍衛不知道是做什麼的但好像能在皇宮工作也不錯……說到最後，他乾脆說我的人生還長，不急著就業，不如先跟他出去走走，到處玩個一陣子，增長見識還能促進父子情誼。

對於增進父子情誼這一點，我是無法認同的，我覺得我們相處的時間增加，只會多出數也數不清的磨擦機會，但我如果拒絕，他多半又會鬧脾氣，由於目前沒有別的事情要做，最後我還是答應了。

就跟雅梅碟說的一樣，他是個善良的好人。不管他的言行舉止是否讓人煩躁，他總是為了我好。

人畢竟不是石頭，所以無法不為所動，就算我的身高後來也沒長高多少，他所謂「為了我好」的事情常常都不是我需要的，但我還是漸漸習慣了有家人陪伴的這個家，盡量地、試圖順著他一點，讓他開心。

我本來以為養父是個外出後生活能力很讓人擔心的人，沒想到實際結伴同行後，狀況倒是跟我想的不太一樣。雖然他那點破爛實力不足以跟高手過招，不過他花錢買了一堆魔法邪咒類物品，只要不遇上太危險的事情，使用起來倒也能自保，果然有錢還是有好處的，儘管人看起來少根筋，卻沒像我想的那麼笨。

不曉得他是不是以環遊世界為目標，拖著我跑了一堆地方，體驗過各種環境下的野外求生後，他還是意猶未盡地沒有回家的打算，玩興十足。直到某次進入有人的小村落，聽說西方城與夜止開戰了，他的態度才出現變化。

『打、打起來了？怎麼會這樣？』

『他們不是說了嗎，是夜止主動挑起戰事的，您聽消息也聽清楚一點吧？』

『怎麼辦，會贏嗎？西方城會贏嗎？不會輸吧？』

『我怎麼會知道！您在這裡煩惱也沒有用，又不是煩惱就能讓戰爭打贏！』

我當然也不希望戰爭打輸，可是多餘的煩惱是沒有必要的，偏偏在他留心打聽後，傳來的一直都是不好的消息，戰況似乎對西方城越來越不利，當聽到夜止一路進軍，鬼牌劍衛在前線戰死，國家防線即將澈底失守時，他終於說要回家了。

從平時的表現，我不覺得他是那種愛國到寧可殉國也不求生的人，在我一再追問之下，我的養父總算支支吾吾地告訴了我，他原本那個親生兒子的事情。

他原本那個，被鎖入了深宮，成為現任皇帝的兒子的事情。

聽他交代完這些事情時，我一時還處於難以消化資訊的狀態。我原先一直以為那個親生兒子不是失蹤就是死了，沒想到人還活著，他也確切知道人在哪裡。

只是沒有辦法見面，被剝奪了作為家人的權利，就只能像這樣遠遠擔憂，什麼也做不了。

我們回到家後，他依然擔心得夜不成眠。擔心戰亂延燒到西方城，擔心沒有人能保護皇帝，擔心來擔心去，關在自己房裡，連飯也不好好吃。

亂成一團的西方城，在原本的鬼牌劍衛無預警戰死的情況下，舉薦制度形同無用，臨時也沒辦法再培養一個，短期內招考，要選出擁有足夠實力的新任鬼牌劍衛並不是容易的事。戰爭期間，而且是戰敗之勢，鬼牌劍衛一上任只怕就要面臨戰火，根本是個往死裡去的差事，人人都想自保，怕是找不到什麼好的人選。

那我去考總可以了吧？

我一定會考上的，我會盡我所能地保護他，所以……

我在心裡轉過這樣的話語，但沒有對我的養父說出口。

反正他關在房間裡擔心到偷哭，我去做什麼他也不知道，當我取得了鬼牌劍衛的職位，帶著授勳回來見他時，他滿臉錯愕，好像沒料到會這樣發展一樣。

『伊耶你你你你怎麼會──』

『您不是說要盡忠報國、報效國家嗎？我聽進去了，這就是我選擇的出路。』

『可是現在不是很危險嗎你怎麼也不跟爸爸商量一下萬一有什麼意外怎麼辦我覺得越想越──』

『我會活著回來的。不管是什麼樣的敵人、什麼樣的對手，我都會澈底擊潰，提升我的經驗與實力，不會讓任何人殺掉我。』

『你已經決定了？可是──好吧，如果你真的這麼想的話……那要好好做啊，不要一下子就不做了，半途而廢是不好的，對自己選擇的職業要有毅力維持……』

我的養父在展開了一連串的工作道德教育後，做出了「照爸爸的話做，爸爸會以你為榮」的結論，但事實上那些陳腐的觀念我當然聽不進去，日後因為種種價值觀衝突而發生爭吵，導致他賭氣長期離家不歸，也使得我心情越來越差，脾氣越來越暴躁，看到人就想砍，而擔任鬼牌劍衛後受的氣，更是火上加油般地催化我的狂暴。

本來抱著視死如歸的覺悟準備擔任皇帝的護衛，沒想到兵臨城下之際，理應保護皇帝的劍衛們沒接到任何命令，那個不該出現在戰場上的稚齡少帝就這樣一人一劍地出城殺盡夜止的軍隊，宛如以行動證明他不需要護衛，否定我們的存在價值一般，讓我覺得自己的行動毫無意義。

為了精進自己的實力與發洩情緒，挑戰自我的戰鬥成了我的生活重心，也是我認定不能停止的事情。這件事直到過了許多年一切告一段落，養父回家，多了一個名義上的弟弟，西方城與夜止之間的關係也邁入和平建交後，仍然沒有改變。

我的養父不能理解我為什麼這麼執著於戰鬥修練，恩格萊爾也不能。恩格萊爾總是問我為什麼不能安於現狀，安於我已經擁有的強悍……我想，那也許是因為，我無法全然相信現在的和平會持續到永遠。

『我是要站在你身前的人，現在的實力根本還遠遠不夠！金線三紋又怎麼樣，不提升自己的力量，我要怎麼為你剷除連你也打不過的敵人來保護你！』

恩格萊爾聽過我的怒吼後，神情出現了幾分茫然。

『我想那樣的敵人，應該不存在吧。就算真的存在，對付他也不應該全是你的責任啊，為什麼要這麼堅持呢？』

也許他想說的是，沒有人硬性要求我背負這種責任與壓力，而他也不明白為什麼我所付出的對象會是他。

其實沒有什麼特別的原因，只是因為我還不起。

十年的養育關懷，原本應該只屬於他的親人家庭……

我再怎麼樣也還不起。

打從一開始，或許就不該接受這麼沉重的恩情，只是那樣的話，現在我也不可能站在這裡、成為現在這個樣子了。

儘管那十年裡有很多煩人的不愉快跟爭吵，但也有不少想起來會覺得溫暖的事。

所以……

『該死的！什麼時候才能找到合手的好武器！』

又一把劍被我霸道的氣勁弄壞後，我的內心充滿憤怒。

只要想到某個傢伙靠著神器級武器的威能，明明真正的實力拿掉武器後只剩下原本的百分之三十，卻因為那把怪拂塵，每次有機會跟他戰鬥都奈何不了他，我就會無比暴躁。

那感覺就像苦練了這麼多年的實力在一把好武器之前毫無價值一樣，武器應該是加成的附屬品才對，卻變成實力的主體，這種事情我再怎麼樣也無法忍受。

『我也要找到好的武器！我也要一把可以變成人的劍！』

在我火大地將手中壞掉的劍摔出去時，我還不知道未來的我會有什麼樣的際遇。

那個時候，還沒有任何人曉得。

The End

✣人物介紹（伊耶版）

范統：

恩格萊爾最重視的朋友，看起來一副散漫的樣子，我一直無法對他有好印象。他那把作弊般的武器實在給他的實力加成太多了，我根本搞不清楚他剔除武器後還剩下多少東西，然後恩格萊爾成天偷跑去夜止找他玩，簡直是帶壞我國皇帝的壞朋友，讓人很憤怒！基本上一般人我是不認臉的，我想他如果拆掉頭帶我大概看到他就認不出來了吧。

珞侍：

東方城國主，實力一樣不可估測。用符咒的人我總是難以一眼看出他的深淺，這其實有點困擾。另外，他好像也是恩格萊爾的朋友，因為我們同在恩格萊爾那個什麼解除詛咒研究會裡，多少交談過幾句話，印象還好。如果真要說什麼看不順眼的地方……大概是他這半年長高了三公分。

月退：

恩格萊爾使用的化名。他好像比較喜歡這個名字吧，都不知道家裡那個死老頭因為自己取的名字不被兒子賞識有多難過，嘖。

硃砂：

恩格萊爾的朋友。雖然他號稱跟恩格萊爾交往中，但我始終搞不清楚他是男是女，而且我還沒搞清楚，他就跑了，所以是分手了嗎？到底？應該不是我太不關心恩格萊爾的事情吧，他們怎麼分手的？究竟有沒有交往過？恩格萊爾為什麼總是這麼亂七八糟的啊？

璧柔：

鑽石劍衛。坦白說跟她當同事我很不愉快，快把她免職好不好？根本和恩格萊爾一樣成天往夜止跑啊，這樣的人也可以領薪水？既然不是人，就別佔著一個位子行嗎？護甲當高官，至少也要做到夜止那個誰的水準吧？

米重：

西方城的情報顯示需要夜止的情報可以跟他買，如果有西方城的情報也可以賣給他，但是要小心被詐騙……總而言之不是什麼好東西吧，我想我這輩子都不會接觸到這個人。

綾侍：

我實在很討厭夜止高官的命名方式，名字都有侍，都只有兩個字，那根本百分之五十是一樣的啊！這讓人怎麼記！為了分清楚害我還得問恩格萊爾，有夠麻煩！反正這就是護甲千幻華吧？雖然他對西方城敵意很深，導致我看他不順眼，不過就算以敵人的角度，我還是覺得他值得欣賞，所以我也只能說，恩格萊爾救活他是在給自己製造麻煩的敵人。

音侍：

月牙刃希克艾斯。是把能變成人的好劍，但……這種劍……這種劍……簡直是在挑戰主人心中的天平，到底要傾向武器品質還是傾向生活安寧啊？雅梅碟語重心長地跟我說，挑新劍絕對不要挑這種的，這個不用他說我也知道，我可不想自己折斷自己的劍。

違侍：

夜止的政務官，有戴眼鏡。就這樣吧，根本沒什麼好說的啊，不過既然我幾乎沒看過他，也許他都待在神王殿內認分地工作吧？

暉侍：

那爾西他哥在夜止當間諜時的化名。當個間諜能當上侍，真是不簡單，死了還可以回來，也真是不簡單……

矽櫻：

已逝的東方城女王。觀戰的印象是很強，但要是給我一把相同等級的好劍，我認為我不會輸。得知她是新生居民後，我其實很吃驚，但想想我們現在也是新生居民在當皇帝，於是我就這麼接受了……這樣對嗎？

恩格萊爾：

本國不負責任的糟糕皇帝。雖然打架殺人是一等一的，但這是不務正業啊！皇帝強一點是很好，但強到不需要人保護的話，到底要我們做什麼！而他該盡的皇帝責任都被他丟給那爾西了啊！到底要糟糕到什麼地步，還仗著自己爸爸就是我名義上的父親，硬要用那種噁爛的稱呼喊我，他到底多希望我在切磋中失手殺了他啊！還有，恩格萊爾一直要我跟他的朋友好好相處，要我不要討厭范統對范統好一點不要瞪他不要試圖找范統比武……我煩都快煩死了！他到底多保護范統！范統是什麼需要呵護的嬌嫩花草嗎！一個大男人，這麼寵他都不覺得噁心？令人火大到了極點！

那爾西：

恩格萊爾的替身。坦白說一開始我很討厭他，因為他不只害我認錯人，還把魔法劍衛耍著玩，要我們去拔雞毛，接下來又像玩火一樣罔顧國家安危，感覺是個應該肅清以振士氣的對象，但他現在遭到報應還債般的生活又讓我不得不覺得他有點悲哀，以前怎麼看都不順眼，如今不知道為什麼總覺得是個不錯的政務官，站出去也有皇帝的氣勢……這種莫名的心情變化，感覺真複雜。現在我比較有意見的是他養的鳥啦，要是真的取那種名字，我就掐死牠。

伊耶：

我目前是西方城的鬼牌劍衛。我對自我介紹沒有任何興趣，我是西方城最強的魔法劍衛，目前還在找新劍，其他無論家人感情事業喜好通通都沒什麼好說的，就這樣。

雅梅碟：

西方城的紅心劍衛。算是我求學期間就維持到現在的朋友，雖然他很多地方讓我覺得很想砍了他，但是原生居民不能砍，這點很悶。以他對皇帝及其替身唯命是從的程度，我想他紅心劍衛這個位子應該可以坐得很穩啦……

奧吉薩：

西方城的黑桃劍衛。我認為他就是個奸詐狡猾的老賊，從以前到現在都讓我很不滿。沒有身為魔法劍衛的榮耀心，先是幫著長老，後來又幫偽帝，失敗後還有臉苟且偷生，世界上怎麼會有這種人？不過，雖然我這麼討厭他、雖然他現在被我的邪咒束縛，我也沒興趣針對他怎麼樣就是了。

天羅炎：

恩格萊爾的劍。真是一把好劍，可惜已經是恩格萊爾的了，不然她各方面都符合我的喜好與要求啊。只是，仔細想想，天羅炎似乎是術法劍，這比較棘手一點，拿到搞不好也用不稱手，唉。

焦巴：

聽說是虛空一區的魔獸，但居然如此乖巧、毫無自尊地被人類飼養，真不知是怎麼回事。

噗哈哈哈：

范統的武器。制得住沉月的神器，居然給范統拿……為什麼是范統？為什麼偏偏是范統？為什麼！

艾拉桑：

我家死老頭。反正就是我爸。他有夠囉唆、有夠煩人，要是我得了看見金頭髮的人就不舒服的病，鐵定有一半以上的原因是因為他。他只要說我可愛，我就想……我……因為再怎麼樣也不會對他動手，就只能動口，所以我真的得認真考慮是否要搬出去，如果他以後都要住在家裡的話。

沉月：

維繫世界的神器。雖然依我看，這種危險東西還是破壞比較好，反正又不是武器，但很可悲的是，我們似乎鬥不過她，只能在她願意勉強妥協的情況下維持現在的和平……

雪璐：

就是這隻白胖鳥！雖然這名字很難記，但不准再改回小耶！

修葉蘭：

新任梅花劍衛，也就是那爾西他哥。我覺得臉長一樣真的是很麻煩的事情，這代表我好不容易記住某人的臉，卻不見得有認出本尊的效果……雖說只要看表情就可以知道是那爾西還是梅花劍衛，但是我居然必須那麼認真看臉到看見表情嗎！然後，這個同事過沒多久就去夜止了，結果我都是在夜止碰到他，就算他的工作是派駐夜止的外交官，我還是覺得印象跟鑽石劍衛差不多了啊？

【愛藏版】

沉月之鑰

第一部・卷六

作者　水泉
插畫　竹官

2024年1月25日 初版第1刷發行

發行人　台灣角川股份有限公司
總監　呂慧君
編輯　溫佩蓉
書衣設計　單宇
設計主編　許景舜
印務　李明修（主任）、張加恩（主任）、張凱棋

台灣角川

發行所　台灣角川股份有限公司
地址　104台北市中山區松江路223號3樓
電話　(02) 2515-3000
傳真　(02) 2515-0033
網址　http://www.kadokawa.com.tw
劃撥帳戶　台灣角川股份有限公司
劃撥帳號　19487412
法律顧問　有澤法律事務所
製版　尚騰印刷事業有限公司
ISBN　978-626-378-306-5

國家圖書館出版品預行編目 (CIP) 資料

沉月之鑰. 第一部(愛藏版) / 水泉作. -- 初版. -- 臺北市：臺灣角川股份有限公司, 2024.01-
冊；　公分

ISBN 978-626-378-301-0(卷1：平裝). --
ISBN 978-626-378-302-7(卷2：平裝). --
ISBN 978-626-378-303-4(卷3：平裝). --
ISBN 978-626-378-304-1(卷4：平裝). --
ISBN 978-626-378-305-8(卷5：平裝). --
ISBN 978-626-378-306-5(卷6：平裝). --
ISBN 978-626-378-307-2(卷7：平裝). --
ISBN 978-626-378-308-9(卷8：平裝)

863.57　　112017496